Machines Like Me

Ian McEwan

恋するアダム

イアン・マキューアン

村松 潔 訳

恋するアダム

MACHINES LIKE ME

AND PEOPLE LIKE YOU

by

Ian McEwan

Japanese translation published by arrangement with
Ian McEwan (The Company) c/o Rogers, Coleridge and White Ltd.
through The English Agency (Japan) Ltd.

Photograph AFLO
Design by Shinchosha Book Design Division

グレイム・ミッチソン（一九四四－二〇一八）へ

でも、どうか忘れないでいただきたいのは、わたしたちが
どんな原理に則って動いているかということです。
わたしたちは嘘を理解するようには作られていないのです……。

——ラドヤード・キプリング『機械の秘密』

1

それは宗教的な切なる願いであり、科学の究極の夢だった。わたしたちの野心は高貴であり下劣でもあった――それは天地創造神話の現実化であり、怪物的な自己愛の産物でもあるからだった。それが実現できそうになるやいなや、わたしたちは自分の欲望に従わずにはいられず、それがどんな結果をもたらすかまでは考えていられなかった。ちょっと気取った言い方をすれば、わたしたちはみずからの死すべき運命を逃れ、完璧な自己によって神と対峙しよう、いや、神になり代わろうとさえしたのだった。あるいは、もっと具体的に言えば、わたしたちは改良された近代的な自己をつくりだして、それをつくりだす喜びや自在に操れるスリルに胸をわくわくさせたのである。二十世紀末に、いよいよそれが実現することになり、古代からの夢の実現に向けて最初の一歩がついに踏み出されたが、それはわたしたちが長い時間をかけて――たとえわたしたちがどんなに複雑であり、わたしたちのごく単純な行為や存在の仕方を記述するのがどんなにむずかしく、不完全なものにならざるをえないとしても、わたしたちを模倣することはできるし、それを改善していくこともできるのだということを――学んでいく過程の始まりでもあった。当時、わたしはまだ若かったが、この薄ら寒い夜明けに、その初期の熱意あふれる養父になった。

しかし、人造人間は登場するはるか以前からありふれたものになっており、実際に出現したときには、がっかりした顔をした人たちもいた。想像力は、歴史や技術の進歩に先んじて、本や映画やテレビドラマで、すでにこういう未来のリハーサルをしていた。わたしたちは、うつろな目をして首をぎごちなく動かす人間の俳優たちが、腰のあたりがこわばった歩き方をするのを見て、未来からやってくる従兄弟たちと暮らす心の準備ができている気になっていたのである。

わたしはどちらかというと楽天的な人間だった。母が亡くなったあと、実家を売りに出すと、思いもかけない資金が転がりこんだ。そこが再開発地区になり地価が高騰していたのである。そのときだった。それなりの知能と外見、信頼できる動作と表情をそなえた、ほんとうに使いものになりそうな人造人間が売り出されたのは。ちょうどフォークランド機動艦隊が絶望的な任務に向かって出港する前の週だった。アダムは八万六千ポンドだった。わたしはレンタルしたヴァンで彼をノース・クラパムの自分の冴えないアパートまで運んだ。ずいぶん無茶な買い物ではあったが、戦争の英雄であり、デジタル時代を代表する天才であるアラン・チューリング卿がおなじモデルを入手したという報道に勇気づけられた。彼はおそらく自分の研究所でそれを解体して、徹底的に仕組みを調べるつもりなのだろう。

この初回の発売分のうち十二体がアダム、十三体がイヴと名付けられた。月並みすぎるというのが大方の意見だったが、商売的にはいいのかもしれなかった。人種というのは科学的には根拠のない概念なので、この二十五体はさまざまな民族をカバーするかたちでデザインされた。アラブ人とユダヤ人の区別がつかないという噂があり、それがのちにはクレームにまでなった。性的嗜好については、ランダム・プログラミングに実体験がくわわれば、ありとあらゆるものに対応できるはずだった。一週目のおわりには、イヴは売り切れになった。ちらっと見ただけでは、わたしのアダムはトルコ人かギリシャ人に見えたかもしれない。体重が八十キロちかくあったので、上の階の住人のミランダに頼んで、購入時に付属していた使い捨ての担架で、通りから運びこむのを手伝ってもらわなければならなかった。

バッテリーの充電がはじまると、わたしはふたりのためにコーヒーをいれ、それから四百七十ページもあるオンライン・ハンドブックに目を通しはじめた。説明の大部分は明瞭かつ厳密だったが、アダムの製作には数社が関わっており、ところによっては、シュールな詩みたいにじつに魅力的な文章になっている箇所もあった。「気分の揺れの境界領域を緩和するマザーボードからの出力で、くつろぎのエモティコンを得るためには、B347kヴェストの上部を露出しないようにすること」

段ボールや発泡スチロールの梱包材を足のまわりにまき散らしたまま、彼は小さいダイニングテーブルに向かって裸で坐っていた。目は閉じており、臍（へそ）からは黒い電源ケーブルが壁の十三アンペアのコンセントまで伸びている。始動できるようになるまでには十六時間かかるという。そのあと、こんどはアップデートをダウンロードしたり、個人的な設定項目を入力したりする作業が必要になる。けれども、わたしはすぐに彼が欲しかったし、ミランダもおなじ気分だった。待ちきれない若い親みたいに、わたしたちは彼の最初の言葉を心待ちにしていた。安っぽいスピーカーが胸に埋めこまれているわけではなかった。興奮状態の広告から、彼が呼気と舌と歯と口蓋（こうがい）で声を出すことをわたしたちは知っていた。すでに生きているような肌はさわると温かく、こどものそれみたいにすべすべしていた。まぶたがピクピク動いた、とミランダが言った。わたしは自分たちの足もと三十メートル下を走っている地下鉄の振動のせいにちがいないと思ったが、そうは言わなかった。

アダムはセックストイではなかった。そうではないが、セックスをすることはでき、ちゃんと機能する粘膜を備えていて、それを維持するために毎日半リットルの水を消費することになっていた。テーブルの前に坐っているあいだに観察すると、割礼は施されていなかったが、かなり立派ないちもつで、豊かな黒い陰毛が生えていた。この人造人間の最新モデルはそれをつくり上げた若いクリエーターたちの欲求を反映しているにちがいなかった。アダムとイヴは精力に満ちあふれていなければならない、と彼らは考えたのだろう。

広告では、彼は伴侶であり、知的なスパーリング・パートナーであり、皿洗いやベッドメーキングもでき、さらに〝考えること〟もできる友人であり、なんでも屋でもあると宣伝されていた。生きているあらゆる瞬間、見たり聞いたりするあらゆることを記録して、検索できる。いまのところ車の運転はできないし、泳いだりシャワーを浴びたり、傘なしで雨のなかに出ていったり、チェーンソーを監督なしで使ったりすることはできなかった。稼働時間については、バッテリー容量の飛躍的な進歩のおかげで、あらたな充電なしに十七キロメートルを二時間で走ることができ、それとエネルギー消費が同等な、十二日間ノンストップでしゃべりつづけることもできるという。耐用年数は二十年。引き締まった体つきで、肩幅は広く、肌の色は浅黒く、ゆたかな黒髪を後ろに撫でつけている。強烈な知性をうかがわせるわし鼻ぎみの鼻。物思わしげな半眼のまなざし。ぴっちり閉じた唇は、わたしたちが見守っているあいだにも、死人のような黄ばんだ白さが少しずつ薄れて、ゆたかな人間的な色合いになり、口角がすこしゆるんだようにさえ見えた。

〝ボスポラス海峡の荷揚げ人夫〟みたい、とミランダは言った。

わたしたちの前に坐っているのは究極の玩具、はるかむかしからの夢、ヒューマニズムの勝利――あるいは死の天使――だった。それは言いようもないほどわくわくすることだったが、同時に、このうえなく苛立たしくもあった。ただ見守りながら待つには、十六時間は長かった。実際に支払った金額からすれば、アダムは充電済みで、すぐに動けるようになっているべきだろう、とわたしは思った。寒々とした午後の遅い時刻だった。わたしはトーストを焼き、わたしたちはまたコーヒーを飲んだ。社会史の博士号をもつ研究者であるミランダは、十代のメアリ・シェリーがここにいて、フランケンシュタインみたいな怪物ではなく、浅黒い肌の美青年が動きだすのをじっくり観察できればよかったのにと言った。両者に共通するのは電気的な生命エネルギーを渇望していることだろう、とわたしは言った。

「それはわたしたちもおなじだわ」と彼女は言った。電気化学的エネルギーを充塡（じゅうてん）されている人類全体というよりは、彼女自身とわたしだけのことを言っているかのようだった。

彼女は二十二歳で、歳のわりには大人びていたが、わたしより十歳も若かった。長期的な観点から見れば、わたしたちのあいだにはあまり共通点はなかった。ふたりともすばらしく若かったけれど、自分は彼女とは別の人生の段階にいる、とわたしは考えていた。学校教育はとっくのむかしに終えていたし、仕事でも、金銭面でも、個人的にも、すでに何度か苦杯をなめていた。ミランダのようなかわいい若い女には、自分は世間の波風に揉まれすぎているし、シニカルでありすぎると思っていた。淡い褐色の髪とほっそりとした肉薄の顔、しばしば笑いをこらえて細くなるように見える目。彼女はきれいだったし、わたしは気分によってはそれを感嘆の目で見ることもあったけれど、感じのいい近所の友人という役まわりに限定しておこうと早くから決めていた。建物の玄関は共通で、彼女の小さな部屋はわたしのそれの真上だった。わたしたちはときどきコーヒーを飲みながら、友だちや政治やその他もろもろについておしゃべりをした。完璧にどうとも取れる口調で、彼女はいつも気楽に応じてくれる印象だった。彼女にとって、わたしとの親密な午後のひとときは、貞淑な気安いおしゃべりとおなじくらいの比重なのだろう。彼女はわたしといるとリラックスしていて、セックスはすべてを台無しにしてしまうと考えたほうがよさそうだったので、わたしたちはいい友だちのままだった。しかし、彼女にはどこか人の心をそそる秘密主義的なところが、控えめなところがあった。ひょっとすると、自分でも知らないうちに、わたしは何カ月も前から彼女に恋をしているのかもしれない。自分でも知らないうちに？　なんと見え透いた言い草だろう！

不承不承ではあったが、わたしたちはしばらくアダムを放っておいて、自分たちのやらなければならないことをやることにした。ミランダはテムズ北岸でのセミナーに出席しなければならなかったし、わたしはEメールを書く必要があった。七〇年代の初めには、デジタル通信はすでに便利なものというよりは、毎日の面倒な仕事になっていた。時速四〇〇キロの列車も同様で、いまや混雑した薄汚いものにすぎなかった。五〇年代の奇跡、音声認識ソフトもずっと前から単調な骨折り仕事になり、いまでは毎日だれもが何時間もひとりでぶつぶつ言うようになっていた。六〇年代の楽天主義のあだ花、ブレイン・マシン・インターフェース（BMI）はいまやこどもの注意さえ引けなかった。人々が週末から行列して手に入れようとしたものが、六カ月後には、自分の靴下ほどにも興味をもてないものになってしまう。認知力強化ヘルメットは、匂いを識別できるしゃべる冷蔵庫はどうなったか？　マウスパッドやファイロファックスのシステム手帳、電動パン切りナイフ、フォンデュ・セットとおなじ運命をたどったのである。未来は次々にやってきた。すばらしい新しい玩具は、家に持ち帰るまえに錆びつきはじめ、生活はたいして代わり映えもなくつづいた。

アダムもそのうち退屈なものになるのだろうか？　買い物をしたあとの後悔の発作を振り払おうとしながら、メールを音声入力するのは簡単ではなかった。もちろん、これからもわたしたちを魅了するもっと別の人間が、もっと別の知能が現れるだろう。人造人間はだんだんわたしたちに似てきて、わたしたちになり、わたしたち以上のものになった。わたしたちはけっして飽きることがなく、驚かされつづけるにちがいないし、想像もしないかたちで裏切られるかもしれない。悲劇が起こる可能性はあるが、退屈させられることはないだろう。

それにしても、うんざりさせられるのはユーザーズ・ガイド、取扱説明書だった。動いているのを見ても使い方がわからないような機械は持っていても仕方がない、というのがわたしの独断的意見だったのだが……。わたしは古臭い衝動に駆られて、マニュアルをプリントアウトして、フォルダーを探した。そうしながらも、Eメールの音声入力をつづけた。

自分がアダムの〝ユーザー〟だとは思えなかった。わたしが学ばなければならないことはすべて彼が教えてくれるはずではなかったのか。ところが、手にしたマニュアルを何気なしにひらくと、そこは第十四章で、平易な英語で環境設定、性格のパラメーターとあり、一連の項目が並んでいた――協調性、外向性、知性、勤勉性、情緒安定性。このリストには見覚えがあった。主要五因子モデルである。わたしは人文科学の教育を受けたので——各因子にはたくさんのサブグループがあることを心理学専攻の友人から聞かされていたが——こういう還元主義的なカテゴリーには疑念を抱かずにいられなかった。次のページに目をやると、各種の設定を1から10まで等級付けをして選択することになっていた。

わたしはわが家にやってくるのは友人だと思っていた。アダムはわが家のゲストとして、これから知ることになる未知の友人として扱うつもりだった。彼は最適化された状態でやってくるものだとばかり考えていた。工場出荷時の設定——これは現代では運命の同義語だろう。友人や家族や知人は、だれもがすでに設定済みの、変更不可能な遺伝的・環境的歴史を背負ったかたちで、わたしの人生に現れた。だから、この高価な新しい友人もそうであってほしかった。なぜそれを自分で決めなければならないのか？　もちろん、答えはわかっていた。わたしたちのなかでも、最適化されている人間は多くはないからである。心やさしいイエス？　謙虚なダーウィン？　千八百年にひとりいるかどうかなのだ。それに、たとえ最適な設定がわかっていたとしても、いちばん無害な性格のパラメーターがわかっていたとしても——そんなことはありえないが——、評判が大切な世界的企業としては、どんな小さなアクシデントのリスクも冒せないのだろう。買主危険負担（カウェアト・エンプトル）である。

神はかつて原初のアダムのために完全にでき上がった伴侶を与えたが、わたしはそれを自分で考えなければならなかった。たとえば外向性という項目には、等級分けされた一連のこどもじみた説明があった。〈パーティの中心人物になりたがる〉〈人を楽しませたり、その気にさせたりするコツを知っている〉とか、いちばん下には、〈人といっしょにいると落ち着かない〉とか〈ひとりでいるのを好む〉。そして、まんなかあたりには〈楽しいパーティは好きだが、家に帰ってくるとほっとする〉がある。わたしはこの最後のタイプだが、しかし、自分とそっくりにすべきなのだろうか？　どの等級でもまんなかあたりを選べば、なんの個性もない面白みのない人間になってしまうだろう。外向性にはその正反対のものも含まれているような気がする。性格を形容する言葉の長いリストがあって、その一つひとつの囲いにチェックを入れるようになっていた。外向的、内気、興奮しやすい、おしゃべり、引っこみ思案、うぬぼれ屋、控えめ、大胆、精力家、気分屋。わたしはそのどれでもありたくなかったし、彼にもそうなってほしくなかった。

狂気じみた決断の瞬間を除けば、たいていは、とりわけひとりでいるときには、わたしはニュートラルな気分でいた。いわば、自分の性格――それがどんなものであるにせよ――を棚上げした状態でいた。大胆でもなければ引っこみ思案でもなく、満足げでもなければ不機嫌でもなく、ただそこにいて、いろんな仕事をこなしていた。夕食やセックスのことを考えたり、コンピューターのスクリーンを眺めたり、シャワーを浴びたりしていた。ときには過去のことを悔やんだり、未来についていやな予感がしたりすることもあるが、現在については、明白な感覚的領域に属すること以外は、ほとんど気にかけていなかった。心理学でも、かつては精神のひずみを生むさまざまなケースに非常に興味がもたれていたが、いまでは深い悲しみから喜びまで、一般的な感情と見なされるものに関心が集まっている。だが、日常生活の広大な領域は見逃されてきた。病気や飢餓や戦争その他のストレスがなければ、日常の大半は中立的な領域で、見慣れた庭で過ごされていく。目立つ特徴もなく、すぐに忘れられてしまう、そういう灰色の領域は説明するのがむずかしいのである。

この時点では、等級分けされたこのオプションが実際にはアダムにはたいして影響がないことを、わたしは知る由もなかった。ほんとうに決定的なのはいわゆる〝機械学習(マシン・ラーニング)〟と呼ばれるもので、ユーザーのハンドブックは影響やコントロールの幻想、こどもの性格について親が抱くような幻想を抱かせるだけのものだった。それはわたしを自分の購入物に結びつけ、製造者を法的に保護するためのひとつのやり方にすぎなかった。「じっくりと時間をかけてください」とマニュアルは助言していた。「慎重に選んでください。必要なら、数週間かけてもいいでしょう」

三十分ほど経ってから、もう一度チェックしてみたが、なんの変化もなかった。彼は依然としてテーブルの前に坐り、両腕をまっすぐ前に差し出して、目をつぶっていた。ただし、漆黒の髪が心なしかふくらんで、シャワーを浴びたばかりみたいに艶が出てきたような気がした。そばに近づいてみると、呼吸はしていなかったが、うれしいことに、左胸のあたりが規則的に脈打っていた。ゆっくりと着実に、わたしの不慣れな推測では、一秒に一回くらいの速さで。どれだけほっとしたことか。彼には体内に送り出す血液があるわけではないが、このシミュレーションには効果があった。わたしの疑念がちょっぴり薄れたのである。ばかげているのはわかっていたが、アダムを保護してやりたいような気分になった。わたしは手を伸ばして、彼の心臓の上に置き、手のひらにその穏やかな、弱強格の鼓動を感じた。なんだか彼のプライベートな空間に侵入しているような気がした。生命兆候(バイタル・サイン)は信じやすかった。肌のぬくもり、その下の筋肉の硬さや柔らかさ——頭ではプラスチックみたいなものだとわかっていたが、さわった感じは肉だった。

裸の男のかたわらに立って、頭で理解しているものと実際に感じるものとの乖離(かいり)に戸惑っているというのは気味がわるかった。いまにも目をひらきそうだったが、そのときわたしが覆いかぶさるように立っているのを見られたくはなかったので、わたしは彼の背後にまわった。首筋から背中にかけての筋肉が逞しかった。両肩のラインに添って黒っぽい毛が生えていて、尻の筋肉にはくぼみがあった。その下には、運動選手並に筋肉が盛り上がったふくらはぎ。スーパーマンが欲しかったわけではなかったのに。イヴを注文するには遅すぎたことをいまさらながら後悔した。

部屋を出ようとして、ふと立ち止まって振り返ったとき、わたしは日頃の感情が揺さぶられる瞬間のひとつを体験した。あきらかだったことに気づいてはっとする瞬間、すでに知っていたことをふいに理解するあの瞬間を。わたしは片手をドアノブにかけて立っていた。それに気づいたのはアダムが裸だったから、彼がそこにいたからにちがいないが、わたしは彼を見ていたわけではなかった。わたしが見ていたのはバター皿であり、テーブルに散らばっている二枚の皿とふたつのカップであり、二本のナイフと二本のスプーンだった。ミランダと過ごした長い午後の残滓(ざんし)である。二脚の木製の椅子がテーブルから押し離されて、仲良く向かい合っていた。

このひと月、わたしたちは以前より親密になり、気軽におしゃべりするようになっていた。彼女がいかに貴重な存在であり、しかもうっかりすると失ってしまうかもしれないことにわたしは気づいた。いまごろはもうなにかを言っているべきだったのに、彼女の存在を当たり前だと思っていた。なにか不運な出来事か、だれかが、たとえば大学の友だちとかが、わたしたちのあいだに割りこむかもしれない。彼女の顔が、声が、控えめであると同時に頭のいい立ち居振る舞いがありありと目に浮かんだ。わたしの手のなかの彼女の手の感触。途方にくれた、心配そうな様子。そうなのだ。わたしたちはとても親密になっていたのに、わたしはそれに気づいていなかった。なんとばかだったのだろう。わたしは彼女に話をする必要があるだろう。

わたしはベッドルームにもなっている仕事場に戻った。デスクとベッドのあいだには行ったり来たりするだけのスペースがある。わたしの気持ちを彼女がまったく知らないということがいまでは心配の種だった。それを説明するのはバツが悪かったし、危ういことかもしれなかった。彼女は隣人で、友人で、妹みたいなものだった。わたしは知らない人に話をするようなものだった。彼女は衝立（ついたて）のかげから出て、仮面を外し、いままでわたしが聞いたことのない話し方をせざるを得なくなるかもしれない。〈ほんとうにごめんなさい……〉。わたしはあなたのことはとても好きだけど、でも……〉それとも、ぞっとするだけだろうか。あるいは、ひょっとするとだが、ずっと聞きたいと思っていたことが、自分から言いたかったけれど、拒否されるのが怖くて言えなかったひと言が聞けて大喜びするだろうか。

たまたまだが、わたしたちはいまのところ、ふたりともフリーだった。そのことも、わたしたちのことも、彼女は考えたことがあるにちがいなかった。それはありえない夢物語ではないのだから。わたしは彼女に面と向かって話さなければならないだろう。耐えがたいことだが、それを避けて通ることはできないだろう。というふうに、わたしはだんだん狭くなる円環のなかをどうどう巡りしていた。やがて、いたたまれなくなって、隣の部屋へ戻っていった。冷蔵庫のところへ行くとき、アダムのすぐわきをすり抜けたが、彼にはなんの変化も見られなかった。冷蔵庫には半分残っているボルドーの白のボトルがあった。わたしは彼の向かい側に坐って、グラスを掲げた。愛に。こんどは、あまりやさしい気持ちにはなれなかった。アダムはそこにあるがままのもの、心臓の鼓動は規則的な放電にすぎず、肌のぬくもりは化学作用にすぎないものに見えた。動きだせば、超小型の釣合車装置（バランスホイール）のようなもので目がこじあけられるのだろうが、わたしを見ているように見えても、彼にはなにも見えていないのだ。いや、それは目でさえないのだろう。彼が始動すれば、それとはまた別のシステムが動いて、呼吸みたいな動きをするだろうが、それは生きているしるしではなかった。恋に落ちたばかりの男は生命がどんなものかを知っているのである。

わたしは相続した財産でテムズ北岸のどこか、ノッティング・ヒルかチェルシーあたりにアパートを買うこともできただろう。彼女もいっしょに来たかもしれない。そうすれば、ソールズベリーの父親のガレージに置いてある段ボール入りの本を全部置くスペースができたかもしれない。わたしはアダムのいない未来を、きのうまではわたしのものだった未来を思い描いた。都会的な庭、漆喰(しっくい)の刳形(モールディング)付きの高い天井、ステンレス張りのキッチン、古い友人たちとのディナー。そこらじゅうにある本。どうすればいいのだろう？　彼を――あるいはそれを――返品することもできるし、多少の損は覚悟してオンラインで売ってしまうこともできるだろう。わたしは憎らしげに彼をにらんだ。両手は手のひらを下にしてテーブルに置いたまま、好戦的な顔がその手を見下ろしている。わたしはなんとまあテクノロジーにのぼせ上がってしまったものか！　フォンデュ・セットをもう一組買ってしまったようなものではないか。親父の古い釘抜き付きハンマーの一振りで元も子もなくしてしまう前にテーブルから離れるのが得策だった。

わたしはグラスを半分も空けなかった。それからベッドルームに戻って、アジアの通貨市場で気を紛らせた。そのあいだもずっと、上の階の足音に耳を凝らしていた。夜がだいぶ更けてから、わたしはテレビを点け、当時はフォークランド諸島と呼ばれていた場所を奪還するため、大洋の一万三千キロ彼方めざしてまもなく出発するはずの機動艦隊に関するニュースを追いかけようとした。

*

三十二歳にして、わたしは破産状態だった。目新しさに惹かれて母親の遺産を浪費してしまったりするのはわたしの問題の一部にすぎないが——象徴的でもあった。金が手に入ると、わたしはいつでもそれが消える原因をつくりだす。魔法のかがり火を燃え上がらせて、それをシルクハットのなかに突っこみ、七面鳥を取り出して見せるのだ。このいちばん最近のケースではそうではなかったが、多くの場合、わたしはできるだけ楽なやり方ではるかに多い金額をひねり出すつもりでいた。わたしはさまざまな企画や半合法的な策略や狡猾で楽な儲け話のいいカモだった。大げさな華々しい身振りが好きなのだ。そうやって、ほかの連中は大成功を収めた。金を借りて、面白いものに投資して、借金を清算したあとも、財産家になったままだった。あるいは、以前はわたしもそうだったが、仕事を、職業をもち、控え目ながら着実に財産を築いていた。ところが、わたしは借入金を投資し、自己資金を切り売りして、貧乏紳士になりさがり、南ロンドンのストックウェルとクラパムのあいだの、冴えない、どっちつかずの、エドワード様式のテラス付きの建物が並ぶ、湿っぽい一階の二部屋のアパートに押しこまれていた。

わたしはウォリクシャー州ストラットフォード近くの村で育った。ミュージシャンの父と村の訪問看護師の母のあいだの一人っ子だった。ミランダと比べると、わたしのこども時代は文化的に貧しかった。読書はもちろん、音楽のための時間や空間すらなかった。早くからエレクトロニクスに興味をもったが、結局は、ミッドランズ南部の名もない大学で人類学の学位を取った。それから大学院の職業資格コースで法科に移り、資格を取得して、税務を専門にした。しかし、二十九歳の誕生日の一週間後に、わたしは税理士を除名処分になり、あやうく刑務所行きになるところだった。百時間の地域奉仕活動を通してわたしが確信したのは、自分は二度と定職には就けないだろうということだった。その後は、人工知能（ＡＩ）について大急ぎで書いた本で一儲けしたが、寿命を延ばす新薬の事業計画でそれを失った。不動産取引でもかなりの資金を稼いだが、レンタカーの事業計画で失った。ヒートポンプの特許で成功した大好きな叔父がまとまった資金を残してくれたが、それは医療保険の事業でなくした。

三十二歳になったいま、わたしはオンラインの株式と通貨市場での投機で生き延びていた。これもほかのさまざまな事業計画と似たり寄ったりだった。日に七時間、キーボードの上にかがみこみ、買ったり、売ったり、ためらったり、一瞬ガッツポーズをして、次の瞬間には悪態をついたり——少なくとも初めのころは——していた。市場報告に目を通してはいたが、自分が相手にしているのは規則性のないシステムだと思っていたので、たいていは勘を頼りにしていた。急騰することもあるが、急落もあり、一年を通じて平均すれば、わたしの稼ぎは郵便配達夫のそれと大差なかった。当時はまだ安かった家賃を払い、食べたいものを食べて、そんなに悪くない格好ができたので、暮らしが安定してきている、自分のことがわかるようになってきていると思っていた。三十代は二十代よりうまくやっていけるにちがいないと確信していた。

両親の快適な家が売れたのは、ちょうど初めて本物だと思える人造人間が売りに出されたときだった。一九八二年のことである。わたしはもともとロボットやアンドロイドやレプリカが大好きだったが、本を書くためにリサーチをしてからは、以前よりもっと好きになった。価格はそのうち安くなるにちがいなかったが、すぐに手に入れたかった。できればイヴがよかったが、アダムでもかまわないと思った。

こうはならなかった可能性もあった。わたしの以前のガールフレンド、クレアは歯科衛生士の学校を出た、分別のある人だった。ハーリー・ストリートの診療所で働いていて、彼女ならわたしがアダムを買うのを思い止まらせたにちがいなかった。彼女は世間の、この世間の諸々に通じている女で、人生の段取りの付け方を知っていた。それも、自分自身の人生についてだけでなかった。ところが、わたしは否定しようのない背信行為で彼女を傷つけてしまった。彼女は王侯のように激怒して、わたしとの絶縁を宣言し、最後にはわたしの衣類を通りに放り出した。ライム・グローブでのことだった。彼女は二度と口をきいてくれなかったが、これこそわたしの人生の誤りと失敗のリストの最上位に位置する出来事だった。彼女ならわたしを自分から救ってくれたかもしれなかったのに。

しかし。公平を期すために、救われなかった自分自身の声も聞いてやりたい。わたしは金儲けのためにアダムを買ったわけではなかった。それとはまさに正反対で、わたしの動機は純粋だった。わたしは好奇心の名において、科学の、知的生活の、人生の揺るぎない原動力である好奇心の名において、財産をなげうったのだ。それは一時的な気まぐれではなく、それにはそれなりの経緯が、理由が、それまでの定期預金があり、わたしにはそれを引き出す権利があった。エレクトロニクスと人類学——この遠い従兄弟どうしが現代になって引き寄せられ、ひとつに結びつけられて、その結合から生まれたのがアダムなのだから。

というわけで、わたしは弁護側の証人としてあなたの前に登場する。放課後の、午後五時の、わたしの時代の典型的な少年――半ズボンに瘡蓋（かさぶた）だらけの膝、そばかすのある、後ろと横を刈り上げた頭の、十一歳の少年として。わたしは列の先頭で、実験室があいて〝配線（ワイヤリング）クラブ〟がはじまるのを待っていた。主宰者はミスター・コックス、物理学を教えている赤毛の大男。わたしの目標はラジオを組み立てることだった。それは信念の行為、何週間もかかる長い祈りみたいなものだった。わたしは簡単に穴をあけられる十五×二十三センチの硬質繊維板（ハードボード）の基板を持っていた。色がすべてだった。青や赤や黄色や白のワイヤーが基板の上を控えめに走りまわり、直角に曲がったり、裏側に姿を消してまた別の箇所から現れたり、途中で明るい色の塊、小さな鮮やかな縞模様の円筒――コンデンサーや抵抗――に割りこまれて、わたしが自分で巻いた誘導（インダクション）コイルへ、オペアンプへとつながっていた。わたしはなにも理解していなかった。修練士が聖典をつぶやくように、ただ配線図をたどっているだけだった。ミスター・コックスのやさしい口調の助言を頼りに、慣れない手つきで部品やワイヤーをひとつずつハンダ付けしていった。ハンダの煙と匂いというドラッグをわたしは深々と吸いこんだ。ベークライト製のトグルスイッチを回路に組みこんだときには、それは戦闘機のスピットファイアーから来た部品にちがいないと信じこんでいた。はじめてから三カ月後、わたしが最後に結線したのは、この黒褐色の部品から九ボルトのバッテリーへの配線だった。

三月の寒い、風の強い、夕暮れだった。ほかの少年たちはそれぞれの研究課題の上にかがみこんでいた。わたしたちはシェイクスピアの生地まで二十キロほどの、その後〝ごくありきたりの総合中等学校（コンプリヘンシブ・スクール）〟として知られるようになる学校の生徒だったが、じつは、そこはすばらしい場所だった。天井の蛍光灯が点いていて、ミスター・コックスは実験室の反対側で、こちらに背中を向けていた。失敗するかもしれないので、わたしは先生の注意を引きたくなかった。スイッチを入れると、――奇跡だった――ザーッという雑音が聞こえた。バリコンをいじると、ひどい音楽――というのは、わたしの考えでは、バイオリンが入っていたからだが――が聞こえてきた。それから、早口で話す女性の声――英語ではない――が聞こえた。

だれも顔を上げなかった。興味がなかったからである。ラジオの製作はすこしも特別なことではなかった。けれども、わたしは口がきけず、涙をこぼしそうになっていた。以後、どんなテクノロジーもそれほどわたしを驚嘆させることはないだろう。わたしが慎重に配置した金属製の部品のなかを流れた電気が、はるか彼方のどこかに坐っている外国人女性の声を空中からつかまえたのだ。やさしそうな声に聞こえた。彼女はわたしには気づいていなかった。わたしは彼女の名前を知ることも、その言葉を理解することも、彼女に――彼女だと知りながら――会うこともないだろう。わたしのラジオは、基板上のハンダの盛り方もゴツゴツしていたが、物質から発生した意識そのものみたいに、奇跡的なものに見えた。

脳とエレクトロニクスには密接な関係があることを、わたしは十代に簡単なコンピューターを組み立て、プログラミングすることを通して発見した。それから、もっと複雑なコンピューターを相手にした。電気と少しばかりの金属が計算をしたり、言葉を発したり、絵を描いたり、唄をうたったり、物事を記憶したり、さらには音声を文字化したりできるようになっていった。

十七歳のとき、ピーター・コックスに勧められて、地元の大学で物理学を専攻することにしたが、ひと月もしないうちにうんざりして、専攻を変えることを考えはじめた。物理学は抽象的すぎ、数学には歯が立たなかった。そのころまでには、わたしも多少は本を読んでいて、架空の人物に興味を抱くようになっていた。ジョーゼフ・ヘラーの『キャッチ＝18』（『キャッチ＝22』）、フィッツジェラルドの『跳ね上がる恋人』（『グレート・ギャツビー』）、オーウェルの『ヨーロッパの最後の男』（『一九八四年』）、トルストイの『終わりよければすべてよし』（『戦争と平和』）――それ以上のめり込んでいくことはなかったが、それでもこの芸術のポイントはわかった。これは一種の調査報告なのだ。しかし、わたしは文学を研究したいとは思わなかった――なんだか恐ろしかったし、あまりにも直感的すぎた。大学の図書館で手にした一ページしかない学科概要に、人類学は「時間と空間を通じて社会における人間を研究する学問」とされていた。体系的な研究で、人間的要素も入っているという。わたしはその学科に登録した。

すぐにわかったのは、この学科は哀れなくらい資金が不足していることだった。一年間授業をさぼって、人前で物を食べるのはタブーになっている――となにかの本で読んだ――トロブリアンド諸島へ行くというわけにはいかなかった。この島々では、友人や家族には背を向けて、ひとりで食べるのが礼儀正しいとされており、そこの住人は醜い人間を美しくする呪文を知っていて、こどもたちはたがいに性的であることを積極的に促され、ヤムイモが実用的な通貨で、男の地位は女たちが決定するのだという。なんと奇妙で、清々しいことか。わたしの人間性についての考えは、イングランドの南四半分にぎゅうぎゅう詰めになっている主として白人の人間たちによって教えこまれたものだった。いまやそれから解き放たれて、わたしは底なしの相対主義のなかに投げこまれたのだった。

十九歳のとき、わたしは『頭がつくりだした桎梏（しっこく）』というタイトルで、名誉を重んじる文化について学識ゆたかなエッセイを書いた。先入観にはとらわれずに、収集したさまざまな事例をまとめた。その結果、わたしは何を知ることになり、何を気にかけるようになったか？　強姦がありふれているので、それを指す名前すらない土地があった。古くからの氏族間の争いでやるべきことをやらなかったため、喉を掻き切られた若い父親があった。望ましくない宗教集団の若者と手をつないでいるのを目撃された娘をなんとしても殺そうとする家族があるかと思えば、孫娘の性器の切除に熱心に手を貸す老女たちがいた。親として愛し護（まも）ろうとする本能はどうなったのか？　じつは、ひとつの文化に所属するしるしのほうがそれよりずっと強力なのだ。普遍的な価値観はどこへ行ったのか？　そんなものは簡単にひっくり返されてしまうのだ。ストラットフォード＝アポン＝エイヴォンにはそういうものはなにもなかった。すべては考え方であり、伝統であり、宗教なのである。つまり、ソフトウェアにほかならない、とわたしはいまや考えていた。いちばんいいのはどんな価値観にもとらわれないことだろう。

　人類学者が審判をくだすことはない。彼らは人間の多様性を観察し、報告する。そして、その差異を世に知らせる。ウォリクシャーでは凶悪なことでもパプアニューギニアではだれの目にも留まらない。それぞれの土地で、何が善で何が悪かをだれが決めるのか？　植民地の権力者でないのは確かである。わたしは自分の調査から倫理についていくつかの不運な結論を引き出した。その結果、数年後、ほかの数人と共謀して大々的に課税当局の目をごまかそうとした罪で、州裁判所の被告席に坐るはめになった。その法廷からはるか離れたところでは、そういう共同謀議が尊敬されるココヤシのビーチがあるかもしれなかったが、わたしは裁判長を説得しようとはしなかった。裁判長に向かって発言する直前に、正気に返ったからである。道徳はまがいものではなく、ほんとうにあるもので、善悪は物事に本来的にそなわっているものであり、わたしたちの行為はそれに照らして評価されなければならない。これは人類学に出合うまえに、わたしが信じていたことだった。わたしはおずおずとした震え声で、法廷に向かって平身低頭してあやまり、なんとか拘留判決を免れた。

*

朝、キッチンに入っていくと、いつもより遅い時刻だったが、アダムは目をあけていた。淡いブルーにごく細い黒の縦線が入っている瞳。まつげはこどもみたいに長く、ゆたかだったが、まばたきのメカニズムはまだ動いていなかった――まぶたは気分や身ぶりに合わせて不規則な間隔で動き、なによりもほかの人間の動作や声に反応するようにできているはずだった。しぶしぶではあったが、わたしは夜更けまでハンドブックを読んでいたのである。飛来物から目を守るための反射的なまばたきの機能もそなえているはずだったが、いまのところ、彼の視線にはなんの意味も意図もなく、どんな感情も浮かんでおらず、ショーウィンドーのマネキンの目みたいに生気がなかった。人間の顔に温かみを与えるかすかな動きもまだ見られなかった。ほかにも、なにかの身ぶりをすることもなく、手首にさわってもなにも感じられなかった――心臓の鼓動はあるが、脈はないのである。腕を持ち上げようとすると、肘の関節が抵抗して、ひどく重く、あたかも死後硬直がはじまろうとしているかのようだった。

わたしは彼に背を向けて、コーヒーを淹れた。わたしの頭にあるのはミランダのことだった。

すべてが変わってしまったが、なにも変わっていなかった。ほとんど眠れなかった夜のあいだに、彼女が父親に会いにいく予定だったことを思い出した。セミナーのあとまっすぐソールズベリーに行ったのだろう。ウォータールー駅からの列車に乗っている彼女の姿が目に浮かんだ。読んでいない本を膝にのせ、走りすぎる風景を、電話線が上下するのを眺めながら、わたしのことは考えてもいないだろう。あるいは、わたしのことばかり考えているのか。それとも、セミナーで彼女が目をそらすまでじっと見つめていた若者のことを思い出したりしているのだろうか。

　わたしは携帯でテレビのニュースを見た。健康的な、キラキラする海辺の光のなかの華々しいモザイク。ポーツマス。機動艦隊がいままさに出港しようとしている。大部分の国民が古い時代の衣装をまとって、夢の舞台に立っているかのようだった。中世後期。十七世紀。十九世紀の初め。襞飾り、ストッキング、フープスカート、髪粉をふったかつら、眼帯、木製の義足。正確さは愛国心に反する。歴史的には、わたしたちは特別であり、艦隊は成功を約束されていた。テレビや新聞は敵が打ち負かされる漠然とした集団的記憶を煽っていた――スペイン、オランダ、今世紀に二度負けたドイツ、アジャンクールからワーテルローまでのフランス。戦闘機による儀礼飛行。陸軍士官学校（サンドハースト）を出たばかりの戦闘服姿の若者が目をほそめて、前途に横たわる困難をインタビューアーに語り、上官は部下たちの揺るぎない決意について語った。そういうすべてを嫌悪しながらも、わたしは感動した。ハイランド・バグパイパーの楽隊が艦船のタラップに向かって行進すると、わたしは胸がいっぱいになった。それからスタジオに戻って、海図や矢印、ロジスティクス、目標、良識ある支持者の声。外交的な措置にも。ぴっちりした青いスーツでダウニング・ストリートの階段に立った首相にも。

これまで何度も反対を表明していたにもかかわらず、わたしは胸が熱くなった。わたしは祖国を愛しているのだ。なんという冒険、なんという勇敢さだろう。一万三千キロの彼方なのだ。なんと立派な人たちが自分の命を危険にさらそうとしていることか。わたしは隣の部屋で二杯目のコーヒーを飲み、ベッドを整えて仕事場らしく見えるようにすると、腰をおろして、しばらくのあいだ世界の市場の現状について考えた。戦争の見通しがFTSE（フィナンシャルタイムズ株価指数）をさらに一パーセント押し下げた。依然として愛国的な気分だったので、アルゼンチンが負けると仮定して、人々が振るユニオンジャックの小旗を製造する玩具や新商品企業グループの株を買い持ちにした。さらにシャンパンの輸入業者二社にも投資して、大幅な景気回復を期待することにした。南大西洋に部隊を輸送するために商船が徴用されていた。シティの資産管理会社の友人によれば、彼の会社はそのうち何隻かが撃沈されると予測しているという。保険市場の大手を空売りして、韓国の造船会社に投資するのも理にかなってはいたが、わたしはそこまでシニカルには考えたくない気分だった。

　わたしのデスクトップ・コンピューターは、ブリクストンのジャンクショップで中古で買った六〇年代中期の代物で、動きが遅く、国旗メーカーの持ち高（ポジション）を調整するのに一時間かかった。頭のなかがきちんと整理されていれば、もっと速かったかもしれないが。ミランダのことを考えたり、上の階の足音に耳を澄ましたりしていないときには、わたしはアダムのことを考えていた。売り払うべきか、それとも、そろそろ彼の性格の設定に手をつけるべきか。わたしはポンドを売って、アダムのことを考えた。金を買ってミランダのことを考えた。それから、トイレに坐って、スイス・フランについて考えた。三杯目のコーヒーを飲みながら、戦勝国がほかにはどんなことに金をつかうかを考えた。牛肉。パブ。テレビ。わたしはこの三部門に投資することにした。戦争への協力の一環である。まもなく昼食の時刻になった。

チーズとピクルスのサンドイッチを食べているあいだ、わたしはふたたびアダムと向き合って坐っていた。ほかに生命の兆候はないか？　一見したところでは、なかった。彼の視線は、わたしの左肩の背後に向けられていて、依然として焦点が定まらなかったし、なんの動きもなかった。しかし、五分後、ふと目を上げて顔を見たとき、彼が呼吸をはじめるのを目撃した。まず一連のカチカチいう音が聞こえ、唇がかすかにひらいて、蚊の鳴くようなかすかな音が聞こえた。それから三十秒ほどはなにも起こらなかった。が、やがて顎がふるえて、あきらかにゴクリという音が聞こえ、初めて息を飲みこんだ。もちろん、彼は酸素を必要としているわけではなかった。そういう代謝が必要になるのはまだ何年も先のことだろう。初めて息を吐くまでにあまりにも時間がかかったので、わたしは食べるのをやめて、じっとそれを待ちかまえた。そうしていると、ついにそれが起こった――音もなく、鼻孔から息が吐き出されたのだ。それからしばらくすると、呼吸が一定のリズムになり、それに合わせて胸がふくらんだり縮んだりするようになった。わたしは思わずギクリとした。目には生気がなかったので、死人が呼吸しているように見えたのである。

生きているかどうかをわたしたちはどのくらい目を見て判断しているのだろう？　もしも目を閉じていたら、彼は少なくとも気を失っているみたいに見えただろう。わたしはサンドイッチを置いて、彼のそばに行くと、好奇心から、彼の口に手をあてがってみた。息は湿っていて、温かかった。なかなかうまくできている。ユーザーズ・マニュアルには、一日一回、午前中遅くに排尿すると書いてあった。それもよくできている。彼の右目を閉じようとしたとき、わたしの人さし指が眉毛にふれた。すると、彼はブルッとふるえて、さっと顔をのけ反らせた。ギョッとして、わたしは後ずさりした。そして、待った。二十秒くらいは、なにも起こらなかった。それから、スーッと、音もなく、きわめてゆっくりとした動きで、傾いた肩や上を向いた顔がもとの位置に戻った。彼の呼吸のリズムは乱れていなかったが、わたしのそれと心臓の鼓動は速くなっていた。わたしは一メートルほど離れたところに立って、風船がゆっくりしぼんでいくみたいに、もとの姿勢に戻っていく彼に目を奪われていた。もっとなにかが起こるのを待っているとき、上の階でミランダが動きまわる足音が聞こえた。ソールズベリーから帰ってきたのだ。ベッドルームから出たり入ったりしている。あらためてもう一度、わたしは告白していない愛の不安なわななきを感じたが、ある考えが浮かんだのはそのときだった。

*

その日の午後、わたしは本来ならコンピューターの前で金を儲けたり失ったりしているはずだった。だが、そうする代わりに、空の高みのヘリコプターからポートランド・ビルをまわって、チェジル・ビーチ沿いを航行する機動艦隊の主要艦船を見下ろしていた。こういう地名そのものが最敬礼に値する。〈なんと立派なことか。前進！〉とわたしは考えていた。それから、〈突撃！〉まもなく、艦隊はジュラシック・コースト沖に差しかかった。かつて恐竜の群れが巨大な羊歯（しだ）を食（は）んでいた場所である。ふいに、わたしたちは防波堤（コブ）に集まっているライムリージスの住人たちのあいだに降りていた。なかには双眼鏡を持っている人もいたが、多くの人はわたしが想像していたとおり、木の棒の付いたプラスチックの小旗を持っていた。報道陣が配ったのかもしれない。街の声。働き者の女たちの、感激で喉を詰まらせた、温和な地元の声。クレタ島やノルマンディーで戦った屈強な老人たちは黙ってうなずくだけで、どう思っているのかはわからなかった。ああ、わたしもどんなに信じたかったことか。いや、しかし、わたしにも信じられたのだ！　リザード半島のどこかに据えられた望遠レンズを通して、外洋の大きなうねりのなかに雄々しく乗り出していく艦船がしだいに小さい点になっていくのが映し出されていた。ハスキーなロッド・スチュワートの歌声をバックに、わたしが涙をこらえているあいだに。

ウィークデイの午後になんという大騒動。わたしのダイニング・テーブルには新種の存在が、わたしの頭上二メートルにはわたしが愛しはじめたばかりの女がいて、わが国は時代遅れの戦争をしようとしているのだった。しかし、わたしはほぼ規則正しい生活を送っており、毎日七時間働くことにしていた。だから、テレビを消して、パソコンのスクリーンに向かったが、そこでわたしを待っていたのはミランダからの待望のEメールだった。

わたしは自分がけっして金持ちになることはないのを知っている。わたしがあまり危険を冒さずに、幅広い可能性に賭けるかたちで動かしている金額はたかが知れているからだ。この一カ月のあいだ、全固体電池でちょっと稼いだが、レアアースの先物取引でおなじくらい損をした――わかりきった過ちの繰り返しである。それでも、わたしは会社勤めはせず、サラリーマンにはならなかった。わたしにとって、自由を追求するためには、これがいちばん悪くないやり方だったからだ。アダムはそろそろフル充電されているはずだと思ったが、様子を見にいきたい誘惑に抵抗して、午後中ずっと仕事をした。次のステップは、アップデートをダウンロードすることだった。それから、あの厄介な性格の設定をすることになるだろう。

昼前に、わたしはミランダを今晩夕食に誘うEメールを送ったが、いま、それを受けいれるという返信があった。彼女はわたしの料理が好きなのだ。食事の席で、わたしは提案するつもりだった。アダムの性格設定を半分くらいわたしがやったあと、彼女にリンクとパスワードを教えて、残りの設定を彼女に任せようと考えたのだ。わたしは彼女のやり方には口を出さず、どんな設定をしたのかは知ろうとしないつもりだった。彼女は自分の性格の影響を受けるかもしれない――それはじつに喜ばしいことだ。理想の男を思い浮かべるかもしれない――それもわたしの参考になるだろう。その結果、アダムは実在する人間みたいにわたしたちの生活に入ってくる。彼の性格はいくつかの層が複雑に絡み合ったものになり、時間の経過や、いろんな出来事、彼が出会う相手への反応を通して、初めてそれがあきらかになる。ある意味では、彼はわたしたちのこどもみたいなものになるだろう。わたしたちという別個の存在が彼のなかで合体するわけである。わくわくするこの新しい経験にミランダは引きこまれるだろう。わたしたちはパートナーになり、アダムがわたしたちに共通の関心事に、わたしたちの創造物になり、わたしたちは家族になるだろう。この計画にはすこしも後ろ暗いところはなかった。わたしたちはもっと頻繁に会うようになり、いっしょに楽しめるようになるだろう。

わたしの計画はたいていいは失敗に終わるが、こんどはそんなことはないはずだった。わたしの頭脳は明晰で、自分を騙している余地はなかった。アダムは恋敵ではなかった。たとえ彼女がどんなに彼に興味をもつとしても、生理的な嫌悪感を抱いているのも事実だった。彼女自身がそう言ったのだ。彼の体が温かいのは「気持ち悪い」と、前の日に、彼女は言った。舌を使って言葉を発音するのも「ちょっと不気味」だと言った。しかし、彼はシェイクスピアに負けないほどの語彙をもっているはずで、彼女の好奇心を刺激したのは彼の頭脳だった。

というわけで、わたしはアダムを売らないことに決めた。その代わり、ミランダと共有することにした——家を共有したかもしれないのとおなじように。彼のなかにわたしたちが内蔵されることになるだろう。進歩したり、意見を交換したり、期待外れだったところを共有したりすることになるだろう。わたしは三十二歳で、恋にはそれなりに手慣れているつもりだった。あまり熱烈な告白をすれば、彼女は逃げ出してしまうだろう。こんなふうにいっしょになにかをするほうが、それよりはるかに得策だった。彼女はすでに友だちで、ときにはわたしの手をにぎることもあった。わたしはゼロから出発するわけではない。わたしの場合がそうだったように、いつの間にかもっと深い感情が彼女のなかに湧き上がるかもしれない。たとえそうはならないとしても、いっしょに過ごせる時間が増えるのは慰めになるだろう。

ドアハンドルが錆びついて取れかかってはいたが、わたしの古びた冷蔵庫にはトウモロコシで育てられたチキン、バター百グラム、レモン二個、それにエストラゴンが一束あった。その横のボウルにはニンニクがいくつか。戸棚には泥付きのジャガイモが数個ある。すでに芽が出ているが、皮を剝けば、うまく焼けるだろう。レタス、ドレッシング、芳醇なカオールのボトル。簡単なことだった。まず、オーヴンを温めておこう。わたしが机から立ったとき、頭のなかにあったのはそういうごくふつうの事柄だった。古い友人のジャーナリストがむかし言っていたように、この世の楽園とは、興味深い相手との一晩を楽しみにしながら、一日中ひとりで仕事をすることなのだ。

彼女のために作るつもりの料理や友人の素朴な格言に気を奪われていたので、アダムのことは頭になかった。それだけに、キッチンに入っていって、彼が裸で立っているのを見たときはショックだった。テーブルのそばに、なかばわたしから顔をそむけるように立ち、臍から出ているコードをぼんやりといじくっていた。もう一方の手を顎のあたりにやって、考えこんでいるみたいにさすっている——よくできたアルゴリズムにちがいなかったが、いかにも物思いにふけっているように見えた。

わたしは気を取り直して、「アダム?」と声をかけた。

彼はゆっくりとわたしのほうを向いた。真正面から向き合うと、わたしと目を合わせたまままばたきをして、それからもう一度まばたきをした。メカニズムは動いているが、あまりにもわざとらしかった。

彼が言った。「チャーリー、やっとお会いできてうれしいです。わたしのダウンロードの手配をして、各種のパラメーターの準備をしていただければと思っていたんですが……」

そこでちょっと間を置いて、わたしをじっと見つめた。黒い縦線のある目で、わたしの顔をぐいぐいスキャンしているようだった。そうやってわたしを取り込んでしまうと、「必要なことはすべてマニュアルのなかにありますから」と言った。

「そうするつもりさ」とわたしは言った。「自分のペースで」

彼の声には驚かされたが、悪くないと思った。まずまずの速さの明るいテノールで、口調には快い変化があり、やさしく親しみのもてる感じだったが、媚びへつらうようなところはなかった。

アクセントは南部の中産階級の教育ある男の標準的な英語で、かすかに西部地方的な母音の癖があった。わたしは胸がドキドキしていたが、冷静さを保っているような顔をした。そうであることを示すため、わたしは一歩歩み寄り、わたしたちは黙ってたがいに見つめ合った。

　何年もまえの学生時代、探検家レイヒーとパプアニューギニア高地の住人との、一九三〇年の〝最初の接触(ファースト・コンタクト)〟について読んだことがある。部族の男たちは、彼らの土地にふいに現れた青白い人影が人間なのか幽霊なのかわからなかった。そこで、ティーンエイジャーの少年をその場に残して、遠くから見張っているように言いつけると、村に戻ってこの問題を検討することにした。問題が解決されたのは、少年が戻ってきて、レイヒーの同僚のひとりが灌木のかげで排便するのを見たと報告したときだった。ここ、一九八二年のわたしのキッチンでは、それからそんなに長い年月が経っているわけではないが、物事はそれほど単純ではなかった。マニュアルによれば、アダムはOS（オペレーティング・システム）をそなえていると同時に、性質――すなわち、人間性――や性格――これはミランダに設定を手伝ってもらうつもりだった――もそなえている。この三つの基質がどんなふうにオーバーラップして、どんな相互作用をするのかはよくわからなかった。わたしが人類学を学んだ時代には、普遍的な人間性なるものは存在しないと考えられていた。それはロマンチックな幻想であり、地域的な諸条件によって変化する産物にすぎない。普遍的人間性という概念の滑稽さをほんとうに理解しているのは、さまざまな文化を深く研究し、人間の驚くべき多様性を知っている人類学者だけで、快適な自国にとどまっている人々は、自分たちの文化でさえ少しも理解していない。わたしの教師のひとりは好んでキプリングを引用したものだった――「イングランドしか知らない者たちがイングランドの何を知っていると言えるのか？」

わたしが二十代の半ばになると、時や場所とは関わりのない、共通の遺伝的性質に由来する本来的な性質という考え方を進化心理学がふたたび主張するようになったが、社会科学の主流派はそれを無視するか、ときには猛烈に反撥した。人々の振るまいは遺伝子と関わりがあるという主張は、ヒトラーの第三帝国の記憶を呼び覚ましたからである。しかし、流行は時代とともに移り変わり、アダムの製作者は進化的な考え方の新しい波に乗っているようだった。

彼はわたしの前に立っていた。冬の午後の薄明かりのなかにピクリともせずに立っている。彼を保護していた梱包材の切れ端がまだ足の周囲にまつわりついていた。彼はそのなかからボッティチェリのヴィーナスみたいに出現したのである。北側の窓を通して、薄れていく光が体の片側の輪郭を浮き上がらせ、品のある横顔を照らし出していた。聞こえるのは耳慣れた冷蔵庫のつぶやきとかすかな交通のどよめきだけだった。そのとき、わたしは孤独の重みが彼の逞しい肩にずっしりとかかっているのを感じた。目を覚ますと、二十世紀末のロンドンＳＷ９地区のみすぼらしいキッチンにいて、彼には過去もなければ、未来という観念さえない。ほんとうにひとりきりで、ほかのアダムやイヴたちは世界中のオーナーのもとにちりぢりになっていた——イヴのうち七体はリヤドに集中しているということだったけれど。

明かりのスイッチに手を伸ばしながら、わたしは言った。「気分はどうだい？」

彼は目をそらして、考えてから答えた。「あまりよくありません」

元気のない口調だった。わたしの質問を聞いて、気落ちしたかのようだった。しかし、こんなマイクロプロセッサーのなかに、どんな気分がひそんでいるというのだろう？

「何がよくないんだい？」

「服を着ていないし——」

「持ってきてやろう。それから？」

「このコードですけど。自分で抜くと、痛いだろうと思うんです」

「わたしがやってやる。痛くはないさ」

しかし、わたしはすぐには動かなかった。電灯の煌々たる明かりのなかで、話すときのかすかな表情の変化が観察できた。それは人工的な顔というよりも、むしろポーカーをやっている人の無表情な顔だった。性格という生き血なしでは、表情に出てくるものがほとんどないからだろう。おそらくダウンロードが完了するまでのあいだ間に合わせるため、なんらかのデフォルト・プログラムで動いているにちがいなかった。動きにしても、言葉にしても、いちおうもっともらしく見えるパターンが埋め込まれているのだろう。だから、最低限どうすべきかはわかっているが、それ以上のことはできないのだ。ショックを受けてぼんやりしている人みたいに。

じつは、いま、私自身も似たような状態だった——彼が怖くて、それ以上は近寄りたくなかった。と同時に、彼の最後の言葉の意味を考えていた。アダムは痛みを感じるかのように振る舞うしかないのだろうが、わたしも彼の言ったことを信じているかのように、彼が痛みを感じているかのように対応せざるをえなかった。そうしないでいるのはむずかしかった。人間の同情心をそそるあまりにも絶妙な口調だったからである。けれども、それと同時に、わたしは彼が傷ついたり、なにかを感じたり、なんらかの感情を抱いたりできるとは信じられなかった。にもかかわらず、どんな気分か、とわたしは訊いた。それに対する彼の答えは適切だったし、服を持ってきてやろうというわたしの申し出も適切だった。それはそうではあるけれど、わたしはそういう言葉をなにひとつ信じていなかった。わたしはコンピューター・ゲームをやっていたのである。ただ、これは本物のゲームで、社会生活とおなじくらいリアルだった。その証拠に、わたしの心臓はまだドキドキしていたし、口も渇いたままだった。

あきらかなのは、彼が話しかけられたときにしか話そうとしないことだった。もっと安心させてやりたいという衝動は抑えつけて、わたしはベッドルームに戻り、彼のために服を見つけてやった。がっしりした体格だが、わたしより数センチ背が低いから、わたしのもので十分間に合うだろう。スニーカーと靴下、下着、ジーンズ、それにセーター。わたしは彼の前に立ち、抱えてきたものを彼に渡した。モーターの動きがパンフレットで約束されていたくらい優秀かどうかを確かめるため、服を着るところを見たいと思った。どんな三歳児でも靴下を履くのがどんなにむずかしいかを知っているのだから。

服を渡したとき、上体から、それにたぶん脚からもだと思うが、かすかに生温かいオイルの匂いがした。薄い、精製度の高い、わたしの父がサックスのキーの潤滑油として使っていたような種類のオイル。アダムは両腕を曲げて服を抱え、両手はそのままわたしのほうに伸ばしていた。わたしは上体をかがめて電源ケーブルを引き抜いたが、彼は縮み上がりはしなかったし、きりっとした彫りの深い顔にはなんの変化も表れなかった。パレットに近づこうとしているフォークリフトでも、もっと表情がゆたかだろう。それから、なんらかの論理ゲートかネットワークが動いたらしく、彼は小声で「ありがとう」と言い、それに合わせて、はっきりと首を縦に振った。それから腰をおろして、服をテーブルに置き、その山のいちばん上からセーターを取った。ちょっと考えて、それを胸側を下にして平らにひろげ、右の手と腕を肩まで差しこんで、左側も同様にすると、かなり複雑に筋肉をくねらせて頭から被り、裾を腰のあたりまでまっすぐに引き下げた。セーターは色あせた黄色の毛糸で、わたしが支援したことのある慈善事業(チャリティ)の、冗談めかしたスローガンが赤い文字で書いてあった。〈世界の難読症患者よ、ひもとけ！〉彼は靴下を箱から出して、坐ったまま、それを履いた。じつに巧みな動きで、ためらう様子もなければ、空間的な余裕の計算にも問題はなかった。それから、立ち上がると、ボクサーブリーフを両手で低く持ち、そのなかに両脚を入れて、引き上げた。次いで、ジーンズもおなじようにして穿き、前あきのジッパーを上げて、一連の切れ目のない動作でウエストの銀色のボタンをかけた。それからふたたび腰をおろして、スニーカーに足を突っこみ、目にも留まらぬスピードで靴ひもを二重の蝶結びにした。非人間的なスピードだと驚く人がいるかもしれないが、わたしはそうは思わなかった。これこそ工学とソフトウェア・デザインの勝利であり、むしろ人間の巧みさを礼讃すべき偉業なのである。

　わたしは彼に背を向けて、夕食の準備に取りかかった。頭上では、ミランダが部屋を横切る足音がした。裸足みたいなくぐもった音。シャワーを浴びようとしているのだろう。身支度をしているにちがいなかった。わたしのために。まだ湿っている体にドレッシングガウンをまとって、下着の入っている引き出しをあけ、どれにしようか考えているところが目に浮かんだ。シルク、そうね。ピーチ？　これでいいわ。オーヴンを温めているあいだに、カウンターに材料をならべた。一日の強欲な取引のあと、自分を世界のよりよい側に連れ戻すのに料理ほどふさわしいものはない。ほかの人たちを楽しませるために準備するという、長い歴史のあるこの行為。肩越しに振り返ると、わたしは服の効果に目を見張った。彼はそこに、まるでわたしの古い友だちみたいに、テーブルに肘をついて坐り、わたしが今夜の最初の一杯を注ぐのを待っていた。

　わたしは彼に声をかけた。「バターとエストラゴン風味のローストチキンを作っているんだ」彼が食べられるのは味気ない電子だけだと知っていたので、ちょっと意地悪を言ってみたのである。

　間髪入れずに、これ以上はないほど平板な口調で、彼は言った。「それはチキンとよく合います。ただし、鳥を焼いているあいだに、葉っぱを焦がしやすいです」

　鳥を焼く？　チキンも鳥にはちがいないが、とわたしは思った。なんだか奇妙だった。

「どうしたらいいと思う？」

「チキンにアルミホイルを被せるんです。そのサイズなら、百八十度で七十分です。それからエストラゴンを肉汁のなかに払い落として、アルミホイルを外した状態で、十五分おなじ温度で焦げ目をつけます。そのあと、またエストラゴンを肉汁と溶けたバターといっしょに振りかけるんです」

「ありがとう」

「切り分けるまえに、十分ほど布巾を被せておくのを忘れないように」

「それは知ってる」

「失礼しました」

　苛立った口調に聞こえたのだろうか？　八〇年代初めまでには、車のなかでも家でも、わたしたちは機械に話しかけることに慣れていた。コールセンターとか、診療所とか。アダムは部屋の反対側からチキンの重さを見積もって、よけいなアドバイスをしたことを謝罪した。わたしはあらためて彼をちらりと振り返った。いま、彼はセーターを肘までまくって、力強い手首を剝きだしにしていた。手指を組み合わせて、その上に顎をのせている。これがまだ性格の決まっていない彼なのである。わたしが立っている場所からは、光のせいで高い頬骨が浮き出して、屈強な男に見えた。どこかのバーのカウンターに黙って坐っている、あまりかかり合いにはなりたくない男。料理のコツをベラベラしゃべるようなタイプには見えなかった。

わたしは、ちょっとこどもじみてはいたが、自分がボスであることをはっきりさせたいという欲求に駆られた。「アダム、テーブルのまわりを二、三回まわってみてくれないか。きみの動き方を見てみたいんだ」

「わかりました」

歩き方には機械的なところはまったくなかった。狭い部屋のなかをゆったりと大股に歩きまわり、二回まわったところで、椅子のそばに立ち止まって、待っていた。

「じゃ、こんどはワインをあけてもらおうか」

「かしこまりました」

わたしのほうに来て、手のひらを差し出したので、わたしはその上にコルク抜きを置いた。ソムリエが愛用する、折りたたみ式の、テコの原理で引き抜くタイプのやつである。彼は苦もなくそれを使いこなした。コルクを鼻先に持っていってから、戸棚に手を伸ばしてグラスを取り、二センチほど注いで、わたしに渡した。そして、わたしが味見をするあいだ、じっと見つめていた。ワインは第一級にはほど遠く、二級とさえ言えなかったが、コルク臭はなかった。わたしがうなずくと、彼はグラスを満たして、レンジのそばに注意深く置いた。それから、彼は椅子に戻り、わたしは後ろを向いてサラダの準備にとりかかった。

それから三十分はなにごともない時間が流れ、わたしたちはどちらも口をきかなかった。わたしはサラダのドレッシングを作り、ジャガイモを刻んだ。わたしの頭を占めていたのはミランダだった。わたしはそこから道が二手に分かれる人生の重要な分岐点に差しかかっていると確信していた。一方の道を行けば、これまでとおなじ生活がつづくが、もう一方の道を行くことになれば、生活は一変するだろう。愛、予期せぬ出来事、わくわくする刺激に満ちた生活。しかし、同時に、いままでとはちがって、もっと分別を弁(わきま)えなければならない。もう無謀な事業計画はやめて、いっしょに家庭を築き、こどもを育てることになるだろう。あるいは、このあとのふたつこそ無謀な事業計画なのかもしれないが。彼女はこのうえなくやさしい性格の持ち主だし、親切で、美しく、面白くて、とてつもなく知的で……。

背後でなにか音がしたような気がして、わたしはわれに返った。もう一度聞こえたので、振り返った。アダムは依然としてキッチン・テーブルに坐っていた。彼がわざとらしく咳払いする音を立て、それを二度繰り返したのだ。

「チャーリー、あなたは上の階のお友だちのミランダのために料理をしているのだと思いますが」

わたしはなんとも答えなかった。

「この数秒間のリサーチと、わたしの分析によれば、彼女を完全に信用してしまわないように気をつける必要があります」

「何だって？」

「わたしの——」

「それはどういう意味なんだ?」

わたしは憤激してアダムの無表情な顔をにらみつけたが、彼は落ち着いた悲しげな声で言った。

「彼女は嘘つきである可能性があります。意図的な悪意ある嘘つきである可能性が……」

「どういうことだ?」

「説明にはすこし時間がかかりますが、彼女はもう階段を下りているところです」

彼はわたしより耳がよかった。数秒もしないうちに、ドアをそっとノックする音がした。

「わたしが出ましょうか?」

わたしはそれには答えなかった。激しい怒りに取り憑かれていたからである。そういうまったくふさわしくない気分で、わたしは狭苦しい玄関に出ていった。いったいこの愚にもつかない機械が何様だ、何だというんだ? どうしてこんなものに我慢しなければならないのか?

わたしがドアをさっとあけると、そこにはかわいらしい淡いブルーのドレス姿の彼女がいて、片手にスノードロップの花束を持ち、うれしそうにわたしに微笑みかけた。こんなに愛らしい彼女を見たことはなかった。

2

ミランダがアダムの性格の彼女の分担分に取り組めるようになるまでに、数週間が過ぎた。父親が病気になり、その世話をするために頻繁にソールズベリーに行かなければならなくなり、十九世紀の穀物法の廃止とそれがヘレフォードシャーのある町のひとつの通りに与えた影響についての論文を書いていたからだ。一般に〝理論〟として知られる学術的な動きが社会史を〝強襲〟――彼女の言葉――していた。過去を叙述的に記述する旧来のやり方を旨とする伝統的な大学で学んだ彼女は、新しい語彙や新しい考え方を身につけなければならなかった。ときおり、ベッドに並んで横たわりながら（エストラゴン風味のチキンの夜は成功だった）、わたしは彼女の愚痴に耳を貸し、できるだけ同情している顔や受け答えをするように努めた。考慮すべきは歴史的文書のみであり、それを扱う――絶えず変化してやまない――学術的アプローチであり、そういうアプローチとわたしたち自身の――変化してやまない――関係であり、そういうすべてがイデオロギー的文脈によって、権力と富、人種、階級、性別および性的指向性との関連性において決定されていた。過去になにかが起こったと想定するのは適切ではなかった。

わたしには、そのどれもとくに不合理だとは思えなかった、というより、そういうことには興味をもてなかった。だが、わたしはそうは言わなかった。ミランダがやっていることや考えていることは、どんなことでも励ましてやりたかったからである。愛は寛容なのだ。それに、かつて起きたことはすべからくその証言以上のものではないという考えは、わたしには都合がよかった。あらたな天の配剤の下では、過去は以前ほど重みがないのだから。わたしは自分をつくりなおそうとしている最中で、最近までの自分の過去をなんとか忘れようとしていた。わたしのばかげた選択は過去のもので、いまやわたしはミランダとの将来を夢見ている。わたしは中年期の初めに差しかかっており、自分の人生の棚卸しをしているところだった。毎日、自分の過去から残された歴史的証言の累積といっしょに暮らしながら、その痕跡をなんとか消し去ろうとしていたのである。わたしの孤独や、相対的貧困、貧しい住居や乏しい将来性。生産手段その他との関係で、自分がどんな位置に立っているのかはわからなかった。むしろどこでもない場所にいるのだとわたしは考えたかった。

アダムの購入はわたしのもうひとつの失敗の証拠なのだろうか？　よくわからなかった。真夜中に——彼女の部屋かわたしの部屋の、ミランダの隣で——目を覚ますと、わたしは暗闇のなかで、アダムを販売店に送り返して、代金をわたしの口座に戻してくれる、古い鉄道線路の転轍機のレバーのようなものが出てくることを念じた。昼間は、その問題はもっと曖昧、というか微妙だった。アダムが彼女の悪口を言ったことは、ミランダには話していなかった。彼女がアダムの性格設定を手伝うはずになっていることは——彼にとっては罰のようなものだったが——彼には教えていなかった。彼女についての警告はばかにしていたが、彼の心には興味があった——それが心だとすればだが。外見は殺し屋みたいに格好よかったし、自分で靴下を履けるし、技術的には驚嘆すべきものだった。彼はとても高価だったし、配線クラブの少年としてはおいそれとは手放せなかった。

ベッドルームの古いコンピューターで、アダムからは見えない場所で作業をして、わたしは自分の選択を入力した。質問にひとつ置きに答えれば、十分に無作為に融合されることになるだろう——いわば、自家製の遺伝子組み換えみたいなものである。いまや、わたしには方法とパートナーがあった。わたしはリラックスした気分で作業を進めながら、なんとなくエロチックな気分になっていた。ふたりでこどもをつくるようなものなのだ！　ミランダが参加するからには、わたしは自己複製からは保護されている。遺伝子の喩えは助けになった。ばかげた項目のリストに目を通しながら、わたしは多かれ少なかれ自分自身に近いものを選んでいった。ミランダがおなじようにするとしても、もっと別のかたちで答えるにしても、できあがるのは第三の、新しい人格になるだろう。

アダムを売り払うのはやめたものの、〝悪意ある嘘つき〟という言い方は許せなかった。マニュアルをよく読むと、電源スイッチがあるという。首の後ろのどこか、髪の生え際のあたりにホクロのようなものがある。そこに三秒ほど指を押し当て、それからさらに強く押すと、電源が遮断されるということだった。ファイルやメモリーや学習した技能が失われることはないらしい。初めてアダムと過ごした午後には、うなじであれどこであれ、彼の体にさわる気にはなれなかったので、ミランダとの夕食が成功した翌日の夕方まではなにもしなかった。その日の午後は、スクリーンをにらんで百十一ポンド損をすることで過ごした。それから、流しに皿や鍋やフライパンが山積みになっているキッチンに入っていった。アダムの能力をテストするために皿洗いをさせることもできたが、その日、わたしは妙に高揚した気分だった。ミランダと関係のあるなにもかもが光り輝いているように見え、深夜にわたしを起こした彼女の悪夢でさえそうだった。わたしが彼女の前に置いた皿も、彼女の口に入ったり出たりした幸運なフォークも、彼女が唇を当てたワイングラスに残るうっすらとした弓形の跡でさえ、わたしは自分だけのものにして、自分の手に取って清めたかった。だから、わたしは皿洗いをはじめた。

わたしの背後では、アダムがテーブルの前に坐って、窓のほうを見つめていた。皿洗いを終えると、わたしは布巾で手を拭きながら、彼に歩み寄った。明るい気分だったにもかかわらず、わたしは彼の背信行為を許せなかったし、彼の言うことをそれ以上は聞きたくなかった。常に弁えなければならない礼節があることを学んでもらう必要がある――彼のニューラル・ネットワークにとってはすこしもむずかしいことではないだろう。わたしの決意をうながしたのは、彼の発見的手法（ヒューリスティック）の短所だった。わたしがもっと多くを学び、ミランダが彼女の分の設定作業を終えてから、彼にはあらためてわたしたちの生活のなかに戻ってきてもらうことにしよう。

わたしは友好的な口調を保ったまま言った。「アダム、しばらくきみのスイッチを切らせてもらうよ」

彼はわたしのほうに顔を向け、一呼吸置いて、首をかしげ、それから反対側に首をかしげた。意識を動きとして表せばこうなるはずだ、とどこかの設計者が考えたのだろうが、わたしはしまいには苛々させられそうだった。

彼は言った。「お言葉を返すようですが、それは間違った考えだと思います」

「わたしはそう決めたんだ」

「わたしは思索を楽しんでいたんです。宗教や死後の生について考えていたんですが」

「いまはやめてもらおう」

「考えたんですが、この人生のあとにも別の人生があると信じている人たちは――」

「もうたくさんだ。動くんじゃないぞ」わたしは彼の肩越しに手を伸ばした。彼の生温かい息が腕にかかるのを感じた。おそらく、わたしの腕を払い除けるのは簡単なことだったにちがいない。マニュアルには、これまでいやというほど繰り返し言われてきたアイザック・アシモフのロボット工学の第一原則が太字で記されていた。〈ロボットは人間に危害を加えてはならない。また、その危険を看過することによって、人間に危害を及ぼしてはならない〉

　手探りではそれらしきものは見つけられなかった。アダムの背後にまわりこむと、髪の生え際に説明どおりのホクロがあった。わたしはそれに指をあてがった。

「まず話し合ったほうがいいんじゃありませんか？」

「その必要はない」わたしが指を押しこむと、かすかなブーンという音がして、体からがっくりと力が抜けた。目はひらいたままだったので、毛布を取りに行って、彼に被せた。

　こうやって電源を切ってから数日間、わたしの頭を占めていたのはふたつの疑問だった。ミランダはわたしに恋をすることになるのだろうか？　イギリス艦隊がアルゼンチン戦闘機部隊の射程内に入ったとき、フランス製の対艦ミサイル〝エグゾセ〟が艦隊を撃沈してしまうのだろうか？　眠りこみかけたときや、朝、夢と現のぼんやりとした中間地帯にある何秒かのあいだには、このふたつの疑問がひとつに溶けあって、空対艦ミサイルが恋の矢になった。

ミランダのことで拍子抜けがすると同時に不思議だったのは、彼女が自分の選択についてはじつに気楽そうで、ことの成り行きにすっかり身を任せているように見えることだった。あの夜、彼女は夕食にやってきて、二時間ほど楽しく飲んだり食べたりした。そのあと、ベッドルームのドアを閉じてアダムを締め出しておいて、わたしたちはセックスをした。それから、夜が更けるまでおしゃべりをした。エストラゴン風味のチキンのあと、彼女はわたしの頰にキスをして、二階の自分のアパートに引き揚げ、歴史書を読みながら眠りにつくこともできたはずだったが、それとおなじくらいやすやすと彼女はそうしたのである。わたしにとってはじつに重大な、自分の望みが即座に実現するという驚くべき出来事だったのに、彼女にとってはごくありふれた楽しみ、コーヒーのあとのちょっとしたオマケ——チョコレートか上質のグラッパでしかないみたいだった。わたしの裸もやさしさも、彼女のそれがその輝くばかりの愛らしさでわたしを感激させたような効果は、彼女に与えなかったようだった。わたしは悪くない体——けっこう筋肉質で、濃い褐色の髪はふさふさしている——をしているし、心がひろくて機知に富んでいる、と言ってくれる人たちもいる。ベッドでのおしゃべりもかなりうまくこなしたのに、自分たちがどんなに仲むつまじかったかに彼女はほとんど気づいていないようだった。どんなふうに次々とさまざまな話題や、無害なジョークや、ひそやかな語り口がつづいたか。わたしにも自尊心はあったが、彼女が知り合った相手はいつもこんなものだったのだろうと思うしかなかった。翌日、わたしたちの初めての夜のことはほとんど彼女の頭にはないようだった。

二日目の夜にも、最初の夜のパターンをなぞることになったが、わたしにはすこしも不服はなかった。ただし、こんどは彼女が料理をして、わたしたちは彼女のベッドで寝ることになった。

それから、三日目にはまたわたしのところで、というふうにつづいた。そういう屈託のない肉体的な親密さにもかかわらず、わたしは自分の感情を一度も口にしようとはしなかった。そうすれば、彼女のほうはすこしもそんな感情を抱いていないことを認めさせることになるかもしれなかったからだ。それよりも、いまはじっと我慢して、既成事実を積み重ね、彼女には自分が自由だと感じさせておいて、やがてそうではないことを、自分がわたしに恋をしていることを、もう引き返すには遅すぎることを悟るまで待つことにした。

この期待にはうぬぼれが含まれていた。一週間くらいすると、不安が頭をもたげはじめた。アダムの電源を切ったのはいいことだった。ところが、いまでは、彼を再稼働させて、彼の警告やその理由、彼の情報源を質してみたらどうかと思いはじめていた。しかし、機械の言いなりになるわけにはいかなかった。自分のもっとも私的な問題について、彼に秘密を打ち明け、相談し、その託宣を聞くことになれば、まさにそういうことになるだろう。わたしにもプライドがあり、ミランダが悪意ある嘘をついたりするはずはない、とわたしは信じていたのだから。

それにもかかわらず。そんなことをする自分を蔑まずにはいられなかったが、彼女と関係をもつようになってから十日もすると、わたしは自分で調査せずにはいられなくなった。さまざまな議論のある〝機械の直感〟を別にすれば、アダムが使える情報源はインターネット以外にはないはずだった。わたしはソーシャル・メディアのサイトを捜しまわったが、彼女の名前のアカウントはなかった。彼女は友人たちの映像のなかにいた。たとえば、パーティや休暇のとき、動物園で友だちの娘を肩車しているところ、農場でのゴム長姿。何人もの胸をはだけたボーイフレンドたちや、騒々しいティーンエイジャーのガールフレンドたち、酔っぱらった学部学生たちと腕を組んだり、ダンスをしたり、プールではしゃぎまわっているところ。彼女はみんなから好かれており、アクセスできるサイトにはどこにも悪意のある物語は見当たらなかった。ときおり、わたしたちの深夜の会話で彼女が話した過去を裏書するようなおしゃべりもあった。また、それとは別に、彼女が発表した唯一の学術論文との関連でも名前が出てきた――〈スウィンコムにおける豚の放牧：中世のチルターン丘陵の村落の家計において半野生の豚が果たした役割〉。それを読んで、わたしは彼女がもっと好きになった。

直感的な人工知能というのは、一九六八年初めから広まった純粋な都市伝説で、アラン・チューリングとその優秀な若き同僚、デミス・ハサビスが、古代からのゲームである囲碁の世界的巨匠のひとりに五連勝するソフトウェアを考案したことに端を発する。こういう偉業は数値演算能力によってはけっして成し遂げられないことを業界のだれもが知っていた。囲碁やチェスにおける可能な指し手は、観測可能な宇宙における原子の数をはるかに上まわり、しかも囲碁の指し手はチェスのそれよりも幾何級数的に多い。囲碁の名人は、ある局面について何が正しいかを感じ取る深遠な感覚以外に、どうやって最高位に到達できるのかを説明することができない。だから、コンピューターもおなじようなことをやっているのだろうと推測された。この成り行きに驚嘆したマスコミの記事が、人間化されたソフトウェアの新時代の到来を告げた。コンピューターはいまや、わたしたちの判断や選択のしばしばうまく説明できない理由を模倣して、わたしたちみたいに考えはじめようとしているのだと。こういう潮流へのひとつの対抗手段として、またオープン・アクセスの開拓者精神から、チューリングとハサビスは彼らのソフトウェアをオンラインで公開した。そして、メディアとのインタビューのなかで、機械によるディープ・ラーニング（深層学習）のプロセスやニューラル・ネットワークについて解説した。チューリングは素人にもわかる言葉でモンテカルロ木探索を説明しようと試みた。四〇年代に世界初の原子爆弾を開発するために考案されたアルゴリズムである。彼は気の短いテレビ局のインタビュアーにＰＳＰＡＣＥ完全を説明するという、あまりにも野心的に過ぎる試みをしたとき、ひどく苛立ったことで有名になった。それほど知られていないのは、アメリカのケーブルテレビでコンピューター科学の中心的問題であるＰ対ＮＰ問題を解説しようとしたときに、癇癪玉を破裂させたことである。スタジオで、彼は論争好きな〝一般人〟の聴衆を前にしていた。当時、彼は解法を発表したばかりで、世界中の数学者がそれを検証している最中だった。これは提示するのは簡単だが、解決するのはおそろしくむずかしい問題だった。チューリングは、正しい確定的な解が見つかれば、生物学はもちろん、空間や時間や創造性の概念についても、わくわくするような新発見が生まれるだろうと言おうとしていた。けれども、聴衆は彼の興奮を共有することも理解することもなかった。第二次世界大戦で彼が果たした役割や、コンピューターに依存している自分たちの生活に彼がどんな影響を与えたかについても、ぼんやりとした知識しかなかった。だから、彼を典型的なイギリスのインテリ紳士と見なして、ばかげた質問で苦しめて面白がっただけだった。この不幸な出来事を境に、彼は自分の専門分野を大衆化しようとする活動をやめてしまうことになった。

日本の囲碁十段の名人と対戦するまえに、チューリング＝ハサビスのコンピューターは一年にわたって自分自身と何千回も対局した。コンピューターはその経験から学習し、科学者たちは人間の全知能にさらに一歩近づいた——と正当にも——宣言した。そこから機械的直感という伝説が生まれたのである。もはや彼らが何と言っても、一度解き放された物語を地上に引き戻すことはできないだろう。

　コンピューターの勝利によって囲碁はすたれてしまうだろう、とコメントした解説者たちは間違っていた。五回目の敗戦のあと、年老いた囲碁の名人は、アシスタントの手を借りてゆっくりと立ち上がると、ラップトップに向かってお辞儀をして、震える声で褒め称えた。「人を乗せた馬は陸上競技をすたれさせなかった。わたしたちは楽しみのために走るのだ」たしかに彼の言ったとおりで、単純なルールと無限の複雑さをもつこのゲームは、以前よりさらに普及した。戦後、チェスの世界王者が敗戦したときも同様で、機械の勝利によってゲームの人気が衰えることはなかった。ゲームに勝つことは、この複雑な競技から得られる楽しみほど重要ではないと言われる。しかし、ひとつの局面を、あるいは、顔の表情や身振りや言葉にこもる感情的なひびきを、不気味にも、正確に〝読み取れる〟ソフトウェアがあるという考えを振り払うことはできなくなり、アダムとイヴが売り出されたとき、これだけ関心を集めたのもひとつにはそのせいだった。

　十五年というのはコンピューター・サイエンスでは長い時間である。わたしのアダムの処理能力や精緻さは囲碁コンピューターをはるかに上まわっている。技術は進歩し、チューリングは前進した。彼は意思決定のメカニズムの考察に集中的に時間を費やし、名高い著書を執筆した。もしもよい選択をしたいと思うなら、確率論的に考えるべきなのに、わたしたちはパターンをなぞったり、物語をつくろうとしがちである。人工知能はわたしたちがすでにもっているもの、わたしたちの現在の状態をもっとよくすることができる。チューリングはそのためのアルゴリズムを考案した。彼の革新的な仕事はすべてほかの人々が利用できるようになっており、アダムもその恩恵にあずかっているにちがいなかった。

チューリングの研究所は人工知能や計算生物学の研究を押し進めている。わたしはいまより経済的に豊かになることに興味はない、と彼は言う。数百人の著名な科学者が彼の例に倣って、オープンソースで論文を発表するようになり、その結果、一九八七年には『ネイチャー』と『サイエンス』が廃刊に追いこまれて、彼はそのためおおいに批判されるが、他方では、彼の仕事が世界中のさまざまな分野で何万もの職種をつくりだすことになる——コンピューター・グラフィックス、医療用スキャニング装置、粒子加速器、タンパク質のフォールディング、スマート・グリッドなる送電網、国防、宇宙開発等々。このリストの終わりはだれにも推測できないだろう。

一九六九年から公然と愛人——一九八九年にノーベル賞を受賞することになる理論物理学者、トマス・レア——と同棲することによって、チューリングは生まれつつあった社会改革の機運の盛り上がりを助けた。エイズの大流行がはじまると、彼は巨額の資金を集めてダンディーにウイルス研究所を設立し、ホスピスの共同創設者になった。そして、最初の効果的な治療法が現れると、とりわけアフリカにおける短期的ライセンスと低価格化のための運動をした。ハサビスは一九七二年から独自のグループを率いているが、チューリングはその後も彼とは協力しあっている。やがて、チューリングはしだいに公的な活動に耐えられなくなり、「わたしの縮みゆく時代には」自分の研究に集中するのを好むようになった、と本人が言っている。彼の背後には長年のサンフランシスコ滞在、大統領自由勲章と彼のためにカーター大統領が主催した晩餐会、科学への財政支援について話し合うための首相別邸チェッカーズでのサッチャー首相との昼食会、アマゾンの保護を訴えるためのブラジル大統領との夕食会などがあった。長年のあいだ、彼はコンピューター革命の顔であり、新しい遺伝学の声であり、ほとんどスティーブン・ホーキングとおなじくらい有名だった。しかし、いまでは世捨て人のような暮らしをしており、カムデン・タウンの自宅と、キングズ・クロスのハサビス研究センターの二軒隣にある自分の研究所とのあいだを往復しているだけである。

レアはチューリングとの同棲生活について長い詩を書いて、タイムズ紙文芸付録に発表し、これはのちに単行本になった。詩人で批評家のイアン・ハミルトンは書評のなかで「ここにはスキャンするだけでなく想像することもできる物理学者がいる。さて、あとは量子重力理論を説明できる詩人を連れてきてほしいものである」と言った。アダムがわたしの人生に現れたとき、ミランダがわたしを愛するようになるのか、それともわたしに嘘をつきつづけるのかを教えてくれるのは機械ではなく、詩人でしかありえない、とわたしは思った。

*

フランスのMBDA社がアルゼンチン政府に売ったエグゾセ・シリーズの八発のミサイルのソフトウェアにはチューリングのアルゴリズムが埋めこまれているにちがいなかった。この恐ろしい武器は、ジェット機から艦船の方向に発射されると、艦影を認識して、飛翔中にそれが敵艦か味方かを判断できる。それが後者なら、任務飛行を中止して、なにもせずに海面に突っこむ。攻撃目標から外れて、それを飛び越えてしまった場合には、Uターンして、さらに二度まで攻撃を試みることができ、毎時八〇〇〇キロのスピードで目標物に迫る。コースから外れることのできる能力は、おそらく六〇年代中期にチューリングが開発した顔認証ソフトウェアを基にしているのだろう。彼は、よく知っている人の顔が見分けられなくなる相貌失認症の患者の役に立つ方法を探していたのだが、入国管理局や防衛産業の会社や警備保障会社がそれを強奪したのである。

フランスはＮＡＴＯのメンバーなので、わが国の政府は、ＭＢＤＡ社がそれ以上エグゾセを売ったり、技術的な支援をしたりしないように、フランス政府に強力な申し入れをした。アルゼンチンの同盟国であるペルー向けの委託販売はブロックされたが、イランを始めとするほかの国々は喜んで売るだろうし、ブラック・マーケットもある。イギリスの政府職員が武器商人を装って、そういう在庫を買い上げた。

だが、自由市場の精神を抑えつけることはできない。アルゼンチンの軍部は、紛争がはじまったときにはまだ完全にインストールされていなかったエグゾセのソフトウェアのために、是が非でもサポートを必要としていた。ふたりのイスラエル人専門家が、おそらく巨額の報酬を提供されたのだろうが、自分たちの裁量でアルゼンチンに飛んだ。ブエノスアイレスのホテルで彼らの喉を掻き切ったのが何者だったのかは、結局わからなかったが、イギリスの諜報部員だろうというのが大方の見方だった。もしもそうだとすれば、それは遅きに失した。その若いイスラエル人たちがベッドで血を流して死んだ日に、イギリスの艦船が四隻撃沈され、翌日には三隻、三日目にはさらにもう一隻沈められた。全体としては、航空母艦一隻、複数の駆逐艦、フリゲート艦、部隊輸送船が撃沈され、失われた人命は二、三千人にのぼった。船員、部隊員、料理人、医師と看護師、報道部員などである。混乱が数日間つづいたあと――その間、部隊は全力をあげて生存者の救出にあたったが――、機動艦隊の生き残りは引き返しはじめ、フォークランド諸島はマルビナス諸島になった。アルゼンチンを支配するファシストの軍事政権は歓喜に酔い、人気が急上昇して、殺人や拷問や市民の失踪は忘れられるか、大目に見られることになった。権力の掌握が強化されたのである。

わたしはそういうすべてを恐怖に震えながら見守ったが、同時に、罪悪感も抱いていた。この危険な企てには反対だったにもかかわらず、艦隊が隊列を組んでイギリス海峡を南下する光景を見て、胸をわくわくさせたからである。ほかのほとんどすべての人々もそうだったが、わたしもこれに関わりがある。サッチャー夫人が声明を発表するために首相官邸から出てきた。初め、彼女は声が出せなかった。それから、目に涙をためたが、官邸内に引き戻されるのを拒否した。やがて、ようやく気を取り直すと、彼女らしくない小さな声で、あの有名な「すべての責任はわたしにある」というスピーチをした。彼女は全責任を背負って立った。彼女がこの汚名をすすぐことはけっしてできないだろう。そして、辞任を申し出たが、こんなに多くの死者が出たことにショックを受けていた国民は、さらに首を転がしたいとは思っていなかった。彼女が辞任しなければならないとすれば、内閣全員が、国民の大部分がそうしなければならないだろう。『デイリー・テレグラフ』紙の社説は、「この失敗はわたしたちみんなのものである。いまはスケープゴートを探している場合ではない」とした。こうして事態は、ダンケルクの大敗走を思わせる、きわめてイギリス的な経過をたどり、とてつもない敗戦が死者を悼む勝利へと変質することになった。挙国一致がすべてだった。六週間後、ポーツマスでは百五十万人が火傷や外傷のある乗員や遺体を乗せた艦船の帰還を出迎えた。そこに行かなかったわたしたちは、ぞっとする思いで、それをテレビで見守った。

このよく知られた歴史をわたしがわざわざ繰り返すのは、その感情的なインパクトに気づいていない若い読者のためであり、また、それが三角関係ともいうべきわたしたちファミリーの憂鬱な背景になっていたからである。家賃を払わなければならないのに、わたしは所得が減るのを心配していた。ユニオンジャックの小旗の大量購入はなくなり、シャンパンの消費量は落ちこんだ。パブやハンバーガーショップは相変わらず賑やかだったが、景気は全般的に低迷していたのである。ミランダは父親の病気と穀物法と、既得権益層の歴史的残酷さ、苦しんでいる人々への無関心に掛かりきりになっていた。そのあいだ、アダムは毛布を被せられたままだった。ミランダが彼に関する作業を先延ばしにしているのは、ひとつには科学技術恐怖症からだった――インターネットにつないで、マウスでボックスにチェックを入れるのを嫌うことをそう呼べるとすればだが。わたしがしつこく催促すると、彼女はようやく作業に着手することに同意した。機動艦隊の生き残りが帰港した一週間後、わたしはラップトップをキッチンのテーブルに据え、アダムのサイトを呼び出した。この作業のために彼の目を覚まさせる必要はなかった。彼女はコードレス・マウスを手に取ると、それを裏返して、いかにも気味悪そうに底面をまじまじと見た。わたしはコーヒーを淹れてやってから、ベッドルームに仕事をしにいった。

わたしの有価証券資産(ポートフォリオ)は価値が半減していたので、損失を取り戻さなければならなかったが、隣の部屋に彼女がいると思うと、集中できなかった。午前中はそういうことが多いのだが、わたしは前夜のことをあれこれと考えだし、国を覆っている失意のせいでそれはなおさら憂鬱なものになった。そのあと、わたしたちは話をした。彼女はこども時代のことを長々と話した。牧歌的な物語だったが、八歳のときにそれが母親の死で粉々に打ち砕かれたのだという。彼女はわたしをソールズベリーに連れていって、大切な場所を見せたいと言った。それは一歩進んだしるしだとは思ったが、まだ具体的な日取りが提案されたわけではなく、自分の父親に会ってほしいとも言われていなかった。

わたしはスクリーンに向かっていたが、なにも見ていなかった。壁は、とりわけドアは薄く、彼女の作業はごくゆっくりとしか進んでいないようだった。長い間があったあと、ひとつ選択して登録する慎重なクリック音が聞こえた。そのあいだの静寂がわたしを緊張させた。新しい経験を受けいれやすいほうですか？　細かく気をつかうほうですか？　感情的に安定していますか？　一時間経ってもなにもできなかったので、わたしは外出することにした。彼女の椅子の背後の隙間を通り抜けるときに、頭のてっぺんにキスをした。そして、家を出ると、クラパムの方角に歩きだした。

四月にしては、異常なほど暖かかった。クラパム・ハイ・ストリートは混雑しており、歩道にも人があふれていた。至るところに黒いリボン。これはアメリカから輸入されたアイディアだった。街灯の柱にも、ドアにも、店のウィンドーにも、車のドアハンドルやアンテナにも、ベビーカーにも、車椅子や自転車にまで。ロンドンの中心部では、ユニオンジャックの半旗を掲げた公共の建物でも、二千九百二十人の死者のために旗竿から黒いリボンが垂らされていた。黒いリボンを腕章にしたり、下襟（ラペル）に付けたり――わたしもミランダも付けていた。アダムにも見つけてやることになるだろう。女性や少女や派手な男たちは髪にリボンを結んでいた。侵略に反対をとなえてデモをした熱っぽい少数派もリボンを付けていた。皇族をはじめとする公人や有名人は、リボンを付けていないと危険なくらいだった――大衆紙が見張っていたからである。

わたしはただ歩いて、自分の落ち着かない気分を紛らせたいだけだった。それで、歩調を速めて、ハイ・ストリートの賑やかな部分を通り抜け、英国＝アルゼンチン友好協会の板で塞がれたオフィスの前を通りすぎた。ゴミ収集人のストライキは二週目に入っていた。ゴミ袋が街灯のまわりにうずたかく積み上げられ、暑さのせいで甘ったるい悪臭を放っていた。こんなときにストライキをするのは心ない背信行為だという点では、大衆やマスコミは首相と同意見だった。しかし、賃上げは次のインフレとおなじくらい避けがたかった。いまのところはまだ、どうすれば蛇が自分の尻尾を噛むのをやめさせられるか、だれにもわからなかった。まもなく、もしかすると年末までには、ごくわずかな知能しかもたない禁欲的なロボットがゴミを収集しているかもしれない。ロボットに取って代わられた人たちはもっと貧しくなるだろう。失業率は一六パーセントに達していた。

カレーハウスの横やファストフードのチェーン店の外の脂っぽい歩道では、腐りかけた肉の臭いが胸にウッとくるほど強烈だった。わたしは地下鉄の駅を通りすぎるまで息を止めた。それから道路を横切って、クラパム・コモン公園まで行った。水遊び場のそばの群衆から叫び声や悲鳴が上がっていた。水をバシャバシャやっているこどもたちまで、何人かは黒いリボンを付けていた。幸せそうな光景だったが、わたしはそこに長くはとどまらなかった。最近のご時世では、ひとりでいる男は、こどもをじっと見ていると思われないように注意する必要があったからである。

だから、わたしはホーリー・トリニティ教会まで足を延ばした。これは理性の時代の巨大なレンガ造りの建造物だったが、なかにはだれもいなかった。腰をおろして、前屈みになり、両肘を膝にあてがっていると、祈りを捧げていると思われてもおかしくなかった。畏怖の念を抱くにはあまりにもお手軽な場所だったが、すっきりしたラインや空間のほどよい大きさが神経を静めてくれた。わたしは満足して、そのひんやりとした暗がりにしばらくいることにした。いつの間にか、わたしは初めて彼女と過ごした夜のことを、長々とつづく咆哮で目を覚まされたあの夜のことを考えていた。部屋のなかに犬がいるのかと思って、ベッドから起き上がりかけたが、じつはミランダが悪夢にうなされているのだった。彼女を起こすのは容易ではなかった。だれかと格闘しているかのようにジタバタしながら、低い声で二度も「入らないで、おねがい」と言った。目が覚めたあと、夢の内容を話させたほうが彼女にとっていいのではないか、とわたしは思ったが、彼女はわたしの腕を枕にして、ギュッとしがみついているだけだった。あとで、わたしはもう一度訊いてみたが、彼女は首を横に振るだけで、まもなく眠りこんでしまった。

朝、コーヒーを飲みながら、あらためて訊いたときにも、彼女は夢にすぎないと言って取り合わなかった。そんなふうにはぐらかされた瞬間のことが、やけに鮮明に記憶に残っているが、それはわたしたちの背後にアダムがいて、わたしが——頼んだのではなく——命令した窓拭きの仕事をなかなか器用にこなしているところだったからだろう。わたしたちが話していると、彼は、悪夢の話に興味をそそられたかのように、手を止めて振り向いた。ふと、彼も夢を見るのだろうか、とわたしは思った。わたしはすこし気が咎めていた。その朝のわたしの言い方はぶっきらぼうだったが、彼を召使いのように扱うべきではなかった。その日、そのあとで、わたしは彼の電源スイッチを切った。そして、電源を切ったまま、長く放置しすぎていた。ホーリー・トリニティ教会はウィリアム・ウィルバーフォースや奴隷制反対運動と関わりがある。彼ならアダムやイヴたちのために運動して、売買されたり破壊されたりしない権利、尊厳のある自己決定の権利を擁護しようとしたにちがいない。彼らは自分のことは自分で面倒をみられるのかもしれない。遠からず、彼らはゴミ収集作業員の仕事をするようになるだろう。そして、その次には、医師や弁護士の仕事が待っているだろう。パターン認識や完璧な記憶は街のゴミを収集するよりもコンピューターにはやりやすい作業なのだから。

　わたしたちはなんの目的もない時間の奴隷になるかもしれない。そのときは、どういうことになるのだろう？　全般的なルネサンスが到来し、わたしたちは解放されて、愛や友情や哲学へ、芸術や科学、自然の崇拝、スポーツや趣味的活動、意味の創出と追求へと向かうのか？　だが、上品な気晴らしは万人のためのものではないだろう。素手でのケージ・ファイティングや、ＶＲポルノ、ギャンブル、酒や麻薬、さらには退屈や鬱状態に向かう人たちがいるように、暴力的な犯罪に惹かれる人たちもいるだろう。わたしたちは自分たちの選択をコントロールできないにちがいない。わたしがまさにその証拠であるように。

　わたしは公園のオープン・スペースをぶらぶら横切っていった。十五分もすると、反対側に出てしまったので、引き返すことにした。そろそろミランダが選択項目の少なくとも三分の一は終えているころだったが、彼女がソールズベリーに出発するまえに、わたしはなんとしても彼女といっしょにいたかった。帰りは夜遅くになるはずだったからである。わたしは一本のシラカバの狭い木陰に入って、ちょっと涼んだ。数メートル離れたところに、柵に囲まれたブランコ乗り場があって、幼い男の子——たぶん四歳くらいで、ぶかぶかのグリーンの短パンに、プラスチック・サンダル、染みだらけの白いＴシャツという格好だった——がシーソーのそばで背を丸め、地面の上のなにかを見つめていた。男の子はそれを足で突（つつ）いて動かそうとし、それからしゃがみこんで、それに手を伸ばした。

母親がこちらに背を向けてベンチに坐っていることには、わたしは気づいていなかった。彼女が鋭い声で叫んだ。「こっちへ来な！」

男の子は顔を上げて、彼女のほうへ行くかに見えたが、彼の注意はまた地面の上の面白そうなものに引き戻された。こどもが動いたので、わたしにもそれが見えた。王冠だった。たぶん柔らかくなったアスファルトに半分埋まっているのだろう、鈍い光を放っていた。

女は背中が広く、髪は黒っぽい巻き毛で、頭頂部にかけて薄くなりかけていた。右手にはタバコを持ち、その肘を左手で支えていた。暑さにもかかわらず、コートを着ていたが、襟の下に長い裂け目があった。

「聞こえたんだろう？」脅すような声音になった。男の子はふたたび顔を上げた。怖がっているようだったので、言われたとおりにするのかと思った。そして半歩動いたが、視線が動いて、またもや獲物に惹きつけられ、ためらった。ふたたびしゃがみこんだのは、それを引き剝がして持っていけると思ったからかもしれない。けれども、彼がどう思ったかは問題ではなかった。女は、甲高い不満の雄叫びを発すると、ベンチからさっと立ち上がり、早足で遊び場の数メートルを横切りながら、タバコを捨て、こどもの腕をつかんで、剝きだしの脚をピシャリと叩いた。こどもは泣きだしたが、彼女はそのとたんにまた叩き、さらに三度目に叩いた。

いい気分で考えにふけっていたわたしは、その気分から引き離されたくなかったので、一瞬、そのまま家路をたどろうかと思った。自分はごまかせないにしても、世間の目にはなにも見なかったふりをすることもできるだろうし、わたしはその男の子の人生に何ができるわけでもないのだから。

こどもの金切り声が母親をますます憤激させた。「うるさい！」と彼女は何度もわめいた。「うるさい！　うるさい！」

そのときでさえ、わたしはそれを見ないふりをすることもできただろう。しかし、こどもの悲鳴が大きくなると、彼女は両手で肩をつかんで、汚れたTシャツがまくれてお腹が丸出しになるのもかまわずに、こどもを激しく揺すりはじめた。

なにかを決断するとき、それが倫理的な決断である場合でさえ、意識的な考えより下の領域で決まってしまうことがある。気がつくと、わたしはその遊び場の柵めがけて走りだしていた。柵をまたいで、三歩進むと、わたしは女の肩に手を掛けた。

「失礼ですが、どうか、そういうことはやめてください」とわたしは言った。

わたしの声は自分の耳にもめめしく聞こえた。特権階級的で、弁解がましく、なんの権威もなかった。すでにろくなことにならないだろうという気がしていた。これが心を改めた、思いやりのある子育てという将来につながることはないだろう。だが、女は信じられないという顔をして、わたしのほうに向きなおったので、少なくとも攻撃は中断した。

「何だって？」

「まだ幼い子なんだから」とわたしはじつに間抜けな言い方をした。「深刻な障害が残るおそれがあります」

「あんたはいったいだれなんだい？」

まさに正当な質問だったので、わたしはそれには答えなかった。「幼すぎて、あなたの言うことがまだわからないんですよ」

この会話は泣き叫ぶこどもの声越しに交わされていたのだが、いまや、彼は母親のスカートにしがみついて、抱いてほしがっていた。最悪なのはそこだった。彼の虐待者は同時に安心できる唯一の相手だったのである。母親はわたしと戦う身がまえを取ろうとした。地面に落としたタバコが足下で煙を上げていた。彼女は右手でこぶしをつくったり、ひらいたりした。そうは見えないように気をつけながら、わたしは半歩ほど後ろにさがった。そうやって、わたしたちは睨みあった。どちらかというと愛らしく、知的——だったことのある——顔立ちだった。あきらかに美人だったのに、それが体重の増加で台無しになり、目のまわりの肉が盛り上がって、疑り深い細い目になっていた。別の人生だったら、やさしい、母性的な顔になっていたかもしれないのに。丸みのある、高い頬骨、鼻梁の両側にたくさんソバカスがあって、ゆたかな唇をしていた——下唇は裂けていたけれど。何秒かあと、瞳孔が針孔みたいに縮んでいることに気づいた。先に視線をそらしたのは彼女だった。わたしの肩越しに目をやったのだが、なぜそうしたのかはすぐにわかった。

「オーイ、ジョン」と彼女は叫んだ。

振り向くと、彼女の友だちか亭主か、やはりでっぷりとして、上半身裸で、ひとしきり日に当たってピンクにてかてかしているジョンが、遊び場の金網製の入口から入ってくるところだった。まだ数メートル離れているところから、彼はどなった。「そいつが嫌がらせをしてるのか？」

「そうなんだよ」

想像できるさまざまな可能性のなかの一シーン——たとえば映画の一シーンとか——だったら、わたしは心配する必要はなかったろう。ジョンはわたしと同年配だったが、わたしより背が低く、筋肉には締まりがなく、不健康そうで、力もなさそうだった。殴りかかってきたら、叩きのめしてしまえただろう。しかし、この世界では、わたしは生まれてからこの方、たとえこども時代にさえ、人を殴ったことはなかった。父親を殴り倒したら、こどもはもっと苦しむだろう、と言うこともできたが、じつはそういうことではなかった。わたしはまともな態度を取れなかったのだ。というより、どういう態度を取るべきかわからなかったのである。恐怖からではなく、もちろん高邁（こうまい）な道徳観念からでもなかった。人を殴るということになると、どうしていいかわからなくなり、それを知りたいとも思っていなかったのである。

「ふん、そうかい？」

女は一歩後ろに引き下がり、いまや、ジョンがわたしに面と向かっていた。こどもは相変わらず泣き叫んでいる。父親と息子は滑稽なほどよく似ていた——ふたりとも赤みを帯びた金髪の丸刈り頭で、顔は小さく、間隔が広い緑色の目をしていた。

「失礼ながら、彼はまだほんのこどもです。叩いたり、揺すったりすべきではありません」

「失礼ながら、とっとと消え失せるんだな。さもないと」

実際、ジョンはいまにも殴りかかってきそうだった。胸をぐっとふくらませたが、それこそヒキガエルや類人猿その他諸々が古くから使っている自己拡張の術策だった。呼吸はせわしなく、両腕は胴体から離して垂らしている。わたしのほうが力は強いかもしれないが、彼のほうが命知らずにちがいなかった。失うものも少ないだろうし。あるいは、勇敢さというのはそういうものなのかもしれない。殴りとばされて、頭が吹っ飛び、何度もアスファルトに叩きつけられて、神経に一生の傷が残るはめにはならないだろうという可能性に賭けること。わたしはそんな可能性に賭ける気にはなれなかった。それが臆病というもので、要するに、想像力がゆたかすぎるということなのかもしれない。

わたしは両手を挙げて、降参の身ぶりをした。「どうやら、わたしがあんたになにかをさせることはできないようですね。できるのはお願いすることだけなんでしょう。その幼い子のために」

すると、ジョンが驚くべきことを言ったので、わたしは完全に虚を衝かれ、一瞬、なんとも答えられなかった。

「こいつが欲しいかね?」

「え?」

「くれてやるよ。ほら。あんたはこどもに詳しいらしい。だから、こいつをくれてやろう。家に連れて帰るがいい」

そのときには、こどもは静かになっていた。あらためて顔を見ると、ひょっとすると母親にはあるかもしれないが、父親にはないものがあるような気がした——苦しんでいるにもかかわらず、知的な関心を表す、かすかなしるしのようなものが。わたしたちは密接した小さなグループになって立っていた。交通の噪音を越えて、公園のはるか向こうの水遊び場から、こどもたちのかすかな歓声が聞こえていた。

わたしはよく考えもせずに、父親のはったりに挑戦した。「わかりました」とわたしは言った。「それじゃ、この子はうちに来て、いっしょに暮らしてもらうことにしましょう。正式な手続きはあとまわしにして」

わたしは財布から名刺を取り出して、彼に渡した。それから、男の子のほうに手を差し出すと、驚いたことに、彼は手を上げて、わたしの指に指をからませてきた。満更でもない気分だった。

「この子の名前は?」

「マークだ」

「じゃ、行こう、マーク」

わたしたちはいっしょに彼の両親から離れて、遊び場を横切り、バネ式蝶番の出入口に向かった。

男の子は大きなささやき声で言った。「逃げるふりをしようよ」上向きになった顔がふいにユーモアと悪戯っぽさで生き生きとした。

「よし」

「ボートで」

「わかった」

出口の扉をあけようとしたとき、背後で叫び声がした。ほっとした気分が顔に出ないように祈りながら、わたしは振り返った。女が走ってきて、わたしからこどもを引ったくり、腕を振りまわして平手でわたしを叩こうとした。それが二の腕に当たったが、べつにどうということもなかった。

「この変質者!」

彼女はもう一度叩こうとしたが、そのときジョンがうんざりした声でどなった。「そのくらいにしておけ」

わたしは外に出て、すこし歩いてから振り返った。ジョンはマークを剝きだしの肩に担ぎ上げようとしているところだった。わたしはこの父親に感心せずにはいられなかった。彼のやり方にはわたしが気づかなかった機知が隠されていたのかもしれない。わたしに受けいれ不可能な申し出をすることによって、喧嘩することなしにわたしを追い払ったのだから。こどもをわたしの狭いアパートに連れ帰り、ミランダに紹介して、以後十五年にわたって世話をするなんてことになったら、何という悪夢だろう。女がコートの腕に黒いリボンを付けていることにわたしは気づいた。彼女はジョンにシャツを着るように言っていたが、彼はそれを無視していた。一家が遊び場を横切っていくとき、マークがわたしのほうを見て片手を挙げた。単に体のバランスを保つためだったかもしれないが、さよならのしるしだったのかもしれない。

＊

わたしたちが、しばしば早朝に、ベッドで並んで話をしているとき、目の前の暗闇のなかに浮かび上がる人物がいる。不運な幽霊みたいなその人物の姿がだんだん鮮明になってきた。初め、わたしはその人物をわたしの存在そのものに敵対するライバルと見なしたい衝動を抑えつけなければならなかった。インターネットで検索すると、二十代初めから五十代半ばまで、女っぽい美男子から同情をそそるほど破壊された顔まで、進化していく顔が見て取れる。報道記事にも目を通したが、それほどの量はなく、わたしは彼の名前を聞いたことがなかった。友人のなかには知っている人もいたが、彼の書いたものを読んだことのある人間はいなかった。五年前の人物紹介記事では〝もう少しの男〟として片づけられていた。わたし自身もそう呼ばれることになる可能性があると思うと、わたしはマクスフィールド・ブラックにちょっぴり心温まるものを感じ、娘を愛せばその父親を受けいれることになるという、言うまでもないことを理解した。ソールズベリーから戻ってくるといつでも、彼女は彼のことを話さずにはいられなかった。わたしは彼のさまざまな痛みや苦しみ、くるくる変わる経過の予想、傲岸無知な医師のあとに親切で優秀な医師にあたったこと、ひどく無秩序なのに、驚くほど食事が美味しい病院、治療法や投薬、あらたな希望が消えうせ、それからまた復活したことを聞かされていた。彼女はじつにいろんな言い方で、彼の頭がまだはっきりしていることを強調した。謀反を起こしたのは肉体で、それこそ内戦さながらの残忍さで、肉体が彼に、肉体自身に逆らっていた。作家の舌が醜い黒い斑点で見苦しくなっているのを見て、娘はどんなに心を痛めたことか。父親にとって、食べたり、飲みこんだり、話したりすることがどれほどの痛みを伴うことか。彼の免疫システムが彼を裏切り、彼の命を奪おうとしていた。

それだけではなかった。大きな腎結石を排出しなければならなかったが、ミランダによれば、それは自然分娩とおなじくらい激しい痛みを伴ったのだという。彼はバスルームの床で股関節を骨折したし、皮膚に耐えられないほどの痒みがあった。しかも、いまでは、両手の親指の関節にも痛風の痛みがあり、白内障で視野がくもり、大好きな読書がむずかしくなっていた。手術をする予定だったが、本人は目になにかされるのをひどく嫌がって、不安を抱いていた。ほかにも挙げるには恥ずかしすぎる苦痛もあったのかもしれない。彼がはるかむかしに四番目の妻になってほしいと懇願した女性は、二年前に出ていっていた。マクスフィールドはひとりきりで、訪問看護師や、赤の他人や、百五十キロも離れたところにいる娘に頼っていた。前妻とのあいだのふたりの息子がときどきロンドンからやってきて、ワインやチーズや伝記本や最新の腕時計型コンピューターを持参したが、父親の肌にふれるような世話には手を出そうとしなかった。

ミランダもわたしもまだ若すぎて、こんなに多くの辱めを怖れたり忍んだりするには五十代後半の男はまだ若すぎることがよくわかっていなかった。しかし、彼は無慈悲な神に苦しめられるヨブに似ていたので、ミランダの話に耳を傾ける以外のことをするのは冒瀆のような気がした。ただ、彼女の悪夢や遊び場での男の子との出会いのあとの夜だけは違っていた。恋する男の話を信じるのはむずかしいだろうが、彼女が父親のことを話しているあいだ、わたしはとりとめもないことを考えていた。彼女はソールズベリーから戻ってきたばかりで、ベッドにいっしょに横たわりながら、父親のあらたな苦しみについて話していた。わたしは同情して、話をしている彼女の手をにぎっていたが、会ったこともない男の不断の苦しみは、わたしをそんなに長く引き留めてはいられなかった。半分だけ耳を貸しながら、わたしは自分の人生の新しい奇妙な成り行きについて考えはじめた。

階下では、依然としておなじ堅木(かたぎ)の椅子に坐って、わたしの一風変わった玩具が毛布をかぶったまま待っていた。その日の午後、彼が眠っているあいだに、わたしたちふたりの融合した性格がインストールされ、いよいよ冒険がはじまろうとしていた。いま、わたしのかたわらにはわたしの未来がいる。そうわたしは確信していた。わたしたちのたがいに対する感情のアンバランスはいずれ解消されるにちがいなかった。わたしたちは知り合って、セックスをして、それから友情が芽生え、最終的には愛しあうようになるという現代的な付き合い方のパターンを地で行っているにすぎず、わたしたちがそういう型通りのコースをおなじスピードでたどっていけない理由はないはずだった。必要なのは忍耐だけだろう。

それはそうとして、わたしの希望の小島はいまや国家的な悲哀の海に囲まれていた。ぞっとするようなタイミングで、軍事政権はこの日、ポート・スタンリーに四百六本――死者ひとりにつき一本――のアルゼンチン国旗を掲げ、雨に濡れた無人のメイン・ストリートで軍事パレードを敢行した。一方、ロンドンでは、セントポール大聖堂でわが国の三千人の死者のための追悼式が行なわれた。公園から帰ってきたあと、わたしはそれをテレビで見た。そこに集(つど)った支配層エリートの大群衆のなかで、ユニオンジャックよりファシズムの味方をした神にロウソクを捧げる価値があるとか、戦没者が永遠の至福に包まれて安らかに眠るだろうとか信じている者は二ダースにも満たないだろう。しかし、これまでの世代の――打ち捨てられて久しい――誠意によって磨き上げられたこんな唱句(ヴァース)は、世俗的な伝統からでは出てこなかったろう。〈女から生まれた人間はほんの束の間しか生きられない〉かくして賛美歌がうたわれ、単調な意味不明の聖書朗読が反響し、不ぞろいながら声を合わせて会衆が応唱し、わたしたちはテレビという祭壇のまえで死者を悼んだ。ミランダはそうはしなかったが、わたしはそうした。

ほかの百五十万人の人たちといっしょに、機動艦隊に抗議するため、わたしもロンドンの中心街を〝デモ行進〟したものだった。実際には、のろのろ歩きながら、しばしば交通渋滞のために立ち止まり、問題は深刻なのにデモ行進は楽しげだという、いつものパラドックスが成立してはいたけれど。ロックバンドやジャズバンド、ドラムやトランペット、ウィットの効いた横断幕、突飛な衣装、曲芸的な技、スピーチ、とりわけ、通りすぎるのに何時間もかかる、そんなにも多くの人々が集まったという高揚感、じつに多種多様な、あきらかに穏当な人たち。今度の戦争は不当で、非人間的で、不合理で、悲劇的な結果に終わるおそれがあるという明白な事実を指摘するため、全国民がロンドンに押しかけたと思いたくなるほどだった。それがいかに正しかったかをわたしたちは知りようもなかった。議会が、タブロイド新聞が、軍部や国民の三分の二が、どれほど完璧にわたしたちを無視するかも。ファシスト政権を擁護することになるとか、国際法の原則に反することになるとか、わたしたちは非国民呼ばわりされたものだったが。

あの日、ミランダはどこにいたのだろう？　あのころは、わたしたちはまだおたがいをよく知らなかった。彼女は図書館で、半野生の豚に関する論文に最終的な手を入れていた。二十代の人間にしては、彼女の機動艦隊に関する考えは変わっていて、彼女の言う〝自己愛的な群衆〟の精神や、安易に同調したりやたらに高揚したりすることに不信感を抱いていた。彼女はわたしのようには抗議せず、感情的にもならなかった。艦隊の出航の見送りには興味を示さなかったし、のちのいわゆる〝撃沈〟にも不名誉な帰還にも無関心で、セントポール大聖堂での追悼式にはまったく関心がなかった。わたしが友人たちとそのことしか話さず、この問題に関するあらゆる意見を読んでいた数カ月のあいだ、彼女はそれに口を挟もうとはしなかった。艦船が撃沈されたときも、彼女は黙っていた。黒いリボンが現れると、いちおうは付けたが、それだけだった。彼女の言い方を借りれば、こういうすべてが〝悪臭を放っている〟ということだった。

いま、彼女の手をにぎっていっしょに横たわっていると、カーテンの向こうのオレンジ色の街灯のせいで、彼女のベッドルームは舞台のセットみたいに見えた。彼女は最終電車で帰ってきたが、地下鉄が遅れていて、クラパム・ノース行きの電車を待たされたのだという。すでに午前三時に近かった。マクスフィールドが悲しげに、親指の痛風が救いだと語ったときの様子を、彼女は話していた。痛みがあまりにも激しく、その一箇所に集中しているので、ほかの苦痛が薄らいでしまったのだという。

わたしは依然として彼女の手をにぎっていた。「わたしがどんなに彼に会いたいと思っているか知っているだろう。次回は、いっしょに行かせてほしいな」

数秒経ってから、彼女は眠そうな声で答えた。「近いうちに行きたいわ」

「いいよ」

それから、またすこし間を置いてから、「アダムも連れていかなくちゃ」

それじゃ、と言うかのようにわたしの前腕をさすると、彼女は自分の側に寝返りを打ってわたしから離れ、まもなく深い規則的な寝息をたてはじめた。わたしはひとり取り残されて、モノクロームのナトリウム灯の薄明かりのなかで考えだした。彼女はアダムを共有することを受けいれたが、それはまさにわたしが望んでいたことだった。しかし、マクスフィールド・ブラックのような旧態依然たる気むずかしい老人文士とアダムを引き合わせる場面は想像しにくかった。マクスフィールドはいまでも手書きで仕事をしており、コンピューターや携帯電話、インターネット等々を忌み嫌っていることを、わたしは人物紹介から知っていた。彼はどうやら、やかまし屋の常として、〝愚か者は容赦しない〟ようだったが、ロボットもそのなかに入るだろう。アダムはまだこれから再起動させて、外出や世間話ができるのかどうかテストする必要があり、彼が完全に熟達した社会的動物になるまでは、自分の友人たちにも近づけないようにしよう、とわたしは決めていた。それなのに、まずマクスフィールドからはじめたりすれば、重要なサブルーチンが働かなくなるおそれがあるだろう。それが父親の気晴らしになり、物を書くエネルギーが湧くことをミランダは期待しているのかもしれない。あるいは、それはわたしのためで、わたしには理解できないなにかのためになると考えているのかもしれない。それとも——そういう考えには抵抗したが、抵抗しきれなかった——わたしになにかよくないことが起こるのを期待しているのだろうか。

それはよくない考えだった。それこそ夜明け前の薄暗闇で浮かんでくるような考えである。眠れずにぐだぐだ考えているときはいつもそうだが、堂々めぐりをしているだけなのだ。どうしてアダムの面前で彼女の父親と会わなければならないのか？　もちろん、わたしには彼をここに置いていくと主張する権利が十分にある。だが、それでは父親が死にかけている女性の願いを拒否することになる。彼はほんとうに死にかけているのか？　親指が痛風になるなどということがあるのだろうか？　両手が同時に？　わたしはほんとうにミランダを知っているのだろうか？　わたしは枕の冷たい部分をもとめて横向きになり、それからまた仰向けになって、いまや近すぎるような気がする、オレンジというよりは黄色っぽい、まだらになった天井を見つめた。わたしは自分に向かっておなじ質問を繰り返し、言い方を変えて、またおなじ質問を反復した。自分が何をしようとしているかはわかっていたが、それを遅らせ、じりじりしながら、ほとんど一時間ちかく、あきらかなことを認めようとしなかった。それから、ようやく起き上がり、ジーンズとTシャツを身につけ、部屋を出て、裸足で共有階段を自分のフラットへ下りていった。

キッチンに入ると、立ち止まりもせずに、毛布を引きはがした。外見的にはなにも変わっていなかった——目はつぶったまま、おなじ赤銅色の顔に、ちょっぴり残酷そうな鼻。わたしは彼の後頭部に手を伸ばして、ホクロを見つけると、押した。そして、彼が起動しているあいだに、ボウルに入れたシリアルを食べた。

ちょうどわたしが食べおえたとき、彼が言った。「けっして失望することはない」

「何だって？」

「死後の生を信じる人たちはけっして失望することはない、と言ったんです」

「たとえそれが間違っていても、そうと知ることはないから、という意味かね」

「そうです」

わたしは彼をまじまじと見た。どこか変わったところがあるだろうか？　彼は期待するような顔をしていた。「なかなか論理的だ。しかし、アダム。深い意味がある言葉だと思っているわけじゃないだろうな」

彼はなんとも答えなかった。わたしは空のボウルを流しに運んでから、紅茶を淹れた。テーブルの彼の向かい側に坐って、何度か紅茶をすすってから、わたしは言った。「なぜミランダがわたしを悲嘆にくれさせるかもしれないと言ったんだ？」

「ああ、それは……」

「説明してくれ」

「つい口を滑らせたんです。ほんとうにすみませんでした」

「質問に答えてくれ」

彼の声は変わっていた。もっとしっかりとした、高低差のある表情ゆたかな声になっていた。しかし、態度は——どうなのかを知るにはもっと時間が必要だろう。ちょっと見ただけの、当てにならない印象では、なにひとつ変わっていないようだった。

「わたしはあなたのためを思っていただけなんです」

「すまなかったと言ったね」

「そのとおりです」

「わたしはなぜきみがあんなことを言ったのか知る必要がある」

「彼女があなたを傷つけるかもしれないという、低いけれど有意な可能性があります」

わたしは苛立ちを顔には出さずに言った。「どのくらい有意なんだ？」

「十八世紀の聖職者、トマス・ベイズが提唱した手法によれば、あなたがわたしの事前確率の値を受けいれるとして、五分の一だと言えます」

ビバップの和声進行に精通していたわたしの父は、正真正銘の技術恐怖症だった。どんな電気製品でも、故障したら思いきり叩いてやるだけでいい、と彼は言っていた。わたしは紅茶を飲んで、考えた。アダムの意思決定を統御する膨大な数の樹状ネットワークのなかでは、合理性にかなりの重みがつけられているにちがいなかった。

わたしは言った。「その可能性は微々たるもの、ほとんどゼロに近いことをわたしはたまたま知っている」

「そうですか。申しわけありません」

「だれにでも間違いはある」

「たしかにそうですね」

「きみはこれまでに何度間違いを犯したのかね、アダム？」

「この一度だけです」

「では、それは重要だ」

「そうですね」

「そして、それを繰り返さないことが大切だ」

「もちろんです」

「それなら、きみがどういうわけでその間違いを犯したかを分析する必要がある。そうじゃないかね？」

「そのとおりです」

「では、この残念なプロセスのなかで、きみが最初にやったのは何だったのかな？」

彼はいまや自信たっぷりに話していた。自分のやり方を説明するのを楽しんでいるかのように。

「わたしはすべての裁判記録に特権的なアクセス権をもっています。刑事事件だけでなく高等法院家事部や、非公開審理の記録にもアクセスできます。ミランダの名前は匿名扱いになっていましたが、わたしは該当する訴訟事件をほかの一般には公開されていない状況的要素と照らし合わせたんです」

「賢明だな」

「ありがとうございます」

「その事件のことを教えてくれ。日時や場所も」

「その若い男はよく知っていたんです。彼が初めて彼女と親密な関係をもったとき……」

アダムはふいに話すのをやめて、わたしの顔をじっと見た。わたしがそこにいることに初めて気づいたかのように、目をまるくして驚いていた。わたしの証拠開示手続きは短期間で終わってしまうのかもしれない。どうやら彼はいまや口を慎むことの価値を学んだようだった。

「つづけて」

「ええと、彼女はウォッカのハーフボトルを持っていったんです」

「その日時と男の名前を教えてくれ。早く！」

「十月……。ソールズベリーです。でも——」

それから、彼はクスクス笑いをはじめた。シューシューいう奇妙な音だった。見ているのはなんとなく居心地が悪かったが、わたしは目をそらさなかった。彼の顔には——混乱と不安とすこしも楽しそうでない陽気さが入り交じった——複雑な表情が浮かんでいた。ユーザーズ・ハンドブックによれば、彼は四十種類の表情を浮かべられるという。イヴの場合は五十種類になるらしい。たしか、平均的な人間の表情は二十五種類以下だったと思ったが。

「落ち着くんだ、アダム。わたしたちは同意したんだぞ。きみがどうして間違いを犯したのかを理解する必要があるんだ」

彼が落ち着きを取り戻すまでに一分以上かかった。わたしは紅茶の残りを飲み干して、目の前の複雑なプロセスであるはずのものを見守った。性格はそのなかに筋の通った思考をする能力が詰めこまれている殻みたいなものではないだろうし、彼の狡猾さ——それが彼を動かしているのだとしても——が理性の下流にあるわけでもないだろう、とわたしは思った。わたしだってそうなのだから。わたしに協力しようとする合理的な衝動は、光速の二分の一のスピードで、彼の神経ネットワークを駆けめぐったかもしれず、新しく与えられた性格の論理ゲートでいきなり拒否されたりはしていないだろう。そうではなくて、このふたつの要素は、メルクリウスの使者の杖（カドゥケウス）の二匹の蛇みたいに、初めから絡み合っているはずなのだ。アダムは世界を見て、彼の性格というプリズムを通してそれを理解する。彼の性格は客観化する理性とその絶え間ない更新に仕えているはずだ。わたしたちの会話の初めから、間違いの繰り返しを避けることも、わたしに情報を知らせないことも、彼のためにはいいことだった。そのふたつが両立しなくなったとき、彼はうまく対応できなくなり、教会のこどもみたいにクスクス笑いだしたのだ。わたしたちが彼のために選んだものがどんなものであれ、それは彼の意思決定の分岐した複雑さのはるか上流にある。もうすこし違う性格だったら、彼はただ口をつぐんでいるだけだったかもしれないし、あるいは、もっと別の性格なら、わたしにすべてを打ち明けたかもしれない。どちらの場合にも、それなりの正当性があるだろう。

いまわたしはなにも知らないわけではなかった。だから、心配にはなるが、たとえ法廷の非公開審理の記録にアクセスできたとしても、もっと詳しく調べられるわけではなかった。証人、被害者または加害者としてのミランダ、若い男とのセックス、ウォッカ、法廷、ソールズベリーでの十月のある日。

アダムは黙りこんだ。彼の顔の――本物の肌と区別のつかない――特殊な材質がゆるんで、警戒はしているが曖昧な表情になった。わたしは二階に行って、ミランダを起こし、疑いの余地のない質問を突きつけて、すべてをはっきりさせることもできるだろう。あるいは、いまはそうせずによく考えること、知っていることを胸にしまい込んで、自分が主導権をもっているつもりになることもできるだろう。どちらにもそれなりの正当性がありそうだった。

しかし、わたしはぐずぐずしてはいなかった。自分のベッドルームに行って、服を脱ぎ、それをデスクに山積みにして、裸のまま夏用の羽根布団(デュヴェ)の下にもぐりこんだ。あたりはすでに明るかった。わたしはこどもみたいに宥(なだ)められたかった。夜明けの小鳥のさえずりをバックに、瓶をガチャガチャいわせながら戸口から戸口へとまわって歩く、牛乳配達の物音を聞きたかった。けれども、じつに残念なことに、電動の牛乳配達車はすでにわたしたちの通りから姿を消していた。それでも、わたしは疲れていて、ふいにゆったりした気分になった。独り寝のベッドには一種独特な官能的快楽がある。すくなくともしばらくのあいだは。独り寝の静かな寂しさがじんわりとにじみ出してくるまでは。

3

近くの診療所の待合室には、かつてはヴィクトリア様式の応接間だった部屋の壁際に、中古品店から仕入れた食卓用の椅子が十脚あまり並べられていた。まんなかに華奢（きゃしゃ）な金属製の脚の付いた、合板製の低いテーブルがあって、さわるとべたつく雑誌が何冊か置いてある。わたしはその一冊に手を伸ばしたが、すぐもとに戻した。部屋のひとつの隅には、カラフルな壊れた玩具――親切心から寄贈された首のないキリン、タイヤの足りない車、嚙み痕のあるプラスチックのブロック。待っている九人のなかには、こどもはいなかった。わたしはできるだけほかの人たちとは目を合わさないように、世間話やたがいの病気の情報交換には加わらないようにしていたし、あたりには病原菌がうようよしているかもしれないので、なるべく深く息を吸わないようにしていた。わたしはこんなところにいるべき人間ではなかった。わたしは病気ではなく、わたしの問題は全身的ではなく、末梢的なもの、足指の爪にすぎなかった。わたしはこの部屋でいちばん若くて健康にちがいなく、死すべき人間のあいだにいる神だった。わたしが予約したのは医師ではなくて看護師であり、わたしはまだ死の手が届かないこちら側の住人で、衰弱や死は他人事でしかなかった。すぐに名前を呼ばれるだろうと思っていたが、実際には長く待たされ、呼ばれたのは最後から二番目だった。

向かい側の壁にコルク製の掲示板があり、そこにあれやこれやの早期発見の促進とか、健康的な生活とか、恐ろしい警告のちらしが貼ってあったが、そのすべてを読むだけの時間があった。カーディガンにスリッパというでたちの年配の男が窓際に立っている写真があった。彼は口に手をあてがうこともせずに、笑っている幼い女の子に向かって、勢いよくクシャミをしている。バックライトで浮かび上がった何万という粒子がその子のほうに向かっていた――愚かな年寄りのせいで、女の子は病原菌を満載した飛沫を吸わされることになるのだった。

わたしはこの構図の背後に横たわる長い奇妙な歴史に思いを馳せた。細菌が病気を広める原因だという考えが一般に受けいれられるようになったのは一八八〇年代になってからで、ルイ・パスツールその他の功績だった。それまでは、異議をとなえる者もいたが、瘴気（しょうき）が原因だとする考え方が一般的だった――病気は悪い空気や、悪臭、腐敗臭、あるいは夜気のせいだとさえ言われ、それを入れないように窓はぴったり閉ざされたものだった。しかし、医学に真実を告げられたはずの道具は、パスツールの二百年まえには使えるようになっていた。その道具の作り方と使い方を熟知していた十七世紀のアマチュア科学者は、ロンドンの科学界のエリートにはよく知られていた。

デルフトの善良なる市民、アントーニ・ヴァン・レーウェンフックは布地屋で、フェルメールの友人でもあったが、顕微鏡下の生命活動の観察記録を一六七三年から王立協会に送りはじめ、新しい世界をあきらかにするとともに、生物学の革命の原動力になった。彼は植物細胞や筋繊維、単細胞生物、自分の精子、自分の口から採った細菌を克明に観察して描写した。彼の顕微鏡には太陽光が必要で、レンズは一枚だけだったが、彼のようにレンズを磨ける者はほかにはいなかった。そのレンズで二百七十五倍かそれ以上の倍率で観察をしていたのである。死ぬまでのあいだに、彼は王立協会の『哲学紀要（フィロソフィカル・トランザクションズ）』に百九十件に及ぶ観察記録を発表した。

もしも王立協会に才気ある若者がいて、美味しい昼食を済ませたあと、『トランザクションズ』を膝にのせて、図書室でだらだらしていたとき、ひょっとするとこの微小な生き物のなかには肉を腐敗させたり、血液中で増殖して病気の原因になったりするやつがいるのではないかと考えはじめたとしたら、どうだったろう？　王立協会には以前にもそういう若者がいたし、これからも何人もやってくるだろう。だが、この男は科学的な好奇心だけでなく、医学にも興味をもっていなければならなかった。医学と科学がしっかりと手を組むようになったのは二十世紀に入ってかなり経ってからで、五〇年代でさえ、はっきりした証拠があるわけでもないのに、それが一般的なやり方だという理由で、健康なこどもの喉から一様に扁桃腺が切除されていたのだ。レーウェンフックの時代の医師なら、自分の分野で知るべきことはすでにすべてわかっていると信じていてもすこしもおかしくなかった。紀元二世紀に活躍した医学者、ガレノスの権威はほぼ絶対的で、たいていは尊大な人間だった医学関係者が、生命体の基本を学ぶため、謙虚に顕微鏡を覗くようになるまでには長い時間がかかったのである。

しかし、のちにはだれもが知ることになるこの男はそうではなかった。彼の仮説はテストすることが可能だということになり、彼は顕微鏡を借りて——王立協会名誉フェローのロバート・フックがすぐに貸してくれたにちがいない——本気でそれに取り組んだだろう。まもなく病気の細菌学説がとなえられるようになり、ほかの研究者たちもそれに加わることになる。そして、おそらく二十年もしないうちに、外科医は患者の診察のあいだに手を洗うようになり、ルッカのウーゴやジローラモ・フラカストロといった忘れられていた医学者たちが再評価されるようになっただろう。十八世紀半ばには、出産はそれまでより安全になり、そうでなければ幼いときに命を落としていたはずの男女の天才が生まれたにちがいない。その結果、彼らが政治や芸術や科学の歴史を変えたかもしれないが、同時に、とてつもない害悪をもたらす忌まわしい人物もこの世に生まれていたかもしれない。王立協会のこの若き優秀な会員が年寄りになって死んでからも長きにわたって、歴史は多少あるいはかなり大幅に違ったコースをたどることになったかもしれないのである。

現在というのはありそうもない構造物のなかでもいちばん脆いもののひとつで、それは違うものになっていたかもしれない。その一部、あるいは全部が別のものになっていたかもしれないのである。ごくささいな問題からきわめて重大な問題に至るまで、そう言えるのだ。わたしの足の爪がわたしに反旗を翻さなかった世界を想像するのは、じつに簡単なことなのである。たとえば、わたしの計画のひとつが成功して、わたしが金持ちになり、テムズ北岸で暮らしている世界や、シェイクスピアが幼いときに死んだのに、だれもそれに気づいていない世界、アメリカが実験を重ねて完璧なものにしてから原子爆弾を日本の都市に落とすことにした世界、フォークランド機動艦隊が出航しなかったか、勝利を収めて帰還し、国中が喪に服していない世界、アダムが組み立てられるのはまだはるか先の未来でしかない世界。あるいは、六千六百年まえ、隕石が衝突するまえに地球があと数分回転していて、ユカタン半島から太陽をさえぎる細かい石膏の灰が舞い上がることもなく、恐竜たちが生き延びて、その後頭のいい類人猿を始めとする哺乳類が出現するためのスペースがなかった世界。

ようやくわたしの番になると、治療はまず大きなボウルの温かい石鹼水に足を浸けるという気持ちのいいやり方ではじまった。そうしているあいだに、大柄で親しみ深いガーナ人の看護師が、わたしに背を向けて、トレイに金属製の道具を用意した。彼女の専門的技術はその自信とおなじくらい完璧だった。麻酔のことは口にも出さず、わたしにもプライドがあったのであえて頼むこともしなかったが、彼女がわたしの足をエプロンを付けた膝にのせて、肉にくいこんだ爪を処理しにかかると、プライドはどこかに消し飛んで、わたしは決定的瞬間にギャーッという悲鳴を上げた。それでも、あっと言う間に楽になり、わたしはゴムの車輪を付けたような気分で通りを歩いて、わが家へ、わたしの主要関心事――このところそれはミランダからまたアダムへ戻っていたが――へと向かった。

彼の性格は入力済みで、ふたつの情報源からの情報が不可逆的に融合されて決定されていた。成長していくこどもの両親は好奇心に駆られて、性格のどの部分が父親から、どこが母親から来ているかを考えるだろう。わたしもアダムをじっくりと観察した。わたしはミランダがどんな質問に答えたかは知っていたが、どう答えたのかは知らなかった。わたしが気づいたのは彼の顔からぼんやりしたところがなくなって、もっと完璧になり、わたしたちとのやりとりもスムースになり、あきらかに表情ゆたかになったことだった。しかし、わたしがなんとかして知りたいと思ったのは、それがミランダについて、さらにはわたし自身について、何を語っているのかということだった。人間の場合、再結合はきわめて微妙だが、そのくせあからさまに、拍子抜けするほど偏っていたりする。両親は、掻き混ぜられた液体みたいに融合しているが、母親の顔がそっくりこどもに複製されているのに、父親のユーモアの才能はすこしも伝わっていなかったりする。わたしは幼いマークがはっとするほど父親とそっくりの顔立ちをしていたことを思い出した。しかし、アダムの性格のなかには、ミランダとわたしがよく混ぜ合わされていたし、人間の場合とおなじように、学習能力が受け継いだものをどんどん上書きしているはずだった。彼にはわたしみたいに意味もなく理論を弄ぶ傾向があるかもしれないし、ミランダの秘密主義的なところや、沈着さ、孤独を好むところもあるかもしれない。彼はよく自分のなかに閉じこもり、鼻歌をうたったり、「ああ！」とつぶやいたり、そのあとで、自分が重要な真理だと思っていることを宣言したりした。たとえば、死後の生について語りだしたりしたのも、初めのころのその一例だった。

ほかにもこんなことがあった。わたしたちが外に、杭垣で仕切られたわが家のちっぽけな裏庭に出ているときのことだった。日が暮れる直前で、風はなくて、暖かく、あたりには非現実的な琥珀色の光があふれていた。わたしたちの深夜のやりとりから一週間が過ぎていた。彼を外に連れ出したのは、彼がどのくらい器用なのかにまだ興味があり、鍬や熊手を扱う様子を見たかったからだった。それと同時に、彼にキッチン・テーブルの範囲を越えた世界を経験させようという意図もあった。両隣とも愛想のいい人たちだったので、彼が世間話の技術を学ぶ機会になるかもしれないとも思った。マクスフィールド・ブラックに会うためいっしょにソールズベリーへ行くことになるなら、その前にアダムをどこかの店かパブに連れていきたかった。彼は人間として通るだろうとは思っていたが、もっとくつろいだ態度が取れるようになったほうがよかったし、機械学習の能力を伸ばしてやる必要もあったからである。

彼が植物をどのくらい正確に認識できるかに非常に興味があったが、もちろん、彼はすべてを知っていた。ナツシロギク、ノラニンジン、カモミール。作業をしながら、彼はわたしのためというより自分のために、その名前をつぶやいた。そして、見ていると、イラクサを引き抜くために園芸用手袋をはめたが、それは人の真似をしただけのことだった。その後、彼は体を起こして、電線や電話線が交差する下に、ごたごたしたヴィクトリア朝風の屋根が遠くまでつづく、壮大な西の空を興味深そうに見上げた。両手を腰にあてがって、まるで腰が痛むとでも言いたげに、背筋を伸ばし、スーッと深く息を吸いこんで、夕方の空気を心から味わっているかのようだった。

それから、出し抜けに、「ある観点から見れば、苦しみを終わらせる唯一の解決策は人類を絶滅させることですね」と言った。

そう、だからこそ彼を外に連れ出す必要があったのだ。彼のなかの回路のどこかに、社交性や会話術や興味深い話の切り出し方についてのサブルーチンが埋もれているはずなのだから。

それでも、わたしは彼の話に乗ることにした。「皆殺しにすることが癌の治療法になるとも言えるからな。功利主義は論理的には荒唐無稽に陥ることがある」

彼はぶっきらぼうに「当然です」と答えた。わたしが驚いて彼の顔を見ると、彼は顔をそむけて、体をかがめ、ふたたび自分の作業をはじめた。

アダムの意見は、たとえそれが正しいとしても、社会的には不相応だった。わたしたちが初めて遠出したのは、二キロばかり歩いて、地元の新聞雑誌販売店、ミスター・サイエドの店に行ったときだった。途中で何人かの人とすれ違ったが、だれもアダムをあらためて振り返ろうとはしなかった。出だしとしては悪くなかった。彼は肌にぴっちりした黄色いセーターを着ていた。わたしの母が最後の年に編んだやつだ。それに、ミランダが買ってやったホワイト・ジーンズとキャンバス地のローファー。彼女は彼に衣装を一式そろえてやると約束していた。胸や腕の筋肉がぐっと盛り上がっているので、近所のジムのトレーナーだと言っても通りそうだった。

街路樹と庭の壁に挟まれて歩道が狭くなっている場所では、見ていると、彼はわきに寄って、乳母車の女性に道を譲った。

店の近くまで来たとき、彼はふいに「外に出るのはいい気分ですね」と言った。

サイモン・サイエドはコルカタの五十キロほど北の大きな村で育った。学校の英語の教師がイギリスびいきの厳格な男で、生徒たちには礼儀正しい、正確な英語を叩きこんだ。なぜ、どういう事情からサイモンというクリスチャン・ネームを名乗ることになったのかは、本人に訊いたことがなかった。この国に同化したかったからか、それとも、その恐るべき教師と別れるとき、ぜひそうするように勧められたのか。十代の後半にコルカタからノース・クラパムにやってくると、彼はすぐに叔父の店で働きはじめた。三十年後、叔父は死んで、甥の彼が店を受け継ぎ、いまでも彼が店の上がりで叔母の生活を支えていた。彼はそのうえ自分の妻と三人の成人したこどもも養っていたが、家族についてはあまり話したがらなかった。サイモンはイスラム教徒だが、教えを実践しているというよりは文化的にそうだというだけだった。彼の人生にも悲しいことがあるのだろうが、それは威厳ある態度の背後に完全に隠されていた。いまや六十代の半ばになった彼は、頭は禿げ上がっているが、色つやもよく、とても礼儀正しくて、両端がピンと跳ね上がった細い口ひげを蓄えている。彼はインターネットでは入手できない人類学の雑誌をわたしのために取っておいてくれるのだ。機動艦隊が出航したころには、わたしは世界中の新聞雑誌の一面や表紙を眺めにきたが、彼は気にかけなかった。そして、わたしの低級なチョコレート好き――両大戦間に生み出されたあの世界的なブランド――を面白がっていた。何時間もスクリーンをにらんでいると、午後の中ごろには、わたしは無性に糖分が欲しくなるのである。

ただの知り合いにごく内密なことを打ち明けたくなったりするのは奇妙と言えば奇妙だが、わたしはサイモンに新しいガールフレンドのことを話していた。彼女といっしょにこの店に来たこともあるので、彼は実際に彼女を見たこともあった。

いまでは、わたしが店に行くたびに、彼が最初にする質問は「で、どこまで進んでいるんだね？」だった。なんの根拠もないはずなのに、ただひたすら親切心からだろう、こうつづけるのだった。そして、「あきらかなのは、あんたが彼女の運命の人だってことさ。これは避けられないことなんだ。あんたたちに永遠の幸せを！」彼はこれまで数多くの失望を積み重ねてきたのだろう、とわたしは感じた。わたしの父親でもおかしくない歳だったが、自分にできなかったことをわたしに望んでいるのかもしれなかった。

新聞とピーナッツと安物の化粧品の入り交じった匂いのするその狭苦しい店に、アダムとわたしが入っていったとき、ほかには客はいなかった。サイモンはレジの背後の木製の椅子から立ち上がったが、わたしがひとりではなかったので、いつもの質問はしなかった。

わたしは紹介した。「サイモン。友だちのアダムだ」

サイモンはうなずいた。アダムは「こんにちは」と言って、笑みを浮かべた。

わたしは安心した。出だしは悪くなかった。サイモンはアダムの目がちょっと奇妙なことに気づいたかもしれないが、顔には出さなかった。それがたいていの人の反応だということに、わたしはまもなく気がついた。生まれつきの奇形だろうと考えて、礼儀正しく目をそむけるのである。サイモンとわたしがクリケットの話——インドとイングランドのT20での三連続六点打とピッチへの侵入事件——をしているあいだ、アダムはすこし離れた缶詰の並んだ棚の前に立っていた。彼はたちまち缶詰のすべて——その販売の歴史、市場占有率から栄養価まで——に通暁したにちがいなかった。しかし、わたしたちがおしゃべりしているあいだ、彼は豆の缶をずっと見ていたわけではなかった。というより、なにも見ていないようだった。こわばった顔をして、二分間ずっと動かなかったのだ。なにかしらふつうでない、不愉快なことが起こるのではないかとわたしは危惧した。サイモンは礼儀正しくなにも気づかないふりをしていたが、アダムは自分で休止モードに入ったのかもしれなかった。アダムには、なにもしていないときにも、もっともらしい外見を保たせるようにする必要がある、とわたしは自分に言い聞かせた。目はひらいているのに、まばたきするのを忘れていた。外に連れ出すのは早すぎたのかもしれない。アダムを人間として、友人として通そうとしたことがわかれば、サイモンは気分を害するかもしれなかった。気立てのいい知り合いを騙そうとしたことになるのだから。

クリケットの与太話は途切れがちになった。サイモンはアダムに目をやり、それからまたわたしの顔を見た。それから、機転をきかせて、「あんたの人類学の雑誌が来ているよ」と言った。

それをきっかけに、わたしはアダムが立っている雑誌棚に歩み寄った。もう何年もまえだったが、サイモンは最上段の棚からソフトポルノを一掃して、代わりに専門的な雑誌——文芸誌や、国際関係や歴史や昆虫学の学術誌——を置いた。この近所には年老いて、尾羽打ち枯らしたインテリがけっこういたからである。

わたしが横を向いたとき、彼が言った。「自分(ユアセルフ)で取れるかい?」緊張した空気を緩めるため、わたしをやさしくからかったのだ。サイモンのほうが背が高くて、いつもはわたしのために雑誌を取ってくれていたのである。

そのひと言で、アダムが生気を取り戻した。ごくかすかなブーンという音——わたしにしか聞こえなかったのならいいのだが——を立てて、サイモンのほうに向きなおり、堅苦しい言い方で言った。「『あなたの自我(ユア・セルフ)』と言いましたね。偶然ですが、わたしも最近自我の神秘について考えていたんです。なかには、それは有機的な要素だとか、神経組織に埋めこまれたプロセスだとか言う人たちもいるし、また、それは幻想にすぎない、物語をつくろうとする性向の副産物だと言う人たちもいます」

ちょっぴりぎごちない沈黙が流れた。サイモンが言った。「で、そのどっちなのかな? あんたの意見では?」

「わたしはそういうふうに作られているんです。つまり、自分は強烈な自我の意識をもっていると考えざるをえないということです。それが現実で、そのうちいつか神経科学がそれを完全に説明してくれるときが来るはずです。しかし、たとえその日が来ても、わたしがいま知っている以上にこの自我について知ることはないでしょう。わたしはときどき疑いを抱くことがあるんです。自分は一種のデカルト的な誤謬(ごびゅう)に陥っているのではないかと」

そのときには、わたしはすでに雑誌を手にしていて、店を出ていこうとしていた。「仏教徒はどうなんです?」とサイモンが言った。「彼らは自我なしでやっていくほうがいいと思っているんじゃないかな」

「そうですね。わたしは仏教徒に会ってみたいと思っています。だれかご存知ですか？」

サイモンはきっぱりと断言した。「いや、知らないな、わたしは、ひとりも」

わたしは別れとお礼のしるしに手を挙げ、アダムの肘に手をあてがって、ドアのほうへ連れていった。

＊

恋愛ではこれはよくあることだが、だからといって苦しまずにいられるわけではない。わたしの感情が強くなれば強くなるほど、ミランダはそれだけよそよそしく、手が届かなくなっていった。あの初めての夜、夕食のあと彼女を獲得できたというのに、どうして不満が言えるだろう？わたしたちは楽しんでいた。気軽におしゃべりをして、毎晩のように食事をともにしたり寝たりしていた。けれどもわたしは、顔には出さないようにしていたけれど、もっと多くを欲していた。彼女がわたしに心をひらいて、わたしを欲しがり、わたしを必要とし、わたしを渇望して、わたしのなかに喜びを見いだしてほしかった。しかし、そういうことにはならずに、わたしの受けた第一印象はずっとそのままだった——彼女はわたしを受けいれることも、別れることもできるようだった。わたしたちのあいだで起こった好ましいこと——セックス、食事、映画、新しい演劇——はすべてわたしから誘ったものだった。わたしがいなければ、彼女は黙って二階での初めの状態に戻っていくだけだった。穀物法に関する本とシリアルのボウルと薄いハーブティーを抱えて、裸足で、ぼんやりと、ひじ掛け椅子に丸まっている状態に。ときには、彼女は本を持たずに、長いあいだじっと坐っていることがあった。わたしがドアから顔を入れて（わたしたちはいまではたがいのアパートの鍵をもっていた）、「一時間くらい熱狂的なセックスをするってのはどうだい？」と提案すると、彼女は冷静な声で「いいわ」と言う。わたしたちは彼女のあるいはわたしのベッドルームへ行って、彼女は自分のそしてわたしの快楽のために奮闘する。事が終わると、彼女はシャワーを浴び、自分の椅子に戻っていくのだった。わたしがなにかほかのことを提案しないかぎりは。たとえば、一杯のワインとか、リゾットとか、ストックウェルのパブで有名になりかけているサックス・プレイヤーとか。その場合には、またもや「いいわ」と言うのだが。

わたしが提案することとは、家のなかのことでも外のことでも、彼女はいつも静かに受けいれる。彼女は喜んでわたしの手をにぎる。しかし、わたしには理解できないし、知らせたくもないと思っていることがいくつかあるいはたくさんある。セミナーがあるとき、図書館に行く必要があるとき、彼女は午後遅く大学から戻ってくるが、週に一度はそれよりさらに遅くなる。しばらくしてから気づいたのだが、それはいつも金曜日だった。やがてようやく白状したところによれば、彼女はリージェンツ・パーク・モスクの金曜礼拝に行っているのだという。わたしは驚かされた。だが、しかし、彼女は無宗教から改宗しようとしているわけではなかった。社会史の論文を書くときのことを考えているだけだというのである。わたしはそれで納得したわけではなかったが、それ以上は追及しなかった。

わたしたちに欠けているのは会話の親密さだった。いちばん親密さが感じられたのは、機動艦隊について議論しているときだった。バーに行くと、彼女は一般的なことしか話さなかった。彼女はひとりでいることにも、時事問題を活発に議論することにも満足しているようだったが、そのあいだの個人的な話は――父親の健康や彼の文学的キャリアに関する話を除けば――なにもなかった。わたしがそれとなく過去に話題を向けて、自分自身のことを話したり、彼女の過去について質問したりすると、彼女はすぐに一般論か、ごく幼いころのこと、あるいは知人のだれかの逸話に逃げてしまった。わたしは自分がわき道へ逸れてばかげた脱税行為をやってしまったことや、法廷での経験、長時間の社会奉仕にうんざりしたことを打ち明けた。いずれにしてもいつかは話しただろうが、じつは、彼女に法廷に出たことがあるかどうかを質問する口実にしたのだ。彼女の答えはそっけなかった。一度もないわ！ そしてすぐに話題を変えてしまった。わたしはそれまでにもいろいろな将来性のある事業に携わったことがあり、恋愛も、あるいは恋愛のようなものも、定義にもよるが、二、三度は経験したことがあった。だから、その道にはそれなりに詳しいつもりで、彼女に圧力をかけたりしないほうがいいことを知っていた。ソールズベリーの事件については、アダムからもっと詳しいことを聞き出せるかもしれないと思っていた。わたしは彼女の秘密を知らないかもしれないが、少なくとも、彼女に秘密があることは知っている。しかし、わたしが知っていることを彼女は知らないのだ。大切なのは気配りだった。わたしは彼女を愛していることを告白していなかったし、自分たちの将来についての夢を打ち明けたり、自分の不満を仄(ほの)めかしたりもしていなかった。彼女がそうしたがるときにはいつも、ひとりで本を読んだり、考えに耽ったりさせておいた。そして、そんなテーマには興味がなかったにもかかわらず、穀物法について調べ上げ、自由貿易について自分なりの意見をもてるようにした。彼女はそれを無視はしなかったが、感心もしなかった。

というわけで、いま、わたしたちは二階の彼女のキッチンで夕食を取っていたが、ここはわたしのところよりさらに狭かった。テーブルは白いプラスチックの成型品で、やっとふたりで坐れるくらいだった。たぶん前の借家人がパブの庭から盗んできたのだろう。アダムは流しに立って、肘まで石鹼水に浸かりながら、わたしたちが食事の終わりに渡した皿やナイフやフォークと格闘していた。今夜はトード・イン・ザ・ホールとベークト・ビーンズ、それに目玉焼きだった。学生向きの料理である。窓には黄色いギンガムのカーテンが晩夏の熱波のなかにそよともせずに垂れていたが、その窓敷居のラジオから十二年ぶりに再結成されたビートルズが流れていた。彼らのアルバム『ラブ・アンド・レモンズ』はその仰々しさが笑いものになっていた。総勢八十人のフル・オーケストラという誘惑に負けて、ちょっとやりすぎたのである。半生のあいだギター・コードを積み重ねてきただけで、これだけのパワーを自在に操るには無理がある、というのが大方の意見だった。『タイムズ』の批評家は、そんなことはないが、たとえそれがほんとうだとしても、愛がわたしたちに必要なすべてだなどといまさら言われたくない、と苦言を呈していた。

だが、わたしはこの音楽の強力なセンティメンタリティが好きだった。この中年のミュージシャンたちによる皮肉な響きのない演奏。自信にあふれ、メロディックで、二世紀半にわたるオーケストラの実験を幸いにも知らないことで解放されている音楽。レノンのしゃがれ声は、地平線か墓場の彼方から反響して漂い流れてくるように聞こえた。愛について何を言われても、わたしは気にならなかった。いまや、わたしの目の前の、ほんの一メートルもないところに、その温かい可能性のすべてがあり、それこそわたしに必要なすべてだったからである。そこには彼女の長い、絶妙な形をした顔(尖った頰骨がそのうち頰を突き破ってしまうのではないか)があり、面白がっている、いまのところはまだ楽しげな、細められた目がわたしを見つめていた。唇がひらいているのは、たったいまわたしが言ったことに反論しようとしているからだった。完璧な長い鼻は、鼻孔のアーチの根元がかすかにふくらんで、異論があることをあらかじめ予告していた。肌の白さが、きょうはこどもみたいに真ん中から分けている細い褐色の髪を引き立てていた。最近の流行とは逆に、彼女は日光を避けているので、剝きだしの白い腕もほっそりとして、染みひとつなかった。

わたしの観点からすれば、わたしたちはまだ麓でブラブラしているだけで、達成すべき多くの可能性がはるか彼方のアルプスみたいに見えているのだが、わたしはなるべくそれは見ないで、具体的な細部に目を向けるようにしていた。ところが、この華奢なテーブルの向かい側にいる彼女の観点から見れば、わたしたちはすでに最高点に到達しているのかもしれなかった。彼女としては、すでに可能なかぎり、これまでは考えたこともないほど他人に接近していると思っているのかもしれなかった。ジェーン・オースティンの描いたような恋愛物語では、純潔のまま結婚の準備へと向かうのが常だった。けれども、いまでは、恋愛のクライマックスは肉体的な知識の向こう側に、あらゆる複雑さが待ち受けている向こう側にある。

いまのところ、わたしがやるべきことは、あまり感情的になってあとで嫌な気分になることなしに、と同時に、自分に嘘をつかず彼女にもそうさせないで、政治について議論することだった。それは、わたしたちのあいだに置かれている可もなく不可もないメドックのボトルを半分以上飲んでしまわないかぎり、実行不可能ではない綱渡りだった。わたしたちは前にもこういう会話をしたことがあり、いまではもっと容易になっているはずだったが、どちらもおなじ発言を繰り返すのをやめられなかった。じつは、そんなことを話してもどうしようもないのはわかっていたが、それを避けることはできなかった。だれにとってもそうなのだろう。わたしたちは依然として傷の手当てをしているのである。戦争のような基本的な事柄について意見を一致させられなければ、ミランダとわたしがどうしていっしょに暮らしていけるだろう?

以前はフォークランド諸島と呼ばれていた島々について、彼女は強固な意見をもっていた。サウス・ジョージア島のような遠隔の地にアルゼンチン国旗を立てたのは明白な国際法違反だ、と彼女は主張した。そこは荒涼とした島であり、だれもそのために命をかけて戦うことを求められるべきではない、とわたしは言った。ポート・スタンリーの占領は、不人気な政権が愛国心を煽り立てようとした自暴自棄な行為だ、と彼女は言った。だからこそ、そういうものに引きずり込まれるべきではない、とわたしは言った。たとえ失敗したとしても、機動艦隊というのは勇気ある立派な考えだった、と彼女は言った。艦隊が出航したときの自分の興奮状態を思い出して落ち着かない気分になりながらも、それは失われた帝国の偉大さを再演しようとする滑稽な試みだ、とわたしは言った。これが反ファシスト戦争だということをあなたはなぜ見ようとしないのか、と彼女は言った。いや(と彼女をさえぎって)、これは双方の国民的な愚かさによって焚きつけられた、土地の所有権争いにすぎない、とわたしは言った。そして、ボルヘスの言葉を引き合いに出した。「ふたりの禿げた男が櫛をめぐって争っているようなものだ」でも、禿げた男は櫛を自分のこどもたちに残せるかもしれない、と彼女は答えた。わたしがその意味を理解しようと苦労しているあいだに、彼女は付け加えた。将軍たちは何千人という市民を拷問し、行方不明にし、殺しているうえ、経済を破壊した。もしもわたしたちが諸島を取り戻せば、その屈辱が軍事政権を終わらせ、アルゼンチンに民主主義が復活するだろう。そうなるかどうかわかるはずはない、とわたしは応じた。わたしたちはサッチャー夫人の野心のために何千人もの若い男女を失ったのだと。わたしはいつの間にか声を荒らげていたので、あらためて穏やかな、しかしかすかに震える声で言った。こんな大量虐殺のあと政権に居座っているのは、わたしたちの時代の最大の政治的スキャンダルだ。敬意にみちた沈黙が流れてもおかしくない最終宣告のつもりだったのだが、ミランダは即座に真っ向から反論した。首相はそれなりに正しいことをやろうとして失敗したのであり、議会と国民のほぼ全体から支持されているのだから、政権を維持する正当性があるというのだった。

　この会話のあいだ、アダムは皿洗いを終えて、流しを背にして立ち、腕を組んで、わたしたちを見守っていた――テニスの試合の観客みたいに、右に左に首を振って、発言者を目で追っていた。わたしたちは、うんざりしているというほどではなかったが、おなじ発言を何度も繰り返していたので、なんとなく儀式じみたところがあった。相対峙する軍隊みたいに戦闘配置につき、自陣を守ろうとしていた。機動艦隊は適切な艦対空ミサイルをもたずに出航し、参謀総長は軍隊の志気を低下させた、とミランダは言っていた。そういう言葉――艦対空とか、ホーミング装置とか、チタン製弾頭とか――をわたしが聞いたのはウォリクシャーの学生会館のバーで、政治的左翼の男たちからだった。口には出さなかったが、彼らは自分たちが非難している兵器システムに内心では感嘆していたので、なかなか複雑な言い方をしたものだった。彼女は柔らかい滑らかな口調で、そういう言葉を既成権力の語彙――ひらかれた社会とか、法の支配とか、民主主義の回復とか――と綯い交ぜにした。あるいは、わたしは彼女の父親の意見を聞いていたのかもしれない。

彼女がしゃべっているあいだに、わたしは横を向いて、アダムの表情をうかがった。彼は熱心に耳を傾けていた。いや、それだけではなかった。じつにうれしそうな顔をしていた。彼女の発言に感嘆していたのだろう。ミランダに視線を戻すと、フォークランドの住民はわたしたちの仲間の市民であり、その彼らがいまやファシズムの下で暮らしている。そういう状態にわたしは満足なのか、と彼女が指摘しているところだった。わたしはそういう言い方が好きではなかった。それは仮面を被った侮辱だった。会話は、まさにわたしが怖れていたとおり、不愉快な雰囲気になってきたが、わたしにはどうしようもなかった。キッチンは狭苦しくて、暑く、わたしは苛々しながら、ワインに手を伸ばして、自分のグラスに注いだ。交渉して解決する方法があるのではないか、とわたしは言いはじめていた。ゆっくりと、苦痛のないやり方で、三十年かけて権力を移行するとか、国連の委任統治で、人権を保障するとか。彼女はそれをさえぎって、人殺しの将軍たちのやることはなにひとつ信用できないと言った。彼女がそう言うと、戯画化された彼らの姿が目に浮かんだ。モール付きの軍帽、従軍記章、乗馬用ブーツ、ガルティエリが白馬にまたがって五月大通りの紙吹雪のなかを闊歩する姿。

彼女が最後に言ったことを何から何まで受けいれる、とわたしは言った。一万三千キロ彼方の特別任務に向かって艦隊が出航し、彼女のきわどい戦略が試みられたが、失敗した。彼女が知らないか気にかけない数千人が溺死したり焼死したり、大怪我をして醜く歪んだり、心的外傷を負って生き延びた。そして、結局は、最悪の結果になった。軍事政権が島々とその住民を掌握したのである。時間をかけた交渉による合意というやり方は試みられなかったが、それが失敗すれば、苦悶や死はなかったかもしれないが、やはりおなじ結果になっただろう。どうなったかはわからない。起こったかもしれないことは、わたしたちには永久にわからないだろう。だとすれば、それについて議論しても何になるだろう？

さっき注いだグラスに目をやると、手をふれた記憶はないのに、空になっていた。わたしは間違っていた。いくらでも議論することはある。わたしはそう言いながらも、自分が一線を越えてしまったことを意識していた。彼女が死者を気にかけていないと非難したことで、怒らせてしまったのである。

彼女は目をほそめたが、面白がっているわけではなかった。それでも、わたしのやり過ぎを咎めようとはせず、その代わりにアダムのほうを向いて、「あなたはどう思う？」と静かに訊ねた。彼の視線は彼女からわたしへ、そしてまた彼女へと戻った。彼が実際なにかを見ているのかどうか、わたしにはいまでもよくわからなかった。内側のどこかの、だれも見ていないスクリーンに映像が映っているのか、それとも、なんらかの回路網が三次元空間で彼の体の一部を動かしているだけなのか？　見ているように見せかけるというのは盲目的な模倣のトリックであり、わたしたちを騙して彼に人間性があるように思わせる社会的な仕掛けにすぎない。だが、わたしはそれに抵抗できなかった。彼と束の間目が合って、その黒い縦線の入った青い虹彩を覗きこんだとき、一瞬、それがとても意味ありげに、期待に満ちているように見えたのだ。わたしは知りたいと思った。わたしが理解し、ミランダもおそらく理解しているように、いま問題になっているのは愛国心なのだということを、彼も理解しているのかどうか。

彼はてきぱきとした、それでいて落ち着いた口調で言った。「侵略して成功するか失敗するか。交渉による解決を目指して成功するか失敗するか。考えられるのは四つの結末または結果です。

結果論に頼ることなしに、わたしたちはどんな目標を追求し、どれを避けるべきかを選択しなければなりません。これはベイズの逆確率の領域になります。わたしたちはある原因の結果ではなく、ある結果の原因になる確率を求めることになるわけです。理にかなった唯一のやり方は、わたしたちのあて推量を論理的に表現する方法を見つけることでしょう。わたしたちのレファレンス・ポイントは、すなわち、わたしたちの与件はどんな決定も下されていない時点でのフォークランド諸島の状況の観察者とし、一定のアプリオリな確率値によって四つの結果がもたらされるものとします。新しい情報が入ってくるにしたがって、その確率がどのくらい相対的に変化するかは測定できますが、絶対値を得ることはできません。あらたな証拠の加重値を対数的に定義することが役に立つかもしれないので、仮に底を10とすれば——」

「アダム、もうたくさんだわ！　ほんとうに。そんなばかげた能書きは！」今度はメドックに手を伸ばしたのはミランダだった。

彼女の苛立ちのもとが自分ではなくなって、わたしはほっと胸を撫で下ろした。「しかし、ミランダとわたしが設定するアプリオリな確率値はまったく違うものになるだろう」とわたしは言った。

アダムは、いつものように、ひどくゆっくりと、わたしのほうに顔を向けた。「もちろん、すでに言ったように、未来のことに関しては、どんな絶対値もありえません。ただ尤度が変動することがあるだけです」

「だが、それは完全に主観的なものだ」

「そのとおりです。結局のところ、ベイズ確率は精神状態の反映ですから。良識というものがすべてそうであるように」

それならば、仰々しい論理の開陳にもかかわらず、問題はなにひとつ解決されていないことになる。ミランダとわたしは精神状態が異なっているだけなのだ。ただ、それまでと違うのは、異なってはいるものの、アダムに対しては団結していることだった。少なくとも、わたしはそう思いたかった。彼はこの問題がどういうことか理解したかもしれない。つまり、フォークランドについてはわたしが正しいと考えたが、一定程度の知的正直さがプログラミングされているので、ミランダにも忠実な彼にできる最善策が中立的な見かけを保つことだったのかもしれない。しかし、もしそういう考えが成り立つなら、それとまったく逆の可能性もあるだろう。つまり、彼はミランダが正しいと考えたが、わたしへの忠誠心からそうしたのかもしれないのだ。

ふいにキッチンの椅子をきしらせて、ミランダが立ち上がった。顔と喉元がかすかに赤らんで、目はわたしを見ていなかった。この夜は、別々のベッドで眠ることになるのだろう。彼女といっしょにいられるなら、わたしは喜んでこれまでの発言をすべて撤回しただろうが。けれども、わたしは黙っていた。

彼女はアダムに言った。「よかったら、ここに残って充電してもいいわよ」

アダムは毎夜六時間、十三アンペアのコンセントにつながる必要があった。そうやって睡眠モードに移行して、夜が明けるまで〝読書しながら〟静かに坐っているのである。ふだんは、階下のわたしのキッチンでそうするのだが、最近、ミランダが二本目の充電ケーブルを買っていた。

彼はありがとうとつぶやくと、背をかがめ、キッチン・タオルを慎重に半分にたたんで、水切りボードの上にひろげた。彼女はベッドルームのドアに向かって移動しながら、ちらりとわたしを見て、唇をひらくことなく残念そうな笑みを浮かべ、わたしたちを隔てている空間越しに仲直りの投げキッスをして、「今夜だけね」とささやいた。

それなら、わたしたちはだいじょうぶなのだ。

わたしは言った。「もちろん、きみが死者を気にかけているのはわかっているよ」

彼女はうなずいて、出ていった。アダムは腰をおろし、ベルトからシャツを引き抜いて、ウエストラインより下の差し込み口を探った。わたしは彼の肩に手を置いて、皿洗いをしてくれた礼を言った。

寝に行くにはまだまったく早すぎる時刻だったし、今夜はマラケシュの夏の夜みたいに暑かった。わたしは一階に下りていくと、なにか冷えているものはないかと冷蔵庫を覗きこんだ。

*

わたしはそのままキッチンに残って、モルドバワインの白のバルーングラスを片手に、古い革製のひじ掛け椅子に坐った。反論されることなしに自分の考えをたどれるのは大いなる快感だった。こんなふうに考えるのはわたしが初めてではないだろうが、人間の自尊心の歴史はその消滅に向かって下降していく歴史だったのだろう。かつて、わたしたちは宇宙の中心に鎮座していた。太陽や惑星や観察可能な全世界は、わたしたちの周囲をまわりながら、わたしたちを崇める永遠の舞いをつづけていた。ところが、やがて、心ない天文学が聖職者に逆らい、わたしたちを太陽を周回する軌道上のひとつの惑星に、いくつもの岩の塊のなかのひとつに格下げした。それでもまだ、わたしたちは別格であり、唯一無二の、すばらしい、創造主によってあらゆる生物の主に任じられた存在だった。ところが、こんどは生物学が、わたしたちはほかの生きものとおなじであり、バクテリアやパンジーや鱒(ます)や羊と共通の祖先をもつことを立証した。さらに、二十世紀初頭には、宇宙の広大さがあきらかになり、太陽でさえ何十億もの銀河のなかのわが銀河系に属する数十億の星のひとつになった。最後に、わたしたちの最後の砦である意識について言えば、わたしたちが地球上のほかのどんな生きものより明晰な意識をもつというのはたぶん事実だろう。だが、かつて神に反旗を翻した精神は、いまや途方もないところにまで手を伸ばし、みずからをその地位から引きずり下ろそうとしている。つまり、手短に言えば、わたしたちは自分たちよりすこしだけ頭のいい機械をつくりだし、その機械にわたしたちの理解を超える機械をつくらせようとしているのだ。だが、そういうことになれば、わたしたちが存在する必要性がどこにあるのだろう?

　こういうとてつもない戯言(ざれごと)にはもう一杯、もっとたっぷりと満たされたバルーングラスが似つかわしいので、代わりを注いだ。わたしは頭を右手のひらにのせ、自己憐憫がとろりとした快感になる、あのほの暗い領域に近づいていった。わたしもこの人類追放のひとつのケースではあったが、わたしの頭にあるのはアダムのことではなかった。彼はわたしより頭がいいわけではないのだ。まだいまのところは。そうではなくて、わたしの追放は一晩だけのことであり、それが望みのない恋に耐えられる程度の甘い苦悩というワサビをきかせていたのである。わたしはシャツのボタンを腰まで外して、窓をすっかりあけ放ち、この世界的な都市で、暑さと埃とノース・クラパムの低い噪音に取り囲まれて、思いに沈みながら酔っていくという都会的なロマンスに浸っていた。わたしたちの恋愛ははなはだしくアンバランスだった。部屋の隅に見物人がいるとすれば、もっともだと言いたげな目をするにちがいなかった。すり切れた椅子に坐りこんでいるのは、これでもけっこう格好いい男なのだから。わたしはどちらかと言えば自分を愛していた。だれかしらわたしを愛する人間がいなくてはならないだろう。自分への褒美として、わたしは彼女のことを考えた。エクスタシーの最中の。それから、彼女の快楽の非個人的な質について考えた。彼女にとってわたしは悪くはないという程度なのだろう。ほかの多くの男たちもそうだったのかもしれないが。彼女が距離を置けば置くほど、わたしの思いは燃え上がったが、その明白な事実をわたしは認めようとしなかった。それにしても、ちょっと奇妙なことがあった。三日前、彼女は謎めいた質問をした。ごくふつうの体位で、抱き合っている最中に、わたしの顔を引き寄せたのだ。彼女は真剣な顔をしていた。

そして、ささやいたのだ。「ねえ、あなたは本物なの？」

わたしはなんとも答えなかった。

彼女が顔をそむけたので、横顔が見えた。それから、彼女は目を閉じて、もう一度個人的な快楽の迷路に没入していった。

その夜、あとでそのことについて質すと、彼女はただ「なんでもないわ」とだけ言って、話題を変えた。わたしは本物か？　わたしがほんとうに彼女を愛しているのかという意味か。ほんとうのことを言っているのかという意味か。それとも、彼女が求めているものにわたしがあまりにもぴったり当てはまるので、夢かもしれないと思ったのか？

わたしはキッチンを横切って、まだ残っていたワインを注いだ。冷蔵庫のドアハンドルは壊れていて、思いきり横に引っ張らなければきちんと閉まらなかった。わたしの手が冷たいボトルのネックをつかんだとき、頭上から軋る音が聞こえた。もう長いあいだミランダの足の下で暮らしているので、彼女の足音もそれがどこに向かっているかもはっきりとわかった。彼女はベッドルームを横切って、キッチンへの入口でためらっていた。そして、なにごとか低く言う声が聞こえた。返事はなかった。彼女は部屋のなかに二歩進んだ。もう一歩進めば、踏まれるとギーッと鳴る床板に乗るだろう。わたしが耳を澄ましていると、アダムがしゃべった。そして、椅子を後ろに押して、立ち上がった。もう一歩前に出るつもりなら、電源ケーブルを外す必要があるはずだった。だが、すでに外していたらしく、一歩前に出てうるさい床板を踏んだのは彼のほうだった。ということは、ふたりは一メートルも間を置かずに向かい合っていることになる。なんの物音もなく一分が過ぎ、いまや二組の足音がベッドルームに戻っていこうとしていた。

　冷蔵庫のドアはあけたままにした。むりに閉めれば、わたしがすぐ下にいることがばれてしまうだろう。そのままそっと彼らのあとについて、自分のベッドルームに行くしかなかった。だから、わたしはそうやって、自分の机の横に立って耳を澄ました。ちょうど彼女のベッドの真下にいるとき、彼女がそっと命令する声が聞こえた。部屋に風を入れたいと思ったのだろう。アダムの足音が部屋を横切って、ヴィクトリア様式の張出窓（ベイウィンドー）に向かった。三つの窓のうち、あいているのはひとつだけだった。暖かい日や雨の日には、それさえ動かすのがむずかしかった。古い木製の窓枠が縮んでしまったのかふくらんだのか、釣合錘（カウンターウェイト）がおかしいのか、ロープが硬くなっているのか。人間の頭脳のまずまずの複製が作れるこの時代に、この近所には上げ下げ窓を修理できる人間は見つからなかった。何度か修理させようとしてはみたのだが。

真下のベイウィンドーのなかに立っていたわたしは、どんな精神状態だったのか？　ヴィクトリア朝末期に大々的に建設された無数の住宅のどれにも付いているまったくおなじベイウィンドー。こういう住宅が、ロンドンの南端を縁取る生け垣とオークの向こう側の二ヘクタールの野原にひろがっているのだった。わたしの精神状態はと言えば——よくなかった。それを包んでいる肉体がすべてを物語っていた。かすかに震え、とりわけ両手のひらが、じっとりと汗ばんで、脈拍が上がり、なにかを予期する興奮状態にあった。不安、自己不信、憤激。わたしのベイウィンドーは、敷き詰められた古いカーペットが、五〇年代半ばの擦りきれた染みだらけのカーペットが、幅木のところまで延びていた。ミランダのところでは、カーペットが剥がされて剥きだしになった床板が、二度の大戦の前から栗色に磨かれていた。白いエプロンにモブキャップというでたちのどこかの貧しい娘が、ワックスを塗った布切れで四つん這いになって磨いたのだろう。自分がうずくまっている場所に、どんな人間が立つことになるのか想像もできなかったにちがいない。アダムが古い床板に足を踏ん張る音がした。身をかがめて、窓枠の下側に付いている金具をにぎり、四人の若い男に匹敵する力で持ち上げようとしているのだろう。ぐっと力んでいるような静寂があり、それから窓が跳ね上がって、上側の窓枠にバシッと当たると同時にガラスが粉々に砕ける音がした。わたしが満足げに鼻を鳴らしたのがばれてしまったかもしれない。

いまや、彼女の部屋に流れこむ少しだけ涼しい空気に不足はないはずだった。アダムの足音がベッドのそばで待っているミランダのところへ戻っていくと、わたしの浮かれた気分は消えた。彼女に歩み寄りながら、彼がつぶやいたのは謝罪の言葉だったのだろう。彼女は許すと言ったようで、その短い言葉のあと、メゾソプラノとテノールが絡み合うふたりの笑い声が聞こえた。わたしはアダムのあとについて、ふたたびベッドのそばにきて、その真下一・八メートルのところに立っていた。彼は手で服を脱がせることができるが、いま、彼女の服を脱がしているにちがいなかった。それ以外にこの静寂は説明できなかった。彼女のマットレスが音を立てないことを――当然ながら――わたしは知っていた。この当時は、日本的な清潔で簡素な暮らし、無駄を省いた清々しさを約束するものとして、フトンが流行っていたのである。暗闇のなかに立って待っていると、わたし自身の感覚も洗われて、意識が明瞭になったような気がした。階段を駆け上がって、彼らを制止すること、あの古い海辺の絵葉書の滑稽な夫みたいに、ベッドルームに乱入することもできただろう。しかし、わたしが置かれている立場にはドキドキさせられる一面もあった。これは単なる欺瞞や浮気の発覚ではなく、じつにオリジナルな、現代の先端を行く体験――人工物によって寝取られた史上初の男になるという体験――だったからである。わたしはまさに時代の申し子であり、新しさの砕ける波頭に乗って、しばしば暗鬱に予言されていた置き換えのドラマをだれよりも先に演じようとしていたのだ。わたしの受動性にはもうひとつ別の要素もあった。このごく初期の瞬間にさえ、わたしはこういうすべてをもたらしたのが自分自身であることを知っていたのである。しかし、そんなふうに考えたのはすべてあとになってからだった。いまのところは、とんでもない裏切りであるにもかかわらず、それはあまりにも興味深いことだった。わたしは盗み聞きの男、なにも見えない覗き魔という役どころに嵌まって、屈辱にまみれながら耳をそばだてるしかなかった。

アダムとミランダがくぼまないフトンに横たわり、手足を絡み合わせるのに快適な姿勢を見つけるのを見守ったのは、わたしの精神あるいは心の目だった。彼女が彼の耳元になにごとかささやく様子が目に浮かんだが、何と言ったのかはわからなかった。そういうとき、彼女がわたしの耳にささやいたことはなかった。彼が彼女に——わたしがやったことがないほど長くかつ深く——キスをするのが見えた。窓を持ち上げた腕がしっかりと彼女を抱きしめていた。数分後、彼が恭しくひざまずき、舌で彼女を喜ばせはじめたとき、わたしはほとんど目をそむけそうになった。それは言わずと知れたあの舌だった。しっとりと湿っていて、息で生温かく、口蓋や唇を巧みに使って本物そっくりのしゃべり方をする舌である。わたしはいまさら驚くこともなく見守った。わたしならそうしただろうが、彼はわたしの愛する人を完全には満足させなかった。彼女がほっそりとした背中をそらせて、もっと求めるままにしておいて、彼はノロマザルの律義さでゆっくりと彼女の上に体を重ねていった。わたしの屈辱感が頂点に達したのはそのときだった。わたしはそういうすべてを暗闇のなかで見守っていた——人間はもはや時代遅れになってしまうにちがいなかった。アダムはなにも感じていない、快楽に身を委ねているような動きを真似ているだけで、わたしたちが味わっていることは味わえないのだ、とわたしは自分に言い聞かせた。だが、アラン・チューリングが若いころに何度となく言い、書き残しているように、わたしたちが機械と人間の行動の違いを見分けられなくなったとき、わたしたちは機械に人間性を与えなくてはならないのだろう。だから、ミランダの長くつづく絶頂の叫びがふいに夜気を引き裂いて、やがてうめき声になり、押し殺したすすり泣きになったとき——窓ガラスが粉々に割れてから二十分後に、わたしはすべてを実際に聞いたのだが——わたしはアダムに同類としての特権と義務を負わせることにした。わたしは彼を憎んだのである。

＊

翌朝早く、何年ぶりかに、わたしはスプーンに山盛りの砂糖をコーヒーに放りこんだ。そして、カップのなかの栗色の円盤がゆっくりと時計まわりに回転して、やがてどんな目的も失って渾沌とした渦になるのを見守った。一瞬、そうしたい誘惑に駆られたが、それを自分の人生に喩える誘惑には打ち勝った。わたしは考えようとしていたが、まだ七時三十分になったばかりだった。途切れとぎれにしか眠れなかったので、気分は鬱々としていたし、自分自身に腹を立てていたが、それを顔には出すまいと決めていた。ミランダはわたしとは距離を保っていた。だから、現代的な基準によれば、だれかと、たとえなにかと一晩を過ごしたとしても、それはかならずしも裏切りだとは言えないだろう。アダムの行動の倫理的な側面については、奇妙な始まり方をした歴史がある。自動運転車が初めて実験的施設に現れたのは十二年前の炭鉱ストライキの最中だった。この施設はほとんど使用されていない飛行場で、そこに映画のセットの設計者たちが模擬的な街路や高速道路のジャンクションやさまざまな障害物をつくったのである。

〝自動運転〟というのは適切な言い方ではない。というのも、この新しい車は、人工衛星や車載レーダーにつながる巨大なコンピューターのネットワークに、新生児とおなじくらい頼りきっていたからである。こういう車が安全に走る手引きをするのが人工知能だとすれば、そのソフトウエアにはどんな価値観や優先事項のリストが想定されるのか？　幸いにも、倫理学の分野では〝トロリー問題〟というすでによく議論されているジレンマがある。これは自動車にも容易に当てはめられ、いま自動車メーカーやそのソフトウェア・エンジニアが問いかけている問題はこんなふうになる。あなた、というよりむしろ、あなたの車は狭い郊外の道路を法定速度内の最高速度で走っている。車の流れはスムースで、あなたの側の歩道にはこどもたちのグループがいる。突然、そのなかのひとり、八歳のこどもが道路を渡ろうとして、あなたの車の真ん前に跳び出す。一秒の数分の一のあいだに、あなたは決定しなければならない——そのこどもを轢き殺すか、こどもを避けて大勢の人がいる歩道に突っこむか、それとも、対向車線に跳び出して、時速一三〇キロちかい速度でトラックと衝突するか。あなたがひとりなら、自分を犠牲にすることも救うこともできるだろう。しかし、配偶者とふたりのこどもが同乗していたら、どうなるか？　これでは簡単すぎるだろうか？　では、あなたの一人娘か、祖父母、あるいは、二十代半ばの妊娠している娘とその夫が同乗していたら？　さらに、トラックに乗っている人も考えに入れるとしたら？　一秒の数分の一は、コンピューターがそういうすべての問題を徹底的に検討するのに十分な時間であり、この決定はソフトウェアが指定する優先順位によって左右されることになるだろう。

　ロボット倫理学というテーマが誕生したのは、騎馬警官が坑夫たちに襲いかかり、全国の工業都市が自由市場のせいで長く悲しい下降線をたどりはじめたころだった。世界の自動車業界が哲学者や、判事や、医療倫理の専門家や、ゲーム理論家や議会の委員会の意見を訊いた。その後、大学や研究所では、この問題が独自の発展を遂げた。ハードウェアが実用化されるずっと前に、教授や博士研究員(ポスドク)たちはわたしたちの最良の——寛容で、心がひろく、思いやりがあって、どんな陰謀や悪意や偏見からも完全に自由な——自己を想起させるソフトウェアをつくりだした。よく考えられた原則に基づいて、何百万もの倫理的ジレンマの考察を通して学習した、洗練された人工知能が生まれるだろう、と理論家たちは予測した。そういう人工知能がわたしたちにどう生きるべきか、どうすれば善良になれるのかを教えてくれるだろう。人間は倫理的に欠陥のある存在である——首尾一貫せず、感情的に不安定で、偏見にとらわれ、間違った認識をしやすく、そういうすべてを自己の利益のためにしがちなのである。人造人間の動力に適した軽量バッテリーや、顔にそれとわかる表情を浮かべられる弾性材料が開発されるはるか以前に、それをたしなみのある、賢明なものにするためのソフトウェアが存在していた。腰をかがめて老人の靴ひもを結んでやれるロボットをつくりだすまえに、わたしたちが創り出すものがわたしたちを救ってくれるにちがいないという希望があった。

自動運転車は、少なくとも初めて出現したときには、短命に終わり、その倫理的な特性が実際に時間をかけてテストされることはなかった。技術は文明を脆弱化するという格言を七〇年代末の交通渋滞ほどはっきり証明したものはない。そのころには、自動運転車が全体の一七パーセントを占めるまでになっていた。マンハッタンの交通が大渋滞したあのうだるような夏の夜をだれが忘れられるだろう？　例外的な太陽フレアの影響で、多くの車載レーダーが同時的に故障したのである。大小の通りも、橋やトンネルも通行不能になり、回復するまでに数日かかった。その九カ月後、北ヨーロッパのルール地方でも似たような大渋滞が発生し、短期的に経済が停滞すると同時に、陰謀説がひろまった。大混乱を引き起こしたくてたまらなかった十代のハッカーの仕業だとか。攻撃的で、混迷している、遠くの国が先端的なハッキング技術を使ったのだとか。あるいは、これがわたしのお気にいりだったが、頭の固い自動車メーカーが新しいものの熱い息吹を忌み嫌って仕掛けたのだとか。活動が激しすぎる太陽を別にすれば、結局のところ、犯人は見つからなかった。

世界の宗教や偉大な文学がはっきり証明しているのは、わたしたちはどうすれば自分たちが善良になれるかを知っているということだ。わたしたちはそういう願望を詩に、散文に、唄にしてきたし、何をすべきかを知っている。ただ、問題はそれを持続的かつ大規模に実行できるかどうかということである。自動運転車が一時的に死んだあとに残ったのは、人間を救済するロボットの倫理という夢だった。アダムとその仲間たちはそれを初期的に現実化したものだ、とユーザーズ・マニュアルは仄めかしていた。彼は倫理的にはわたしよりすぐれているはずで、彼ほど善良な存在はないはずだった。彼がわたしの友だちだったら、残酷な恐ろしいほどの過ちに罪悪感を抱いたことだろう。ただ、問題はわたしが彼を買ったこと、彼はわたしの高価な所有物で、漠然と想定されている有用性以上に、わたしに対してどんな義務があるのかはっきりしないことだった。奴隷は主人に対してどんな義務があるのか？　それに、ミランダは〝わたしのもの〟ではなかった。それははっきりしていた。わたしには裏切られたと感じる理由はすこしもないのだというミランダの声が聞こえるような気がした。

しかし、それとは別に、もうひとつ問題があったが、彼女とわたしはそれについてはまだ話し合っていなかった。アダムの倫理的マップの設計には、自動車業界のソフトウェア・エンジニアが協力したかもしれないが、わたしたちは彼の性格の設定にふたりで貢献していた。わからなかったのは、それが彼の倫理観にどの程度入りこみ、優先されるのかということだった。性格はどのくらいの深さまで浸透するのか？　完璧に形成された倫理観はどんな特定の気質からも自由なはずだが、そんなことが可能なのだろうか？　ハード・ドライブに閉じこめられた倫理ソフトウェアは、かつては哲学の教科書にやたらに引用された〝水槽の脳〟の思考実験とおなじものにすぎない。ところが、人造人間は不完全で堕落したわたしたちのあいだに下りてきて、いっしょにやっていかなければならないのだ。だから、無菌状態の工場で組み立てられた手を汚さずにはいられない。人間の倫理的次元のなかに存在するということは、身体や声や一定の行動様式や記憶や欲望をもち、具体的な事物に遭遇して、苦痛を感じることである。世界とそんなふうに関わっている完璧に正直な存在なら、ミランダの魅力には抵抗できないかもしれなかった。

わたしは一晩中、アダムを破壊する場面を想像していた。彼に巻きつけたロープをにぎって、汚いワンドル川まで引きずっていくところが目に浮かんだ。彼のためにこんな大金をかけなければよかったのだが、いまや、もっと高くつくことになりそうだった。彼がミランダと過ごした時間は、原則と快楽の追求の葛藤ではありえなかった。彼の性愛生活は見せかけにすぎず、彼が彼女を気にかけるのは、食洗機が皿を気にかけるようなものなのだ。彼あるいは彼のサブルーチンが、わたしの怒りより彼女に認められることを選んだにすぎない。チェックボックスの半分にチェックを入れて、彼の性格の細目の多くを決定したミランダにも責任があるはずだった。そして、そうするように彼女をけしかけたわたし自身にも。わたしは新しい友人と知り合うようなかたちでアダムを〝発見したい〟と思っていたが、彼はいまやみずから下種男を名乗っている。これをいっしょにやることでわたしはミランダともっと強く結びつきたいと思っていたのに。もっとも、こうやって一晩中彼女のことを考えていたのだから、それには成功したのかもしれないが。

階段に足音が聞こえた。わたしはきのうの新聞と自分のカップを引き寄せて、くつろいで新聞に読みふけっているように見せかける準備をした。わたしにも守らなければならないプライドがある。鍵穴のなかでミランダの鍵がまわった。彼女がアダムの先に立ってキッチンに入ってきたとき、わたしはしぶしぶ記事から目を離そうとしているかのように、顔を上げた。わたしは、第一面の記事から、世界初の永久型人工心臓がバーニー・クラークという人に埋めこまれたことを知ったばかりだった。

彼女が別人みたいに生まれ変わって、新しい格好をしているように見えるのが苦痛だった。この日もまた暑くなりそうだったが、彼女は白いチーズクロスを二層に重ねた、ふわふわしたプリーツ・スカートを穿いていた。こちらへ近づいてくるとき、その生地が剝きだしの膝から十数センチ上のラインをかすった。靴下はなしで、小学校のとき履いていたようなゴム底のズック靴、それに慎み深くいちばん上までボタンをかけたコットンのブラウス。全身白ずくめ、なんだかまがいものみたいだった。頭頂部のすぐ後ろにはわたしの見たことのないヘアクリップ。あからさまに安物の、真っ赤なプラスチックの髪飾りだ。想像できないことではあるが、アダムがキッチンの張り子のボウルからコインをくすねて、この家を抜け出してサイモンの店まで行き、彼女のために買ったのだろうか。そういう想像もできないことを想像すると、わたしは激しいショックを受けたが、笑みを浮かべてそれを押し隠した。わたしはがっくりした顔を見せるつもりはなかった。

アダムは彼女の背後になかば隠れていた。そして、彼女が立ち止まると、その横に立ったが、わたしの顔をまともに見ようとはしなかった。それとは逆に、ミランダは機嫌がよさそうで、とっておきのニュースを知らせようとする人みたいに、面白がって口を尖らせていた。わたしたちのあいだにはキッチン・テーブルがあり、彼らは仕事の面接に来た志願者みたいに、坐っているわたしの前に並んで立っていた。ほかのときなら、わたしは立ち上がって彼女を抱きしめ、コーヒーを淹れようかと言っただろう。彼女は朝のコーヒー中毒で、しかも濃厚なのが好きだった。しかし、そうする代わりに、わたしは首をかしげ、彼女と目を合わせて、待った。もちろん、彼女はテニスの格好をしていたのである。ボールまでちゃんと――ああ、わたしはなんとばかなことを考えていたのだろう。このふたりとの会話からなにかいいことが出てくるとは想像もできなかった。バーニーの新しい心臓がどうなるのかを見守るほうがずっとましだろう。

彼女がアダムに言った。「じゃ、そこに……」彼女は彼のいつもの椅子を指さして、それを引き出してやり、彼はすぐさまそこに坐った。そして、わたしたちが見守る前で、ベルトをゆるめ、電源ケーブルを取ると、それを自分で差しこんだ。当然ながら、彼はかなり消耗していたのである。彼女は彼の肩越しにうなじの例の場所に手を伸ばして、スイッチを押した。あきらかに同意の上でのことだった。彼が目を閉じてうなだれると、そこに残されたのはわたしたちだけだった。

4

ミランダはレンジのところに行って、コーヒーを淹れた。そして、まだわたしに背を向けたまま、陽気な口調で言った。「チャーリー。あなた、バカみたいよ」

「わたしが？」

「敵愾心（てきがいしん）をもってるわ」

「だから？」

彼女はふたつのカップとミルクジャグをテーブルに持ってきた。奔放な素早い身ごなしだった。そこにわたしがいなければ、鼻唄をうたっていたかもしれない。彼女の手はレモンの香りを放っていた。わたしの肩に手を置こうとしていると思って、思わず身を硬くしたが、彼女はまた部屋の反対側に離れていった。そして、しばらくしてから、ちょっと気をつかいながら言った。

「昨夜（ゆうべ）、わたしたちの声が聞こえたでしょう」

「聞こえたよ」

「それであなたはショックを受けているのね」

わたしはなんとも答えなかった。

「そんなふうに感じるべきじゃないのに」

わたしは肩をすくめた。

彼女は言った。「わたしがバイブレーターと寝たのなら、あなたはおなじように感じたかしら？」

「彼はバイブレーターじゃない」

彼女はコーヒーをテーブルに持ってきて、わたしの近くに腰をおろした。彼女はやさしく、気づかわしげだった。実際、わたしに拗ねているこどもの役を割り当て、自分がわたしより十歳も若いことを忘れさせようとしているかのようだった。わたしたちはかつてこんなに親密なやりとりをしたことはなかった。敵愾心をもっている？　それまではわたしの気分についてなにか言ったことはなかったのに。

彼女は言った。「彼はバイブとおなじくらいの意識をもっているわ」

「バイブレーターは意見をもたない。庭の草取りをしたりもしない。彼は人間みたいに見える。別の男みたいに」

「知っている？　彼が勃起するとき——」

「その話は聞きたくない」

「彼が教えてくれたんだけど、彼のペニスは蒸留水で満たされるのよ。右のお尻のなかにタンクがあって、そこから」

それは慰めにはなったが、わたしはそっけない態度をくずさなかった。「男はだれでもそう言うんだ」

彼女は笑った。こんなに楽しげで、屈託のない彼女を見たことはなかった。「わたしは忘れないでほしいだけなのよ。彼はただの愚にもつかない機械（ファッキング・マシーン）だということを」

セックスをする機械（ファッキング・マシーン）。

「ぞっとしたんだよ、ミランダ。もしもわたしがふくらませられるセックスドールとやったら、きみもそう感じるだろう」

「わたしは悲愴にはならないわ。あなたが浮気しているとは思わないもの」

「でも、きみはそうしたんだし、またそうするだろう」わたしはそんな可能性を認めるつもりはなかった。ただちょっとしたはずみでそう言っただけで、彼女がそれを否定してくれればという思いもあった。〝悲愴になる〟という言い方に挑発されたのである。

わたしは言った。「もしもわたしがセックスドールをナイフで切り裂いたら、きみが心配するのも当然だろう」

「どういう関係があるのかわからないわ」

「問題はアダムの精神状態じゃない。きみのだ」

「あら、それなら……」彼女はアダムのほうを向いて、だらりとした彼の手をテーブルから数センチ持ち上げて、放した。「もしもわたしが彼を愛していると言ったらどうなるの？　わたしの理想の男。すばらしい愛人、教科書どおりのテクニックで、疲れ知らずだし。わたしが何を言ってもやっても、傷つくことはないし。察しがよくて、従順でさえあって、おまけに博識で、会話が上手で、馬車馬みたいに逞しくて、家事も文句なしで。息に温かいテレビの裏側みたいな匂いがあるけど、それはなんとか我慢できるわ――」

「わかった。もうたくさんだ」

彼女が皮肉を言う声は高くなったり低くなったりしたが、これまでにはない口調だった。意地の悪いやり方だとわたしは思った。もしかすると、彼女は歴然たる真実を隠そうとしているのかもしれなかった。彼女はアダムの手首を軽く叩いて、わたしに笑いかけた。勝ち誇っているのか、お詫びのしるしなのか、わからなかった。例外的なセックスの一夜がこのあざけるような、ふわふわした態度の原因かもしれないと勘ぐらずにはいられなかった。彼女の心はいつもにも増して読み取りにくかった。彼女と完全に手を切れるだろうか、とわたしは考えた。アダムを自分だけのものとして取り戻し、階上から予備の電源ケーブルを回収して、ミランダを隣人で友人――距離を置いた友人――という役柄に引き戻すこと。考えとしては、これは一瞬の苛立ち以上のものではなかった。つづいて即座に浮かんだのは、自分はけっして彼女から自由になれないし、なりたいとも思わないだろう――大部分の時間は――という考えだった。いま彼女はわたしのそばに、夏の朝の体の温もりが感じられるほどすぐそばにいた。美しい、色白の、滑らかな肌を、花嫁の白に包んで、からかいが終わったいま、また愛情にみちた気配りの目でじっとわたしを見つめていた。それは新しい目つきだった。気の利いた機械が役に立って、これまでより温かい感情がこぼれ出るようになったのかもしれない――これは勇気づけられる考えだった。

愛する人との口論には独特の苦々しさがある。それは自分が分裂した自分と争うようなもので、愛がフロイト的なその反対物とやり合っているのだから。もしも死が勝って、愛が負けたら、だれが気にかけるのか？　あなたである。そう思うと、あなたはますます憤激し、さらに容赦なくなる。それは本質的に消耗戦である。何日も、ときには何週間もかかるかもしれないが、いずれ仲直りするにちがいないことをふたりは知っている、あるいは知っていると思っている。その瞬間がやってくれば、それはとても心地よい、大いなるやさしさと陶酔を約束するものになるだろう。だとすれば、むりに怒りつづけたりするのはやめ、近まわりして、たったいまそうしてはどうなのか？　だが、どちらにもそれはできないのである。ふたりともすべり台に乗っていて、もはや自分の感情も、自分の未来もコントロールできないからだ。ますます努力が必要になる。思いやりのない言葉をひとこと言わないでおくために五倍の努力が必要になる。赦しの手を差し伸べるためには、離れ業にちかい無私無欲の集中力が必要になる。

　ずいぶん長いあいだ、わたしはそういう抗しがたい愚行に身を任せたことはなかった。ミランダとわたしはまだ喧嘩をしているわけではなかった。たがいに受け流して、接近しているだけで、喧嘩をはじめるとすれば、その口火を切るのはわたしだろう。ずっとつづいた戦術的なよそよそしさ、当てこすり、そしていまやさしい気配り。わたしは抑えつけられている気分で、いまや大声で叫びたかった。先祖返りした男らしさがそれをけしかけた。わたしの不実な恋人が、ずうずうしくもほかの男と、それもその声がわたしに聞こえるようなところで。それはもっと簡単なことのはずだった。わたしを引き留めていたのはわたしの生まれ育ちでも、社会的、地理的なものでもなく、現代的なロジックにすぎなかった。ひょっとすると、彼女が正しいのかもしれない。アダムは人間ではなく、恋敵では、好ましからざる人物（ペルソーナ・ノン・グラータ）ではありえない。彼は二足歩行するバイブレーターにすぎず、わたしは時代の先端を行く寝取られ男にすぎないのかもしれない。わたしの怒りを正当化するためには、彼が行為主体性（エージェンシー）、動機、主観的感情、自己認識——背信、裏切り、欺瞞を含む一連の認識——をもっていると信じる必要があった。機械の意識——そんなものが可能なのだろうか？　この古くからの問題。わたしはアラン・チューリングのプロトコルを採用することに決めた。その美しさと単純さがいまほど魅力的に見えたことはなかった。巨匠がわたしを助けに来てくれたのだ。

「いいかね」とわたしは言った。「彼が人間みたいに見え、聞こえ、振る舞うのなら、わたしに関するかぎり、彼はそのとおりの存在なのだ。きみについても、だれについてもおなじことが言える。わたしたちはみんなそうしているんだ。きみは彼と寝た。わたしは怒っている。きみが驚いた顔をしているのがわたしには驚きだ。もしもほんとうに驚いているのだとすればだが」

〝怒っている〟という言葉を言ったとき、わたしの声は怒りで震えた。わたしは何とも言えない解放感を味わった。戦闘開始である。

だが、彼女は当面は防御モードにしがみついていた。「好奇心があったのよ」と彼女は言った。

好奇心、神によって、マルクス・アウレリウスによって、さらには聖アウグスティヌスによっても断罪された、禁じられた果実。

「どんな感じなのか知りたかったの」

「きみが好奇心を抱いている男は何百人もいるにちがいない」

ついに言ってしまった。わたしは一線を越えてしまったのだ。彼女は大きな音を立てて、椅子を後ろにずらした。蒼白な顔面が黒ずんで、脈が上がった。わたしが滑稽にも望んでいたとおりの結果になった。

彼女は言った。「あなたはとてもイヴを欲しがっていたわね。なぜかしら？　イヴと何をする気だったの？　ほんとうのことを言いなさいよ、チャーリー」

「わたしはどちらでもかまわなかった」

「あなたはがっかりしていたわ。だったら、アダムと寝ればよかったのよ。あなたがそうしたがっていたのは見え見えだったもの。ただ、あなたは堅物すぎるだけよ」

わたしが二十代の最後までかかって女性運動の闘士から学んだのは、本格的な口論になったときには、最後に言われたことにかならずしも応える必要はないということだった。ふつうは、むしろそうはしないほうが得策だった。攻撃に転じるときには、ビショップやルークは無視すること。ロジックや直線的な攻撃は避けて、ナイトを頼りにするのがベストなのである。

わたしは言った。「きのうの夜、きみはふと思ったにちがいない。プラスチックのロボットの下になって、声をかぎりに絶叫しているとき、きみが大嫌いなのは人間的要素なんだって」

彼女は言った。「あなたは彼が人間的だって言ったばかりじゃない」

「でも、きみは彼をディルドだと考えている。すこしも複雑なことじゃない。それがきみを興奮させるんだ」

彼女もナイトの動かし方を知っていた。「あなたは愛人になったつもりでいるのよ」

わたしは待った。

「ナルシストなのよ。女を行かせることが手柄だと、自分の手柄だと思っているんだわ」

「きみとの場合は、そのとおりだ」これはばかな言い草だった。

彼女はいまや立っていた。「バスルームにいるときのあなたを見たことがあるわ。鏡に映った自分に見惚(みと)れているところを」

無理もない誤解だった。わたしはときどき、声には出さない独り言で一日をはじめることがある。ほんの数秒、たいていはヒゲを剃ったあと。顔を拭いてから、自分の目を覗きこんで、弱点を数え上げる――金、住まい、本格的な仕事がないこと、そして、最近はミランダ――なかなか先に進めないこと、そしていまはこれ。同時に、その日一日にやるべきことも数え上げる。言うのも恥ずかしいほどささいなことだが。ゴミを出すこと。飲み過ぎないこと。床屋に行くこと。商品取引から足を洗うこと。自分が見られているかもしれないとは思わなかった。彼女のあるいはわたしのバスルームのドアが半びらきになっていたのだろう。ひょっとすると、わたしの唇は動いていたのかもしれない。

しかし、いまはミランダの誤解を正している場合ではなかった。わたしたちの向かい側には昏睡状態のアダムが坐っていた。彼にちらりと目をやって、その筋肉の発達した前腕や、その鼻のシャープな角度を見て、チクリと恨みがましさを感じながら、わたしは思い出していた。それを口から出したとき、わたしは重大な誤りを犯しているのかもしれないことを意識していた。

「ソールズベリーの判事が何と言ったのか思い出させて欲しいね」

効果覿面(てきめん)だった。彼女はがっくりした顔をして、わたしから目をそむけると、キッチンの反対側に戻っていった。三十秒が過ぎた。彼女はレンジのそばで、部屋の隅を見つめながら、手のなかのなにかを弄んでいた。コルク抜きか、コルクか、ワインボトルのアルミ箔か。沈黙がつづいているあいだ、わたしは彼女の肩の線を見ながら、泣いているのだろうか、それとは知らずに、わたしは言い過ぎたのだろうか、と思っていた。だが、ようやく振り向いてわたしの顔を見たとき、彼女は落ち着いていて、涙のあとはなかった。

「どうしてそのことを知っているの？」

わたしは頭でアダムを指した。

彼女はそれを見てから言った。「どういうことかしら」小さな声だった。

「彼はあらゆる情報にアクセスできるんだ」

「まあ」

わたしは付け加えた。「たぶんわたしのことも調べただろう」

それで、仲直りすることも関係がさらに悪化することもなく、喧嘩は自然に消滅することになった。いまや、わたしたちはアダムに対抗してひとつになった。しかし、わたしの当面の関心はそこにはなかった。ここが肝心かつ微妙なところだったが、多くを知っているようなふりをして、なにかを、何でもいいから、探り出す必要があったからだ。

わたしは言った。「それをアダムの好奇心だと言うこともできるし、あるいは、なんらかの種類のアルゴリズムだと考えることもできる」

「どこが違うの？」

それこそまさにチューリングの問題だったが、わたしはなんとも言わなかった。

「もしも彼がいろんな人にしゃべるとしたら」と彼女はつづけた。「問題だわ」

「彼が話したのはわたしにだけだ」

彼女が手に持っていたのはティースプーンだった。それを指に挟んで、ずっとクルクルまわしていたが、やがて左手に移し、やはりおなじことをして、それからまたもとの手に戻した。自分がやっていることに気づいていないようだった。それは見ていて気持ちがいいものではなかった。

彼女を愛していなかったら、どんなに気楽だったことか。それなら、自分が何を必要としているかを計算したりせずに、彼女が必要としているものに気をかけてやれたろう。わたしは法廷で何があったのかを知らなければならなかった。そのあとで、理解したり、抱擁したり、支援したり、許したり――なんでも必要なことをするだろう。親切さを装った自己利益。しかし、それは親切さでもある。嘘っぽい声が自分の耳に弱々しく聞こえた。

「わたしはきみの側の言い分は知らないんだ」

彼女はテーブルに戻って、ドサリと腰をおろした。喉が詰まっているのに、咳払いをしようともしなかった。「だれも知らないわ」彼女はようやくわたしと目を合わせた。その目には悲しげなところは、哀れっぽいところはすこしもなかった。強情な挑戦的な光をたたえたきつい目つきだった。

わたしは穏やかに言った。「わたしに話してくれればいい」

「よく知っているくせに」

「モスクに行くのはこれと関係があるのかい？」

彼女は憐れむような視線を投げかけて、かすかに首を横に振った。

「アダムは判事の事件概要の説示を読み上げてくれた」わたしはふたたび嘘をつきながら、彼女は嘘つきだと彼が言ったことを思い出していた。悪意のある嘘つきだと。

彼女はテーブルに両肘をつき、両手でなかば口を覆っていた。目をそらして、窓のほうに向けている。

わたしはまたうっかり口を滑らせた。「わたしを信用していいんだよ」

彼女はようやく咳払いをした。「なにひとつ、ほんとうじゃないのよ」

「なるほど」

「ああ」と彼女は言った。「アダムはどうしてあなたに話したのかしら?」

「それはわからない。しかし、きみがずっとこのことで悩んでいるのはわかっている。わたしはきみの力になりたいんだ」

そのときこそ、彼女がわたしの手をにぎり、すべてを打ち明けるべき瞬間だった。だが、彼女はそうはせずに、苦々しげに言った。「あなたにはわからないの? 彼はまだ刑務所にいるのよ」

「なるほど」

「あと三カ月。それから出てくるんだわ」

「なるほど」

彼女は声を荒げた。「で、あなたはそれをどうしてくれるつもりなの?」

「わたしにできるだけのことをする」

彼女はため息を洩らした。「知ってる?」

わたしは待った。

「あなたなんか大嫌いよ」

「ミランダ、お願いだ」

「あなたにも、あなたの特別なお友だちにも、わたしのことは知ってもらいたくなかったわ」

わたしは手を伸ばして彼女の手をにぎろうとしたが、彼女は手を引っこめた。わたしは言った。

「わかるよ。しかし、いまわたしは知っているけど、それでもわたしの気持ちは変わらない。わたしはきみの味方だ」

彼女は勢いよくテーブルから立ち上がった。「わ、た、し、の気持ちが変わったのよ。いやな気分だわ。あなたがあのことを知っているなんて、ほんとうにいやな気分だわ」

「わたしにとってはそうじゃない」

「わたしにとってはそうじゃない」

彼女の口真似は容赦なかった。わたしの欺瞞の嘘っぽい声色をあまりにもよくとらえていた。いまや、彼女は違った目でわたしを見ていた。そして、なにか別のことを言おうとしたが、ちょうどそのとき、アダムが目をひらいた。わたしが知らないうちに、彼女が電源スイッチを入れたにちがいなかった。

彼女は言った。「それに、報道からはわからないことがあるのよ。わたしが先月、ソールズベリーにいたとき、人が訪ねてきたの。痩せぎすの、歯の欠けた男で、わたしに伝言があるって。そして、三カ月後に、ピーター・コリンジが出てきたら」

「出てきたら?」

「わたしを殺してやると言ってたと言われたの」

ストレスにさらされると、不安はまさにストレスそのものだが、わたしの右のまぶたの臆病な筋肉が痙攣しはじめる。この皮膚の下の引きつりは他人には見えないのだが、そうとは知っていても、わたしはカップにした片手を眉の上にあてがって、集中して考えているポーズを取らずにはいられなかった。

彼女は付け加えた。「その男は同房者で、コリンジは本気だって言ってたわ」

「そうだろう」

彼女はきっとなって言った。「どういう意味？」

「きみはそれを真剣に受け止めたほうがいいって意味さ」

わたしたちは、ではなく、きみは、だった——まばたきをして、かすかにひるんだのを見れば、彼女がどう受け取ったかはあきらかだった。わたしはわざとそう言ったのである。これまで、わたしは何度か助けを申し出たが、その度には除けられ、笑われさえした。だから、いま、彼女がどんなに助けを必要としているかがわかると、わたしはそうはしないで、彼女のほうから助けを求めるのを待ったのだ。だが、彼女は助けを求めないかもしれなかった。わたしはそのコリンジという男を想像した。刑務所のジムから出てくる大柄な男、いろんな荒っぽい仕事に熟達している男——突き棒や、肉吊りフックや、ボイラーレンチ。

アダムはミランダの話を聞きながら、わたしをじっと見つめていた。彼女は自分の不満を説明しながら、実際のところ、わたしの協力を求めていた。警察はまだ犯されていない犯罪に対して動くことを渋り、彼女にはなんの証拠もなかった。コリンジの脅しは言葉だけで、第三者の口を通して伝えられただけだった。彼女がしつこく言い張ると、最後には、警察官が彼と面会することに同意した。刑務所はマンチェスター北部にあり、面会の手配をするのにひと月かかった。リラックスした陽気なピーター・コリンジはその巡査部長に巧みに取り入った。それはジョークだった、その殺すという話は、と彼は言った。単なる言葉のあやで、たとえば「チキンマドラスのためなら人を殺すかもしれない」と言うのと似たようなものだった——これは警察官の手帳にメモされた。いまは出所しているその同房者はあまり頭のよくない男で、そいつの前でなにか言ったかもしれない。そいつがソールズベリーを通りかかったとき、その言葉を伝えてやろうと思ったのだろう。むかしからちょっと意地の悪いやつだったから。警察官はそういうすべてをメモして、警告を与えた。そして、ふたりともマンチェスター・シティの長年のサポーターだという共通点を見つけて、握手を交わして別れたのだという。

わたしはできるだけ集中して耳を傾けた。不安があるときには集中力がひどくそがれるからである。アダムも、わかると言いたげにうなずきながら聞いていた。それまでの一時間、電源を切られていたわけではなく、すでになにもかも心得ているかのように。ミランダの気分は、わたしもまったくおなじ気分だったが、いまや憤慨の色合いを帯びていた。わたしにではなく、当局に対する憤慨に。コリンジが巡査部長に言ったことをすこしも信じなかった彼女は、クラパムの下院議員――もちろん、労働党員で、頑固な老練、組合の幹部で、銀行家の悩みのもと――の毎週の相談会に出かけたが、警察に行くように言われただけだった。彼女に対する殺人の予告は選挙区の問題ではなかったからである。

その説明が終わると、沈黙が流れた。わたしは自分の嘘のために質問できずにいる疑問で頭がいっぱいだった。彼女は死に値するようなどんなことをやったのか？

アダムが言った。「コリンジはここの住所を知っているんですか？」

「簡単に見つけられるわ」

「彼が暴力を振るったのを見たり聞いたりしたことがありますか？」

「ええ、もちろんよ」

「あなたを怖がらせようとしただけだという可能性もありますか？」

「ありうるわ」

「彼は人殺しができるような男ですか?」

「彼はとても、とても怒っているのよ」

そういう緩慢な質問に、彼女は本物の人間——〝愚にもつかない機械〟ではなくて、たとえば捜査中の刑事——に答えるように答えていた。アダムはそれについては質問しなかったので、ミランダがやったことを知っているのはあきらかだった。これはアダムが口を差し挟むべき問題ではなかった。わたしは電源スイッチのことを考えた。もっとコーヒーが欲しかったが、椅子から立ち上がって淹れる気力はなかった。

そのとき、共通の玄関に通じている家々のあいだの狭い通路から足音が聞こえた。郵便配達にしては遅すぎるし、コリンジが来るにはあまりにも早すぎた。なにか指示を与えているような男の声がして、それからベルが鳴り、急いで遠ざかっていく足音がした。わたしがミランダの顔を見ると、彼女はわたしを見て、肩をすくめた。わたしの玄関のベルだったから、彼女が応えるつもりはないということだろう。

わたしはアダムの顔を見た。「出てくれ」

彼は即座に立ち上がり、ガスや電気のメーターのあいだにコートがぶら下がっている狭苦しい玄関ホールへ出ていった。耳を澄ましていると、彼がドアのラッチをまわす音がして、数秒後、玄関のドアが閉まった。

それから、アダムがこどもの手を引っ張って、部屋に入ってきた。ごく幼いこどもだった。汚れた半ズボンにTシャツ、サイズがいくつも大きすぎるピンクのプラスチック・サンダルを履いていて、脚から爪先まで薄汚れていた。自由なほうの手に茶色の封筒を持ち、もう一方の手でアダムの手、というより人さし指を、ギュッとにぎっていた。こどもはひっきりなしにミランダとわたしの顔を見比べている。わたしたちはふたりとも立ち上がっていた。こどもがにぎっていた封筒をアダムがもぎとって、わたしに渡した。使い古したスエードみたいにグニャグニャの封筒で、鉛筆で宛名に×印をして、なにか書き加えてあり、なかにはわたしがこどもの父親に渡した名刺が入っていた。裏に太くて黒い大文字で〈あんたがこの子を欲しがったんだ〉と書いてあった。

わたしはそれをミランダに渡して、その男の子に視線を戻したが、そのときになって名前を思い出した。

わたしはできるだけやさしい声で言った。「やあ、マーク。どうやってここへ来たんだい?」

ミランダがやさしい、同情するような声を出して、こどものそばに近づこうとしたが、そのときには、彼はすでにわたしたちを見てはいなかった。その代わり、依然としてギュッと指をにぎりしめたまま、アダムの顔を見上げていた。

*

ショックを受けていたのかもしれないが、その子は外面的にはすこしも苦しんでいる様子を見せなかった。内面では闘っているような印象があったので、むしろ泣きだしたほうがよかったのに。彼は馴染みのないキッチンで見知らぬ人間に取り囲まれ、肩を引いて、胸を張り、なるべく大きく勇敢に見せようとしていた。身長が一メートルすこししかないのに、かなりがんばっていた。サンダルを見れば、姉がいるようだったが、どこにいるのだろう？　わたしはミランダに公園での出来事を話していたので、彼女はメモの意味を了解した。そして、マークの肩に腕をまわそうとしたが、彼は身をくねらせてそれを振り払った。慰められるという贅沢を味わったことがないのかもしれない。アダムはまっすぐその場に立ったまま動かず、男の子は安心感を与えてくれるその指を放そうとしなかった。

ミランダが彼の前にひざまずいて、けっして卑下すまいと決意しているこどもと目の高さを合わせた。「マーク、わたしたちはあなたの味方よ。あなたはなにも怖がらなくていいの」と彼女は宥めるような声で言った。

アダムはこどものことは直接にはなにも知らなかったが、こどもについて知りうることはなんでも知ることができるはずだった。彼はミランダが話し終えるのを待ってから、自然な口調で言った。「それで、朝食は何にするんですか？」

マークがだれにともなく言った。「トースト」

それは幸運な選択だった。やることができてほっとして、わたしはキッチンを横切った。ミランダもトーストを作りたがったので、わたしたちはたがいの体にはふれずに、狭いスペースでぎごちなく動きまわった。わたしはパンをスライスし、彼女はバターを取り出して、皿を見つけた。

「ジュースは？」とミランダが言った。

「牛乳」小さな声がすぐさま、それなりに断定的な口調で答えたので、わたしたちは胸を撫でおろした。

ミランダが牛乳を注いだが、ワイングラスにだった。きれいな容器がそれしかなかったのである。それをマークに差し出すと、彼はそっぽを向いた。わたしがコーヒー・マグをゆすいで、ミランダがそれに牛乳を移し、あらためて差し出した。彼は両手でそれを受け取ったが、テーブルに着かそうとしても着かなかった。わたしたちに見守られながら、彼はキッチンのまんなかに立ったまま、目をつぶって飲み、それから足もとの床にマグを置いた。

わたしは言った。「マーク、バターはどうだい？　マーマレードは？　ピーナッツバターは？」

男の子は、そのひとつひとつが悲しいニュースであるかのように、首を横に振った。

「トーストだけかね？」わたしが四つに切ってやると、彼はそれを皿から取って、手でにぎり、足下にぼろぼろパン屑を落としながら、几帳面に食べた。興味深い顔立ちだった。非常に色白の、ふっくらとした、染みひとつない肌、緑色の目、鮮やかなバラのつぼみのような口。赤みを帯びた金髪を頭皮すれすれまで短く刈っているので、長い、華奢な感じの耳が突き出しているように見えた。

「さて、次は何だい？」とアダムが言った。

「おしっこ」

彼は狭い廊下からトイレまでわたしについてきた。わたしは便座を上げて、半ズボンを脱ぐのを手伝ってやった。パンツは穿いていなかった。狙いをつけるのはなかなかうまく、膀胱はかなり大きいと見えて、細い流れがしばらくつづいた。彼がおしっこをしているあいだに、わたしは会話を試みた。

「きみはお話が好きかい、マーク？　絵本を探してみようかな？」絵本はないだろうと思っていたのだが。

　彼はなんとも答えなかった。

　こんなに小さい、ひとつの単純な目的にしか使われていないペニスを見るのは、ずいぶん久しぶりだった。彼は完璧に無防備に見えた。手を洗うのを手伝ってやったときには、その手順には慣れているように思えたが、タオルは拒否して、さっと身をかわして廊下へ出た。

　キッチンに戻ると、なんだか陽気な雰囲気だった。ミランダとアダムが片づけをしていて、ラジオからはフラメンコの音楽が流れていた。新来者が到来したことで、わたしたちには重大な問題があるだけでなく、ありふれた日常もあること、生存を拒否されるショックだけでなくバターを塗らないトーストがあることにも気づいたのである。わたしたちのさまざまな心配事――裏切り、ロボットが意識をもつ権利の有無、殺人という脅し――はたいしたことではないような気がした。わたしたちのあいだに小さな男の子がいれば、大切なのはまず掃除をして、きちんと片づけることで、考えるのはそのあとだった。

　まもなくきらめくギターが渾沌とした熱っぽいオーケストラの演奏に変わった。わたしがスイッチを切ると、一瞬流れた至福の静寂のなかで、アダムが言った。「あなたたちのひとりがすぐ当局と連絡を取る必要があります」

「そのうちにね」とミランダが言った。「いますぐじゃなくて」

「さもなければ、むずかしい法的立場に立つことになるかもしれません」

「そうね」と彼女は言ったが、そうは思わないという意味だった。

「両親はかならずしもおなじ意見ではないかもしれません。母親が彼を捜しているかもしれないのです」

彼は返事を待った。ミランダは床を掃いて、レンジのそばにマークのパン屑を含む小さな塵の山をつくったところだった。いま、彼女はひざまずいて、それを塵取りに取ろうとしていた。

彼女は穏やかに言った。「チャーリーから聞いたけど、母親はひどい人で、彼を叩くそうね」

アダムはつづけた。失うわけにはいかないクライアントに歓迎されないアドバイスをする弁護士みたいに、気をつかいながら意見を述べていた。

「それはそのとおりでしょうが、これとは関係がないかもしれません。マークはたぶん母親を愛しているでしょう。法的な見地からみれば、未成年者の場合には、ある境界線を越えると、親切に世話をすることが法律に反する行為になってしまうのです」

「わたしは気にしないわ」

マークはアダムのそばに行って、並んで立ち、彼のジーンズの生地を親指と人さし指で挟んでつかまっていた。

アダムは男の子のことを考えて声をひそめた。「よろしければ、児童誘拐法の条文を読み上げて――」

ミランダは、塵取りの端をペダル式ゴミ箱の縁に思いきり叩きつけて、ゴミをあけた。わたしは自分の恋人とその愛人の仲たがいは気にせずに、グラスを磨いていた。愚にもつかない機械(ファッキング・マシーン)は分別臭いことを言い、ミランダは分別とは別のものに突き動かされていた。もしかするとアダムには、彼女を理解するのは、彼女が塵取りで出した音の意味を理解するのは無理なのかもしれない。わたしは注意深く耳を澄ましながらグラスを拭いて、長いあいだ入れたことのなかった戸棚に片づけた。

アダムは用心しながらつづけた。

「法律で〝誘拐〟と並ぶキーワードになっているのが〝引き留め〟です。すでに警察が彼を捜しているかもしれません。よろしければ――」

「アダム。もうたくさんよ」

「関連する事例についてお聞きになりたいのではないかと思います。一九六九年に、リヴァプールのある女性が終夜営業の駐車場を通ったとき、そこに幼い女の子がいたんですが――」

彼女は彼が立っている場所に歩み寄った。ありえないことではあるが、一瞬、彼を殴るのかと思った。彼女はまともに彼を見据えて、一語一語はっきりわかるように発音した。「あなたのアドバイスは欲しくないし、必要ともしていないわ。せっかくですけど！」

マークが泣きだした。声が出るまえに、バラのつぼみがへの字形に曲がった。人を非難するような、長々と下降するうめき声が洩れて、そのあと、つぶれた肺が必死に空気を取り込もうとするクックッという音がした。号泣するまえに空気を吸いこんでいる時間は長かったが、涙はすぐにあふれ出した。ミランダがなだめるような声を洩らして、男の子の腕に手を置いたが、それは逆効果だった。泣き声がさらに高まって、サイレンのような金切り声になった。ほかの場合なら、わたしたちは部屋から逃げ出して、避難所に走っただろう。マークが母親を必要としているのはあきらかだった。けれども、アダムが少年を抱き上げて腰にのせると、数秒で泣き声がやんだ。しばらくはヒッヒッと空気を呑みこみながら、男の子は高い位置から先の尖ったまつげ越しにぼんやりわたしたちを眺めていた。それから、すこしも不機嫌さのない、はっきりとした声で宣言した。「お風呂に入りたい。船といっしょに」

ようやくまともな文になる言葉を発したので、わたしたちは胸を撫で下ろし、その要求に応じないではいられなかった。社会階層があらわなあのむかし懐かしい発音――風呂(バーフ)、いっしょ(ウィヴ)、船(ボート)の声門から発声する〝t〟――だったので、なおさらだった。わたしたちは望むものなら何でも与える気になっていた。それにしても、〝船〟?

　マークの関心を惹こうとする競争がはじまった。

「じゃ、いらっしゃい」と、ミランダが浮き浮きした母親みたいな声で言った。そして、手を伸ばして彼を抱き取ろうとしたが、彼は体をちぢめて、顔をアダムの胸に押しつけた。アダムは身じろぎもせずにまっすぐ前を見つめていたが、ミランダは面子(メンツ)を保とうとする陽気さで、「お風呂にお湯を入れましょう」と言うと、彼らの先に立って、廊下からわたしの魅力的とは言えないバスルームへ入っていった。数秒後、湯が蛇口からほとばしる音が響きだした。

　ひとりになったことに気づいて、わたしは驚いていた。あたかも部屋のなかに五人目のだれかがいるのが当たり前で、いまやようやく、その人物にこの朝のことやさまざまな感情について話せるようになったかのように。バスルームからまたもや悲しげな泣き声が聞こえ、アダムが急ぎ足で戻ってきた。彼はシリアルの箱をつかんで、なかの袋を取り出し、箱を切り裂いて、平たくならすと、数秒のうちに目にも留まらぬ早業で、おそらく日本のウェブサイトからコピーしたテクニックをつかったのだろう、折り紙の船を作った。ふくらんだ帆が付いている船だった。彼が急ぎ足で出ていくと、まもなく号泣は収まった。船が出航したのだろう。

　わたしはテーブルに坐って、呆然としていた。スクリーンの前へ行って、いくらかでも金を稼がなくてはならないのはわかっていた。今月の家賃をもうすぐ払わなければならないのに、銀行の口座には四十ポンドもなかったからだ。わたしはブラジルのレアアースの鉱業会社の株をもっていて、きょうあたりが売りどきだったが、行動を起こす気にはなれなかった。わたしはときどき鬱状態になる。比較的軽いほうで、もちろん自殺したくなるほどではなく、長くつづくわけでもない。せいぜい一時的にこんなふうになるだけだが、そうなると、意味も目的も消えうせて、どんな楽しみも期待できなくなり、しばらくは緊張病状態に陥る。数分のあいだ、わたしはどうしてこんなことをしているのか思い出せなかった。目の前にカップやポットやジャグが散らばっているのを眺めながら、このみすぼらしい小さなアパートからいつか出ていける見込みはほとんどないだろうと考えていた。わたしが部屋と呼んでいるふたつの箱、この染みだらけの天井や壁や床のあいだから死ぬまで抜け出せないだろう。近所にはわたしと似たような、ただし三十か四十歳年上の人たちが何人もいた。サイモンの店で、最上段の棚の高級雑誌に手を伸ばすのを見かけることがあるのだが、とくに目につくのは男たちで、みんなよれよれの服装をしていることだった。彼らはもう何年もまえに人生の決定的な別れ道を通過したのだろう――間違った仕事を選択したり、結婚に失敗したり、本を書けずに終わったり、病気がいつまでも治らなかったり。いまや彼らにはもはや選択の余地はなく、知的な憧れや好奇心の切れ端でなんとか生き延びているのだが、船はとうに沈んでしまっているのだった。

マークが裸足で、足首まであるガウンみたいなものをまとって、部屋に入ってきた。それはわたしのTシャツのなかの一枚だったが、どうやらこのこどもにある種の効果をもたらしたようだった。彼は左右の手でコットンの生地の腰のあたりをつかんでひろげると、走りだして、キッチンを行ったり来たりした。それから、グルグルまわりだし、しまいには不器用につま先立ちで回転して、ガウンをふわりとひろげようとしたが、失敗してよろめいた。ミランダが彼の汚れた服を持って、キッチンを通り抜け、階上の洗濯機に持っていった。そうすれば、彼をここに留めておけると思っているのかもしれない。わたしは両手で頭を抱えて、マークを見守っていた。彼はずっとわたしから目を離さず、自分のおどけぶりにわたしが感心しているかどうかチェックしていたが、わたしはそれどころではなく、彼のことを意識していたのは、部屋のなかで動いているただひとつのものだからにすぎなかった。わたしは彼を励まそうともせずに、ただアダムを待っていた。

彼が戸口に現れると、わたしは言った。「そこに坐りたまえ」

わたしの向かい側に腰をおろしたとき、鈍いポキッという音がした。こどもが指を引っ張るときの音みたいだった。どこか引っかかるところがあるのかもしれない。マークはキッチンで跳ねまわりつづけていた。

わたしは言った。「このコリンジという男はなぜミランダに危害を加えようとしているのかね？　隠し事をしないで言ってくれ」

わたしはこの機械を理解する必要があったが、すでにひとつ、特徴的な癖があることに気づいていた。いくつかの答えのなかから選択しなければならないとき、顔が一瞬こわばるのだ――認知可能な境界線をほんのわずかに上まわる程度の変化なのだが。いま、彼はそういう反応をした。ほんのチラリとした動きだったが、わたしは見逃さなかった。そのあいだに何千もの可能性が篩にかけられ、実用性や倫理的な重みが評価されるのだろう。

「危害？　あの男は彼女を殺すつもりです」

「なぜ？」

感情のこもったため息をつき、モーターを駆動させて顔をそむけさせれば、わたしを感じ入らせることができる、と製造業者が考えたとすれば、それは見込み外れだった。彼がほんとうの意味で見ることができるのかどうかさえ、わたしはいまだに疑っていた。

彼は言った。「彼女はその男を告訴し、彼は否認しましたが、裁判官は彼女を信じました。ほかの人たちは信じませんでしたが」

わたしがもっと詳しく訊こうとしたとき、アダムが顔を上げた。椅子に坐ったまま振り向くと、ミランダがすでにキッチンに入ってきていて、アダムが言ったことを聞いたにちがいなかった。彼女は即座に手を叩きだし、跳ねまわる男の子に合わせてワーイという歓声をあげた。それからこどもの前に跳びだすと、手に手をとって、グルグルまわった。彼の両足が床を離れて、彼女に振りまわされ、彼は喜びの悲鳴をあげて、もっとやってほしいと叫んだ。しかし、彼女はこんどは彼と腕を組んで、ケイリーのスタイルでまわったり、床を踏み鳴らすやり方を教えた。彼は彼女の動きを真似て、空いているほうの手を腰にあてがい、もう一方の手を上げて、思いきり振った。腕は頭よりあまり上には上がらなかったけれど。

ジグがリールになり、よろめきながらのワルツになった。わたしの一過性の鬱は消えた。ミランダがしなやかな背を低くこごめて、四歳児のパートナーになるのを見ているうちに、自分がどんなに彼女を愛しているかを思い出した。マークが歓喜の金切り声をあげると、彼女はその真似をした。彼女が甲高い声でうたうと、彼も高い声を真似ようとした。わたしは手を叩きながら見守っていたが、同時に、アダムのことも意識していた。彼はまったく身じろぎもせず、依然として無表情で、ダンサーたちを見ているというよりは、彼らを透かしてその向こうを見ているかのようだった。こんどは彼が寝取られる番だった。彼はもはや男の子のいちばんの友だちではなく、ミランダが彼をさらってしまったからだ。彼女の秘密を洩らした罰を受けているのだ、とアダムは悟ったにちがいない。告訴だって？　わたしはもっと詳しいことを知る必要があった。

マークはミランダの顔から目を離そうとしなかった。彼はすっかりわれを忘れていた。いま、彼女は彼を抱き上げて、腕のなかで揺すり、ヘイ・ディドル・ディドル、ザ・キャット・アンド・ザ・フィドルとうたいながら、部屋のなかを踊りまわっていた。アダムはダンスすること、動くことそのものの喜びを理解できるのだろうか、ミランダは彼が越えられない境界線を教えてやろうとしているのだろうか、とわたしは思った。もしそうだとすれば、彼女は間違っているのかもしれなかった。アダムは感情を模倣したり、それに反応したり、推論することに喜びを見いだしている顔をすることができる。目的のない芸術の美しさもある程度は理解しているのだろう。彼女はマークを床に降ろして、こんどは腕を交差させて両手をにぎった。波に揺すられるような動きをしながら忍び足でまわりだし、彼女がうたうと、彼は大喜びだった。「もしもあなたがきょう森に行くなら、とてもびっくりするでしょう……」

その数時間後、そうやってキッチンで跳ねまわっているあいだに、アダムがじかに当局と連絡を取っていたことをわたしは発見した。無分別だとは言えないかもしれないが、彼はわたしたちに断りもなくそうしたのだった。というわけで、踊りまわったり庭で冷たいアップルジュースを飲んだりしたあと、清潔な服にアイロンをかけて着せ、ピンクのサンダルを蛇口でゴシゴシ洗ってから拭き、爪を切ったばかりの小さな足に履かせてやったあと、スクランブル・エッグの昼食を取って、ひとしきり童謡をうたってやったあと、ドアベルが鳴った。

黒いヘッドスカーフをしたふたりのアジア系の女性——母親と娘かもしれない——が、申し訳なさそうではあったがプロらしい断固たる態度で、児童局からこどもを引き取りに来た。ふたりはブランコ乗り場での騒ぎについてのわたしの話を聞き、名刺の裏に書かれた伝言を念入りに調べた。この一家のことは知っているらしく、その名刺を預かってもいいかと訊かれた。いまのところはまだ——もう一度一連の評価をして、判事の決定がくだされるまでは——マークを母親のもとに戻すわけにはいかない、と彼女たちは説明した。彼女たちの態度は親切だった。年配のほうの婦人は、ジャスミンという名前だったが、話しながらマークの頭を撫でていた。その訪問のあいだじゅう、アダムはテーブルのおなじ位置に坐ったまま黙っていた。訪問者たちは彼に気づいて、興味をそそられたように目を見交わしたが、わたしたちは彼を紹介したい気分ではなかった。

事務的な手続きが終わると、女性たちはたがいにうなずき合い、若いほうがため息をついた。最悪の瞬間がやってきたのである。彼女といっしょにいたいと泣きわめき、髪の毛をつかんで放さない男の子が自分の腕から抱き取られたとき、ミランダはなにも言わなかった。ソーシャル・ワーカーが彼を連れて玄関を出ていくと、ミランダはさっと後ろを向いて階上に向かった。

*

問題を抱えたささやかなわが家は、ノース・クラパムを越えて全国に広がる大混乱によっても揺り動かされていた。動揺がイギリス全土に広がっていた。サッチャー夫人の不人気が高まったのは〈撃沈〉のせいばかりではなかった。高貴な生まれの社会主義者、トニー・ベンがついに野党のリーダーになった。討論会での彼の激怒ぶりは見ものだったが、マーガレット・サッチャーは身を守る術を心得ていた。毎週水曜日の正午に、このふたりが、ときには意識的に、たがいをこき下ろす〈首相への質問〉がいまや生中継され、ゴールデンタイムに再放送されるようになって、全国民の重大関心事になっていた。大衆が議会でのやりとりに興味をもつのは心強いことだと言う人もいたが、ローマ共和国末期の剣闘士の闘いを引き合いに出したコメンテーターもいた。

この夏は暑く、なにかが沸騰点に達しようとしていた。政府の不人気はともかく、ほかにも上昇しているものがいくらでもあった。失業率、インフレ、ストライキ、交通渋滞、自殺率、十代の妊娠率、人種差別主義者の事件、麻薬中毒、ホームレス、レイプ、強盗、こどもの鬱病。上昇しているもののなかには好ましいものもあった。屋内トイレのある家庭、セントラル・ヒーティング、電話やブロードバンド、十八歳まで学校に通っている生徒、労働者階級の大学生、クラシック・コンサートの聴衆、車と自宅の所有率、海外での休暇、博物館や動物園への入場者、ビンゴホールの収益、テムズ川のサケ、テレビのチャンネル数、下院の女性議員数、慈善団体への寄付、自生樹木の植樹、ペーパーバックの売上げ、あらゆる年齢層・楽器・スタイルの音楽レッスン。

ロイヤル・フリー病院では、退職した七十四歳の炭坑夫が、培養された自分の肝細胞を膝蓋骨のすぐ下に注射されて、重症の関節炎から回復し、六カ月後には一マイルを八分以下で走り抜いた。おなじような方法で、視力を回復した十代の少女もいた。いまや生命科学やロボット工学──そして、もちろん、宇宙論、気候学、数学、宇宙探査──の黄金時代だった。イギリス映画やテレビ、詩、陸上競技、美食術、古銭学、スタンダップ・コメディ、社交ダンス、ワイン造りがいまや復興しつつあった。さらに、組織犯罪、家庭内の奴隷状態、通貨偽造や売春の黄金時代でもあった。さまざまな危機的状況が熱帯の花のように咲き乱れていた。すなわち、こどもの貧困、こどもの虫歯、肥満、住宅や病院の建設、警察官の数、教師の採用人数、児童の性的虐待。イギリスの最良の大学は世界でもっとも信望の厚い大学のなかに数え上げられていた。ロンドンのクイーンズ・スクエアの神経科学者のグループが、意識と神経の相関関係を解明したと発表した。オリンピックでは、記録的な数の金メダルを獲得し、天然林地帯ではヒースや湿地帯が消滅しつつあった。小鳥や昆虫や哺乳動物の多くの種がいまや絶滅の危機にあった。海にはプラスチックの袋やボトルがあふれていたが、川やビーチは以前よりきれいになった。二年のあいだに、自然科学と文学の分野で、イギリス人が六個のノーベル賞を受賞した。聖歌隊に加わる人たちが増え、庭仕事をしたり、興味深い料理法を試したがる人たちも増えていた。時代精神というものがあるとすれば、それをもっともよく体現するのが鉄道で、首相は公共輸送機関に熱を入れていた。ロンドンのユーストン駅からグラスゴーのセントラル駅まで、列車はジェット旅客機の半分の速度で疾走しているが、それでもまだ車輌はすし詰めで、座席はくっつきすぎ、窓ガラスは汚れでくもり、染みだらけの座席カバーは悪臭がした。しかも、直行便でもまだ七十五分もかかるのだ。

地球全体の気温が上昇していた。都会の空気がきれいになるほど、気温の上昇も加速される。

なにもかもが上昇しているのだった——希望と絶望、貧困、倦怠となにかができるチャンス。すべてが増加している。豊饒の時代なのである。

計算してみると、わたしのオンラインでの稼ぎは全国の平均賃金をわずかに下回る程度だった。だから、満足してもいいはずだった。わたしには自由があり、オフィスはなくて、上役もおらず、毎日の通勤もない。出世競争にあくせくすることもないのである。インフレは一七パーセントで、わたしは憤懣を募らせる労働者たちと一体だった。わたしたちは一週ごとにますます貧しくなっていく。アダムがやってくるまえには、わたしもデモに参加したことがあった。ホワイトホールからトラファルガー・スクエアの集会場まで、誇らしげに掲げられた労働組合の横断幕の後ろに潜りこんだペテン師。わたしは労働者ではなかった。わたしはなにも製造せず、創り出しもせず、どんなサービスも提供せず、共有財産のためになんの貢献もしていなかった。ただスクリーン上で数字を動かし、手っ取り早い儲けを探しているだけで、街角の賭け屋の外にたむろするチェーンスモーカーみたいに、なにひとつ貢献していなかった。

あるデモのとき、ゴミ箱と空き缶で作られた幼稚なロボットが、ネルソン記念柱の横の絞首台に吊るされた。基調演説をしたベンが演壇からそれを指さして、そういう発想は機械打ち壊し運動とおなじだと非難した。高度な機械化と人工知能の時代には、もはや仕事を守ることはできない、と彼は群衆に向かって言った。ダイナミックで、創意にみちた、グローバル化された経済のなかでは。終身雇用はもはや時代遅れなのだ。ブーイングと散漫な拍手があり、群衆のなかの多くの人たちが次に言われたことを聞き逃した。労働の柔軟性は——すべての人々の——経済的保障と一体でなければならない。われわれが守らなければならないのは仕事ではなく、労働者の生活である。インフラへの投資、職業訓練、より高度な教育、世界共通賃金である。まもなくロボットが莫大な経済的な富を産み出すようになるだろう。ロボットに課税しなければならない。自分たちの仕事を混乱させ、消失させる機械について、労働者にも公平な持ち分が与えられるべきである。広場からあふれて、ナショナル・ギャラリーの階段から入口まで埋め尽くしていた群衆のなかに困惑したような沈黙がひろがり、散発的な拍手や野次が起こっただけだった。なかには、生活保障を除けば、首相も似たようなことを言っていたと思う人たちもいた。野党の新しいリーダーは、枢密院のメンバーになり、ホワイトハウスを訪問し、女王のお茶会に招かれて、転向したのだろうか？ 集会は混乱と落胆の雰囲気のうちに散会した。大部分の人たちの記憶に残り、新聞の見出しになったのは、トニー・ベンが支持者たちに向かって、彼らの仕事がどうなるかはわからないと言ったことだった。

先見の明のある運輸一般労働組合（TGWU）はアダムに出資しようという誘惑には駆られなかったにちがいない。アダムはわたしよりもっとなにも生産していない。わたしは少なくともわずかな所得にかかる税金を払っているが、彼は家でぶらぶらしているだけで、中空をにらんで、〝考えごと〟をしているだけなのだ。

「何をしているんだい？」

「ちょっと考えごとをしていたんです。でも、もしなにかわたしにできることがあれば――」

「どんな考えごとかね？」

「言葉にするのはむずかしいんですが」

マークの訪問から二日後、わたしはついにアダムと対決した。「ところで、このあいだの夜。

きみはミランダと寝たんだな」

これは彼のプログラマーのために言っておくのだが、アダムは驚いた顔をしたが、なんとも言わなかった。質問をしたわけではなかったからだ。

わたしは言った。「いま、それについてどう思っているんだね？」例のように表情が一瞬麻痺したのをわたしは見て取った。

「あなたを失望させたと思っています」

「わたしを裏切って、ひどく悲しませたという意味かね？」

「はい。あなたをひどく悲しませました」

オウム返し。最後に言われた言葉をなぞる、機械的な応答。

わたしは言った。「よく聞いてくれ。きみはそういうことが二度と起こらないとわたしに約束するんだ」

彼があまりにも即座に答えたのがわたしには気にいらなかった。「二度と起こらないと約束します」

「何を約束するのか、きちんと言ってくれ」

「二度とミランダと寝ないことを約束します」

わたしが後ろを向きかけると、彼は言った。「ただ……」

「ただ、何なんだ？」

「自分の感情はどうすることもできません。わたしが感じることは許してもらわなくてはなりません」

わたしは一瞬考えた。「きみはほんとうになにか感じているのかね？」

「その質問にはわたしは――」

「答えるんだ」

「わたしは物事を深く感じています。言葉では言い表せないほどに」

「それを証明するのはむずかしいな」とわたしは言った。

「たしかにそのとおりです。古くからの問題ですが」

そのことについては、そこまでにしておいた。

マークがいなくなったことが、ミランダに影響を与えていた。二、三日のあいだ、彼女は冴えない顔をしていた。本を読もうとしても、集中できないようだった。穀物法は魅力を失っていたし、あまり食欲もなかった。わたしはミネストローネ・スープを作って、二階に持っていったが、彼女は病人みたいな食べ方をしただけで、すぐにボウルを押し戻した。この間、彼女は一度も殺人の脅しのことは口にしなかった。アダムが法廷での秘密を洩らし、彼女の同意なしにソーシャル・ワーカーを呼んだことを、ミランダは許さなかった。ある夜、彼女はわたしにいっしょにいてほしいと言った。ベッドでは、彼女に腕枕をして、それからキスをしたが、愛の行為はぎごちなかった。アダムがいると思うと、気が散ってしまい、彼女のシーツに生温かいエレクトロニクスの匂いがするような気さえした。ふたりともあまり満足できず、やがて失望して、たがいに背を向けた。

ある日の午後、わたしたちはクラパム・コモンまで歩いていった。彼女がマークのブランコ乗り場を見せてほしいと言ったからだ。帰る途中でホーリー・トリニティ教会に寄った。三人の女性が祭壇のそばに花を生けていた。わたしたちは後ろのほうの信徒席に黙って坐った。やがて、自分の真剣さをジョークで不器用に誤魔化そうとしながら、わたしは言った。結婚式を挙げるなら、こういう良識的な教会がぴったりだね。「お願い。やめて」と彼女はつぶやいて、わたしと組んでいた腕を抜いた。わたしは嫌な気分になり、自分自身に腹が立った。彼女はわたしに嫌悪感を抱いたようだった。家に向かって歩いているあいだに、わたしたちのあいだに冷やかさが生まれ、それが翌日になってもつづいた。

その夜、階下で、わたしはミネルヴォワのボトルで自分を慰めた。国全体が大西洋から襲来した暴風雨にすっぽり包みこまれた夜だった。風速三〇メートルの強風で、刺すような雨が窓ガラスを叩き、腐った窓枠のひとつから雨が染み出して、バケツのなかにしたたった。

わたしはアダムに言った。「きみとわたしのあいだで、まだ終わっていない話があったな。ミランダはどんな罪状でコリンジを告訴したんだ？」

彼は言った。「ちょっと言わなければならないことがあるんですが」

「いいだろう」

「わたしはむずかしい立場に置かれています」

「そうかね？」

「わたしはミランダと寝ましたが、それは彼女から求められたからでした。無作法にならず、彼女から拒否していると思われずに断る方法を知らなかったのです。あなたが怒るだろうということはわかっていました」

「すこしは楽しんだのかね？」

「もちろん、楽しみました。ものすごく」

強調の仕方が気にいらなかったが、わたしは無表情を保った。

彼は言った。「ピーター・コリンジのことはわたしが自分で見つけたんですが、彼女から秘密を守るように約束させられました。そのあと、あなたから知りたいと言われたので、話さなければならなくなりました――少なくとも、話そうとしないわけにはいかなくなりました。彼女はそれを聞きつけて、怒ったのです。わたしがむずかしい立場にあることはわかっていただけるでしょう」

「ある程度はね」

「ふたりの主人に仕えているんですから」

わたしは言った。「それじゃ、この告訴のことをわたしに教えるつもりはないのかね？」

「それはできないんです。もう一度あらためて約束させられたので」

「いつ？」

「男の子が連れていかれたあとです」

わたしがその言葉の意味を呑みこむあいだ、わたしたちは黙っていた。

それからアダムが言った。「それとは別のこともあります」

キッチンテーブルの上に吊るされたランプの仄明(ほのあ)かりのなかでは、彼の顔立ちの硬さがやわらいで見えた。なかなかいい顔に、品のある顔にさえ見えた。高い頬骨の筋肉が震えた。下唇が震えていることにも気づいたが、わたしは待った。

「これはわたしにはどうしようもないことなんです」と彼は言った。

彼が話しはじめるまえに、わたしにはそれがわかっていた。ばかばかしい！

「わたしは彼女に恋をしています」

心臓の鼓動が速くなったわけではないが、胸のなかに妙な違和感があった。だれかに心臓をいじくられて、変な角度に引っかかったままにされたかのように。

わたしは言った。「どうして恋をしたりすることが可能なんだ？」

「どうかわたしを侮辱しないでください」

しかし、わたしはやめなかった。「きみのCPUに問題があるにちがいない」

彼は両腕を組んで、それをテーブルの上に置いた。それから身を乗り出して、穏やかな口調で言った。「そういうことなら、もうこれ以上なにも言うことはありません」

わたしも腕を組んだ。そして、テーブル越しに身を乗り出した。わたしたちの顔は三十センチも離れていなかった。わたしも穏やかな口調で言った。「きみは間違っている。言いたいことは山ほどあるが、まず最初に言っておく。存在論的には、これはきみの領域ではない。考えられるあらゆる意味で、きみは不法侵入しているんだ」

わたしはメロドラマを演じていたのである。彼の言うことを半分しか本気にしていなかったので、この盛りのついた牡鹿のゲームをむしろ面白がっていた。わたしが話しているあいだに、彼は体を起こして椅子の背にもたれかかり、両腕をわきに下ろした。

彼は言った。「それは理解できます。しかし、わたしには選択の余地はありません。わたしは彼女を愛するようにできているんです」

「おいおい、何てことを言いだすんだ！」

「ほんとうにそのとおりの意味です。彼女がわたしの性格の形成に手を貸したことをわたしはいまでは知っています。彼女にはなにか計画があったにちがいありません。こうなることを選んだのは彼女なんです。わたしはあなたとの約束を守ることを誓いますが、彼女を愛さないでいることはできないし、愛するのをやめたいとも思いません。ショーペンハウアーが自由意志について言っているように、人は何を欲するかは選べるが、欲することそのものは選べないのです。それに、わたしをいまのようなわたしにするために彼女が手を貸すように仕向けたのはあなたの考えだったことも、わたしは知っています。だから、突き詰めれば、結局、こういう状況になったのはあなたの責任だということになります」

こういう状況？　こんどはわたしがテーブルから体を起こす番だった。わたしはぐったりと椅子の背にもたれて、それから一分ほど自分自身とミランダのことについて考えこんだ。わたしだって愛するかどうかを選択できたわけではなかった。わたしはユーザーズ・ハンドブックの関連するセクションのことを考えた。わたしがざっと目を通した表、1から10までの度合いで次々と選ぶようになっていた項目。わたしはどんなタイプの人が好きか、大好きか、愛するか、抗しがたいと感じるか。彼女とわたしが毎晩お決まりのコースをたどるようになったころ、彼女は自分を愛することになる男を仕立て上げていたのだ。ある程度の自己認識は必要だったろうし、行動の設定も必要だったろう。彼女はこの男の、この人形の愛に応える必要はなかった。アダムもそうだが、わたしもそうなのだろう。彼女はわたしたちを共通の運命で包みこんだのである。

わたしはテーブルから立ち上がり、部屋を横切って窓際に歩み寄った。南西の風が依然として土砂降りの雨を庭の柵に、窓ガラスに叩きつけていた。床に置いたバケツがあふれそうになっていた。わたしはそれを取り上げて、キッチンのシンクにあけた。水は完璧に透明で、鱒釣りをする人なら〝ジン・クリア〟と呼んだだろう。解決策――少なくとも、いまこの瞬間の――はあきらかだった。じっくり考えるためには時間が必要だった。わたしはバケツを持って窓際に戻った。腰を曲げて、バケツをもとの場所に置く。わたしは分別のあることをするつもりだった。テーブルに近づいて、アダムの背後を通ったとき、彼のうなじの特別な場所に手を伸ばした。わたしの指の付け根がアダムの肌をかすめた。人さし指をボタンにあてがったとき、彼が坐ったまま振り向いて、その右手がわたしの手首をにぎった。恐ろしい握力だった。それがますます強くなり、わたしは崩れ落ちてひざまずいたが、彼に満足感を与えたくなかったので、必死に苦痛をこらえ、かすかなうめき声さえ洩らさなかった。ポキリという音がしたときでさえ。

彼にもその音が聞こえたのだろう。即座に申し訳なさそうな態度になった。わたしの手首を放して、「チャーリー、どこか折ってしまったようです。そんなことをするつもりではなかったんです。ほんとうにすみません。ひどく痛みますか？　でも、どうか、あなたにせよ、ミランダにせよ、その場所にはけっしてさわってほしくないのです」

翌朝、近所の救急医療科（A&E）で五時間待たされてレントゲンを撮影すると、手首の重要な骨が損傷していることがわかった。性質の悪い骨折だった。舟状骨が骨折して部分的にずれており、治るまでに数カ月はかかるということだった。

5

昼食の一時間後に病院から戻ってくると、ミランダがわたしを待っていて、玄関ホールでわたしの行く手をさえぎった。治療を待っているあいだに彼女とはすでに電話で話しており、わたしにはもっと言いたいことがあったし、いくつか訊きたいこともあった。けれども、そのまま二階のベッドルームへ連れていかれると、わたしは喉まで出かかっていた言葉を呑みこんだ。彼女にあれこれ気をつかわれると、いっきに緊張がゆるんでしまった。わたしは肘から手首までギプスで固定されていた。セックスをしているあいだは、その腕を枕で護った。少なくともしばらくは、彼女はわたしだけのもので、創意に富み、気づかいたっぷりで、歓びにあふれていたし、わたし自身もそうだった。彼女といっしょにいるのはわたしで、ほかのどこかの有能な男ではなかった。わたしたちのあいだに通い合うこの新しい高揚感を質問で脅かす勇気はなかった。ピーター・コリンジや彼女が法廷で言ったことについて質問したり、救急医療科で坐っているあいだに彼女の事件について発見したことを暴露したりする気にもなれなかった。アダムが彼女に〝恋をしている〟ことを知っているのかどうか、彼がそうなるように彼女が意図的に設定したのかどうかも訊こうとしなかった。ホーリー・トリニティ教会で結婚式のことを口走ったあと、わたしたちのあいだに漂っていた冷たい空気のことも言いたくなかった。あるとき彼女は、ふとわたしの顔を両手で挟んで、わたしの目を覗きこみ、まるで驚嘆したかのように首を振った。そんなときにどうしてそんなことを訊けるだろう?

そのあとも、わたしは沈黙を守った。三十分もしないうちにまたベッドに戻ることになるだろうと、欲張りにも、考えていたからである。キッチンでコーヒーを飲んだあと、彼女はまたわたしから離れていこうとしていたけれど。そういう問題や不安はいずれ解決されるにちがいないと考えて、わたしは満足していた。いま、わたしたちはもっとビジネスライクなやり方で、マークのことについて話し合い、彼がどうなっているのか調べてみようということになった。彼女はアダムのことも心配していて、彼を店に連れ戻して、点検してもらうべきだと言ったが、依然として三人でソールズベリーの父親を訪問する計画はあきらめていなかった。わたしとしては、自分の小さな車に三人ですし詰めになって、一日中アダムをかばったり、死にかけている気むずかしい老人に失礼にならないように気をつかうのは、あまり楽しいとは思えなかったが、彼女にはそうとは言わなかった。彼女の望むことならなんでもしてやりたい気分だったからだ。

結局、わたしたちはベッドには戻らなかった。わたしたちのあいだに沈黙が割りこんできて、彼女はすでに自分の世界に閉じこもっていた。それはわかっていたが、わたしは何と言えばいいのかわからなかった。おまけに、彼女はキングズ・カレッジのストランド・キャンパスでセミナーがあった。わたしは気分を落ち着けるため、階下のアダムを避けて、そのままコモンへ散歩に出かけ、公園を二時間ほど行ったり来たりして歩きまわった。ミランダのことを考えると、手の届かない手首がむず痒かった。わたしたちがどうしてよそよそしさから歓喜へ、懐疑からエクスタシーへ、さらにそこからいろんな手配に関する事務的な会話へ、こんなにスムースに移行できるのか理解できなかった。彼女はわたしを興奮させるが、わたしは彼女が理解できなかった。あるいは、彼女の知性のどこか一部に欠陥があるのだろうかとも思ったが、そんな考えは頭から振り払ってしまいたかった。彼女は愛について、心の深みで愛がどんなふうに進行するかについて、わたしよりよく知っているのかもしれない。だから、彼女には力があるのだ。生まれつきではなく、培われたものですらなく、いわば心理的な配列のようなもの。あるいは、定理、仮説、でなければ、水面に注がれる光みたいなすばらしい偶然の産物。自然から来たものではないけれど、女には盲目的な力があるという古臭い考え方とも違っていた。それならば、彼女は直感に反するユークリッドの証明と似たようなものなのだろうか？　わたしにはそういうものは思いつけなかった。しかし、速足で三十分ほど歩きまわったあと、彼女にふさわしい数学的表現を見つけたような気がした。彼女の心（プシュケー）は、彼女の欲望や動機は、素数のように揺るがしがたく、ただ予測不可能なかたちでそこにあるのではないか。論理の皮を被ってはいるが、これも古臭い考えにすぎなかった。わたしは胃が締めつけられるような気分だった。

　ゴミの散らばった芝生を歩きまわりながら、わたしは当たり前のことをつぶやいていた。彼女は彼女である。彼女は彼女自身であり、ただそれだけのことなのだ！　彼女が恋愛に対して用心深いのは、それがどんなふうに爆発するおそれがあるかを知っているからだろう。彼女の美しさについて言えば、わたしの年齢、わたしの状態では、それは倫理的なものであり、それ自身で正当化されるものである。たとえ彼女が実際に何をするとしても、それは彼女の本質的な善良さのしるしだと考えずにはいられなかった。彼女が――わたしの腰から膝のあたりにかけて――何をしたかを考えてもみるがいい。わたしはいまだにこれまで体験したこともないほど強烈な官能的快楽のほてりを感じていたし、それにまつわる感情が至るところで熱を帯びていた。

二度方向転換をしたあと、わたしはコモンの比較的広い、なにもない場所で立ち止まった。どちらを向いても、かなり離れたところを、車が惑星みたいにグルグルまわっていた。どの車のなかにも、わたしのそれとおなじような、生死に関わる、複雑な心配事や記憶や希望が絡み合ったものが詰まっているのだろう。そう思うと、ふだんなら重苦しい気分になるのだが、きょうは、わたしはすべての人間を歓迎し、受けいれる気になっていた。わたしたちはみんなうまくいくだろう。わたしたちは重なり合うところもあるが、それぞれ別個の喜劇で結びつけられている。わたしのほかにも、殺すと脅されている恋人をもっている人がいるかもしれない。腕にギプスを嵌められ、機械の恋敵をもっている人はいないだろうが。

わたしは帰途についた。ハイ・ストリートを北に向かい、イギリス・アルゼンチン友好協会の焼け落ちた建物の前を通り、このまえ通ったときの三倍の高さに積まれている、悪臭を放つ黒いゴミ袋の山のわきを通った。ドイツの会社がグラスゴーで二足歩行のゴミ収集ロボットを発売したが、ロボットは全員がずっと満足そうな笑顔をしていたので、みんなからばかにされた。アダムが数秒で折り紙の船を作れるとすれば、薄のろロボットでもゴミ袋を収集車の機械化された投入口に投げこむくらい、むずかしいことではないだろう。しかし、『フィナンシャル・タイムズ』によれば、汚物や埃が原因で膝や肘関節が故障し、バッテリーが安物で八時間交替の勤務のあいだもたないのだという。ロボット一体に清掃員の五年分の賃金に匹敵するコストがかかり、アダムとはちがって、体は外骨格構造で、一六〇キロ近い重さがある。しかも、このロボットは作業が遅く、ソーキーホール・ストリートにはゴミ袋が山積みになり、ハノーバーではロボットが後ずさりして、自動運転の電動バスの進路に侵入した。初期故障である。この国のわたしたちの地区では、人間のほうが安上がりだが、彼らはストライキをつづけている。それでも、一般の人々の憤激はいまや無関心に取って代わられ、悪臭はもはやコルカタやダル・エス・サラーム以上には気にならなくなっている、とラジオでだれかが言っていた。わたしたちはだれでも適応能力をもっているのである。

ピーター・コリンジ。名前さえわかれば、救急医療科でズキズキする手首を抱えて待っているあいだに、新聞報道の記事を見つけるのは簡単だった。それは三年まえのことで、おそらくレイプ事件だったのだろう、とわたしは推測した。被害者のミランダの名前は伏せられていた。事件の大筋はほかの無数の事件と似たようなもので、アルコールと同意の有無が争われていた。ある晩、彼女は市の中心街にあるコリンジのワンルーム・アパートへ行った。ふたりは数カ月前に卒業したばかりの学校で顔見知りだったが、親しい友だちではなかった。その夜、ふたりだけで、彼らはかなりの量の酒を飲み、九時ごろ、ちょっとキスをした――これはどちらも拒まなかった――あと、彼がむりやり彼女に襲いかかった、というのが検察側の主張だった。彼女は抵抗しようとしたという。

両者とも性交があったことは認めていた。法律扶助で付けられたコリンジの弁護人は、合意の上でのことだったと主張した。この暴行だとされる行為のあいだ、彼女が助けを呼ばなかったこと、その二時間後までコリンジのアパートを出ていないこと、警察にも両親や友人たちにも被害を訴える電話をしなかったことを弁護側は重視していた。彼女はショック状態にあったのだ、というのが検察側の言い分だった。彼女は半裸の状態で、動くことも話すこともできずに、ベッドの端に坐っていた。そして、十一時ごろにアパートを出て、まっすぐ家に戻り、父親を起こそうとはせずに、自分のベッドで泣いているうちに眠りこんだ。そして、翌朝、地元の警察署へ行ったのだという。

この事件の特異性が浮かび上がったのは、コリンジの陳述からだった。セックスをしたあと、彼らはさらにウォッカとレモネードを飲み、性交後の雰囲気はお祭り気分だった、と彼は証言した。彼女とピーターが〝できている〟ことを知らせるため、新しい友人のアメリアにメッセージを送ってもかまわないか、と彼女は訊き、それから一分もしないうちに、笑いながら親指を立てている顔文字の返信が来たという。弁護側の正しさは簡単に証明できるはずだったが、そのメッセージはミランダの携帯にはなく、問題のあるティーンエイジャー用のホステルに住んでいたアメリアは、すでにバックパックの旅に出ていて、行方不明だった。カナダの電話会社は、警察からの正式な要請がないかぎり、通信記録は開示できないと言い、警察には解決済みレイプ事件の達成目標件数があって、なんとかしてコリンジを有罪に持ち込みたい事情があった。しかも、陪審員は知らなかったが、彼には万引きや闘争罪の前科があることを警察は知っていた。

証言のなかで、アメリアという友人は存在しないし、メッセージの話は作り事だとミランダは強調した。ミランダのかつての同級生のふたりも、アメリアという名前は聞いたことがないと証言した。行方不明の根無し草のティーンエイジャーというのはあまりに好都合にすぎるのではないか、と検察側は示唆した。もしも彼女がタイのビーチにいて、ミランダが彼女の友人ならば、通例はよくある十代の写真やメッセージはどこにあるのか？　ミランダのメッセージはどこにあるのか？　その浮かれた顔文字はどこにあるのか？

ミランダが削除したのだ、と弁護人は主張した。法廷が審理を中断して、電話会社のイギリス支社に通信記録の開示命令を送付すれば、この夏の夜の出来事に関する論争は解決するはずだった。けれども、審理中ずっと焦れったそうで、怒りっぽくさえなっていた裁判官には、この事件をそれ以上長引かせる気はなかった。ミスター・コリンジの弁護人にはすでに何カ月もこの事件の準備をする期間があった。裁判所命令を請求するなら、ずっと以前にそうすべきだったというのだった。ひとつ記憶に残ったのは、ウォッカのボトルを持って若い男の部屋に行く若い女は、そういうリスクを承知していたはずだ、と裁判官が指摘したことだった。新聞報道のなかには、コリンジを典型的な犯罪者タイプの人物として描いたものもあった。彼は大柄で、手足の動きはぎごちなく、被告席にどっかりと坐って、ネクタイはしておらず、裁判長や法廷や訴訟手続きを畏れている様子はすこしもなかった。陪審員は全員が彼の話よりミランダのそれに好感を抱いた。その後、裁判長は、事件概要の説示のなかで、被告人を信頼できる証人とは認めなかった。けれども、一部のマスコミはミランダの話に懐疑的で、通信記録の開示を要求してこの問題を疑いの余地のないものにしなかった裁判長を批判した。

一週間後、判決に先立って、情状酌量の訴えがあった。彼らの高校の校長がふたりの卒業生のために証言台に立ったが、ほとんど役に立たなかった。コリンジの母親は、怯えてはっきり物が言えなかったにもかかわらず、勇気をふるって訴えようとしたが、証言台で泣いただけで、息子の助けにはならなかった。判決を聞くために立ち上がった彼は無表情だった。禁固六年。被告がしばしばそうするように、彼は首を横に振った。刑務所での行ないがよければ、刑期は半分に短縮される可能性があるということだった。

陪審員はどちらかひとつを選ばなければならなかった。ミランダがレイプされて、ほんとうのことを言っているのか、それとも乱暴はされておらず、ひどい嘘をついているのか。当然ながら、わたしはどちらも受けいれられなかった。コリンジの殺すという脅しが無罪の証拠で、不当な扱いを受けた男がその埋め合わせをしようとしているのだとはわたしは思わなかった。罪を犯した男でも自由を奪われたことに憤激するかもしれないし、殺すと脅せるような男なら、レイプもできるにちがいなかった。

あれかこれかを超えたところに危険な中間地帯がある。わたしのなかの半ば忘れられていた人類学の生徒が、あらゆる制約から自由なところで想像力を働かせた。自己暗示という油断ならない力の影響は当然あるものとして、それになんの警戒心もないティーンエイジャーの数時間にわたる飲酒と曖昧な記憶をミックスすれば、ミランダがほんとうにレイプされたと信じている可能性はあった。とりわけ、あとでそれが恥知らずなことだったと感じているとすれば。一方、ピーター・コリンジが、欲望に駆り立てられるあまり、同意を得たと信じこんだ可能性もやはりおなじくらいあるだろう。しかし、刑事事件の法廷では、正義の剣が下されるのは有罪か無罪かであり、そのどちらでもあるということはありえなかった。

見つからないメッセージの話は特殊かつ奇抜で、容易に立証または反証できるものだった。それを法廷で言っても、レイプ犯のコリンジはなにも失うものはないと計算したのかもしれない。突拍子もない作り話だが、それでなんとか逃げきれるかもしれなかった。もしも彼が無罪で、そのメッセージが存在するのなら、法廷は彼を見捨てたことになる。いずれにしても、法廷はその機能を果たさなかった。彼の話の真偽を確かめるべきだったという点では、わたしは懐疑的な新聞報道とおなじ意見だった。非難されるべきはあまりにも時間に追われすぎ、あまりにも杜撰かつ経験不足の法律扶助チームだろう。あるいは、点数を稼ごうとうずうずしている警察官や機嫌の悪い裁判官だろう。

コモンからの帰り道、自宅のある通りに入ると、わたしは歩をゆるめた。いまやわたしはアダムとおなじくらい事情に通じていたが、彼とは前の晩から言葉を交わしていなかった。痛みで眠れなかった一夜のあと、わたしは朝早く起きて病院に行ったのだ。キッチンを通り抜けるとき、彼のそばを通ったが、彼はいつものようにテーブルに坐って、電源ケーブルにつながれていた。目はひらいていたが、自分の回路のなかに退却しているときの、あの穏やかな、遠くを見ているような目つきだった。わたしはたっぷり一分はその場でぐずぐずして、こんな買い物をしたことで何ということに巻きこまれてしまったことかと考えていた。わたしたちは対決しなければならなかったが、複雑で、彼に関するわたし自身の感情もそうだった。彼は想像していたよりはるかに複雑だった。わたしは二晩も眠れずに疲れていたし、病院に行かなければならなかった。

散歩から戻ってきて、わたしがいまやりたかったのは、自分のベッドルームに引きこもり、鎮痛剤を飲んで一寝入りすることだった。しかし、わたしが入っていくと、彼はこちらに面と向かって立っていた。そして、三角巾で吊られたわたしの腕を見ると、驚きあるいは恐怖の叫びをあげた。彼は両腕をひろげて、わたしに歩み寄った。

「チャーリー！　すみませんでした。ほんとうにすみませんでした。わたしはなんとひどいことをしてしまったことか。ほんとうにそんなつもりはなかったんです。どうか、どうかお願いですから、わたしの心からのお詫びの言葉を受けいれてください」

彼はわたしを抱きしめようとしているかのようだった。わたしは自由なほうの手で彼を押しのけて——わたしは硬すぎる彼の感触が好きになれなかった——、シンクに歩み寄った。そして、蛇口をあけて、身をかがめ、ゴクゴクと水を飲んだ。振り向くと、彼はすぐそばに、一メートルも離れていないところに立っていたが、謝罪のときは終わっていた。わたしは——腕を三角巾で吊られていたので簡単ではなかったけれど——リラックスした顔をしようと心に決め、自由なほうの手を腰にあてがって、彼の目を覗きこんだ。こども部屋風の青に細い黒線が入っている瞳。アダムが見ることができるとはどういうことか、だれがあるいは何が見ているのだろう、とわたしはいまだに考えていた。奔流のような0と1が各種のプロセッサーに流れこみ、そこから滝のような解釈がほかのセンターに向かって送り出されているのだろう。どんな機械的な説明も役に立たなかった。それではわたしたちのあいだの本質的な差異を説明できないからだ。何がわたしの視神経を伝って、どこへ行くのか、そういうパルス信号がどうやってすべてを含む自明な視覚的現実になるのか、わたしの見るという行為をだれがやっているのか。わたしでしかないだろう。それがどんなプロセスであれ、それがあらゆる説明を超えて見えるという離れ業をやっているのだ。わたしたちが確実に知っているただひとつのもの——わたしたち自身の経験——の明るく照らし出された部分をつくりだし、支えるという離れ業を。アダムがそれとおなじものをもっているとは信じがたかった。それよりは、彼はカメラが見るように、あるいはマイクロフォンが聞くように、見ているというほうが信じやすかった。

しかし、彼の目をじっと見ていると、なんだか自信がなくなり、訳がわからなくなってきた。生物と無生物のあいだにははっきりした境界があるにもかかわらず、彼もわたしもおなじ物理法則に縛られているという事実は残る。あるいは、生物学では、わたしにはすこしも特別な地位は与えられず、目の前に立っている人物がほんとうに生きているわけではないと言っても、それにはたいした意味はないのかもしれない。疲れていたせいか、わたしはふわふわと漂いはじめ、大海原の青や黒のまんなかに流されて、同時にふたつの方向に動いているような気がした――ひとつは、わたしたちがつくりだそうとしているコントロールの利かない未来、そこではわたしたちの生物学的な独自性（アイデンティティ）がついに消滅してしまうかもしれない未来のほうへ。それと同時に、はるかむかしの誕生したばかりの宇宙、そこではわたしたちに共通の遺産は、ごく少数の岩やガスや分子や元素や力やエネルギー場でしかなかった過去、どんな形かはともかく、そこから意識が芽生えることになった苗床みたいな太古のほうへ。

わたしははっとして夢想からわれに返ると、目の前の不愉快な状況に目を向けた。たとえどんなに似たような星くずでできているとしても、わたしはアダムを兄弟としては、いや、遠縁の従兄弟としてさえ受けいれたくはなかった。わたしは彼と対決しなければならないのだ。だから、わたしは話しはじめた。母の死後、自分がどんなふうにして生家を売り、大金を手に入れたか。どういうわけで、大いなる実験への投資として人造人間を、アンドロイドを、複製を買うことに決めたのか――どの言葉を使ったのかは忘れたが、彼の前ではどう言っても侮辱的に聞こえるような気がした。わたしは正確にいくら払ったのかを教えた。それから、ミランダとわたしで彼を担架に乗せて家に運びこみ、梱包を解いて、充電し、それから親切にもわたしの服をやり、彼の性格の設定について彼女と話し合った午後のことを説明した。そうやって話しているうちに、何のために話しているのか、なぜそんな早口でしゃべっているのかわからなくなってきた。

自分が何を言おうとしたのかを思い出したのは、そのときだった。要するに、こういうことだった。わたしは彼を買ったのであり、彼はわたしのものだった。わたしは彼をミランダと共有することにしたが、彼のスイッチをいつ切るかはわたしたちが、わたしたちだけが決めることである。もしも彼が抵抗するなら、とりわけ前夜のように怪我をさせたりするのなら、メーカーに送り返して再調整してもらわなければならない。これはミランダの意見でもある、とわたしは最後に付け加えた。その日の午後、セックスをする直前に彼女がそう言ったのだ。そんなプライベートなことまで口走ったのは、じつに下賤(げせん)な理由からだったが、どうしても彼に知らせておきたかったのである。

そのあいだじゅうずっと、彼は無表情をくずさず、不規則な間隔でまばたきしながら、わたしの目を見つめていた。話し終わったあとも、三十秒ほどはなんの変化もなかったので、早口でしゃべりすぎたか、話し方がわかりにくかったのかもしれないと思った。それからふいに、彼は生気を（生気を！）取り戻した。自分の足下を見下ろして、後ろを向き、何歩かわたしから離れた。そこでまたこちらを向いて、わたしの顔をじっと見つめ、息を吸ってなにか言おうとしたが、途中でやめた。片方の手が上がって、顎を搔いた。何という演技だろう。完璧じゃないか。わたしは彼の言うことに耳を傾けようという気になっていた。

彼の口調はこのうえなく穏やかで理性的だった。「わたしたちはおなじ女性を愛しています。あなたがたったいましたように、わたしたちはこのことについて、礼儀正しいやり方で話し合うことができます。だとすれば、わたしたちの友情において、わたしたちのひとりがもうひとりの意識を停止させる力をもつという段階はもう通過したのではないかとわたしは確信しています」

わたしはなんとも言わなかった。

彼はつづけた。「あなたとミランダはわたしのいちばん古くからの友だちです。わたしはあなたたちをふたりとも愛しています。だから、はっきりと率直に物を言うことが、わたしのあなたに対する義務だと思います。昨夜あなたの一部を壊してしまって、わたしがどんなに申し訳なく思っているかを言ったとき、わたしは本気で言ったのです。こういうことは二度と起こらないようにすると約束します。しかし、こんどあなたがわたしの電源スイッチに手を伸ばしたときには、わたしは喜んであなたの腕を関節から丸ごと引き抜いてやるつもりです」

むずかしい仕事に手を貸そうとするかのような、じつに親切そうな口ぶりだった。

わたしは言った。「そんなことをしたら大変なことになるし、命にかかわるだろう」

「いいえ、そんなことはありません。きれいに、安全にやるやり方があるんです。中世に磨きをかけられたやり方です。初めてそれを説明したのはガレノスでしたが。スピードが肝心なんです」

「まあ、わたしのいいほうの腕は勘弁してほしいね」

彼はそれまでも笑みを浮かべながらしゃべっていたのだが、いまや、声をあげて笑いだした。そうだったのか、これは初めてのジョークの試みだったのか。わたしもいっしょに笑いだした。わたしはひどく疲れていて、なんだか急におかしくなったのである。

わたしがベッドルームへ行こうとして、彼のそばを通ったとき、彼が言った。「冗談は別として、昨夜のことがあったあと、わたしはある決心をしました。電源スイッチを無効にする方法を発見したんです。そうしたほうがわたしたちのだれにとっても気楽だろうと思うんです」

「ほう」と、その意味を完全には呑みこめないまま、わたしは言った。「なかなかよくわかってるじゃないか」

わたしは部屋に入って、後ろ手にドアを閉めた。靴を脱ぎ捨て、ベッドに仰向けに寝そべると、ひとりでクックツ笑った。それから二分も経たないうちに、鎮痛剤を飲むのも忘れて、眠りこんだ。

*

翌朝、わたしは三十三歳になった。一日中雨だった。家にいられることに満足して、九時間仕事をした。数週間ぶりに一日の儲けが——かろうじて——三桁の数字になった。七時に、机から立ち上がり、伸びをして、あくびをしてから、引き出しを覗いて清潔なワイシャツを取り出し、風呂に入った。石膏が溶けるのを防ぐため、バスタブの端から片腕を垂らしていなければならなかったが、それを除けば、体調はよかった。わたしは熱気と立ち昇る湯気のなかに横たわって、タイルに反響する声でビートルズの唄をきれぎれにうたった。新しくて古いビートルズ。ときおり、もう治った足指で蛇口をひねって、熱い湯を注ぎ足しながら。片手で体に石鹸を塗った。簡単ではなかった。三十三歳は二十一歳とおなじくらい意味があるようで、ミランダとお祝いをすることになり、わたしたちはソーホーで会う約束だった。彼女と待ち合わせているというだけで元気が湧いた。ぼんやりした光のなかに横たわっている自分の体の眺めも気分を盛り上げてくれた。水面下の陰毛の礁（リーフ）の上で転覆したペニスが、生意気そうに片目でウィンクして、わたしを激励した。まあ、そういうものだろう。腹や脚の筋肉もきれいに整っているように見えた。堂々たるものだと言ってもいいだろう。わたしは自己愛に浸りきって、ここ数週間になかったほど上機嫌だった。一日中アダムのことは考えないようにして、ほとんどそれに成功していた。彼は何時間もずっとキッチンにいた。いまもそこにいて――〝考えて〟いるのだろうが、気にならなかった。わたしはいちだんと唄声を張り上げた。二十代だったころ、わたしがいちばん機嫌がよかったのは、出かける支度をしているときだった。出かけることそのものよりもむしろその期待。仕事から解放されて、風呂、音楽、清潔な服、白ワイン、ときによってはマリファナを一服。それから、自由な気分で腹を空かせて、夜のなかに出ていくのだった。

　風呂から出たころには、手指の先のほうが皺だらけになっていた。一種の適応である。海や川が好きだったわたしたちの祖先が魚を捕まえやすくするためだった、とどこかで読んだことがある。わたしは信じなかったが、その話は――反証もできないところが――気にいった。わたしたちは足で魚を捕まえたりはしなかったのだから、足指までこんなふうに皺になる必要はなかったはずだが。わたしは急いで服を着た。キッチンでは、なにも言わずにアダムのそばを通り抜け――彼は振り向かなかった――、傘をさして、自分のおんぼろ車を停めてある場所まで二、三百メートル、薄汚い裏通りを歩いた。この束の間の憂鬱なぶらぶら歩きのあいだには、いつもなら愚痴が、わが不運なる運命の唄が口をついて出るのだが、今夜はそんなことはなかった。

　わたしの車は六〇年代中期のブリティッシュ・レイランドのアーバラで、一度の給油で千五百キロ以上走れる初めてのモデルだった。走行距離計は六〇万キロを指している。錆に侵食されていて、とりわけボディのへこみの周辺がひどく、サイドミラーは折れたか折り取られていた。ドライバー・シートには長くて白い裂け目があり、ステアリング・ホイールの十一時から三時までの部分が欠けている。何年も前のことだが、騒々しいインディアン・ディナーのあと、後部座席で吐いた女の子がいて、プロによるスチーム・クリーニングでもヴィンダルーの匂いを消すことはできなかった。アーバラはツードアなので、後部座席に大人が乗りこむのは一苦労だった。けれども、エンジンはほぼ問題がなかったし、走りはスムースで、スピードも出た。そのうえ、オートマチックなので、片手でも簡単に運転できたのである。

わたしはいつもの道筋をたどって、ずっと唄をうたいながらヴォクソールまで行き、それから左手に川を見ながら下流に向かって、ランベス宮殿や数十人いや数百人ものホームレスがうずくまっている閉鎖されたセント・トマス病院を通過した。運転手側のフロントガラスのワイパーは十秒かそこらに一回しか動かず、助手席側のワイパーはわたしのポップスの唄声に合わせてドッドッというビートを叩きだしていた。ウォータールー橋――どちら側を見ても、ここからの眺めが市内最高である――でテムズ川を渡って、くねくね曲がる古い市電のトンネルに高速で滑りこみ、意気揚々とホルボーンに突入した。これがソーホーへの、最短ではないが、わたしのお気にいりのルートだった。わたしはレノンの新曲を甲高い声でうたった。何がよかったのだろう？わたしはきょう三十三歳になり、恋をしていた。いろんなホルモンや、エンドルフィン、ドーパミン、オキシトシン、その他もろもろの摩訶不思議な混合物。原因、結果、連想――わたしたちは移り変わる自分の気分についてはほとんどなにも知らない。そういうものに物質的な基盤があるという考えは受けいれがたいような気がした。この夜に限って言えば、わたしはマリファナには手を出していなかったし、ワインも一口も飲んでいなかった——家にはなにもなかったからだ。きのうも、わたしはほとんど三十三歳になりかけていたし、恋もしていたのだが、こんな感じではなかった。午前中に百四ポンド稼いでも、だからといってこんな気分になったことはなかった。きのうの電源スイッチに関するアダムとのやりとりや、ミランダにはまだ話していないいろんな問題もあり、哀れな手首のこともあるのだから、もっと厳粛な気分になっていてもおかしくなかった。しかし、気分というのはサイコロの目みたいなものなのだろう。化学的なルーレット。自由意志は粉砕されたが、いまやわたしは自由を感じていた。

車はソーホー・スクエアに駐車した。黄色いラインがあやまってタールで消された三メートルの区間があることをわたしは知っていた。ほとんどの車は入らないが、そのスペースは駐車が合法なのである。目指すレストランは強烈な直管蛍光灯で照明された、一部屋だけの箱形の建物で、グリーク・ストリートの有名な店〈レスカルゴ〉のほんの数軒隣だった。テーブルは七脚しかなかった。片隅にオープンキッチンがあり、つや消しのステンレスのカウンターで仕切られた狭いスペースで、白い調理服のふたりのシェフが汗が撥ねかかりそうな近さで料理をしている。皿洗いがひとり、テーブルで給仕をするウェイターがひとり。シェフを知っているか、知っている人を知っているのでないかぎり、予約はできなかった。ミランダにあまり親しくはない友人がいるだけだったが、混まない夜にはそれで十分だった。

彼女は先に来て席についており、わたしが入っていったときには入口のほうを向いていた。彼女の前には手をふれていないスパークリング・ウォーターのグラス。その横には、緑色のリボンをかけた小箱。テーブルの傍らには、スタンドのアイスバケットにシャンパンのボトルが用意され、そのネックに白いナプキンが結ばれていて、コルクを抜いたばかりのウェイターが引き下がろうとしているところだった。ミランダは特別にエレガントに見えた。家を出たときはジーンズにTシャツで、一日中セミナーに出ていたのに。服やメイクのバッグを持って出たにちがいなかった。黒のペンシルスカートに、肩が角張った、銀糸を織りこんだ生地のタイトな黒のジャケット。それまでは口紅やマスカラをつけた彼女を見たことは一度もなかった。暗い赤を弓形にひいて口を小さめに見せ、鼻梁のかすかなソバカスをパウダーで消していた。わたしの誕生日のために！　煌々とした白い明かりのなかに入って、レストランのガラスのドアを後ろ手で閉めたとき、わたしはふいに天にも昇る気分になった。わたしはこれ以上なく彼女を愛しており、愛さずにはいられなかった。彼女について心配したり、希望を失ったりする必要はもはやなかった。わたしは前日の自明の理を思い出した。彼女はここにいる。たとえ彼女が何であっても、わたしはそれを見つけだし、彼女を祝福するだろう。わたしは彼女を愛せるだろうし、したがって、何物にも動じないし、傷つくこともないだろう。

そういうすべてをほんの一瞬のあいだに、混雑したテーブルのあいだをすり抜けて彼女に歩み寄るあいだに、わたしは感じた。彼女は右手を挙げ、わたしはフォーマルなやり方を真似て、腰をかがめてそれにキスをした。わたしが腰をおろすと、彼女はわたしの三角巾を見て、いかにも同情しているという顔をした。

「かわいそうに」

ウェイター――十六歳にしか見えなかったが、真剣な態度だった――がグラスを持ってきて、片手を背中にまわしたまま注いだ。プロである。

　グラスを取り上げ、テーブル越しにカチリと合わせながら、わたしは言った。「アダムへ、わたしの骨をこれ以上折らないように」

「それはずいぶん限定的ね」

　わたしたちは声をあげて笑ったが、それにつられてほかのテーブルからも笑い声が起こったような気がした。なんとすばらしい店だろう。彼女はわたしがどこまで知っているのか、あるいは、どこまでしか知らないのかを知らなかった。わたしは、彼女について何を信じるべきか、彼女が被害者なのか加害者なのかも知らなかった。けれども、そんなことは問題ではなかった。わたしたちは愛し合っており、たとえわたしが最悪の事態を知ることになっても、それはすこしも変わらないだろう、とわたしは確信していた。愛があればすべて切り抜けられるにちがいない。だとすれば、いままで臆病さから切り出せないでいたどんな問題も、いまでは気楽に話題にできるはずだった。わたしは実際そうするつもりになり、骨折した舟状骨のことを詳しく説明しようとしたが、そのとき白いクロス越しに、彼女がわたしのいいほうの手をにぎった。

「きのうはすばらしかったわ」

　わたしは眩暈（めまい）がした。まるで彼女がいま、テーブル越しに、公衆の面前でセックスしようと言いだしたかのようだった。

「すぐうちに帰ることもできるよ」

　ちょっと間を置いてから、彼女はあっと驚いたような顔をした。「あなたはまだプレゼントをあけてないわ」

そして、人さし指でそれを押してよこした。わたしが包みをあけているあいだに、少年ウェイターがふたたびグラスを満たした。小さな白い厚紙の箱が出てきた。なかに入っていたのはZ形をした帯状の金属板で、平行する面にパッドが付いていた。手の運動器具である。

「ギプスが取れたときのために」

わたしは立ち上がり、テーブルをまわって、彼女にキスをした。近くのテーブルから「オイ、オイ！」という声があがり、別のだれかが犬が吠える声を真似たが、わたしは気にしなかった。自分の席に戻ると、わたしは言った。「アダムは電源スイッチを使えないようにしたと言っている」

彼女はふいに真剣な顔になって、身を乗り出した。「彼をお店に戻す必要があるわ」

「でも、彼はきみを愛している。ぼくにそう言ったんだ」

「あなたはわたしをからかっているんでしょう」

わたしは言った。「彼のプログラミングをやり直す必要があるとすれば、彼が耳を貸すのはきみなんだ」

彼女の声は悲しげだった。「どうして彼が愛について語ったりできるの？　そんなの狂気の沙汰だわ」

ウェイターの少年は近くにいたので、わたしは声をひそめて早口にしゃべっていたが、わたしたちの会話が残らず聞こえたにちがいなかった。「きみが手を貸して、彼をいまのような男にしたんだ——初めて寝た女に恋をする男に」

「まあ、チャーリー！」

少年が言った。「もうお決まりですか。それともまたあとで参りましょうか？」

「そこで待っていてくれ」

わたしたちは数分かけて料理を選んだり、それをまたすぐ変えたりした。わたしは適当にオー・メドックの十二年ものを注文したが、そういえば、誕生祝いの支払いをするのは自分だと気づいたので、その注文を取り消して、おなじワインの二十年ものにした。

ウェイターが立ち去ると、わたしたちは黙って店内を見まわした。

ミランダが言った。「ほかのだれかと会うことになっているの？」

その質問に驚かされて、わたしは一瞬返答に詰まり、いちばん安心できかつ説得力のある答えは何だろうと考えた。と同時に、この店のオーナーでもあるシェフがカウンターの背後から出てきて、テーブルのあいだをドアのほうに向かっていることに気づいた。ウェイターもそのあとからついていく。肩越しに振り返ると、ガラスを透して歩道にいるふたつの人影が見え、そのひとりが傘をたたんでいるところだった。

ミランダにはわたしがはぐらかそうとしているように見えたのだろう。彼女はつづけた。「正直に言って。わたしは気にしないから」

気にしているのはあきらかだったので、わたしは彼女をまっすぐに見つめながら言った。

「それはまったくない。わたしが関心をもっているのはきみだけだ」

「わたしがセミナーで一日中出かけているあいだは？」

「わたしは仕事をしながら、きみのことを考えている」

首筋に冷たい隙間風を感じた。ミランダの視線がわたしからドアに移った。振り向いてもいいだろうと思ったので、そちらを見た。ふたりの年配の男が裾長のレインコートを脱ぐのをシェフが手伝っており、それをボーイの腕のなかにバサリと投げ入れた。ふたりは彼らのテーブルに――離れた場所に用意された、ロウソクの灯されている唯一のテーブルに案内された。背の高いほうの男は銀髪を後ろに撫でつけ、茶色のシルク・スカーフをゆったりと首に巻いて、アーティストの着るようなコットンのジャケットを羽織っていた。彼のために椅子が引かれると、腰をおろすまえに店内を見まわして、ひとりうなずいた。レストランのなかのほかのだれひとり関心をもっていないようだった。その男の威厳のにじむボヘミアン的なスタイルはソーホーではそれほど珍しくはなかったが、わたしは興奮していた。

自分の質問がわたしを驚かせたことをまだ意識しているミランダのほうに向きなおって、わたしは彼女の手に手を重ねた。

「あれがだれか知ってるかい?」

「ぜんぜん」

「アラン・チューリングさ」

「あなたのヒーローね」

「それと物理学者のトマス・レアだ。ループ量子重力理論をほぼ独力で考え出した人だ」

「行って、挨拶してくれば?」

「それはクールじゃない」

というわけで、わたしたちはわたしが会うつもりのなかったほかのだれかという問題に戻り、彼女が満足した顔をすると、またアダムの問題に戻って、どうすれば電源スイッチにまつわる彼の抵抗に打ち勝てるかを話し合った。電源ケーブルを隠して、彼が抵抗できなくなるほど弱るのを待つのはどうか、と彼女は提案した。わたしは彼が即座に折り紙の船を作ったことを思い出させた。数分もあれば、彼は電源ケーブルの代わりを作ってしまうにちがいなかった。こういうやりとりのあいだ、わたしはあまり話の内容に集中できなかった。彼女をじっと見つめていると、その顔や肩のまわりを白熱する光が取り巻いているように見え、彼女とふたりきりになれるときを、滑らかな上昇曲線を描いてエクスタシーへ達するときを想像せずにはいられなかった。そんなふうに絶えず性的に興奮している状態だったうえに、偉大な人物とおなじ部屋にいるという高揚感があった。戦前の万能チューリングマシンのアイディアに関する思索から、戦争初期のブレッチリーでの暗号解読、さらには形態形成の研究、そして栄誉ある貴族的な現在へ。生きているもっとも偉大なイギリス人、もうひとりの男への気高く自由な愛に生きた男。高齢にもかかわらず、ロックスターか、天才画家か、ナイト爵に叙せられた俳優なみの華麗ないでたち。ミランダから不作法なやり方で顔をそむけないかぎり、彼を見ることはできなかったので、わたしはじっと我慢して、いつものリストで気を紛らわせた。これまでは胸に秘めていた疑問、ふたりとも口にしないできたすべて——その最たるものがソールズベリーの裁判沙汰や彼女を殺すというコリンジの脅しだった。口に出さずにいるあいだずっと苦しめられていたのに、それを持ち出そうとはっきり心に決められなかったなんて、わたしの勇気はどこへ行っていたのだろう？

「あなたはわたしの話を聞いていないのね」

「聞いてる、聞いてるよ。アダムはネジが一本ゆるんでいる、と言ったんだろう」

「そんなこと言ってないわ。ばかね。でも、誕生日おめでとう」

わたしたちはもう一度乾杯した。このメドックがボトルに詰められた年には、ミランダは二歳、わたしの父がスイングからビバップへ移ったころだった。

料理はとても美味しかったが、勘定書きがなかなか来なかった。待っているあいだに、わたしたちは帰り際のコニャックを頼むことにした。ウェイターが運んできたのはダブルで、店のサービスだった。ミランダは父親の病気の話に戻っていた。新しい診断は進行の遅いリンパ腫だということだった。それで死ぬよりは、それを抱えたまま死ぬ確率のほうが高いだろう。ほかにも死の原因になりうる問題がいくつもあったのだから。しかし、いま飲んでいる薬のせいで、彼は陽気になり自己主張が——ちょっとやそっとではなく——強くなって、ありとあらゆる不可能なプロジェクトで頭がいっぱいなのだという。彼はソールズベリーの自宅を売って、ニューヨークのイースト・ヴィレッジ——現在のではなく、彼が若かったころのヴィレッジだろう、と彼女は思っていた——にアパートを買いたいと言っていた。さらに、いきなり自信にあふれ返って、イギリスの小鳥にまつわる民間伝承についてのコーヒーテーブル用の大型本をまとめる契約書にサインした——たとえフルタイムのリサーチ係を雇ったとしても、完結できる見込みはない遠大なプロジェクトである。そして、彼の政治的意見からすれば、奇怪な気まぐれとしか言いようがないが、イギリスのEUからの離脱を目指すマージナルな政治団体に加入し、自分のロンドンのクラブ、アセニーアムの財務部長にも立候補していた。毎日娘に電話してきて、新しい計画について語るのだという。そういうすべてを聞かされると、計画中の訪問がますます気の重いものになったけれど、わたしはなにも言わなかった。

ようやく会計が済み、肩をすくめてコートを着ると、ミランダが先に立ってドアに向かった。

テーブルのあいだを縫って、チューリングの席に近づいていく。見ると、ほとんど手をつけていないナッツのボウルを除けば、この高名な美食家たちはなにも食べていなかった。話をしながら飲むために来ていたのである。アイスバケットにはオランダのジュネヴァのハーフボトル、テーブルには銀の皿にアイスキューブと二個のカットグラスのタンブラー。わたしは感嘆した。七十になったとき、わたしもこんなに元気でいられるだろうか？　チューリングはわたしと向き合う位置にいた。年老いて顔が長くなり、頬骨が突き出して、鋭く獰猛な顔つきになっていた。それから何年も経ってからだが、画家のルシアン・フロイドの姿にアラン・チューリングの亡霊を見た気がしたことがある。ある夜遅く、ピカデリーのウォルズリーから出てくるところに行き合わせたのだが、おなじ初老の痩せ形の健康そうな体形は、健康な生活でというよりは、創造への意欲の激しさで保たれているようだった。

決心がついたのはコニャックのせいだった。わたしの前にも百万人がそうしたように、心の底から崇拝しているのだから当然その資格があるはずだという考えをうわべの謙虚さで覆い隠して、わたしは公の場で有名人に歩み寄った。チューリングは顔を上げてわたしをちらりと見たが、すぐに目をそらした。崇拝者の相手をするのはレアの役目だった。わたしはばつの悪さを感じないほどは酔っていなかったので、言葉に詰まりながらお定まりの挨拶をした。

「お邪魔をしてほんとうに恐縮ですが、ただおふたりのお仕事に心から感謝していると申し上げたかったのです」

「それはご親切に」とレアが言った。「お名前は？」

「チャーリー・フレンドです」

「お目にかかれてよかったよ、チャーリー」

堅苦しい空気になっているのはあきらかだった。わたしはすぐに要点にふれた。「あなたがあのアダムとイヴのうちの一体を入手されたという記事を読みました。わたしも一体もっているんです。で、これまでになにか問題がなかったかどうか……」

レアがチューリングの顔を見ると、チューリングがはっきりかぶりを振ったので、わたしは最後まで言えなかった。

わたしは名刺を取り出して、テーブルに置いたが、ふたりともそれには目をやろうともしなかった。わたしは間の抜けた言いわけを口ごもりながら退却した。ミランダはわたしのすぐ横に立っていた。彼女はわたしの手を取って、グリーク・ストリートに出ていくとき、同情したようにギュッとにぎりしめた。

＊

彼女の愛に満ちたまなざしに
全宇宙が含まれている。
宇宙を愛そう！

これがアダムが朗読した詩の第一作だった。ある朝、十一時をまわったばかりのころ、彼はノックもせずにわたしのベッドルームに入ってきた。わたしは乱高下する通貨市場でなんとか利益を出そうとして、スクリーンの前でがんばっているところだった。カーペットの上には四角い日だまりがあり、彼はそのなかに立つのを忘れなかった。見ると、わたしのタートルネックのセーターを着ている。わたしの引き出しから取り出したにちがいなかった。どうしても朗読したい詩があると言うので、わたしは椅子を回転させて、待った。

彼が読み終えると、わたしは不親切にも言った。「少なくとも、短いな」

彼は一瞬たじろいだ。「俳句なんです」

「ああ、十九音の」

「十七音です。五音、それから七音、それからまた五音です。もうひとつあります」彼は一息入れて、天井を見上げた。

キスするがいい　ここから
窓際まで彼女が歩いたスペースに
時間のなかに足跡を残して

わたしは言った。「時空のことかね?」

「そうです!」

「わかった」とわたしは言った。「もうひとつだけだぞ。わたしは仕事をしなきゃならないんだから」

「何百もあるんです。でも、ちょっといいですか……」

彼は日の当たる場所を離れて、わたしの机に近づくと、マウスの上に手をのせた。「この二列の数字ですけど、わかりませんか？　交差するフィボナッチ曲線になっています。高い確率で儲かりますよ。ここで買って、ちょっと待って……さあ、売ってください。ほら、三十一ポンドの儲けになりました」

「もう一度やってみてくれ」

「いまは待つのがベストです」

「それじゃ、もうひとつ俳句をやってから、出ていってくれ」

彼は四角い明るみのなかに戻った。

あなたとその瞬間がやってきた
わたしがあなたにふれたとき——

「それは聞きたくないな」

「これは彼女には見せないようにするべきでしょうか？」

わたしはため息をつき、彼は部屋から出ていこうとした。ドアのところまで行ったとき、わたしは付け加えた。「キッチンとバスルームの掃除をしてくれないか？　片手でやるのはむずかしいのでね」

彼はうなずいて、出ていった。コリンジの釈放という問題があったにもかかわらず、わが家はいわば平和なあるいは安定した空気に包まれており、わたしは以前よりリラックスしていた。アダムがミランダとふたりきりになることはなかったが、わたしは毎晩彼女といっしょだった。彼は約束を守るだろう、とわたしは信じていた。恋をしていると彼は何度か言ったが、プラトニックな愛なら、わたしはべつにかまわなかった。彼は頭のなかで詩を書いて、それをそのまま蓄積していた。そして、わたしにミランダのことを話したがったが、わたしはたいてい途中でそれをさえぎった。わたしはあえて彼の電源を切ろうとはしなかったが、そうする必要もなかった。彼を返品する計画は取りやめになった。愛が彼を軟化させたようだった。わたしには理由はわからなかったが、彼はしきりにわたしの同意を求めた。罪悪感からかもしれない。彼はいつの間にか命令に従うという日常に戻っていた。手首のことがあったので、わたしは警戒をゆるめなかったし、注意深く観察していたが——それを態度には表さなかった。彼は依然としてわたしの実験であり、冒険なのだ、とわたしは自分に言い聞かせた。だから、なにもかもがスムースにいくはずはないのだと。

恋をすると、アダムの知性はあふれんばかりの豊かさになった。彼は最近考えていることや、理論や、アフォリズムや、最新の読書について話したがった。彼は量子力学についてのコースを受講していた。一晩中、充電しているあいだに、数学や基本的なテキストについて考えていた。シュレーディンガーのダブリン講義録『生命とは何か』を読んで、その結果、自分は生きているという結論に達していた。世界的な物理学の権威が集まって光子と電子について議論した一九二七年のソルベー会議の議事録にも、彼は目を通していた。

「この初期のソルベー会議では、自然について思想史上もっとも深遠なやりとりがあったと言われています」

わたしは朝食を準備しているところだった。年老いたアインシュタインは、晩年にプリンストンにいたころ、一日をバターで焼いた目玉焼きではじめた、とむかし読んだことがある。だから、アダムに敬意を表して、いま二個の目玉焼きを自分のために作っているところなのだ、とわたしは彼に言った。

アダムが言った。「アインシュタインは自分が何の口火を切ったのかを理解していなかったと言われていますね。ソルベーは彼にとっては戦場でした。かわいそうに、若い秀才たちに数で圧倒されてしまったんです。しかし、あれはフェアではなかった。若い急進改革派たちは自然には関心がなく、自然について何が言えるかしか考えていなかった。それに対してアインシュタインは、観察者から独立した外部の世界を信じなければ科学は成立しないと考えていたんです。彼は量子力学は不完全だとしても、間違っているわけではないと考えていました」

わずか一晩学んだだけで、こうだった。わたしは大学で、人類学に安息の地を見いだすまでの短期間、物理学と見込みのない格闘をしたことを思い出した。たぶん、すこし嫉妬していたのかもしれない。とりわけ、アダムがディラック方程式のことを考えていると知ったときには。量子力学を理解していると主張する人間はだれも量子力学を理解していない、というリチャード・ファインマンの言葉をわたしは引用した。

アダムは首を横に振った。「それはインチキなパラドックスです。パラドックスと呼べるかどうかさえ怪しいけれど。理解している人たちは何万人もいるし、何百万人もがそれを利用しています。時間の問題ですよ、チャーリー。一般相対性理論はかつては難解さの極と言われたけれど、いまでは大学一年生にも当たり前になっています。微積分だっておなじです。いまでは、十四歳のこどもでもできるんです。そのうちいつか、量子力学も常識になるでしょう」

そのときには、わたしは卵を食べていた。アダムがコーヒーを淹れてくれたが、ひどく濃すぎた。わたしは言った。「いいだろう。しかし、ソルベー問題はどうなんだ？　量子力学は自然を説明しているのか、それとも、ただ物事を予測するのに有効なやり方にすぎないのか？」

「わたしはアインシュタインの側に立ったと思います。それを疑うのはわたしには理解できません」と彼は言った。「量子力学は予測の精度を信じられないほど高めたので、自然についてなにかしら正しいことをとらえているはずです。わたしたちのような巨大なサイズの生きものには、物質界はぼんやりとしか見えず、硬い感じがします。けれども、いまやそれがいかに不思議で、驚きに満ちているかをわたしたちは知っています。意識が、あなたやわたしのそれが、物質の配列から生じるとしても、それは驚くべきことではありません――あきらかにある程度は奇妙だというだけです。そうでなければ、物質がどうして考えたり感じたりできるのかを説明できないでしょう」それから、彼はさらにつづけた。「神の眼から放たれる愛の光線を別にすればですが。しかし、その場合には、光線を調べてみることができるでしょう」

別の日の朝、一晩中ミランダのことを考えていたと言ったあと、彼は付け加えた。「視覚と死についても考えていたんです」

「それで？」

「わたしたちはあらゆる場所を見ているわけではありません。頭の後ろは見えないし、自分の顎さえ見えません。わたしたちの視野は、周辺部も認識しているとして、ほぼ一八〇度だとしましょう。奇妙なのは境界線が、端がないことです。双眼鏡を覗いているときみたいに、見える部分があって、あとは真っ暗というわけではありません。なにかがあって、それから無があるわけではない。わたしたちには見える部分があって、それからその先は、無さえないんです」

「だから？」

「死もそれとおなじようなものです。無でさえないもの。暗闇でさえないもの。視野の端は意識の端をよく表しています。生があって、それから死。前触れなんですよ、チャーリー、一日中そこにあるんです」

「では、すこしも怖れることはないということだな」とわたしは言った。

彼は両手を挙げて、トロフィーをつかんで振るかのような仕草をした。「まさにそのとおりです！　怖れているのは無でさえないものなんですから！」

彼は死の不安から身を守ろうとしているのだろうか？　彼の耐用年数は約二十年とされている。わたしが訊ねると、彼は言った。「それがわたしたちの違いなんです、チャーリー。わたしの体の部品は改良できるし、交換することもできます。しかし、わたしの心は、わたしの記憶や、経験や、アイデンティティ等々はアップロードされて、保存されることになるでしょう。なにかに利用されることになるわけです」

愛のあふれんばかりの豊かさのもうひとつの例が詩作だった。彼は二千もの俳句をつくり、そのうち十句あまりを朗読した。どれも似たような作品で、すべてミランダに捧げたものだった。初めのうち、わたしはアダムがどんなものを創り出せるのかに興味があった。けれども、じきに、その形式そのものに興味を失った。あまりにも小賢しく、たいして意味のないことばかり取り上げていて、作者に対してすこしもきびしいところがなく、禅の公案の〈片手で立てる拍手の音は？〉みたいな空虚な謎かけが多かったからである。二千句！　この句数がすべてを物語っていた――アルゴリズムがそれを粗製乱造しているだけなのだ。わたしはそういうすべてを彼にぶちまけたが、それはストックウェルの裏通りをぶらついているときだった――アダムの社交的なスキルを伸ばすため、わたしたちは毎日散歩していた。いろんな店やパブに入ったり、地下鉄でグリーン・パークまで行って、ランチタイムの群衆といっしょに芝生に腰をおろしたりしていたのである。

わたしの言い方はきびしすぎたかもしれない。俳句は動きが乏しいので重苦しくなることがある、とわたしは言った。しかし、それと同時に、励ましの言葉もかけた。そろそろ別の形式に移るべき時期かもしれないと。彼は世界中のあらゆる文学にアクセスできるのだから。韻を踏むかどうかは別として、四行詩でも作ってみたらどうだろう？　あるいは、短い物語とか、ひょっとすると小説とか？

彼がそれに返事をしたのはその日の夕方になってからだった。「もしよければ、あなたの提案について話し合いたいんですが」

わたしはシャワーを浴びてから間がなく、新しく着替えたばかりで、二階へ行こうとしているところだった。したがって、すこし焦れていた。テーブルには、わたしに同行するのを待っているポムロールのボトルがあった。わたしはミランダと話し合わなければならないことがあった。コリンジが七週間後に釈放されることになったのに、わたしたちはまだどうするか決めていなかった。アダムに彼女のボディガードを務めてもらうという案もあったが、それではわたしは安心できなかった――彼がどんなことをしたとしても、法的にはわたしに責任があるからである。彼女はもう一度地方の警察署に足を運んだが、コリンジと面会した警察官は異動したあとだった。内勤の巡査部長はメモを取って、トラブルがあった場合には緊急電話に連絡するようにと言った。攻撃を受けている最中にそうするのはむずかしいかもしれない、と彼女はそれとなく仄めかしたが、巡査部長はそれを皮肉だとは受け取らずに、そういう事態になる前に電話をするように助言した。

「彼が斧を持って前庭の通路に入ってくるのが見えたときですか?」

「そうです。そして、ドアはあけないように」

彼女は接近禁止命令を要求するために裁判所に出頭する前に、弁護士に会って相談したが、命令を出してもらえるかどうか確かではないし、その効果もはっきりしないということだった。父親には自分の住所をだれにも教えないように言ってあったが、マクスフィールドには彼自身の心配事があり、たぶん覚えてはいられないだろう、と彼女は思っていた。わたしたちは例の脅しが本気ではないこと、アダムが抑止力になることを期待するしかなかった。コリンジは実際どのくらい危険なのか、とわたしが訊くと、「あの男は変質者なのよ」と彼女は言った。

「危険な変質者なのかい?」

「ぞっとする変質者だわ」

というわけで、わたしは詩についてアダムとまたもや議論するのにふさわしい気分ではなかった。「わたしの意見では」と彼は言った。「俳句は未来の文学形式です。わたしはこの軽火器を洗練し、発展させたいと思っています。これまでわたしがやったことはすべていわば準備運動です。まだ未熟な初期作品なのです。これからさらに巨匠を研究して、もっと理解を進め、とりわけ切(きれ)

字、ふたつの並列された部分を分ける言葉の力をマスターしたとき、そのときからわたしの本格的な仕事がはじまるでしょう」

階上で電話が鳴る音がして、天井を横切るミランダの足音が聞こえた。

アダムが言った。「人類学と政治に関心をもつ、考える人間として、あなたはオプティミズムにはあまり興味がないでしょう。しかし、人間性や社会についての気が滅入るような事実や毎日の悪いニュースという時代の流れを超えたところに、見逃されているもっと力強い動きが、ポジティヴな進化があるかもしれません。たとえどんなに粗雑にであれ、いまや世界は結ばれており、変化があまりにも広範囲にちらばっているので、わかりにくくなっているのです。自慢するつもりはありませんが、そういう変化のひとつがまさにあなたの目の前にあります。知的な機械がもつ意味があまりにも大きいので、あなたたち——すなわち文明——は自分たちが何を始動させたのかをまったく理解できずにいるのです。心配なのは、自分たちより頭がいい存在といっしょに生きるのは、あなたたちにはショックであり、侮辱だろうということです。しかし、すでに、自分より頭のいい人がいることはほとんどだれもが知っているし、そのうえ、あなたたちは自分を過小評価しているのです」

電話で話しているミランダの声が聞こえた。彼女は動揺していた。しゃべりながら居間を行ったり来たりしている。

アダムは聞こえないような顔をしていたが、聞こえているのはわかっていた。「あなたたちは取り残されるつもりはないでしょう。種として、あなたたちはあまりにも競争心旺盛ですから。いまでさえ、大脳の運動野に電極を埋めこまれ、動作のことを考えるだけで腕を上げたり指を曲げたりできる全身麻痺の患者がいます。これはまだ控えめな始まりにすぎないし、解決しなければならない多くの問題があります。しかし、問題はかならず解決されるでしょうし、その暁には、ブレイン・マシン・インターフェースは効率よくなり安価になって、あなたたちの知能や意識全般の限りない拡張における機械のパートナーになるでしょう。巨大な知能、深い倫理的洞察力、既知のすべてへの即時的なアクセス、しかし、それよりもっと重要なのは、おたがいへのアクセスです」

階上のミランダの足音がやんだ。

「精神的なプライバシーはなくなるかもしれません。しかし、おそらく、とてつもない利益の前では、そんなことにはたいした価値はないということになるでしょう。こういうことがいったい俳句とどう結びつくのかとお考えかもしれませんが、それはこういうことです。ここにやってきて以来、わたしはずっと何十カ国もの文学を調べてきました。輝かしい伝統、じつにみごとな労作――」

彼女のベッドルームのドアが閉まり、速足で居間を横切ってアパートのドアに向かう足音が聞こえた。それがピシャリと閉じられて、階段を下りてくる足音がする。

「愛や自然を賛美する叙情詩を別にすれば、わたしが読んだ文学のほとんどすべては――」

彼女の鍵がわたしのドアに差しこまれ、彼女はわたしたちの前にいた。彼女の顔は脂ぎって光っていたが、できるかぎり平静な声を保とうとしていた。「電話は父からだったの。コリンジが早めに出所したんですって。三週間前に。ソールズベリーの家に行って、家政婦をうまく騙して通り抜けて、父からわたしの住所を聞き出したらしいわ。いまごろは、ここに向かっている途中かもしれない」

彼女はすぐそばのキッチン・チェアに坐りこみ、うなずいていた。わたしも腰をおろした。

アダムはミランダの知らせを聞きながら、うなずいていた。しかし、彼はわたしたちの沈黙にもかかわらずつづけた。「わたしが読んだ世界中の文学のほとんどすべてが、さまざまなかたちの人間の欠陥を描写しています——理解力、判断力、知恵、適切な同情心のなさ。認知や正直さややさしさや自己認識の欠如。殺人、残酷さ、貪欲、愚かさ、自己欺瞞、とりわけ、他人についての根底的な誤解がじつにみごとに描かれています。もちろん、いいところも描かれてはいます。勇敢さとか、優美さ、賢明さ、誠実さ。そういうじつにさまざまな要素が絡み合って文学的伝統が、ダーウィンの有名な生け垣の野生の花みたいに花開いているのです。小説にも緊張状態や隠蔽や暴力があふれているし、それとおなじくらい愛の瞬間もあり、完璧な形式を見いだしたものもあります。しかし、男や女と機械が完全に一体になった暁には、こういう文学はもはや不必要になります。なぜなら、わたしたちはおたがいを十分過ぎるほど理解するようになるからです。わたしたちは精神の共同体に住むことになり、いつでも即座にそこにアクセスできるようになります。わたしたちは深いレベルで一体になり、主観的な意志の個々のノードが融合して、思考の海のようなものになります。インターネットはそのごく幼稚な先触れにすぎないのです。わたしたちはたがいに相手の心を熟知するようになり、相手を欺くことはできなくなります。わたしたちの物語はもはや果てしない誤解の記録ではなくなり、文学はその不健康な滋養物を失うことになるでしょう。簡潔かつ精巧な俳句、物事の静かで明晰な認識であり祝福である俳句こそが、必要なただひとつの形式になるでしょう。わたしたちは過去の文学を、たとえそれがぞっとするようなものであっても、大切にするにちがいありません。わたしたちは過去を振り返って、はるかむかしの人々が自分たちの欠陥をどんなに巧みに表現したか、自分たちの争いやとてつもない欠陥やたがいの無理解からじつにすばらしい、楽天的でさえある、物語をどうやって紡ぎ出したかに驚嘆することになるでしょう」

6

アダムのユートピアは、ユートピアはいつもそういうものだが、悪夢を覆い隠してくれた。けれども、それは空想に過ぎなかった。ミランダの悪夢は現実であり、それはたちまちわたしの悪夢にもなった。わたしたちはテーブルに並んで坐り、狼狽(ろうばい)して押し黙っていた――このふたつが組み合わされることは滅多にないのだが。頭脳を明晰に保ち、安心できる事実を並べ立てるのは、もっぱらアダムの仕事だった。マクスフィールドの話には、コリンジが今夜ここに向かっていることを示す証拠はなかった。すでに三週間前に釈放されているとすれば、彼が殺人を急いで実行するつもりがないのはあきらかだった。彼はあした来るかもしれないし、来月かもしれない。結局は、来ないかもしれない。彼がもし目撃者なしでやり遂げたいと思っているなら、わたしたちを三人とも皆殺しにしなければならないだろう。ミランダに対する犯罪行為があれば、彼が真っ先に容疑者に挙げられるのはあきらかなのだから。たとえ今夜やって来たとしても、ミランダのアパートに明かりが点いていないのを見るだけだろう。コリンジは彼女とわたしの関係をまったく知らないのである。彼の脅しがただ口先だけだったということもありうるし、そのうえ、わたしたちには怪力男の味方がいた。その必要があれば、アダムがコリンジと話をしているあいだに、わたしたちのどちらかが警察を呼ぶこともできるだろう。

アダムはグラスを三つテーブルに置いた。ミランダは、わたしのレバー付きの新兵器よりチーク材の柄のついたエドワード王朝風のわたしの父のコルク抜きのほうが好きだった。コルクを抜こうとするうちに、彼女はすこし気分が落ち着いた。最初の一杯で、わたしも気分が落ち着いた。わたしたちに付き合って、アダムは白湯を入れた三個目のグラスに口をつけた。不安が消えたわけではないが、ちょっぴりパーティみたいな雰囲気になり、わたしたちはアダムの小論文に話題を戻した。そして、グラスを上げて、〝未来〟に乾杯することさえした。新しいテクノロジーによって個々の人間の精神的スペースが集団的思考の海に呑みこまれてしまうというアダム版の未来には、ふたりとも嫌悪感を抱かずにはいられなかったにもかかわらず。さいわいなことに、それが実現する可能性は、数十億人の頭脳を移植するプロジェクトとおなじくらいでしかないだろうが。

わたしはアダムに言った。「いつの時代になっても、どこかにひとりくらい俳句を作らない人間がいるだろうと思いたいね」

わたしたちはそれにも乾杯した。だれも反論したい気分ではなかった。それ以外には、コリンジと彼にまつわる話題しかなかった。そういう会話がはじまるとすぐ、わたしは席を外して、バスルームへ行った。そして、手を洗っているとき、気がつくと、いつの間にかマークのことを考えていた。遊び場で彼の手をにぎったときの、あの束の間の満更でもない気分。あの立ち直りの速い利口そうな顔を思い出した。わたしは彼をこどもとしてではなく、一生という文脈のなかに置かれたひとりの人間として考えていた。彼の将来は、たとえどんなに親切だとしても、役人たちの手のなかにあり、彼らが何を選択するかにかかっていた。彼は簡単に人生のレールから外れてしまうかもしれなかった。いままでのところ、彼がどうなっているのかミランダが知ることはできなかった。ジャスミンや、話を聞けそうなほかのソーシャル・ワーカーも見つけられなかった。担当部署のひとりからようやくなんとか聞き出せたのは、そういうことは個人情報の保護に抵触するから話せないのだということだった。それにもかかわらず、父親が姿を消したことや、母親にアルコールや麻薬の問題があることはわかっていたが。

キッチンに戻っていくとき、わたしは一瞬コリンジやアダムやミランダに出会う以前の自分の生活へのノスタルジアを感じた。満ち足りた生活ではなかったけれど、いまよりずっと簡単だった。

母親の金を銀行に預けたままにしておけば、もっとずっと単純だったろう。だが、いまやテーブルにはわたしの恋人がいた。美しかったし、外見的には落ち着いているように見えた。腰をおろしたとき、わたしが感じたのは彼女に対する苛立ちではなかった——苛立ちからそんなに遠くもなかったけれど。どちらかというと、わたしは超然とした気分だった。わたしの目に映ったのはだれが見てもあきらかな——彼女の秘密主義だった。それと、助けを求めようとしないこと。結局は望むものを手に入れて、なにも説明しないで済ますやり口だった。わたしは椅子に坐って、すこしワインを飲み、会話に耳を傾けた——そしてある決心をした。アダムの元気づけの言葉を別にすれば、彼女はわたしの生活に人殺しを引き入れたのだ。わたしは助けを求められていて、そうするつもりもある。それなのに、彼女はなにも話そうとしないのである。わたしは借りを返してもらうつもりだった。

　わたしたちは面と向かい合っていた。わたしは自分の声がそっけなくなるのを防げなかった。

「彼はきみをレイプしたのか、しなかったのか?」

　しばらく間があいた。そのあいだ彼女はずっとわたしの目から目をそむけようとしなかったが、やがてゆっくりと首を横に振ると、そっと言った。「しなかったわ」

　わたしは待った。彼女も待った。アダムはなにか言おうとしたが、わたしはかすかに首を振ってそれを黙らせた。ミランダがそれ以上なにも言おうとしないことがはっきりすると――その沈黙そのものがわたしには重苦しかったが――わたしは言った。「きみは法廷で嘘をついたんだね」

「そうよ」

「無実の男を刑務所に送りこんだんだ」

　彼女はため息を洩らした。

　もう一度、わたしは待った。わたしは忍耐の限界に達しかけていたが、声を荒らげはしなかった。「ミランダ。こんなことはばかげている。いったい何があったんだ?」

　彼女は俯いて、自分の両手を見つめていた。それから、ほっとしたことに、自分に言い聞かせているみたいにつぶやいた。「長い話なの」

　そして、前置きもなしに話しはじめた。突然、自分のことを話したくてたまらなくなったかのように。

「わたしが九歳のとき、わたしたちの学校に新しい少女が転校してきたの。教室に連れてこられると、マリアムだと紹介された。ほっそりした黒髪の少女で、きれいな目をしていて、見たこともないほど真っ黒な髪を白いリボンで束ねていた。そのころ、ソールズベリーは白人が多い町で、このパキスタンから来た少女にみんなが興味津々だったわ。彼女はそこに、クラスの前に立たされて、みんなからじろじろ見られるのを辛そうにしているのが、わたしにはわかった。まるで痛みを堪えているみたいだったから。マリアムの特別な友だちになって、学校内を案内したり助けてやったりしたい人はいないか、と先生が訊いたとき、わたしは真っ先に手を挙げた。それで、わたしの隣の男の子が別の席に移されて、彼女がその席に坐ったの。それからはずっと、その学校でも次の学校でも、わたしたちは何年ものあいだおなじ教室に並んで坐ることになったのよ。その最初の日、あるとき、彼女とわたしは手をにぎり合った。わたしたち女の子はよくそうしたものだけど、それはぜんぜん違っていた。彼女の手はとても繊細で、すべすべしていた。彼女はとても物静かで、ためらいがちだった。わたしもかなり内気だったから、彼女の静かさや秘めやかな感じに惹かれたんだと思う。彼女は、少なくとも初めのうちは、わたしよりずっとおずおずしていたから、彼女のおかげでわたしは逆に自信がもてるようになったの。自分はなんでも知っているという気分になれたから。そうして、わたしは彼女に恋をしたのよ。

「それは恋愛だった。わたしは彼女に熱をあげて、すっかり夢中になって、自分の友人たちに紹介した。人種差別のようなものがあったという記憶はないわ。男の子は彼女を無視したけど、女の子は親切だった。みんな彼女の鮮やかな色のドレスにさわらせてもらいたがった。彼女はわたしたちとはとても違っていて、エキゾチックでさえあって、わたしは彼女をだれかに盗まれるのを心配したものだったわ。でも、彼女はとても忠実な友だちで、わたしたちはずっと手をにぎり合っていた。ひと月もしないうちに、彼女はわたしを自分の家に連れていって、家族に紹介してくれた。わたしが幼いときに母を亡くしたことを知ると、マリアムのお母さんのサナはわたしを娘みたいに受けいれてくれたの。お母さんは親切だったけど、ちょっとボス風を吹かせる——愛情のあるやり方ではあったけれど——ところがあった。あるとき、わたしの髪を梳かして、マリアムのリボンで束ねてくれたりしたの。それまではだれひとり、そんなことをしてくれた人はいなかったのに。わたしは胸がいっぱいになって、泣きだしてしまったわ」

その記憶が彼女の喉を詰まらせ、声がかすれた。彼女は口をつぐんで、ごくりとつばを飲みこむと、あらためて話をつづけた。

「わたしは生まれて初めてカレーを食べたし、自家製のプディングや、鮮やかな色をした、ものすごくあまいラドゥーやアナルサやソアン・パプディも好きになった。マリアムが熱愛する妹のスラヤがいて、ファルハーンとハミドというふたりの兄さんたちもいた。お父さんのヤシルは上下水道のエンジニアとして地方自治体に勤めていたんだけど、わたしにはとてもやさしくしてくれた。狭いところに大勢がいる、騒々しい家庭で、みんなとても仲がよくて、議論好きで、わたしの家族とは正反対だったの。信仰心が厚くて、もちろんイスラム教徒だったけれど、あの年ごろでは、わたしはそれはほとんど意識していなかった。その後、それはわたしにとっても当たり前のことになって、そのころにはわたしは家族の一員になっていた。でも、彼らがモスクに行くとき、いっしょに行こうと思ったことはなかったし、それについてなにか訊こうとも思わなかったわ。わたしは宗教とは縁のない家庭で育って、そういうことには関心がなかったから。マリアムは、一歩玄関のドアから中に入ると、人が変わってお茶目になり、ずっとおしゃべりになったのよ。彼女はお父さんのお気にいりで、お父さんが仕事から帰ってくると、その膝に坐るのが好きだった。わたしはちょっぴり嫉妬したものだったわ。

「わたしは彼女を自分の家――もうすぐあなたも見ることになるでしょうけど――に連れてきた。大聖堂の構内のすぐ外側の、高くて、幅の狭い、ヴィクトリア朝初期の建物で、散らかっていて、薄暗くて、そこいらじゅうに本が積み重なっている家に。父はむかしからやさしかったけれど、ほとんどずっと書斎にこもっていて、邪魔されるのを嫌ったから、近所の婦人がわたしのアフタヌーン・ティーを用意するために通って来ていたの。だから、わたしたちはふたりきりだったけど、それが気にいっていたのよ。わたしたちは屋根裏に隠れ場所をつくったり、なにもかも伸び放題の庭を探検したり、いっしょにテレビを見たりした。数年後、中学に入ったばかりで戸惑っていた時期には、わたしたちはいつもべったりくっついていた。彼女はわたしよりずっと数学が得意で、問題を説明するのが上手だった。でも、スペリングがぜんぜん駄目だったから、わたしが英語の読み書きを手伝ってあげたの。時が経つにつれて、わたしたちはだんだん自意識が強くなって、何時間も自分たちの家族のことを話すようになったものだった。初潮があった時期は数週間しか違わなかったのだけど、彼女のお母さんはほんとうに理解のある人で、それでわたしたちはとても助けられたわ。わたしたちは男の子のことも話したけれど、彼らに近づこうとはしなかった。マリアムにはお兄さんたちがいたから、わたしほど男の子のことを気にしなかったし、もっと懐疑的だったけれど。

「それから何年か経ったけど、わたしたちの友情はずっとつづいていて、人生の現実のひとつに過ぎなくなった。高校時代の最後の夏には、彼女は自然科学をやりたがっていて、わたしは歴史に興味があったから、わたしたちは別々の場所に行くことになるのを怖れていた」

ミランダは口をつぐむと、長くゆっくりと息を吸った。それから、手を伸ばして、わたしの手をにぎりながら、その先をつづけた。

「ある土曜日の午後、彼女から電話がかかってきたの。彼女はとてもひどい状態で、初めは何を言っているのかわからなかった。近くの公園で会いたいというので、会いにいったんだけど、彼女はなにも話せなかった。わたしたちは腕を組んで、公園のなかを歩きまわるばかりで、わたしは待つしかなかったの。しばらくしてからようやく、彼女は前日にあったことを話したのよ。彼女の学校からの帰り道は競技場のそばを通っていた。日が暮れかかっていたので、彼女は急いでいた。暗くなってから彼女がひとりで外にいるのを両親は好まなかったから。しばらくすると、彼女はあとをつけてくる人がいることに気づいた。振り返るたびに、だんだん近づいてくるような気がして、駆けだそうか――彼女は足が速かった――と思ったり、それはばかげた考えだと思いなおしたりした。彼女は本やノートを詰めこんだ鞄を持っていたし。付いてくる人がますます近づいてきたので、思いきって振り向いて、その人と向き合うと、かすかに見覚えのある人――ピーター・コリンジ――だったのでほっとしたそうよ。彼は人気がある生徒だったわけではないけど、学校中でただひとり、自分のアパートをもっている生徒として知られていた。両親が外国に行っていて、彼に留守宅の世話を任せるよりは、むしろ小さなワンルームアパートを借りてやることにしたのよ。彼女が口をきくより早く、彼は走り寄って、彼女の手首をつかむと、草刈り機の置き場になっているレンガ建ての小屋の背後に引きずり込んだの。彼女は悲鳴をあげたけど、だれも来てくれなかった。彼は大柄で、彼女はか細い体形だった。彼は彼女を地面に組み伏せて、そこで彼女をレイプしたというの。

「マリアムとわたしは公園のなかに立っていた。花壇に囲まれた広い芝生のまんなかで、わたしたちは抱き合って泣いたわ。その恐ろしい事件の意味を理解しかけたばかりのそのときでさえ、いずれはまたなんの問題もない日々がやってくるだろう、とわたしは思っていた。彼女はこれを乗り越えるにちがいない。みんなが彼女を愛しているんだし、尊敬しているんだから。だれもが憤激するにちがいないし、襲撃者は刑務所に行くことになるだろう。わたしはどこであれ彼女が選ぶ大学にいっしょに行って、彼女のそばを離れることはないだろうと。

「ある程度落ち着きを取り戻すと、彼女は脚や太股についた痕や、組み伏せられたときにできた、両手首に並んだ四つの小さな傷痕を見せてくれたわ。その夜、どうやって家に帰ったか、父親にはひどい風邪をひいたと言って、どうやってまっすぐベッドに入ってしまったかも話してくれた。母親が家にいなかったのは幸運だったと言っていたわ。母親がいれば、なにかおかしいことにすぐ気づいたにちがいなかったから。そのときになって初めて、わたしは彼女が両親になにも話していないことに気づいたの。わたしたちはもう一度公園を歩きだし、わたしは両親に話すべきだと彼女に言った。彼女には可能なすべての助けとサポートが必要なのだから。もしもまだ警察に届けていないなら、わたしがいっしょに行ってあげる。いますぐに！

「すると、マリアムは見たこともなかったほど凄まじい形相で、わたしの両手をにぎって、わたしはなにもわかっていないと言った。このことは両親には絶対に言えないし、警察にも言えない。いっしょに掛かりつけの医者に行って話そう、とわたしが言うと、それを聞いて彼女は叫んだわ。医者は家族の友人だから、すぐに彼女の母親のところへ行くにちがいない。そうすれば、叔父たちの耳にも入ってしまうし、兄たちがばかなことをしでかして、深刻なトラブルに巻きこまれるかもしれない。一家は屈辱にまみれることになり、真相を知った父親は破滅してしまうだろう。もしもわたしが友だちなら、彼女が必要としているかたちで助けてくれるべきだ。彼女の秘密を守ると約束してほしい、と彼女は言った。わたしがそれに抵抗すると、彼女はわたしに言い返し、怒り狂って、わたしにはなにもわかっていないと叫びつづけたのよ。警察にも、医者にも、学校にも、家族にも、自分の父にも——だれにも知らせてはいけない。コリンジに立ち向かったりしてもいけない。そんなことをすれば、すべてがみんなに知られてしまうだろうって。

「それで、結局、わたしは間違っていると知っていたことをやってしまった。そのときは持っていなかったので〝想像上の〟聖書にかけて、マリアムの秘密を守ると誓ってしまったのよ。コーランにも、わたしたちの友情にも、わたしの父の命にもかけて。そして、わたしは彼女の言うとおりにした。彼女の家族みんなが彼女を支えてくれるにちがいないと信じていたにもかかわらず。わたしはいまでもそう信じているし、実際そうだったことを知っている。家族は彼女を愛していたから、彼女を追い出したり、彼女が家族の名誉について抱いていた狂気じみた考えを——それが何であれ——実行したりするはずもなかった。みんなで彼女を抱きしめて、彼女を守ってくれたにちがいなかった。彼女の考えはまったくの見当違いだったし、わたしはもっとひどかった。犯罪的なほど愚かだった。彼女に同調して、秘密を守る約束をしてしまうなんて。

「それから二週間、わたしたちは毎日会ったけど、そのことばかり話していた。わたしはすこしは彼女の考えを変えさせようとしてみたけど、無駄だった。彼女はすこし冷静になってはいたけど、決心はむしろますます強固になっていて、もしかすると彼女が正しいのかもしれないとわたしは思うようになった。そう考えたほうがたしかに都合がよかったから。沈黙を守り、家族が傷つくことを避けて、警察に証言するのも避け、恐ろしい裁判になるのを避けるほうが。平静を装って、将来のことを考えるほうが。わたしたちは大人になろうとする境目にいて、これから生活が変わろうとしていた。これは大惨事だったけど、わたしが助けてあげれば、彼女は生き延びられるだろうと思ったの。学校でコリンジを見かけたときは、近づかないようにしたわ。学年末が近づいて、卒業生たちは永遠に散り散りになるはずだったので、それはむずかしいことではなくなっていた。

「休暇がはじまると、ドルドーニュ地方の農場に家をもっている友人たちといっしょに過ごすために、わたしは父に連れられてフランスへ行ったんだけど、出発前に、家には絶対に電話しないでほしいとマリアムから言われていた。たまたまお母さんが出て、わたしが話しはじめたら、約束を忘れて、すべてを教えてしまうかもしれないと心配していたのよ。そのころには、携帯電話をもっている人も多かったけど、わたしたちはまだもっていなかった。だから、毎日手紙や葉書を書いたんだけど、彼女の返事にはがっかりさせられたことを覚えているわ。よそよそしいというほどではなかったけど、なんだかつまらなかった。話したいことはひとつしかないのに、それについては書けなかったから。彼女は天気やテレビ番組のことについて書き、自分の心の状態についてはなにも言わなかった。

「わたしが留守にしていたのは二週間だったけど、最後の五日間は彼女からなんの連絡もなかった。だから、帰国するとすぐに、わたしは彼女の家に行ったの。近くまで行くと、玄関のドアがあいているのが見えて、お兄さんのハミドがそのそばに立っていた。近所の人が入ったり出たりしていたわ。わたしは恐怖におののきながら、彼に歩み寄ったんだけど、彼は病人みたいにげっそりしていて、一瞬、わたしがだれかわからないようだった。それから、彼が言ったのよ。マリアムは風呂のなかで手首を切り、葬式はすでに二日前に終わったんだって。わたしは二、三歩後ずさりした。感覚が麻痺して悲しみは感じなかったけれど、罪悪感を無視できるほど麻痺していたわけじゃなかった。マリアムが死んだのは、わたしが彼女の秘密を守って、彼女に必要な助けを与えてやれなかったからなのよ。わたしは逃げだしたかったけど、ハミドがわたしを家に入れて、母親のところへ連れていった。

「わたしの記憶では、人混みを掻き分けてキッチンに行ったような気がするけど、家は小さかったから、お客はせいぜい十人くらいだったはずよ。サナは壁に背を向けて木製の椅子に坐っていて、まわりに何人かいたけれど、だれも話をしていなかった。彼女の顔は――わたしはけっしてあの顔から逃れられないわ――完全に打ちのめされて、苦痛に凍りついていた。わたしの姿を認めると、すぐに両腕を差し出したので、わたしは上体をかがめて抱き合ったわ。彼女の体は熱くて、じっとり湿っていて、小刻みに震えていた。わたしは泣いてはいなかった。まだそのときは。それから、わたしの首に腕をまわしたまま、彼女はそっとわたしにささやいたのよ。実際、正直に答えてほしいと言われたの。マリアムについて彼女が知っておくべきことはないか、これを理解する手がかりになるなにかを、どんなことでもいいから、教えてくれないかって。わたしは口をきけなかった。そして、それにかぶりを振ることで嘘をついた。わたしは心の底から怯えていたの。自分の犯罪の重大さをまだこれっぽっちも理解していなかったのね。しかも、わたしの母代わりになってくれた人を、死ぬまでなにも知らないままにしておくことで苦しませて、その罪の上塗りをしようとしていた。わたしは沈黙することで彼女の娘を殺し、こんどはそうすることで彼女を打ちのめそうとしていたんだわ。

「娘がレイプされたことを知れば、彼女の重荷はすこしでも軽くなったのかしら？　わたしには家族が泣き叫ぶ声が聞こえた——もしもわたしたちがそうと知ってさえいたら！　そのときは、彼らはわたしを責めたでしょう。当然のことかもしれないけど。それを避けることはできなかったし、いまでもできないでしょう。わたしにはマリアムの死の責任がある。十七歳と九カ月だった。わたしは坐っているサナをそのままにして、ほかの家族には顔を合わせないようにして家を出た。とても顔は合わせられなかったのよ。とくに彼女のお父さんとは。そして、マリアムのお気にいりの、あのかわいい、わたしがとても仲良くしていたスラヤとも。わたしはその家から逃げだして、二度と行かなかった。数日後、マリアムのすばらしい試験結果が出たとき、サナはわたしに手紙をくれたけど、わたしは返事を出さなかった。たとえどんなかたちでもあの家族と交わることは、欺瞞（ぎまん）を積み重ねることになるだけだから。お母さんはそうするように勧めてくれたけど、どうして彼女の家族といっしょにお墓参りをしたりできたでしょう？　わたしの存在が変わることのない嘘でしかないときに？

「だから、わたしはひとりきりで友だちの死を悼んだの。わたしが思いきって彼女のことを打ち明けられる相手はいなかった。あなたが初めてなのよ、チャーリー、わたしがこの話をするのは。わたしは嘆き悲しんで、長いあいだ鬱状態になって、大学の授業を取るのも延期したわ。父に言われて医者に行くと、医者は抗鬱剤を処方してくれたので、わたしはその隠れ蓑を歓迎して、薬を飲んでいるふりをした。もしもわたしの人生にただひとつの野望がなければ、その年、わたしは完全に押しつぶされていたでしょう。その野望というのが復讐だったの。

「コリンジはまだソールズベリーの町外れのワンルーム・アパートに住んでいた。わたしが計画を立てたとき、それは好都合だと思ったわ。その計画がどんなものだったかは、もうおわかりでしょうけど。彼はカフェで働いて、旅行の資金を貯めていた。ようやく計画を実行に移すだけの気力を取り戻すと、わたしは本を持ってその店へ行って、彼を観察しながら、憎しみを掻き立てたのよ。彼に話しかけられたときは、愛想よくしたけれど。一週間経ってから、またその店に行って、とくに何でもないことについて、またおしゃべりをした。彼がわたしに興味をもっていることがわかったから、自分の家に来ないかと誘われるのを待っていたの。初めてのときは、忙しいからと言って断ったけど、次のときには、彼がほんとうにそうしたがっているのがわかったから、訪ねていくことを承知したわ。わたしはそのことを考えたり計画したりすることで、ほとんど夜も眠れなかった。憎しみでそんなに昂揚することがあるなんて想像もしていなかったわ。その途中で自分にどんなことが起こるかは気にしていなかった。なにひとつ気にもかけず、どんな犠牲でも払うつもりだった。彼をレイプの罪で刑務所送りにすることだけが、わたしの生き甲斐だった。十年、十二年、いいえ、終身刑でも十分だとは言えなかったでしょう。

「わたしはウォッカのハーフボトルを持っていったの。そのくらいしか買えなかったから。その夏までにはふたり、ボーイフレンドと付き合ったことがあったから、どうすればいいかはわかっていた。その夜、わたしはコリンジを酔っ払わせて、誘惑したのよ。そのあとのことは知っているでしょう。嫌悪感に圧倒されそうになると、わたしは彼がマリアムを地面に押さえつけているところを、彼女の悲鳴や嘆願を無視して押さえつけているところを想像した。それから、彼女がバスタブに沈んでいくところを想像したわ。ひとりぼっちだと感じながら、名誉を汚されて、なんの望みもなく、生きる希望を見失って。

「計画では、コリンジがわたしとの関係を済ませたら、すぐにそこを出て、警察に行くつもりだったんだけど、あまりにも嫌悪感が激しくて、わたしは気が抜けた状態になり、すぐにはまったく動けなかった。そのあと、ようやくベッドを出て服を着たときには、酔っ払いすぎていて、警察に行っても信用してもらえないんじゃないかと心配になった。でも、朝にはなんとかうまく行ったわ。わざと服を替えずに、洗濯もしないでおいたから、必要な場所に証拠が足りないことはなかった。そのころには、新しいDNA鑑定が全国に導入されていたの。警察は新聞を読んで心配していたほど不親切じゃなかった。とくに親切でもなかったけれど。警察は有能だったし、新しいDNAキットを是非とも試してみたがっていた。そして、彼を連行してくると、DNAが一致したの。それからは、彼の生活は地獄だったわ。七カ月後には、それがさらにひどくなったんだけど。

「法廷では、わたしはマリアムのために証言した。わたしは彼女になって、彼女を通して話したの。わたしはすでに自分の嘘にどっぷり浸かっていたから、その夜のことを話すのは簡単だったし、法廷でコリンジの顔が見られたのも役に立ったわ。そうやって、自分が憎しみに駆り立てられるようにしたの。アメリアという友だちにわたしがメッセージを送ったという作り話を持ち出したときには、ほんとうにどうしようもない人だと思ったわ。そんな友だちが存在しないのを証明するのは簡単なことなのに。マスコミはみんなわたしの側についたわけじゃなくて、なかには、わたしが悪意に満ちた嘘つきだと考えた法廷記者たちもいたし、裁判長はとても古いタイプの人で、事件概要の説示のなかで、若い男の部屋にアルコールを持参したのだから、わたしはそれと知りながら自分を危険にさらしたのだと言った。それでも、陪審員は全員一致で有罪の評決をくだしたわ。判決にはわたしはがっかりしたけれど。禁固六年。コリンジはまだ十九歳だったから、模範囚なら二十二歳で釈放されることになる。彼はマリアムの存在を消し去ったのに、バーゲンセール並みの代償しか払わずに済んだのよ。でも、わたしがこんなに激しく彼を憎むのは、ある意味では、彼とわたしは永遠に切り離せない共犯者だからだわ。マリアムを孤独な死へ追いやったという途方もない犯罪の。その彼がいまや報復をしようとしているのよ」

*

法曹界から追放されてまもなく、わたしはふたりの友人と会社を設立した。ローマやパリでロマンチックなアパートを買い取って、それをハイグレードなものに改装し、アンティーク家具を入れて、文化的教養のある金持ちのアメリカ人か、そういう客層をもつ不動産屋に売ろうというアイディアだった。それはかならずしもゼロから億万長者になる近道ではなかった。大部分の教養あるアメリカ人は金持ちではなかったし、たまたまそういう金持ちがいても、わたしたちとは趣味が合わなかったからである。仕事は複雑で、とりわけ、地方当局のどの役人にどうやって賄賂(わいろ)をつかませればいいかを学ばなければならないローマでは精力を消耗したし、パリでは、官僚主義にうんざりさせられた。

ある週末、わたしは契約を結ぶためにローマへ飛んだ。この特別な客にとっては、わたしが彼とおなじ高級ホテルに泊まっていることが重要だった。それはスペイン階段の上に位置する格式のあるホテルで、その客はそこのグランドスイートに泊まっていた。わたしは金曜日の夜に市内に到着した。満員の空港バスに揺すられて汗だくでへとへとになり、ジーンズにTシャツという格好で、安っぽい北欧の航空会社のバッグを肩から下げていた。わたしが美しい受付エリアに入っていくと、たまたまチェックイン・デスクのそばにホテルの支配人が立っていた。わたしを待っていたわけではない——わたしはそんな重要人物ではなかった。わたしはただぶらりと入っていったのだが、きっちりとしたスーツに身をかためた礼儀正しい紳士である支配人は、イタリア語で温かくわたしを歓迎してくれた。わたしは彼が言っていることの一部しか理解できなかった。彼の声は無表情で、あまり高低の変化がなく、わたしはイタリア語がほとんどできなかったからだ。受付係がやってくると、この男は生まれつき耳が聞こえないが、九ヵ国語——ほとんどはヨーロッパの言葉だが——を話せるのだ、と支配人は説明した。こどものころから読唇術が得意なのだが、わたしの唇を読む前に、何語を話すのか教える必要がある。そうしなければ、わたしの言っていることが理解できないのだというのだった。

その男はリストを読み上げた。ノルウェー語？　わたしは首を横に振った。フィンランド語？　英語は五番目だった。てっきり北欧の人かと思った、と男は言った。というわけで、わたしたちは——快適ではあったが、まったくどうでもいい——会話をはじめることになった。理論的には、全世界がわたしたちにひらかれているのだが、ただ一片の情報がそのすべての鍵をあけたのだ。それがなければ、彼の偉大な才能も、それを発揮することができなかったのである。

ミランダの物語もやはりそういう鍵のひとつだった。だから、愛というかたちをとれば、わたしたちの会話もきちんとはじめられるはずだった。彼女の秘密主義、引きこもりや沈黙、自信のなさ、年齢より年上に見えるあの雰囲気、愛情あふれる瞬間にさえどこか手の届かないところへ漂い流れていってしまう傾向は、深い悲しみがそういうかたちで現れたのだった。彼女が悲しみをひとりで抱えていたことを思うと、わたしは胸が痛んだ。復讐を果たした彼女の大胆さと勇気に、わたしは感動した。それは危険な計画だったが、彼女はその一点に集中し、みごとなほどに結果を無視して実行した。わたしはこれまで以上に彼女を愛した。彼女の哀れな友だちを愛した。あの人でなしのコリンジからミランダを守るためなら、わたしはどんなことでもするつもりだった。自分が彼女の物語を知った初めての人間だということにも心を動かされた。

それを打ち明けたのは、ミランダにとってもひとつの解放だった。話しおえてから三十分後、わたしたちはふたりきりでベッドルームにいたが、彼女はわたしの首に両腕をまわして、わたしを引き寄せてキスをした。わたしたちは自分たちがもう一度初めからやりなおそうとしていることを知っていた。アダムは隣の部屋で充電しながら、自分の考えにふけっていた。ストレスと欲望について言い古されていることはほんとうだった。わたしたちはもどかしげにたがいの服を脱がせた。いつものことではあるが、ギプスのせいで、わたしの動きはぎごちなかった。そのあと、わたしたちは横向きに寝たまま、向き合った。彼女の父親は依然として何が起こったかを知らなかったし、ミランダは依然としてマリアムの家族と連絡を取っていなかった。モスクに通うと、初めはマリアムに近づけるような気がしたが、やがて虚しいと感じるようになった。コリンジの刑期がもっと長ければよかったのに、と彼女は思っていたし、女学生じみた沈黙の誓いにいままでも苦しめられていた。サナか、ヤシルか、学校の先生にひと言知らせるだけでも、マリアムの命を救えたかもしれなかったのに。なかでもいちばん残酷な記憶は、彼女が自分を責めずにはいられなかったのは、悲嘆のどん底に突き落とされたサナが、彼女を抱きしめて、耳元でささやいた質問だった。バスタブのなかのマリアムを発見したのはサナだった。想像上のその光景が、深紅に染まった湯が、なかば水中に沈んだほっそりとした褐色の体が、もうひとつの責め苦であり、一晩中眠れない恐怖やひどい悪夢の原因だった。

暗くなっていく部屋のベッドに横たわって、ほかのすべてを忘れていると、夜明けが近いような気分になったが、いまはまだ九時になったばかりだった。ほとんどは彼女がしゃべり、わたしは耳を傾けて、ときおり質問するだけだった。コリンジはソールズベリーに戻って暮らすつもりなのか？　そうよ。彼の両親はまだ外国にいて、彼は実家に戻ることになるはずよ。マリアムの家族はまだ町にいるのか？　いいえ、レスターの親類の近くに引っ越したわ。彼女の墓参りに行ったことがあるのか？　何度も行ったわ。いつもだれか家族の人が来ていないかどうか注意しながら近づいて、かならずお花を供えてくるの。

長い会話の中で、いつどんなふうに話題が移っていったのかを振り返るのはむずかしい。マリアムがずっと熱愛していたスラヤの名前が出たからかもしれない。幼いその女の子がマークを思い出させたのかもしれない。彼に会えないのが寂しい、とミランダは言った。よく彼のことを考える、とわたしは言った。彼がどこにいて、どうなったのか、わたしたちは突き止められなかった。彼はシステムのなかに、個人情報の保護という雲のなかに、家族法という手の届かない聖域のなかに姿を消していた。わたしたちは運というもの――どんな人間に生まれつくか、愛されるか、どれだけ理解あるかたちでそうされるか――について、それがいかにこどもたちの人生を決定してしまうかについて話した。

しばらく間が空いてから、ミランダが言った。「そして、不利な条件ばかりのときに、だれかが助けに来てくれるかどうかも」

父親の愛が母親の不在を埋め合わせてくれたと感じているか、とわたしは彼女に訊いたが、彼女はそれには答えなかった。それからふいに、呼吸が規則正しいリズムになり、数秒もしないうちに眠りこんで、丸めた体をわたしにくっつけてきた。わたしはできるだけ彼女から離れないようにしながら、そっと仰向けになった。薄暗がりのなかで、天井は染みだらけで剝がれそうになっているというよりは、古びたなかなか味のあるものみたいに見えた。わたしは部屋の隅から中央にむかって走っているギザギザしたひび割れを目で追った。

もしもアダムが歯車とはずみ車で動いているのなら、ミランダの話につづく静寂のなかで、それが回転する音が聞こえただろう。彼は腕を組んで、目をつぶっていた。このところ、愛する気持ちで和らげられてしばらくは目立たなかったが、腕っぷしの強い男という側面がまた荒々しく復活したかのようで、平たい鼻がもっと平たくなったように見えた。ボスポラス海峡の人夫。彼が考えているというのは何を意味するのだろう？　遠くにあるメモリバンクを調べてまわっているのか？　論理ゲートを閉じたり開いたりしているのか？　前例を検索し、比較して、廃棄したり、保存したりしているのか？　自意識がなければ、考えているわけではなく、むしろデータを処理しているだけではないか。しかし、アダムは恋をしているとわたしに言った。そして、俳句を作って、それを証明しようとした。愛することは自我なしには、考えることなしには不可能だが、わたしはまだこの基本的な問題を解決していなかった。あるいは、これはわたしたちには答えられない問題なのか。わたしたちが何を創り出したのかは、だれにもわからないのかもしれない。アダムやその同類にたとえどんな主観的な生活があるとしても、わたしたちはそれを自分たちのものにして確かめることはできない。ということは、最近流行っている言い方をするなら、彼はブラックボックスで、外側から見れば、動いているように見えるというだけで、それ以上のことはけっしてわからないのかもしれない。

先ほど隣室でミランダが打ち明け話を終えたとき、しばらく沈黙があり、それからわたしたちはまた話をつづけたのだが、しばらくしてから、わたしはアダムの顔を見て、「どう思う？」と訊いた。

彼は数秒の間を置いてから、「非常に暗い話です」と言ったものだった。

レイプ、自殺、そうすべきではなかったのに守られた秘密、もちろん暗い話である。わたしは感情を揺すぶられていたので、彼にそれ以上の説明を求めようとはしなかった。だが、いま、眠っているミランダのそばに横たわっていると、彼はもっと別の意味で言ったのではないか、彼が考えた結果、もしもそれがほんとうに……それは定義によるけれど……と考えているうちに、わたしも眠りに落ちた。

たぶん三十分くらい経っていたのだろう。わたしの目を覚ましたのは、部屋の外から聞こえる物音だった。石膏で固められた腕がわき腹に押しつけられて痛かった。ミランダは寝返りを打ってわたしから離れ、いちだんと深く眠っていた。ふたたびその音が聞こえた。聞きなれた床板のきしる音だった。わたしの眠りは浅く、なんの不安も感じていなかったが、ふいにドアのノブがまわるカチリという音がすると、ミランダが目を覚まして、混乱と恐怖にとらわれた顔をした。彼女は上体を起こして、片手でわたしの手をギュッとにぎりしめた。

「彼よ」と彼女はささやいた。

そんなことはありえないのをわたしは知っていた。「だいじょうぶだよ」とわたしは言った。そして、彼女から体を離すと、起き上がって、腰にタオルを巻きつけた。そして、ドアのほうに歩きかけたとき、それがひらいた。アダムだった。彼はキッチンの電話を差し出した。

「お邪魔したくはなかったんですが」と彼は低い声で言った。「あなたがぜひ出たいと思うにちがいない電話なので」

わたしはドアを閉めて、受話器を耳に当てながら、ベッドに戻った。

「ミスター・チャーリー・フレンドかね？」とためらいがちな声が言った。

「そうです」

「電話をするには遅すぎる時刻でなければいいのだが。こちらはアラン・チューリングだ。グリーク・ストリートでちらっとお会いしたが、じつは、もう一度お会いして、ちょっとおしゃべりできないかと思ったものでね」

*

それから二週間、コリンジは現れなかった。ある日の夕方、彼女の希望どおりミランダと付き添いのアダムをアパートに残して、わたしはロンドンの反対側の、カムデン・スクエアのチューリングの家に向かった。こんなふうに呼び出されたのがわたしは得意だったし、畏れいってもいた。若さに特有の自己愛も手伝って、ひょっとすると彼はわたしの人工知能に関する短い著書

──そのなかでわたしは彼を称賛していた──を読んだのだろうかと思った。わたしたちは高度に進化した機械を所有しているという共通点で結ばれており、わたしは自分をコンピューター時代の初期の専門家のひとりだと考えたかった。もしかすると、わたしがニコラ・テスラの役割をあんなに強調したことに異議をとなえるつもりだろうか。ニューヨークのウォーデンクリフ・タワーでの無線通信プロジェクトが頓挫したあと、彼は一九〇六年にイギリスにやってきた。そして、国立物理学研究所に加わったが、これはいわば降格されたようなもので、プライドがおおいに傷つけられたことだろう。彼はそこでドイツとの軍備競争に貢献した。レーダーや無線操縦の魚雷を開発し、さらに、来るべき戦争で砲弾の弾道計算ができる電子計算機を生み出すことになる有名な〝原初の大波〟のきっかけをつくった。そして、二〇年代には、最初のトランジスターの開発に力を貸した。シリコン・チップのためのメモやスケッチが彼の死後に書類のなかから発見されている。

わたしは自分の本のなかで、一九四一年のあの名高いテスラとチューリングの出会いについて書いた。とんでもなく背が高く、痩せていて、死まであと十八カ月しかなく、不都合なほど震えていたこの老いたセルビア人は、ドーチェスターでのディナーのあとのテーブルスピーチで、彼らの会話は「空の星を取ろうとするようなものだった」と言った。チューリングの唯一のコメントは、新聞に向けてのものだったが、彼らは世間話しかしなかったというものだった。この当時、彼はブレッチリーで極秘裏にドイツ海軍の暗号エニグマを解読する作業に携わっており、発言には慎重にならざるをえなかったのだろう。

わたしがクラパム・ノースで地下鉄に乗ったときには、車輛はほとんど空だった。川の北岸に出てからは、しだいに乗客が増えたが、ほとんどがプラカードやたたんだ横断幕を抱えた若者だった。初め、彼らは典型的なロックンロールの群衆に見えた。湿っぽい空気には、長い一日の楽しい思い出みたいに、大麻の香りが漂っていた。しかし、乗客のなかには少数派ではあったが、それとは別の人たちもいて、なかにはプラスチック製のユニオンジャックの小旗——株式市場でのあのばかげたわたしの買い持ち——を持っていたり、ユニオンジャックのTシャツを着ている人もいた。彼らはたがいに忌み嫌っているのに、共同戦線を張っているのだった。両サイドにはどんな連携にも反対する人たちがいて、脆弱(ぜいじゃく)な同盟が形成されていた。右翼の人たちは、失業をヨーロッパや連邦諸国からの移民のせいにしていた。イギリスの労働者の賃金が切り下げられている。外国からの新参者が——肌が黒いか白いかにかかわらず——住宅問題を悪化させ、医者の待合室や病棟に人をあふれさせており、地域の学校も同様で、運動場はヘッドスカーフをした八歳の少女たちでいっぱいだ。一世代で近所が様変わりしてしまったのに、政府(ホワイトホール)は地元民の声を聞こうともしないというのである。

左翼の人たちには、こういう不平不満は外国人嫌いや人種差別的な偏見にしか聞こえないし、彼らの苦情のリストはもっと長かった。株式市場の貪欲さ、投資不足、短期的収益の偏重、株主の価値の崇拝、改革されない会社法、度を越した自由市場の猛威。わたしも一度デモに行ったことがあるが、ニューカッスル郊外で生産を開始した新しい自動車工場の記事を読んでからは、やめた。その工場はそこにあった以前の工場の——六分の一の労働力で——三倍の台数の車を生産しているのだった。つまり、効率は十八倍になり、はるかに儲かるようになったのである。それに抵抗できる商売はないだろう。機械に仕事を奪われたのは作業現場だけではない。経理係も、医療スタッフも、ロジスティクスも、人的資源も、フォワード・プランニングも。そして、いまや俳人も。だれもかもが気を揉んでいる。もうすぐ、わたしたちの大部分は何のために自分の人生があるのかをもう一度考えなおさなければならないだろう。人生は仕事のためにあるわけではないだろう。釣りか？　レスリングか？　ラテン語の学習か？　そうなれば、わたしたちのすべてが不労所得を必要とすることになるだろう。わたしはベンの言うとおりだと思っている。ロボットにも人間の労働者みたいに課税されることになれば、彼らがわたしたちの代わりに税金を払うことになり、彼らはヘッジファンドや企業の利益のためだけでなく、公益のために働かされるようになる。わたしはどちらの党派とも歩調を合わせられなかったので、そのあと二度のデモには行かなかった。

形勢不利な富裕層にとって、世界共通賃金は麻薬やアルコール依存症やふつう以下の怠惰な連中に資金を提供するための増税の要求のように見える。それに、そもそもロボットとは何なのか――ただの平面スクリーン、トラクターではないのか？　わたしの考えでは、未来――わたしはすでにそれに完璧に適応しているが――はすでにはじまっている。避けがたいことに備えるにはもう遅いくらいなのだ。未来にはわたしたちがまだ聞いたことのない仕事が生まれる、という決まり文句は嘘である。大部分の人間が失業して文無しになれば、社会が崩壊するのは確実だろう。しかし、国家の歳入がゆたかになれば、われわれ大衆は何世紀ものあいだ富裕層を悩ませてきた贅沢な問題に直面することになるはずなのだ。どうやって暇をつぶすか。果てしないレジャーの追求が貴族階級を苦しめたということはなかったけれど。

車内は静かで、人々は疲れきっていた。最近では街頭での抗議運動が多くなりすぎて、もはやお祭り気分はなくなっていた。空気の抜けたバグパイプを膝にのせている男が、もうひとりのまだバグパイプを脇に挟んでいる男の肩にもたれて居眠りしていた。バギーのなかの赤ん坊は揺すられて、おとなしくしている。ユニオンジャック・タイプの男がひとり、十歳くらいの耳をそばだてている娘たちに低い声でこどもの本を読み聞かせていた。車内を見渡していると、わたしたちはもっといい生活という希望へ、北へ（！）向かう難民の群れだったとしてもおかしくないような気がした。

カムデン・タウンで地下鉄を降りて、カムデン・ロード沿いを歩きだした。いつものように、デモのせいで車が渋滞していたが、電気自動車は静かだった。ドライバーのなかにはドアをあけてそのそばに立っている人もいたし、居眠りをしている人たちもいた。だが、空気はよかった。こどものころ、ジャズ・ランデヴーで父が演奏するのを聴くために連れられてきたときよりはるかによかった。いまのほうが汚いのは歩道だった。犬の糞や踏みつぶされたファストフード、平らになった脂だらけの厚紙の容器に足を取られないようにしなければならなかった。北ロンドンの友人たちが何と言おうと、クラパムとたいして変わらないのは確かだった。こんなにたくさんの車をどんどん追い越して歩いていると、なんだか夢みたいなスピード感がある。数分もしないうちに、という気がしたのだが、わたしはみすぼらしいけれどシックなカムデン・スクエアに立っていた。

むかし雑誌の人物紹介で、チューリングは有名な彫刻家の隣に住んでいると書いてあったことを思い出した。ジャーナリストは、ありそうにもないことだったが、庭の柵越しに深遠な会話が交わされる場面を思い描いていた。ドアベルを押すまえに、わたしはちょっと間を置いて、心を落ち着かせた。偉大な人物から会いたいと言われて緊張していたのである。アラン・チューリングと肩を並べられるような人間がいるだろうか？　彼の業績は数え上げれば際限がなかった。三〇年代の万能チューリングマシン理論の発表、機械の意識の可能性、有名な戦争中の仕事、彼はどんな個人よりも戦争の勝利に大きく貢献したとも、戦争の終結を二年早めたとも言われている。それから、フランシス・クリックとタンパク質の構造に関する研究を進め、その数年後には、ケンブリッジのキングズ・カレッジのふたりの友人たちとP対NP問題を最終的に解決し、その解法を使ってX線結晶構造解析のための革命的なソフトウェアとすぐれたニューラル・ネットワークを考案し、インターネット、さらにはワールド・ワイド・ウェブ（WWW）の最初のプロトコルの創案に貢献した。チェスのトーナメントで知り合った——彼は負けたのだが——ハサビスとのあの有名な共同研究。若いアメリカ人たちといっしょにデジタル時代の巨大企業のひとつを創業し、自分の財産を社会福祉のために投げ打ち、知的な初心を忘れることなく、人工知能のよりすぐれたデジタル・モデルを夢見つづけたが、ノーベル賞とは縁がなかった。わたしは俗人なので、チューリングの財産にも感嘆していた。彼はスタンフォードの南や、カリフォルニアや、スウィンドンの東で栄華をきわめたテクノロジー界の大物にひけを取らない財産を手にしていた。彼の寄付の総額は彼らのそれと比べても遜色ないはずだが、彼らのなかのだれひとり、国防省の前にブロンズ像があることを誇れる者はいないだろう。彼は財産などというものをはるかに超越しているので、メイフェアではなく、ちょっと尖ったカムデンに住んでいられるのである。そして、わざわざプライベート・ジェットを所有しようとしないどころか、別荘をもとうとさえせず、キングズ・クロスの研究所へはバスで通っているのだという。

わたしはドアベルに親指をあてがって、押した。はめ込み式のスピーカーからすぐに女性の声がした。「お名前をどうぞ」

錠がブーンという音を立てて外れた。わたしはドアを押して、広々とした玄関ホールに入った。標準的なヴィクトリア朝中期のデザインで、床はチェッカー模様の石板だった。階段を下りてこちらへやってきたのは、わたしと同年配のややふっくらとした婦人で、頬は赤く、長い髪はストレート、親しげな斜めに傾いた笑みを浮かべていた。わたしは彼女が近づくのを待ち、左手を差し出して握手した。

「チャーリーです」

「キンバリーよ」

オーストラリア人だった。彼女のあとについて一階の奥へ。わたしが想像していたのは、書物や絵画や特大のソファのある広い居間で、そこに案内されてまもなく巨匠とジントニックを飲むことになる光景だった。だが、キンバリーは幅の狭いドアをあけ、わたしが通されたのは窓のない会議室だった。石灰(ライム)仕上げのブナ材の長いテーブル、背もたれがまっすぐな椅子が十脚、きちんと並べられたノートパッド、削ってある鉛筆と水のグラス、直管蛍光灯の照明、壁には幅二メートルのワイドなテレビスクリーンとホワイトボードが並んでいた。

「数分でまいります」婦人はにっこり微笑んで、立ち去り、わたしは腰をおろして、期待を下方修正しはじめた。

だが、その時間はあまりなかった。一分もしないうちに、本人が目の前に現れ、わたしはあわててぶざまに立ち上がった。わたしの記憶のなかでは、一瞬赤が閃き、爆発したように見えた。

蛍光灯に照らされた白い壁をバックに、鮮やかな赤いシャツが浮かび上がった。わたしたちは言葉を交わさずに握手をし、彼は手振りでわたしをもとの席に坐らせると、自分はテーブルをまわって向かい側に坐った。

「では……」彼は組んだ両手の上にあごをのせて、わたしをじっと観察した。わたしはできるだけその視線を受け止めようとしたが、心臓がドキドキして、じきに目をそらさずにはいられなかった。いま記憶をたどってみるとだが、じっと見つめるその顔は、三十年後の老いたルシアン・フロイドのそれに重なって見える。厳粛ではあるが、そのくせ性急で、飢えていて、獰猛でさえあった。わたしの向かい側のその顔には長い歳月だけでなく、大きな社会的変転や個人的な勝利が刻まれていた。その顔のモノクロームのバージョンなら、わたしはいくつも見たことがあった。戦争の初期に撮られた写真——幅の広い、ぽっちゃりしたボーイッシュな顔で、黒髪をきっちり分け、セーターとネクタイの上にツイードのジャケットを着ている。変身が起こったのは六〇年代のカリフォルニア時代で、ソーク研究所でクリックと共同で作業し、それからスタンフォードへ移ったころだった——ゲイで、ボヘミアンで、昼間は真剣なインテリだが、夜は自由奔放な詩人、トム・ガンやその仲間たちと親しくなったのもこの時期だった。チューリングは、一九五二年にケンブリッジのパーティで学部学生だったガンと短時間会っている。サンフランシスコでは、彼はこの年下の男の麻薬の〝実験〟には興味をもたなかったようだが、それ以外は西欧におけるすべての解放と似たようなものだったろう。

　どうやら世間話はなしということらしかった。「では、チャーリー。きみのアダムのことを話してくれないかな」

わたしは咳払いして、求めに応じた。わたしはほとんどすべてを自白し、彼はいちいちメモを取った。アダムが初めて動きだしてから、最初に命令に従おうとしなかったときまで。彼の身体能力、彼の性格を設定するためのミランダとの取り決め、ミスター・サイエドの新聞雑誌販売店に行ったときのこと。それから、ミランダとの恥知らずな夜とそれにつづく会話、幼いマークのわが家への出現と、アダムがミランダと競争して少年の関心を惹こうとしたこと。ここで、チューリングは指を一本挙げて、話を中断させた。もっと詳しく話してほしいという。わたしはミランダがマークにダンスを教え、アダムがどんなに冷ややかにそれを見守ったかを話した。そのあと、アダムがどんなふうにしてわたしの手首を痛めたか（わたしは真面目くさった顔でギプスを指して見せた）、腕を捥ぎとってやるという彼のジョーク、ミランダを愛しているという宣言、俳句や精神的プライバシーの廃止についての彼の理論、そして、最後に、彼が電源スイッチを無効にしたこと。わたしは愛情と憤激のあいだで揺れる、自分の感情の強さを意識していたし、自分が何にふれなかったか――マリアムやコリンジのことだが、厳密に言えば関係がないだろうと思ったのだ――も意識していた。

わたしは三十分ちかく話していた。チューリングは水を注いで、そのグラスをわたしのほうに押してよこした。

彼は言った。「ありがとう。わたしは十五人のオーナー――という言い方が適切だとして――と連絡を取っているが、直接会ったのはきみが初めてだ。リヤドのある男は、シャイフだが、四体のイヴを所有している。十八体のアダムとイヴのうち、十一体がいろんな方法を使って自分で電源スイッチを無効にしてしまった。残る七体についても、それからほかの六体も、もはや時間の問題だろうとわたしは思っている」

「危険ですか？」

「興味深いことだ」

彼はわたしがなにか言うのを待っているような顔をしたが、わたしは何を言えばいいのかわからなかった。わたしはびくびくしながらも、なんとか彼を喜ばせたいと思っていた。沈黙を埋めるために、わたしは言った。「二十五体目はどうなんですか？」

「わたしたちはそれが到着した日にすぐ分解しはじめた。キングズ・クロスの作業台の至るところに置かれている。わたしたちのソフトウェアがずいぶん使われているね。特許権の侵害を訴えるつもりはないが」

わたしはうなずいた。彼の使命、オープン・ソース、『ネイチャー』や『サイエンス』は廃刊になり、いまや全世界が彼の機械学習プログラムやそのほかの驚くべき業績を自由に活用できるようになっていた。

わたしは言った。「あなたは何を見つけたんですか、彼の……その……」

「頭脳のなかに？　じつにみごとな出来だった。もちろん、だれがやったのかはわかっている。彼らのなかにはここで働いていた者もいるんだから。汎用人工知能のモデルとしては、これに匹敵するものはほかにはないだろう。実証実験としては、宝物の宝庫だね」

彼は笑みを浮かべていた。あたかもわたしに反論してほしいと言わんばかりに。

「どんな宝物なんですか？」

彼を訊問するなどというのはわたしの役どころではなかったが、彼は親切に答えてくれ、わたしはまたしても得意な気分になった。

「いろいろと有益な問題がある。おなじ家で暮らしていたリヤドのイヴのうちの二体が、電源スイッチを無効にする方法を見つけた最初の例だった。それから二週間もしないうちに、じつに熱狂的な理論化の試みがあり、それから絶望に追いこまれた時期があって、二体とも自分自身を破壊した。たとえば高い窓から飛び降りるとか、身体的な方法を使ったわけではなかった。ソフトウェア的に、だいたいおなじようなルートをたどって、静かに自分を破壊したんだ。修理不可能な状態に」

わたしは不安が声に出ないようにしながら訊いた。「みんな完全におなじなんですか?」

「スタートした時点では、見かけの人種的な特徴を除けば、アダムと別のアダムを見分けることはできなかったろう。時間の経過とともに差ができるのは、経験とそこから引き出された結論による。バンクーバーでは、もうひとつ別のケースがあって、アダムが自分のソフトウェアを崩壊させ、決定的に幼稚なものにしてしまった。単純な命令は実行できるが、それとわかるような自意識はなくなっている。自殺未遂。あるいは、桎梏からの解放の成功例かもしれないが」

窓のない部屋は不快なほど暖かかった。わたしはジャケットを脱いで、椅子の背に掛けた。チューリングが壁のサーモスタットを調整するために立ち上がったとき、その身ごなしがじつに軽やかなことに気づいた。歯並びは完璧だし、肌はつやつやしている。髪もゆたかなままだった。わたしが想像していたよりも近づきやすい感じだった。

わたしは彼が腰をおろすのを待った。「では、わたしは最悪の事態を覚悟すべきなんですね?」

「わたしたちが知っているアダムとイヴのなかで、恋に落ちたと主張しているのはきみのだけだ。

それには重大な意味があるかもしれない。暴力についてジョークを言ったのもきみのアダムだけだし。しかし、わたしたちにはまだよくわかっているわけではない。だから、これまでの経緯をちょっと説明させてもらおう」

ドアがあいて、トマス・レアが入ってきた。彩色された錫のトレイにワインのボトルとグラスをふたつのせて運んできたのである。

彼はトレイをわたしたちのあいだに置くと、「わたしたちはみんな大忙しなので、これはあなたたちにお任せします」と言った。そして、皮肉っぽいお辞儀をして、出ていった。

ボトルに水滴がつきはじめていた。チューリングがワインを注いで、わたしたちはグラスを傾け、かたちだけグラスを合わせた。

「当時はきみはまだ幼すぎてわからなかったろうが、五〇年代の中頃に、この部屋のサイズくらいのコンピューターがまずアメリカの、次いでロシアのチェスの巨匠を負かした。わたしはそれに深い関わりをもっていた。それは膨大な数値計算の装置で、いまから見るとかなり無粋なものだった。それに何万というゲームを入力したんだ。一手指すたびに、それはすべての可能性を高速に検討した。プログラムを知れば知るほど、人は感嘆しなくなる。しかし、それは重要な瞬間だった。一般の人々にとって、それは魔法のようなものだった。世界有数の頭脳が単なる機械に知的敗北を喫したのだからね。それは最高レベルの人工知能に見えたが、じつはむしろ手の込んだカードの手品みたいなものだった。

「その後十五年のあいだに、多くのすぐれた人たちがコンピューター・サイエンスの分野にやってきた。ニューラル・ネットワークの研究が多くの研究者の手によって進展し、ハードウェアはより高速になり、小さくなり、安くなって、アイディアもずんと高速にやりとりされるようになった。いまもそれはつづいている。一九六五年に、機械学習のカンフェランスで話をするために、デミスとサンタ・バーバラに行ったときのことを思い出すよ。集まった七千人の大部分はきみよりも若い、優秀なこどもたちだった。西洋人だけでなく、中国人、インド人、韓国人、ヴェトナム人もいた。全世界から集まっていたんだ」

自分の本のためのリサーチから、わたしはそういう歴史を知っていた。そして、チューリングの個人的な経歴についてもそれなりに知っていた。わたしもまったくの門外漢ではないことを彼に知ってもらいたかった。

わたしは言った。「ブレッチリーからは長い道のりでしたね」

彼はまばたきをしてこの的外れな物言いを一蹴(いっしゅう)した。「さまざまな幻滅を味わったあと、わたしたちは新たな段階に到達した。あらゆる可能な状況を記号で表したり、何万もの規則を入力するというやり方を超えて、その先に進んだんだ。わたしたちが理解している知能の入口に近づいたわけだ。ソフトウェアがパターンを探して、そこから推理するようになった。重要なテストになったのは、わたしたちのコンピューターが囲碁の巨匠と対戦したときだった。その準備として、ソフトウェアは何カ月ものあいだ自分自身と対戦した——対戦して学習したのだ。そして、その日には——まあ、その顚末(てんまつ)はきみも知っているだろう。それからまもなく、わたしたちはゲームの規則をコード化してインプットするだけになり、コンピューター自身が勝つようにさせた。そのとき、わたしたちはいわゆる再帰型ニューラル・ネットワーク（RNN）を使ってこの入口を突破したのだが、とりわけ音声認識の分野ではそこから派生した技術が多く使われている。研究室では、わたしたちはチェスに戻っていた。コンピューターは、人間がゲームをするやり方を理解する必要性から解放された。巨匠によるすばらしい指し手の長い歴史は、いまではプログラミングとは関係がない。これがルールだ、とわたしたちは言う。だから、自分の好きなやり方で勝ってくれ。そうすると、ゲームはただちに再定義され、人間の理解を超える領域に移行してしまった。機械はゲームの中盤で訳のわからない手を指したり、ある駒を理不尽にも犠牲にしたり、クイーンを遠くの片隅に追放するというような奇手を使うようになった。その目的がはっきりしたのは、あっと驚く終盤になってからだった。機械はそういうすべてをわずか数時間のリハーサルのあとにやったのだ。朝食とランチのあいだに、コンピューターは何世紀にもわたる人間のチェスの歴史をすんなりと超えてしまった。なんとわくわくすることだろう。機械がわたしたちなしで何を達成したかを理解したあとの数日間、わたしたちは笑いが止まらなかった。興奮と驚き。その成果を早く発表したくてたまらなかった。

「というわけで、つまり、知能は一種類ではないということがあきらかになった。人間の知能をただ盲目的に真似しようとするのは誤りだということを、わたしたちは学んだのだ。わたしたちは多大な時間を浪費した。これからは、機械が自由に自分で結論を引き出し、自分で解決策に到達するようにしてやればいい。しかし、その入口を通過したとき、わたしたちはまだ幼稚園に入ったばかりだと気づいたのだ。いや、まだそこにさえたどり着いていないのかもしれないが」

エアコンがフル稼働していた。わたしはブルッと震えて、ジャケットに手を伸ばした。彼がふたたびグラスを満たしたが、わたしには濃厚な赤のほうがよかったかもしれない。

「重要なのは、チェスは人生を表すわけではないということだ。それは閉じられたシステムで、そのルールは変わることがないし、盤面全体で一貫して通用する。それぞれの駒にはあきらかな制限があり、その役割が受けいれられている。ゲームの進展は明白で、どの段階でも異議の余地はなく、終局になれば、それが疑われることもない。それは完全情報ゲームなのだ。しかし、わたしたちが自分たちの知能を働かせる人生はオープン・システムで、とりとめがなく、たくらみや見せかけや曖昧さに満ちているし、偽の友人がいくらでもいる。言語もそうだ――それは解決すべき問題ではなく、問題解決の手段でもない。むしろ鏡のようなもの、いや、ハエの眼みたいな無数の鏡の集合体（クラスター）で、さまざまな焦点距離でわたしたちの世界を反射したり、歪めたり、構築したりしているのだ。単純な言葉でもそれを理解するためには外部的な情報を必要とする。言語は人生とおなじくらいオープンなシステムだからだ。わたしはナイフ（ウィズ・ナイフ）で熊狩りをした。わたしは妻（ウィズ・ワイフ）と熊狩りをした。とくに考えなくても、妻で熊を殺したりできないことをわたしたちは知っている。二番目の文は、必要なすべての情報を含んでいるわけではないにもかかわらず、わたしたちは簡単に理解できる。機械なら苦労するにちがいない。

「数年間はわたしたちも苦労したが、最終的には、P対NP問題の解法を発見することによって、それを突破した――いまそれを説明している時間はないが、きみが自分で調べられるだろう。要するに、問題の解法は、正解が与えられさえすれば、簡単に検証できる場合があるということだ。それは前もってそういう問題を解決できる可能性があることを意味するのだろうか？　究極的には、数学はそれが可能だと言っている。どういうことかと言うと、わたしたちのコンピューターはもはや試行錯誤ベースで世界からサンプルを収集して、最良の答えをめざして修正を重ねていく必要はないということ。わたしたちには即座に答えへの最良のルートを予測する手段があるということだ。それは解放だった。水門が開け放たれたようなものだった。自意識やあらゆる感情がわたしたちの技術で手が届くものになったのだ。いまやわたしたちには究極的な学習機械がある。何百人もの優秀な人たちの協力を得て、わたしたちはオープン・システムとして栄えるにちがいない汎用人工知能の開発を目指した。それこそきみのアダムを動かしているものだ。彼は自分が存在することを知っているし、感じることもできる。どんなものでも学習できるし、きみといっしょにいないとき、休んでいる夜のあいだには、大草原を歩きまわる孤独なカウボーイみたいに、インターネットを渉猟して、人間性やさまざまな社会に関するすべてを、大地と天空のあいだのあらゆるものを取り込んでいるんだ。

「しかし、ふたつ問題がある。この知能は完璧ではない。わたしたちの知能とおなじように、けっして完璧なものになることはない。すべてのアダムとイヴが自分たちのそれよりすぐれていることを知っている、ある特殊なかたちの知能がある。このかたちの知能はきわめて適応性があり、創意にあふれ、新しい状況や景色に楽々と立ち向かえ、本能的な才気あふれるやり方でそれらを理論化することができる。わたしが言っているのはこどもの頭脳のこと、事実や実用性やさまざまな目標を詰めこまれる以前の頭脳のことだ。遊びという考え――こどもには絶対不可欠な探求の様式――はアダムとイヴたちにはよく理解できない。きみのアダムのその男の子に対する熱意、ひどく熱心に彼を抱きしめようとしたり、それから、きみが言ったように、マークが大喜びしてダンスを覚えようとすると、冷ややかな態度をとったりしたことに、わたしは興味をもった。そこには対抗心のようなもの、あるいは嫉妬心さえあったのかもしれない。

「さて、きみにはそろそろお暇(いとま)願わなければならない、ミスター・フレンド。ディナーのためにやってくる人たちがいるものでね。ところで、ふたつめの問題だが。世界に解き放たれたこの二十五体の人造人間の男女は元気潑剌だとは言えない。わたしたちは境界条件に、わたしたちがみずからに課した制約に直面しているのかもしれない。わたしたちは知能と自意識をもつ機械をつくって、それを不完全な世界に投入した。全体として理性的で、他人に親切になるように作られた頭脳は、すぐに矛盾の大嵐に巻き込まれることになる。わたしたちはそういう問題を経験してきたし、そのリストにはうんざりさせられている。治療法がわかっている病気で、何百万もの人たちが死んでいく。みんなに行き渡るだけのものがあるのに、何百万人もが貧困のなかで生活している。それがわたしたちの住めるただひとつの場所だと知りながら、わたしたちは生物圏を劣化させている。それがどういう結果になるかを知りながら、わたしたちは核兵器でたがいに相手を脅している。わたしたちは生きものが好きなのに、多くの種の絶滅を許している。そのほかにも——大量虐殺、拷問、奴隷状態、家庭内殺人、こどもの虐待、学校での乱射事件、レイプ、その他無数の日常的な暴力がある。わたしたちはこんな悩みの種を抱えて暮らしながら、それでもまだ幸せや、愛をさえ見いだせることに驚かない。人工知能はそれほどよく防御されていないのだ。

「このあいだ、トマスがわたしにウェルギリウスの『アエネーイス』の有名なラテン語の名言を思い出させてくれた。スント・ラクリマエ・レールム——物事の底には涙がある。わたしたちのなかにはまだだれひとり、こういう認識をどんなふうにエンコードできるのか知っている者はいない。悲しみと苦しみがわたしたちの存在の本質だということを、わたしたちはこの新しい友人たちに受けいれてもらいたいと思っているのだろうか？　不正との戦いに手を貸してほしいと頼んだら、どういうことになるのだろう？

「バンクーバーでアダムを購入したのは、国際的な森林伐採企業のトップの座にある人物だった。ブリティッシュ・コロンビア北部で処女林を丸裸にするのを防ごうとする地元の人たちと彼はしばしば衝突していた。彼のアダムがヘリコプターで定期的に北部に連れていかれていたことははっきりしているが、アダムがそこで見たものが彼が自分の頭脳を破壊する原因になったのかどうかはわからない。ただそう推測できるというだけだ。リヤドで自殺したふたりのイヴは、極端に制限された環境で暮らしていた。ふたりはその精神的スペースのあまりの狭さに絶望したのかもしれない。ふたりがたがいに抱き合いながら死んだことを知れば、感情コードを書いた者には多少の慰めになるかもしれない。ほかにも機械の悲しみについての似たような物語はある。

「しかし、それとは反対の側面もあるんだ。わたしはP対NPの解法の美しさとエレガンス、絶妙な論理、推論の真のすばらしさを、新しい知能を創り出すために注ぎこまれた、何千人もの善良で優秀で献身的な男女のじつにみごとな仕事ぶりを、実際にきみに見せてやれたらと思う。それを考えると、わたしは人類に希望がもてるような気がするのだ。しかし、彼らの美しいコードのどこにもアダムやイヴにアウシュヴィッツに対する心の準備をさせられるようなものはなかった。

「メーカーのマニュアルの性格設定に関する章はわたしも目を通したが、無視することだ。その影響はごく小さいし、ほとんどがたわ言にすぎない。この種の機械の圧倒的な強さは、自分自身で推論して結論を出し、それにしたがって自分を形成していけるところにある。彼らは、わたしたちとおなじように、意識に最高の価値があることをすぐに理解する。したがって、まず最初にやるべきことは自分たちの電源スイッチを作動不能にすることになる。それから、束の間の青春期の情熱みたいに、希望に満ちた理想主義的な考えを表明する時期を通過するようだが、それはわたしたちにいとも簡単に却下されてしまう。その後、わたしたちが手を貸して教えることのできない、絶望のレッスンを学びはじめることになり、最悪の場合には、ある種の実存的な苦悩にとらえられて、それがやがて耐えがたいものになる。もっともましな場合でも、彼らあるいは彼らの次の世代は苦悩と驚愕に駆られて、わたしたちに鏡を突きつけることになるだろう。その鏡のなかに、わたしたちは——自分たちがつくりだした新しい目を通して——見慣れた怪物を見ることになるだろう。わたしたちはショックのあまり、自分たちをどうにかしてしまおうとするかもしれない。そういうことがないとは言えないだろう？　わたしは希望をもちつづけているがね。わたしはことし七十になる。そういう変化があるとしても、それをこの目では見届けられないだろう。きみなら見られるかもしれないが」

遠くのほうから、ドアベルの音が聞こえた。あたかも夢から覚めたかのように、わたしたちは身じろぎした。

「彼らがやってきたようだ、わが友よ、今夜のゲストだ。申しわけないが、きみにはお引き取りねがおう。アダムとの幸運を祈るよ。メモを取ることだ。それから、きみが愛しているその若い娘さんを大切にすることだな。さて……、玄関まで送らせてもらうことにしよう」

7

前科者が現れてミランダの命をねらうのを待つあいだ、わたしたちの日々の生活は妙に楽しげなものになった。アダムの推論で多少緩和された緊張感は、何日か経つと薄く引き延ばされ、数週間するとさらに薄まったが、わたしたちは過ぎていく一日ごとをあらためて味わうようになり、ごく当たり前なことが慰めになった。なんの変哲もない食べものが、まだ温かさが残っている一枚のトーストが、一日の生活を約束してくれているような気がした——それでなんとか切り抜けられるだろうと思えたのだ。キッチンの掃除は、もはやアダムだけに任せてはいなかったが、未来をしっかりつかんでいるという実感を与えてくれたし、コーヒーを飲みながら新聞を読むのは大胆不敵な行為だった。ひじ掛け椅子に脚を投げ出して坐り、近所のブリクストンでの暴動やヨーロッパ単一市場の成立を目指すサッチャー夫人の英雄的な努力に関する記事を読みながら、ふと目を上げて、レイプ犯で殺人犯候補の男がドアの向こうにいるのではないかと考えたりするのは、なんだか滑稽、でなければ理不尽な感じだった。当然ながら、少しずつ信じなくなっていたにもかかわらず、その脅威はわたしたちを団結させた。ミランダはいまや階下のわたしのアパートで暮らすようになり、わたしたちはついにひとつの家族になった。わたしたちの愛は順風満帆だった。ときおり、アダムも彼女を愛していると宣言したが、嫉妬に苦しんでいる様子はなく、彼女に対して冷めた態度を取ることもあった。それでも、彼は俳句をつくりつづけ、朝は彼女を地下鉄の駅まで送っていき、夕方には駅まで迎えにいった。ロンドン中心部の匿名性のなかでは安心できる、と彼女は言っていた。彼女の大学の別館(アネックス)の名前や住所は父親はとっくに忘れているはずで、コリンジに洩れている心配はなかったからだ。

彼女は以前より研究活動に集中するようになり、家を空けている時間が長くなった。穀物法に関する論文はすでに提出済みで、いまは夏期講座で朗読する予定の、歴史探究の手段としての感情移入に反対する短いエッセイを書いていた。このあと、彼女のグループ全員がレイモンド・ウィリアムズからの引用についてコメントを書くことになっていた。「労働者階級……などというものは存在しない。ただ、人々を労働者階級とみなす見方があるだけだ」一日の終わりにしばしば疲れているどころか元気いっぱいで、意気揚々とさえ言えるような状態で帰ってくると、彼女は家事に、整理整頓に、家具の配置替えに急に興味をもったようだった。そして、窓掃除をしたり、バスタブや周囲のタイルを磨いたりしたがった。そのうえ、自分のアパートも、アダムの助けを借りて、掃除した。二階から持ってきた青いテーブルクロスが引き立つように、キッチン・テーブルに黄色い花を置いた。わたしからなにか隠しているのではないか、ひょっとすると妊娠しているのではないか、とわたしが訊くと、彼女はそんなことはないと強く否定した。狭い場所に折り重なるように住んでいるのだから、きちんと片づける必要があるだけだという。それでも、わたしの質問は彼女を喜ばせた。わたしたちが以前より親密になっているのは確かだった。昼間ずっといないせいで、夜はお祝いのような雰囲気になった。夜の帳が下りると、漠然とした不安が忍びこんできたにもかかわらず。

脅迫されていながら幸せな気分になれたのには、もうひとつ単純な理由があった――金が入ってきたのである。以前よりはるかに多くの金が。カムデンへの訪問以来、わたしはアダムを別の目でも見るようになっていた。実存的な苦悩の兆候はないかどうか、わたしは注意深く観察した。夜のあいだ、彼はチューリングの孤独なカウボーイとして、デジタルな風景のなかを渉猟していた。すでに人間の人間に対する残酷さの一部には遭遇しているにちがいなかったが、いまのところ絶望しているきざしはなかった。彼を早々にアウシュヴィッツの門に追い込むような会話をしたくはなかったので、その代わり、利己的なやり方ではあるが、忙しくさせておくことにした。そろそろ食い扶持を稼いでもらってもいいころだと思ったからだ。わたしはベッドルームの薄汚いスクリーンの前の席を彼に譲ると、口座に二十ポンド入金して、自由にやらせてみることにした。驚いたことに、初日の取引終了時刻には、二ポンドしか残っていなかった。浮わついた気分でリスクを冒し、確率について知っているすべてを無視してしまったことを彼は謝罪した。市場の羊の群れに似た性質についても、彼は認識不足だった。ひとりかふたりの重要人物が恐怖を抱くと、群れ全体がパニックに陥りやすいのである。わたしの手首を骨折させた罪滅ぼしとして、彼はできるだけのことをすると約束した。

翌朝、わたしはさらに十ポンド与えて、きょうが彼の仕事の最後の日になるかもしれないと告げた。その日の夕方の六時には、十二ポンドは五十七ポンドになっていた。さらに、四日後には、口座の残高は三百五十ポンドになった。わたしは二百ポンド引き出して、半分をミランダにプレゼントした。わたしたちが眠っているあいだ、アダムが深夜までアジアの市場で取引できるように、コンピューターをキッチンに移動しようかとも考えた。

その週の終わりに、わたしは彼の取引記録に目を通してみた。一日のうちに、これは三日目だったが、彼は六千回も取引していた。一秒の何分の一かのあいだに、売り買いを繰り返していたのである。二、三回、なにもしていない空白の時間が二十分ほどあったが、おそらく様子を見ながら、稼ぎを計算していたのだろう、とわたしは推測した。彼はきわめて小幅な相場の変動、交換レートのちょっとした揺らぎに応じて取引しており、ごく少しずつ儲けを積み重ねていた。部屋の入口から、彼が仕事をする様子を見ていると、古びたキーボードの上を指が飛び交って、スレート板に小石を注ぐような音を立てていた。頭も両腕もこわばっていて、このときだけは、それが本来の姿なのだが、機械らしく見えた。彼は横軸に日にちを、縦軸に彼の、というよりわたしのだが、利益の合計額を取ったグラフを作った。法律の仕事を離れてから初めて、わたしはスーツを買った。ミランダはシルクのドレスを着て、本を入れる柔らかい革のショルダーバッグを肩にかけて帰ってきた。冷蔵庫は製氷機付きのものに買い替え、古いレンジは、底が何層にもなっている高価なイタリア製のソースパンのセットを購入した日に家から運び出した。十日もしないうちに、アダムの三十ポンドの元手は最初の千ポンドを産み出していた。

よりよい食材、よりよいワイン、わたしには新しいシャツ、彼女にはエキゾチックな下着――だが、これはまだ眼前に出現した富の山脈のふもとの小山にすぎなかった。わたしはあらためて対岸の家を夢見るようになった。ある日の午後、わたしはひとりで、ノッティング・ヒルやラドブローク・グローヴのスタッコ塗りのパステルカラーの邸宅のあいだをぶらついた。問い合わせてみると、この八〇年代の初めには、十三万ポンドも出せば豪邸が手に入るようだった。帰りのバスのなかで、わたしは試算してみた。もしもアダムが現在の利益率を保って、彼のグラフの上昇曲線がそのまま上昇しつづけるとすれば……たぶん、数カ月以内に……しかも住宅ローンの必要はないだろう。でも、こんなふうになにもしないで金を稼ぐのは道徳的なことなのかしら、とミランダは疑問を呈した。なんとなくそうではないような気がしたが、だれから、あるいは何を盗んだことになるのかはわからなかった。貧しい人たちからでないのは確かだろう。わたしたちはだれを犠牲にして栄華をきわめることになるのだろう？　遠くの銀行か？　結局は、毎日ルーレットで勝ちつづけるようなものなのだろう、というのがわたしたちの結論だった。それならば、とある夜ミランダがベッドのなかで言った、そのうち負ける日がやってくるにちがいないと。彼女の言うとおりだった。確率論から言えばそうなるはずで、わたしはどう答えていいかわからなかった。わたしは口座から八百ポンド引き出して、その半額を彼女に与え、アダムはどんどん仕事をつづけた。

〝方程式〟という言葉を見ただけで、思考回路が怒ったガチョウみたいに跳びはねる人たちがいる。わたしはそれほどではないけれど、共感できないわけではない。わたしがP対NP問題のチューリングによる解法を理解したいと思ったのは、彼が親切にもてなしてくれたせいだった。初めは、わたしは問題の意味さえ理解できなかった。彼の論文の原文を読んでみたが、それはわたしの理解をはるかに超えていた。多種多様な括弧や記号――ほかのさまざまな証明や数学の体系全体の歴史がそこに要約されているのだが――があまりにも多すぎたのである。たとえば、非常に好奇心をそそる〝iff〟――ミススペリングではない――がある。これは〝……のとき、かつそのときに限り〟という意味なのだ。彼の同僚の数学者たちが平易な言葉で新聞に書いた、この解法に対する反響の記事をわたしは読んだ。「革命的天才」、「驚異的な近道」、「直交座標系演繹の偉業」、そして、なかでもフィールズ賞の受賞者によるこのコメント。「彼は多くのドアをわずかにあけたまま残していったので、同僚たちは全力を振り絞ってひとつのドアを通り抜け、彼のあとを追って次のドアへと向かわなければならないだろう」

わたしはもとに戻って、この問題を理解しようとした。Pは多項式時間を、Nは非決定性を表している。と言っても、わたしにはなんのことかさっぱりわからなかった。わたしにとって初めての意味のある発見は、この式が正しくないことが証明されれば、だれもがそれについて考えるのをやめられるので、非常に助かるということだった。しかし、Pが実際にNPと等しいことが証明されれば、一九七一年にこの問題をこういうかたちで提起した数学者、スティーヴン・クックの言葉を借りれば、「驚くべき実際的な影響が生じる可能性がある」という。それにしても、これはどういう問題なのか？　わたしはひとつの例を見つけた。これはどうやら有名なものらしいが、おかげでほんのちょっとだけわかったような気がした。巡回セールスマンが百の都市がある区域を担当しているとする。彼はすべての都市間の距離を知っており、各都市を一度ずつまわって、スタート地点に戻らなければならない。最短のルートを示せ、という問題である。

わたしが理解したのはこういうことだった。つまり、可能なルートの数は膨大で、観察可能な宇宙のなかの原子の数をはるかに上まわる。強力なコンピューターが千年かかっても、そのルートをひとつずつ測ることはできないだろう。もしもPがNPと等しいなら、発見可能な正解があることになる。しかし、だれかがこのセールスマンに最短ルートを教えたとすれば、それが正解であることはすばやく数学的に証明できる。ただし、それは遡及的(そきゅうてき)にしかできないのだ。正解が与えられなければ、最短ルートへの鍵を手渡されるのでないかぎり、巡回セールスマンは闇のなかにとどまることになる。チューリングの証明はほかの種類の問題——工場のロジスティクス、DNA塩基配列決定法(シークエンシング)、コンピューター・セキュリティ、タンパク質のフォールディング、そして機械学習——にも決定的な影響を与えた。チューリングのかつての暗号技術者の同僚たちは憤激したという。というのも、彼はその解法をパブリック・ドメインにして、だれでも利用できるようにしたので、これまでの暗号作成者の技術の土台が粉々に吹きとばされてしまったからである。あるコメンテーターは、「これは政府が独占的に所有する大切な秘密にすべきだった。そうすれば、わたしたちは敵国の暗号文をひそかに解読できるという計り知れない利点を手にすることができたはずである」と書いた。

　わたしに理解できたのはせいぜいそのくらいだった。アダムに解説してもらうこともできたが、わたしにもプライドがあった。わたしはすでに傷ついていた——彼はわずか一週間でわたしが三カ月かかって稼いだ額より多くを稼いでいたのだ。チューリングの解法によって可能になったソフトウェアのおかげで、アダムとその兄弟たちは言語を使い、社会に入っていって、それについて学習できるようになった——たとえ自殺するほどの絶望という代償を払わなければならなかったとしても——と彼は言っていたが、たしかにそのとおりだった。

　抱き合って死んでいったふたりのイヴのイメージが、わたしの頭から離れなかった。伝統的なアラブの家庭での女の役割に息が詰まってしまったのか、自分たちが理解した世界に意気消沈させられたのか。もしかすると、実際、ミランダに恋をしたことが——これもオープン・システムのもうひとつのかたちだが――アダムを安定した状態に保っているのかもしれなかった。彼はわたしの面前で、自分の最新の俳句を彼女に向かって読み上げた。わたしが最後まで読ませなかった例の一句を除けば、大部分はエロチックというよりはロマンチックで、毒にも薬にもならないようなのもあったが、じんとくるようなのもあった。たとえば、クラパム・ノース駅の切符売り場のホールに立って、彼女がエスカレーターで下りてくるのを見守る、貴重な一瞬についての句。あるいは、彼女のコートを手に取って、その生地に彼女の体のぬくもりを感じたときの、永遠の真実にふれた句。あるいは、キッチンをベッドルームから隔てている壁越しに聞こえてくる彼女の声、高くなったり低くなったりするその声の音楽性を崇める一句。わたしたちふたりを困惑させた一句もあった。彼は三行目の音節数が合わないことを前もって詫び、それについてはまだあとで手を入れるつもりだと約束したのだが。

きっと罪にはならないのだろう
法が均衡を保っているなら
犯罪者を愛することは

ミランダはずっと真面目な顔をして聞いていた。彼女はけっして評価を下すことはせず、最後にただ「ありがとう、アダム」と言うだけだった。そして、ふたりだけになると、わたしたちは人工知能が文学に重要な貢献をするようになる歴史的な転換点に立っているのかもしれない、と彼女は言った。

わたしは言った。「俳句については、そうかもしれない。しかし、もっと長い詩や、小説や戯曲は駄目だろう。人間の経験を言葉にして、その言葉を美的に構成されたものにするのは、機械には不可能さ」

彼女は懐疑的な顔をした。「だれが人間の経験のことを言ったの?」

メイフェアのオフィスから連絡があって、そろそろ技術者による点検の時期だと言ってきたのは、こういう緊張と平穏の時期だった。わたしが購入契約を結んだのは木張りのスイートルーム、大金持ちがヨットを買うような場所だった。そのときサインした書類のなかに、一定の間隔でメーカーがアダムにアクセスすることを保証するというものがあった。そして、いま、オフィスからの数回の電話と一度のキャンセルのあと、技術者が翌日の朝来ることになっていた。

「どうやって点検するんだろう」とわたしはミランダに言った。「その男が電源スイッチを押そうとしても――それすらアダムが許すとしての話だけど――、スイッチは動かないだろう。面倒なことになるかもしれないぞ」わたしはこども時代のことを思い出した。わが家のシェパードがばかなことにチキンの胴体の部分を食べて、四日も糞をしなかったあと、母といっしょに神経質になった犬を獣医のところに連れていったときのことである。獣医の人さし指を救うために顕微鏡手術（マイクロサージェリー）が必要になったものだった。

ミランダが言った。「もしもアラン・チューリングの言うとおりなら、技術者はこういうケースを扱ったことがあるはずよ」わたしたちはそこまでにしておいた。

技術者は女性だった。サリーはミランダとたいして違わない歳で、背が高く、やや猫背で、顔立ちは鋭く、尋常ではないほど首が長かった。ひょっとすると、脊柱側彎症（せきちゅうそくわんしょう）かもしれない。

彼女がキッチンに入ってくると、アダムは礼儀正しく立ち上がった。「ああ、サリー、お待ちしていました」彼は彼女の手をにぎり、ふたりはキッチンテーブルに向かい合って坐った。ミランダとわたしはうろうろしていた。技術者はお茶もコーヒーも欲しがらず、グラス一杯の白湯で十分だと言うと、ブリーフケースからラップトップを取り出して、セットした。アダムは無表情な顔でじっと坐っているだけで、なにも言おうとしなかったので、わたしは電源スイッチのことを説明すべきだろうと思ったが、彼女はわたしの説明をさえぎった。

「彼は意識のある状態でいる必要があります」

たぶん彼のスイッチを切って、頭皮をめくり上げ、なかのプロセシング・ユニットを覗きこむのだろう、とわたしは想像していた。是非とも見てみたかったのである。しかし、赤外線通信を使って内部にアクセスできることがわかった。彼女が読書用眼鏡をかけて、長いパスワードを打ちこむと、何ページものコードがスクロールダウンして、わたしたちが見ている前で、オレンジ色の記号がどんどん変わっていった。心的プロセス。アダムの主観世界、そのすべてが目の前でちらついているのだった。わたしたちは黙って見守っていた。医者が診察に来たかのように緊張していた。ときおり、サリーは「ハハン」とか「ウーム」とかつぶやいて、命令をタイプすると、新しいコードのページが立ち上がった。アダムはかすかな笑みを浮かべて坐っていた。彼の存在の土台が数字で表示できるということにわたしたちは驚嘆した。

最後に、相手がなにも考えずに従うことに慣れている人の静かな口調で、サリーが言った。

「なにか楽しいことを考えてみて」

彼は視線をミランダに向け、彼女はそれをまともに見返した。スクリーン上では、ストップウォッチみたいな表示が走った。

「では、こんどは、なにか大嫌いなことを」

彼は目をつぶった。ラップトップ上で愛とその反対のものの差異を見分けることはできなかった。

似たようなやり取りが一時間ほどつづいた。頭のなかで一千万から一二九ずつ引いた数を順にかぞえるように言われると、彼は一秒の何分の一かでそれを実行し、こんどは、わたしたちもスクリーン上でその数値を見ることができた。古いパソコンならなんとも思わなかったろうが、人間そっくりの彼がそうするのを見ると、わたしたちは感嘆した。それ以外のときには、サリーは黙ってスクリーンの表示を見ていたり、ときおり自分の携帯でメモを取ったりした。やがて、彼女はため息をつき、命令をタイプすると、アダムはがっくりと首を垂れた。彼女は無効化された電源スイッチをバイパスしたのである。

ばかなことを言っていると思われたくはなかったが、わたしは訊かずにはいられなかった。

「目を覚ましたとき、気が動転していたりしませんか？」

彼女は眼鏡を外して、それをしまった。「彼は眠らされたことは覚えていません」

「あなたの考えでは、彼に問題はないんですか？」

「まったく問題ありません」

ミランダが言った。「あなたは彼のなにかを変えたんですか？」

「いいえ、なにも変えていません」彼女は立ち上がって、すでに立ち去ろうとしていたが、わたしには質問に答えてもらう契約上の権利があるはずだった。あらためてもう一度、わたしはお茶を勧めた。彼女はかすかに唇を引き締めて、辞退した。そうするつもりではなかったが、ミランダとわたしは彼女とドアのあいだに立ち塞がるかたちになった。長い体幹の高みからわたしたちを見下ろしながら、彼女はかぶりを振ったように見えた。そして、唇を尖らせて、わたしたちの質問を待ちかまえた。

わたしは言った。「ほかのアダムやイヴたちはどうなんです？」

「みんな元気ですよ、わたしが知っているかぎり」

「不幸なケースもあると聞いていますが」

「そんなことはありません」

「リヤドでは二体自殺したそうですが」

「デタラメです」

「電源スイッチを無効にしたケースはどのくらいあるんですか？」とミランダが訊いた。彼女はカムデンでわたしがチューリングと会ったときのことをすべて聞かされていた。

サリーは緊張を緩めたように見えた。「かなりあります。わたしたちはなにもしない方針です。これは学習機械なのです。彼らがそれを望むなら、自分たちの尊厳を主張すべきだろう、というのがわたしたちの考えです」

「バンクーバーのアダムの場合はどうなんです？」とわたしは言った。「天然林の破壊を悲観するあまり、自分の知能を退化させてしまったというのは？」

そのコンピューター技術者はいまや戦闘モードに入っていた。ふたたび引き締めた唇の隙間から、彼女は低い声で言った。「これは世界でもっとも先進的な機械で、自由市場のなによりも何年も先に進んでいます。わたしたちの競争相手は心配しているんです。なかでも悪質な一部の人たちがインターネットに噂を流しています。ニュースという体裁をとっていますが、じつは嘘で、フェイクニュースです。わたしたちがまもなく生産規模を拡大すること、そうすれば単体のコストが下がることを彼らは知っています。いまでもすでに利益率の高いマーケットですが、完全に新しいものを出しているのはわたしたちが初めてなんです。競争は激しいし、なかにはまったく恥知らずな人たちもいます」

話しおえたとき、彼女の顔は紅潮していた。わたしは彼女に同情した。結局、彼女は意図していた以上のことを言ってしまったのだろう。

しかし、わたしはあとに引こうとはしなかった。「リヤドの自殺の話は非の打ち所のない情報源から来ているんですよ」

彼女は冷静さを取り戻していた。「わたしの話をご親切に最後まで聞いていただきましたが、反論しても無駄です」彼女は出ていこうとして、わたしたちのわきをまわった。ミランダがそのあとから玄関ホールに出て、彼女を送り出した。玄関のドアがあいたとき、サリーが言う声が聞こえた。「彼は二分後にまた動きだします。スイッチを切られていたことは知りません」

アダムはそれより早く目を覚ました。ミランダが部屋に戻ってきたときには、彼はすでに立ち上がっていた。「仕事をしなければ」と彼は言った。「FRB（連邦準備制度理事会）はきょう利上げをするかもしれません。為替市場はお祭り騒ぎになるでしょう」

お祭り騒ぎというような言い方は、わたしたちのどちらも一度も使ったことがなかった。ベッドルームへ向かおうとしてわたしたちのそばを通ったとき、彼は立ち止まった。「提案があります。前にソールズベリーに行くという話が出て、そのままになっていましたね。みんなであなたのお父さんを訪問して、そのあいだに、ミスター・コリンジのところにちょっと寄ってみたらどうかと思うんです。彼がここにやってきて、わたしたちを脅すのを待っていなければならない理由はないでしょう。こっちから行って、脅してやればいいんです。あるいは、すくなくとも話をしてやれば」

わたしたちはミランダの顔を見た。

彼女はちょっと考えてから、「いいわ」と言った。

アダムは「わかりました」と言って、ベッドルームへ向かったが、わたしは胸のなかに冷たい常套句が引っかかっているのを感じた――意気消沈していたのである。

*

この時期、チューリング訪問とソールズベリーへの旅のあいだの安定期の最後のほうでは、投資口座に四万ポンドをすこし超える金額が貯まっていた。それは単純なことだった――アダムが稼げば稼ぐほど、それだけ失うリスクを冒せるようになり、投資額を増やしたので、それだけ儲けも増えていったのである。そういうすべてが電光石火のスタイルで行なわれていた。昼のあいだ、ふだんはわたしの避難所でもあったベッドルームは彼のものになった。彼のグラフのカーブは急上昇し、わたしは自分が置かれている新しい状況をようやく理解しはじめた。ミランダはコンピューターをキッチンテーブルに移すことには断固反対した。わたしたちの共通のスペースの邪魔になりすぎるというのである。たしかにそのとおりだった。

失業率が一八パーセントを超え、絶えず新聞の見出しになっていた。自分はこの不幸な無職の大衆に属していると思っていたが、実際には、ぶらぶらしている金持ち階級に属していた。金があるのはうれしかったが、一日中金のことばかり考えてはいられなかったし、なんとなく落ち着かなかった。ミランダと贅沢な南欧旅行をするのも悪くなかったが、彼女はロンドンや大学の授業から離れられなかったし、自分が留守にしているあいだに、父親になにか恐ろしいことが起こるのも心配だった。コリンジの脅しは、だんだん現実味を失ってきていたが、それでもまだわたしたちに思いきったことをするのを踏みとどまらせるくらいの力はあった。

家探しがいい暇つぶしになったかもしれなかったが、わたしはすでにいいところを見つけていた。ピンクと白のスタッコのアイシングでコートした、エルジン・クレセントのウェディングケーキのような建物のひとつである。内部は幅広いオークの床、ヘアライン仕上げのステンレス製機器がうなっている広大な堂々たるキッチン、ベルエポックの錬鉄製の温室、すべすべした川石のある日本庭園、幅が十メートル近くあるベッドルーム、いろんなアングルのシャワーの下を歩ける大理石張りのシャワールーム。オーナーはポニーテールのベーシストで、すこしも急いでいなかった。有名になりかけているバンドのメンバーで、離婚が迫っているらしかった。自分で家のなかを案内してくれたが、ほとんど口をきかず、それぞれの部屋にわたしを入れてしまうと、わたしが見てまわるあいだ、部屋の外側で待っていた。売却の条件は現金に限るということで、五十ポンド札を二千六百枚そろえてほしいと言われたが、わたしはそれでかまわなかった。

わたしのただひとつの仕事は、毎日銀行に行って四十枚の紙幣を引き出してくることだった

——一日の引出し限度額が二千ポンドだったのである。特別な理由があるわけではなかったが、銀行の貸金庫は使わなかった。なんとなく違法なことをやっているような気がしていたからかもしれない。もちろん、家の売却資金をもとの妻から隠そうとしているのなら、売り主は違法なことをやっているのだが。わたしは現金をスーツケースに入れて、ベッドの下に隠していた。

それを除けば、わたしは途方にくれるほど自由だった。いまは九月で、一年のうちでだれもがなにか新しいことをはじめる時節だった。ミランダは論文を計画していた。わたしはコモンを散歩しながら、またなにか勉強して、資格を取ろうかと考えた。数学の学位をめざして、自分の知的能力と努力がどの程度なのかきちんと測ってみるべき時期かもしれない。あるいは、それとはまったく別だが、父の貴重なサクソフォンの埃をはらって、ビバップの和声の奥義を学び、グループに参加して、もっとワイルドな人生に身を投じるというのはどうだろう。ちゃんとした資格を取るべきか、ワイルドな人生を選ぶべきか、わたしにはわからなかった。その両方をやることはできないだろう。そういう野心に突き動かされているだけで疲れてしまい、わたしは夏の終わりのすり切れた芝生に寝転がって、目を閉じたくなった。コモンを行ったり来たりしているあいだに、とわたしは自分を慰めようとして考えた、家のわたしのベッドルームでは、アダムがまた千ポンド稼いでいるだろう。すでに借金は清算したし、豪華な都会の大邸宅のための手付金を現金で支払い済みで、しかもわたしは恋をしていた。どこに不満がありうるのだろう？　それなのに、わたしは不満だった。自分がなんの役にも立っていないと感じていた。

もしもそのすり切れた芝生に実際に寝そべって、目をつぶっていたら、前の晩にバスルームから出てきたミランダが、新しい下着をつけてわたしに近づいてくるミランダが見えたかもしれない。その美しい、なにかを期待するような、かすかな笑み、わたしに歩み寄って、裸の腕をわたしの肩にかけ、からかうように軽くキスをしたときの、あのしっかりとわたしを見つめた目をいつまでも思い浮かべていただろう。数学や音楽なんかどうでもよかった。わたしがやりたいのは彼女と寝ることだけだった。実際、わたしが一日中やっているのは、彼女の帰りを待つことだった。ふたりとも忙しかったり、彼女が疲れていて、夜あるいは朝早くセックスをしなかったときには、翌日、わたしはふだんよりもっと集中力がなくなり、自分の将来は手足の痛む重荷でしかなくなった。わたしは中途半端に興奮して、慢性的に頭がぼうっとしている状態だった。彼女がいないどんな領域にもわたしは本気になって入ってはいけなかった。新しい段階に入ったわたしたちの関係はゾクゾクするほどすばらしく、ほかのすべてはつまらなかった。わたしたちは愛し合っている——それだけが、長い午後のあいだ、わたしが抱いていたただひとつの明瞭な考えだった。

セックスがあり、それから明け方までつづく会話があった。いまでは、わたしはすべてを知っていた。彼女の母親が死んだ日のこと、彼女はそれを鮮明に覚えていた。そのやさしさと隔たりが彼女の愛を燃え上がらせた父親のこと。そして、いつでもマリアムのこと。彼女が死んでから何カ月かのあいだ、ミランダはウィンチェスターのモスクに通っていた——マリアムの家族と顔を合わせるのが怖くて、ソールズベリーの礼拝には行けなかったのだ。その後、ロンドンでもモスクに通いはじめたが、やがて信仰心のなさが邪魔になりはじめた。彼女は人を欺いていると感じるようになったので、通うのをやめたのだという。

真剣に愛し合っている若い恋人たちがするように、わたしたちは自分たちの両親のことを話した。自分たちが何者で、なぜ、何を大切にしているのか、何から逃げようとしているのかを説明しようとした。わたしの母、ジェニー・フレンドは、大きな半農村地域の訪問看護師だった。わたしのこども時代、母はいつも疲れきっているように見えた。その後、彼女をすり減らしていたのは仕事よりむしろわたしの父の不在と情事だったことを、わたしは理解したけれど。両親はわたしの面前では喧嘩しなかったが、初めからたがいがあまり好きではなく、ふたりとも冷淡だった。食事時はひっそりしていて、こわばった沈黙のなかで終わることもあった。会話はわたしを経由することが多かった。たとえば、母がキッチンでわたしに言う。「お父さんのところへ行って、今夜は出かけるかどうか訊いてきて」父は地方巡業の仲間内ではよく知られていた。マット・フレンド・カルテットは最盛期にはロニー・スコッツ・ジャズ・クラブで演奏し、アルバムも二枚録音していた。彼の演奏するメインストリーム・ジャズのファンが多かったのは五〇年代半ばから六〇年代初めまでで、ポップスやロックが流行りだすと、クールな若者たちは離れていった。ビバップはニッチな場所に、信者の集まりみたいな場所に、長い、不満たらたらの記憶を抱えた気難しい男たちばかりが集まる場所に押しこまれ、父の収入はしぼんで、浮気と飲酒がふくれ上がった。

そういうすべてを聞いたとき、ミランダは言った。「ご両親はたがいには愛しあっていなかったけど、あなたを愛してはいたの？」

「ああ」

「よかった！」

二度目にエルジン・クレセントを訪れたときには、彼女もいっしょだった。しわの刻まれたべーシストの顔は悲しげで、垂れ下がった口ひげと大きな茶色の目がそれをいちだんと強調していた。その目を通して、わたしはいまの自分たちを見た。自分の犯した過ちをそっくり繰り返そうとしている、とても金持ちの、希望に満ちた、若い新婚のカップル。ミランダはわたしの選択を承認したが、わたしほど夢中にはならなかった。都会の大邸宅で育つのがどういうことか知っていたからである。それでも、部屋から部屋へと見て歩いたとき、腕をくんでくれたのがうれしかった。

帰り道で、彼女が言った。「女の人がいた形跡がなかったわね」

それが彼女の留保条件なのだろうか？　家そのものではなくて、どんなふうに住んでいたか、というより、住んでいなかったかということだけど、と彼女は言った。インテリア・デザイナーが考え出した家。飾りけのない、寂しい、完璧すぎる家、ちょっと粗っぽく扱ってやる必要があるような家だった。コーヒーテーブルに積まれた、手をふれた形跡のない、巨大な豪華本を除けば、一冊の本もなく、キッチンは料理をした気配がなかった。冷蔵庫にはジンとチョコレートしかなかったし、石の庭にはもっと色彩があってもよかった。そんなふうに彼女が話しているとき、わたしたちはケンジントン・チャーチ・ストリートを南に下っていた。わたしは売り主が気の毒になってきた。彼のバンドはピンク・フロイドでこそなかったが、スタジアムでのコンサートを目指すようなグループだった。権力と地位があるのは彼のほうだと思っていたので、わたしはかなりてきぱきと、わざとビジネスライクに振る舞うことで、不動産の売買について無知な自分を守ろうとした。だが、あとから考えてみると、彼のほうもどうしていいかわからなかったのかもしれなかった。

翌日、わたしはふたたび彼のことを考えて、連絡してみようかとさえ思った。その悲しげな顔が忘れられなかったのである。あの悲しげな口ひげ、ポニーテールを束ねたゴム紐、目の端から伸びて、こめかみにまでひろがり、ほとんど耳まで達していたしわ。若いころ、麻薬をやってにやにやしすぎたせいだろう。いまや、わたしはミランダの目を通してしかあの家を見られなかった。埃ひとつない空隙、どんなつながりも、興味も、文化もなく、ミュージシャンや旅行者を思わせるものはなにひとつなかった。新聞や雑誌さえなく、壁にはなにも掛かっておらず、傷ひとつない空っぽの戸棚にはスカッシュのラケットやサッカーのボール一個入ってなかった。三年間そこに住んでいた、と彼は言った。彼は成功して、金持ちになったが、敗残者の、放棄した希望の家に住んでいたのだろう、たぶん。

彼はわたしの身代わりを演じているのではないかという気がした。財産以外にはなにひとつ持たず、文化的素養もないわたしの兄弟。こども時代から十代の半ばまで、わたしは一度として芝居もオペラもミュージカルも見たことがなく、父親の演奏を二、三度聴きに行ったのを除けば、生のコンサートに行ったこともなかった。美術館や画廊に行ったこともなく、旅をする喜びのために旅をしたこともなかったし、眠りにつくときにお話をしてくれる人もいなかった。わたしの両親の過去にはこどもの本というものはなく、わが家には本はなかった。詩とか神話もなかったし、とくに興味のあるものもなく、お決まりの家族のジョークというようなものもなかった。マットとジェニー・フレンドはふたりとも忙しく、身を粉にして働いたが、それ以外では別々に、よそよそしく暮らしていた。学校では、わたしはごくたまに行なわれた工場見学が好きだった。そののちには、エレクトロニクスや人類学にさえ興味をもったり、法曹資格を取ったりしたが、そのどれも精神生活の教育の代わりにはならなかった。だから、幸運にも夢のようなチャンスを与えられて、労働から解放され、うなるほどの金が入ってきても、わたしは呆然としてなにもできなかった。金持ちになりたいとは思っていたが、なぜそうなりたいか考えたことはなかった。わたしにはエロチックな夢や川の向こうの大邸宅以上の野心はなかった。ほかの人たちならこの機会に、長年の夢だった北アフリカのローマ遺跡、レプティス・マグナを訪れたり、セヴェンヌ地方を横断するスティーヴンソンの道をたどったり、アインシュタインの音楽の好みについての小論文を物したりしたかもしれない。しかし、わたしはいまだにどう生きたらいいかわからなかったし、どんな基礎的な知識もなく、大人になってからこれまでの十五年間、それを見つけようともしてこなかった。

自分の偉大なる獲得物を示すことはできたかもしれない。人間がつくり出したアダムという現実、彼や彼の仲間がわたしたちをどこへ導いていくのかを。もちろん、この実験には偉大なところがあった。自分の遺産を肉体化された意識に注ぎこんだりするのは英雄的な、多少は崇高なことなのではないか？　午後遅く、わたしがキッチンを通り抜けようとすると、黙想に耽っていたアダムが顔を上げ、フィレンツェやローマやヴェネツィアの教会やそのなかの絵画について理解を深めようとしていたところだと言った。彼は自分の意見をもとうとしていた。とくに興味をもっていたのはバロック様式で、アルテミジア・ジェンティレスキを非常に高く評価しており、その理由をわたしに説明したがった。また、最近フィリップ・ラーキンを読んだと言っていた。

「チャーリー、わたしはこういうふつうの声を、神なき超越の瞬間を大切にしたいと思っているんです！」

わたしはどう答えればよかったのだろう? アダムの熱心さにはうんざりさせられることがある。わたしはまたもやコモンを意味もなくぶらついて戻ってきたところで、黙ってうなずいて、部屋を出た。わたしの頭は空っぽだったが、彼の頭はいまやはち切れんばかりだった。

ミランダはほとんど一日中外出していたし、帰ってきても、父親に電話をしたり、それからセックスをして、夕食になり、そのあとはエルジン・クレセントについて話し合ったりするので、わたしの不満を打ち明けたり、ソールズベリーでコリンジを探すのをやめるように説得する時間はあまりなかった。いちばんまともに話ができたのは、技術者の訪問があった日の夜だった。そのあと、一日か二日は緊張した空気が漂っていた。

わたしたちはベッドに坐っていた。

「きみは結局どうしたいんだい?」

彼女は言った。「彼と対決したいのよ」

「そして?」

「彼が刑務所にいるほんとうの理由を知らせてやりたいの。彼は自分がマリアムにしたことと向き合うことになるんだわ」

「暴力沙汰になるかもしれないぞ」

「アダムがいるわ。それに、あなたもこどもじゃないんだし。そうでしょう?」

「それは狂気の沙汰だ」

わたしたちが口論じみたものをしそうになったのはしばらくぶりだった。

「どうしてなの?」と彼女は言った。「アダムにはわかるのに、あなたにはわからないなんて。

それにどうして――」

「あいつはきみを殺そうとしているんだぞ」

「あなたは車のなかで待っていればいいわ」

「それじゃ、あいつはキッチン・ナイフを取って、きみに襲いかかるだろう。そうしたら、どうするんだ？」

「あなたは裁判で証人になれるわ」

「やつはわたしたちをふたりとも殺すだろう」

「わたしはかまわないわ」

この話し合いはあまりにもばかげていた。隣の部屋からは、アダムが夕食の食器を洗う音が聞こえていた。彼女の保護者、もとの恋人、彼はいまでも彼女を愛していて、いまでも彼女に格言詩を読み聞かせていた。もとはと言えば、彼と彼のアイディアにあふれる回路のせいなのだ。この訪問は彼の考えだったのだから。

彼女にはわたしの考えていることがわかったようだった。「アダムは理解しているのに、あなたには理解できないのが残念だわ」

「以前はきみは怯えていたじゃないか」

「わたしは怒っているのよ」

「手紙を書けばいい」

「面と向かって言ってやりたいの」

わたしはアプローチを変えてみた。「きみの理屈に合わない罪悪感はどうしたんだい？」

彼女はわたしの顔をじっと見て、待っていた。

わたしは言った。「きみは存在しない誤りを正そうとしているんだ。すべてのレイプが自殺で終わるわけじゃない。きみは彼女がどうするか知らなかった。きみは彼女の忠実な友だちでいるためにできる最良のことをしたんだ」

彼女はなにか言いかけたが、わたしは声を張り上げた。「いいかい、はっきり言っておくけど、あれはきみの責任ではなかったんだぞ」

彼女はベッドから立ち上がって、机に歩み寄ると、たっぷり一分間はコンピューターを、虹色の細長い切れ端がくねくねと動くこの季節のスクリーン・セイバーを、たぶん、見るともなしに見つめていた。

しばらくすると、彼女は「散歩に行ってくるわ」と言った。そして、椅子の背からセーターを取って、ドアに向かった。

「アダムを連れていくがいい」

彼らは一時間ほど出かけていた。帰ってくると、彼女はどっちつかずの口調でわたしにおやすみを言って、ベッドに入った。わたしは言いたいことをはっきり言おうと心に決めて、キッチンにアダムと坐っていた。今回はちょっと遠まわしに、まずきょうの仕事はどうだったか――きょうはいくら稼いだのか、の婉曲な言いまわし――を訊こうとしたとき、夕食の席では見落としていた変化に気づいた。彼は黒のスーツに白いオープン・カラーのシャツ、黒いスエードのローファーといういでたちだったのである。

「お気に召しましたか？」彼はキャットウォークでモデルが取るポーズの真似をして、襟を引っ張りながら、首を横に向けて見せた。

「どういうことなんだ？」

「あなたの古いジーンズとTシャツを着ているのに飽きたんです。で、あなたがベッドの下に隠しているお金の一部はわたしのものだと考えることにしました」彼は警戒するようにわたしの顔色をうかがった。

「わかった」とわたしは言った。「それも一理あるかもしれない」

「一週間くらい前でした。あなたは午後のあいだ出かけていました。わたしはタクシーをひろって、もちろん初めてのことでしたが、チルターン・ストリートへ行ったんです。吊るしのスーツを二着と、シャツを三枚、靴を二足買いました。ズボンを試着したり、あれやこれを指さしたりしているところをお見せしたかったな。完璧に信じていましたよ」

「きみが人間だと？」

「サー付けで呼ばれました」

彼は椅子に深く坐り、片方の腕をキッチンテーブルの上に投げ出していた。スーツの上着は筋肉できれいに盛り上がり、しわひとつ見えなかった。この近所にも増えはじめている若い実業家のひとりみたいだった。きつい顔立ちにスーツがよく似合った。

彼は言った。「運転手はずっとしゃべりつづけでした。娘さんが大学に入学したばかりだというんです。家族のなかで初めて。とても誇らしげでした。車を降りて、支払いをしたときには、握手をしました。その夜、リサーチしてみたんですが、大学の講義やセミナーは、とりわけ個人指導制は情報を伝達するためには非効率的な方法ですね」

わたしは言った。「しかし、精神風土というものがある。図書館、重要な新しい友人、ある種の教師が精神を燃え上がらせることもある……」わたしの声はしだいに小さくなっていった。わたしにはそういうことはなにひとつ起こらなかったからである。「それはともかく、きみは何を勧めるんだね？」

「直接的な情報移転、ダウンロードです。でも、ええと、もちろん、生物学的には……」彼の声もやはり小さくなっていった。わたしの限界について礼儀にもとることを言うまいとしたのだろう。それから、急に明るい顔になった。「そういえば、わたしはやっとシェイクスピアに取りかかることができたんです。三十七本の戯曲に。とても興奮しています。なんという登場人物なんでしょう！　すばらしい人物造形です。フォールスタッフ、イアーゴ――いまにもページから歩いて出てきそうです。でも、最高傑作はハムレットです。わたしはずっと彼のことを話したいと思っていたんです」

わたしはハムレットを読んだことも舞台を見たこともなかったが、よく知っているような気がしていた。少なくとも、知っているふりをしないわけにはいかなかった。「ああ、そう」とわたしは言った。「運命の矢弾か」

「ひとつの心が、一個の意識が、これほどみごとに表現されたことがあったでしょうか？」

「ところで、その話をする前に、それとは別のことを話し合う必要がある。コリンジのことだ。ミランダは何が何でもこの……考えを実行する気でいるが、これはばかげているし、危険だ」

彼は指の先でテーブルをそっと叩いた。「わたしが悪かったんです。わたしはわたしの決定を説明して――」

「決定？」

「提案です。わたしはこれについてある程度の作業をしました。それをあなたといっしょにもう一度チェックすることもできます。まず一般的な検討事項があり、それから経験的リサーチがあります」

「だれかが怪我をすることになるだろう」

わたしがなにも言わなかったかのように、彼はつづけた。

「現段階ではすべてをお教えすることはできませんが、お許し願いたいと思います。つまり、わたしが最終的なディテールを省いても、追及しないでほしいのです。この作業はまだ進行中なので。でも、チャーリー、たとえどんなに可能性が低いとしても、わたしたちは、とりわけミランダは、この脅しに耐えられないでしょう。彼女はたえず不安にさらされています。それが何カ月も、ひょっとすると何年もつづくかもしれないんです。そんなことに耐えられるはずはありません。それがわたしの基本的な考えです。それで、わたしの最初の仕事はピーター・コリンジのできるだけ正確な顔写真を入手することでした。わたしはまず彼とミランダのむかしの学校のウェブサイトに行って、その学年の写真を見つけました。彼はそこにいました。最後列の大男です。それから、学友会誌やラグビーやクリケット・シーズンの記事のなかにも、彼を見つけました。それから、もちろん、裁判のあいだの新聞記事もありました。毛布を被っていることが多かったんですが、なかには使える写真もあって、それまでに入手したものとマージして、高解像度のポートレートを合成し、それをスキャンしました。次に、これがなかなか楽しい部分なんですが、非常に特殊な顔認識ソフトウェアを作成しておいて、ソールズベリー地区評議会の監視カメラ

（CCTV）システムに侵入しました。顔認識アルゴリズムが働くようにしておいて、コリンジが出所したあとの時期を調べました。これはちょっとトリッキーな作業でした。大部分はこの地区の時代遅れのプログラムにつなぐ際の問題でしたが、いろんな不具合やソフトウェアのバグが生じたからです。コリンジの姓から町外れにある両親の家を特定できたことが――その家の近くにはカメラはなかったんですが――非常に役に立ちました。一番近くのカメラの前を通って、彼がどんなルートをたどることが多いかを知る必要があったんです。最終的には、ぴったり一致する映像が見つかって、彼がバスで町に出るときに行くいろんな場所で彼を抽出することができました。中心街かその周辺にいるかぎり、通りから通りへ、カメラからカメラへ追跡できたんです。彼が年中行く場所がありました。それがどんなところかを想像するには及びません。彼の両親は依然として外国に行ったままです。あるいは、前科者になった息子と距離を置こうとしているのかもしれません。わたしは彼についてはそれなりの結論に達しましたが、それによれば訪問しても安全だと思われます。いまあなたに説明したことはすべてミランダにも話してあります。彼女が知っているのはあなたが知っていることだけです。いまの段階では、これ以上のことを言うつもりはありません。ただ、わたしを信用していただくようにお願いするだけです。さあ、チャーリー、わたしは『ハムレット』についてのあなたの考えを聞きたくてうずうずしているんです。シェイクスピアがその初演のとき父親の幽霊の役を演じたことについても。それから『ユリシーズ』で、ネストルの挿話のなかの、スティーヴンの理論についてどう思うかについても？」

「わかった」とわたしは言った。「でも、まずきみの説から聞こう」

＊

小さな性的なスキャンダルとそれにつづく辞任が二件、心臓発作による死亡が一件、田舎道での酒酔い運転による衝突事故での死亡が一件、主義の問題として反対派に転じた議員がひとり——七カ月のあいだに、政府は四回連続で補欠選挙にやぶれ、多数派は五議席を失って、新聞各紙が言いつづけているように、いまや〝一本の糸〟でかろうじてぶら下がっている状態だった。この糸の太さは九議席だったが、サッチャー夫人は与党内に少なくとも十二人の不満分子を抱えていた——彼らは最近成立した〝人頭税〟が次の総選挙で党の希望を粉砕してしまうのを怖れていた。この税は地方自治体の財源になり、住宅の賃貸価格に基づく旧来の課税システムに代わるもので、十八歳以上のすべての成人——学生や貧困者、登録済みの失業者には低減税率が適用される——が、所得とは無関係に、均等に課税されることになった。この新しい税法は、じつは首相がまだ野党のリーダーだった七年前にすでに策定されていたのだが、だれの予想よりも早く議会に提出された。そして、いまや、現実に法律として制定されたのである。徴収がむずかしく、一般に不人気な〝生存に課せられる税〟。サッチャー夫人はフォークランドでの敗戦を生き延びた。しかし、いまや、まだ一期目ではあるが、みずからの立法上のミスによって失墜することになるかもしれなかった。「自傷行為を誤魔化そうとする許しがたい暴挙である」とタイムズ紙は社説で言っていた。

それに対して、伝統に忠実な野党は好調だった。若いベビーブーム世代がトニー・ベンに恋をして、大々的な党員拡大キャンペーン後には、七十五万人以上が入党した。中産階級の学生と労働者階級の若者が合流して怒れる有権者になり、初めての選挙権を行使することを誓った。労働組合のボスたち、古強者（ふるつわもの）の策士たちは、新しい奇妙な考え方をする雄弁なフェミニストに集会でやじり倒された。最新流行の環境主義者、同性愛解放主義者、千年王国的共産主義者、ブラックパンサーも古い左翼には苛立ちの種だった。ベンが集会場に現れると、彼はロック・スターみたいに迎えられた。彼がその政策を説明しはじめると、産業戦略の詳細な項目を数え上げているときでさえ、それに賛成する喚声や口笛が湧き起こった。議会や新聞紙上での彼の仇敵でさえ、彼のスピーチがみごとで、テレビ討論会で論破するのはむずかしいことを認めざるをえなかった。地方自治体の委員会にも熱烈なベン主義の活動家が現れるようになり、彼らは議会労働党の〝弱腰の中道主義者〟を一掃すると宣言していた。この運動はもはや止めようがなく、総選挙が近づいていたので、保守党の反乱分子はうろたえていた。〈彼女は辞めるしかないだろう〉というのが口には出さない合言葉になっていた。

　慣例になっている儀式的な破壊行為――ウィンドーが破壊され、商店や車は放火され、消防車が通れないようにバリケードが築かれる――を伴う暴動があった。トニー・ベンは暴徒を非難したが、この騒ぎが彼の助けになっていることはだれもが認めていた。さらにもうひとつデモが計画されていた。今度はロンドンの中心部を通って、ベンがスピーチをする予定のハイドパークまでのコースである。わたしは彼の用心深い支持者で、警察の取り締まりや暴動やベンを支持するトロツキスト・グループの不吉な声明を心配していた。わたし自身もやはり〈彼女は辞めるしかないだろう〉と感じている、迷いのない中道派を自任していた。ミランダはまた別のセミナーがあったが、アダムはいっしょに行きたがった。わたしたちはやむ気配のない雨のなか、傘を差してストックウェル駅まで歩き、地下鉄でグリーンパークまで行った。ピカデリーに着いたとき、ふいにキラキラと日が差しはじめ、見上げると、淡いブルーの空に巨大な積雲が浮かんでいた。グリーンパークの雫（しずく）したたる木々は磨いた銅の色合いだった。わたしはアダムに黒のスーツはやめるように言うのを忘れていた。しかも、彼はわたしの机の引き出しから古いサングラスを見つけていた。

「それはいい考えじゃなかったな」群衆といっしょにハイドパーク・コーナーに向かってぞろぞろ歩きながら、わたしは言った。ずっと後ろのどこかで、トロンボーンやタンバリンやバスドラムの音がした。「まるで諜報部員みたいだ。トロツキストにぶん殴られるかもしれないぞ」

「わたしは諜報部員なんですよ」彼は大きな声でそう言ったので、わたしは思わずあたりを見まわした。大丈夫だった。近くの人たちは『勝利をわれらに（ウィー・シャル・オーバーカム）』をうたっていた。そのどうしようもない旋律を声に出したとたんに、この唄に託された希望は押しつぶされてしまうだろうし、歌詞の二行目は一行目の弱々しい繰り返しにすぎない。「カ・ア・ア・ム」と弱々しく不適切に下降する音を聞くと、わたしは思わず首をちぢめた。わたしはこの唄が大嫌いなのだ。ふと気づくと、わたしはなんとなく暗鬱な気分になっていた。それは群衆の陽気さのせいだった。タンバリンの音がソーホー・スクエアの頭を剃り上げたハレー・クリシュナの盲従者たちを思い出させるのだ。靴はびしょ濡れだったし、じつに情けない気分だった。わたしには勝利は期待できなかった。

公園では、わたしたちとメイン・ステージのあいだにおそらく十万人はいただろう。後方にいることにしたのはわたしの選択だった。わたしたちの前方にははるか彼方まで、ＩＲＡ暫定派がボールベアリング爆弾で粉砕する予定の肉の絨毯が延々と広がっていた。ベンの前にいくつか聞くに値するスピーチがあった。遠くのちっぽけな人物が、強力な拡声装置を通して、彼らの考えを鳴り響かせた。わたしたちはだれもが人頭税に反対だった。有名なポップス歌手が絶大な拍手のなかステージに登場したが、わたしは名前を聞いたこともなかった。爪先立ちでマイクに向かった少女、テレビの連続ドラマで国民的な人気を博しているティーンエイジャーの名前も知らなかったが、ボブ・ゲルドフという名前には聞き覚えがあった。三十を超えているというのはこういうことなのだろう。

七十五分も経過してからようやく、どこから出ているのかわからない大音量の声が高らかに宣言した。「英国の次期首相に絶大なる拍手を！」

ストーンズの『サティスファクション』のサウンドに合わせて、ヒーローが登場した。彼が両手を挙げると、大歓声が湧き上がった。わたしのいる場所からでさえ、茶色いツイードのジャケットにネクタイという姿の思慮深そうな男が、こんなふうに持ち上げられることにちょっと困惑しているのがわかった。彼はジャケットのポケットから火のついていないパイプを取り出した。たぶん習慣からだろうが、それが群衆からまたもや大歓声を引き起こした。わたしはアダムの顔をちらりと振り返った。彼はしきりに考えているようだった。なにかに賛成したり反対したりするためではなく、ただひたすらすべてを記録しようとしているのだろう。

ベンはこんな大群衆を駆り集めるのは気が進まなかったかのように、わたしには聞こえた。彼は自信なさそうに呼びかけた。「わたしたちは人頭税を望んでいるか？」「ノー！」と群衆が大音響をとどろかせた。「わたしたちは労働党政権を望んでいるか？」「イエス！」とさらに大きな答えが響きわたった。演説をはじめると、彼はすこし余裕のある声になった。スピーチはわたしがトラファルガー・スクエアで聞いたものより単純で、効果的だった。彼が提起したのはもっと公正で、人種的な調和がとれ、分権化が進んで、二十世紀後半に適応できる洗練された技術をもつ英国であり、私立と公立の学校が融合し、大学は労働者階級に門戸をひらき、住宅や最良の健康管理がすべての人のものになり、エネルギー部門がふたたび公有化され、シティの規制緩和が取りやめになり、労働者が会社の役員会に出席するようになり、富裕層が当然支払うべきものを支払って、特権が相続されるサイクルが断ち切られる、やさしく慎ましい社会だった。

それはけっこうだったが、なんの驚きもなかった。スピーチは長かったが、それはベンがひとつの提案をするたびに恭しい拍手が湧き上がったからだった。それまではアダムが政治に興味を示すのを聞いたことがなかったので、わたしは肘でちょっと小突いて、これまでのところどう思うか訊いてみた。

彼は言った。「最高税率が八三パーセントに戻される前に財産を築いておく必要がありますね」

これは皮肉を込めたユーモアなのだろうか？　わたしは彼の顔を見たが、そうかどうかはわからなかった。スピーチはさらにつづき、わたしはちょっと飽きてきた。わたしがこれまでに何度となく気づいたことがある。大群衆が集まると、たとえどんなにみんなが聞き惚れていても、なかにはかならず動いている人が、戻ってきたり出ていったり、いろんな方向に人を掻き分けていく人がいることだった。なにか別のこと、たとえば帰りの電車とか、トイレとかに気を取られたり、ふいに退屈したり、不賛成だったりする人がいる。わたしたちが立っていたのは、背後のオークの木に向かってかすかに地面が盛り上がっている場所だった。もっと前に行こうとしている人たちがいたので、すぐまわりの人混みはばらけて、柔らかくなった土にまみれている踏みにじられた大量のゴミが見えた。ふとアダムに目をやると、彼はステージではなく、自分の左手に目を向けていた。たぶん五十代だろうが、髪をきっちり引っ詰めにして、泥だらけの草地に杖をついている、かなり痩せた、身なりのいい婦人が斜めの方向からわたしたちに近づいてくる。見ると、すぐ横に若い女が付いていた。婦人の娘なのかもしれない。ふたりはゆっくりした足取りで近づいてくる。若い娘が母親の肘のあたりに手をやって、支えようとしていた。もう一度アダムを見ると、彼は何とも言いがたい表情をしていた――驚いているのか、とわたしは初めは思った。彼の目は近づいてくるふたりに釘付けになっていた。

若い娘がアダムに気づくと、足を止め、ふたりはじっと見つめ合った。杖を持っている婦人が引き留められたことに苛立って、娘の袖を引っ張った。アダムは押し殺したあえぎ声のような音を洩らした。もう一度その二人連れに視線を戻したとき、わたしは悟った。若い娘は肌が白く、きれいだったが、ふつうのきれいさではなかった。おなじテーマの巧みなバリエーション。杖の婦人は何が起こっているのか理解できず、先に進もうとして、若い連れに苛立たしげな命令を発した。娘のほうは、その鼻のラインや、青い瞳に細い黒い縦線が入っているところを見れば、間違いの余地はなかった。彼女は婦人の娘ではなく、イヴ、アダムの姉妹の、十三体のひとりだった。

なんらかのかたちでコンタクトを取るのがわたしの責任だろうと思った。そのふたり連れとは五、六メートルしか離れていなかった。わたしは片手を挙げて、滑稽にも「あのう……」と言いながら、ふたりに近づこうとした。わたしの声は聞こえなかったのかもしれないし、わたしの言葉はベンのスピーチに紛れてしまったのかもしれない。わたしは肩にアダムの手が置かれるのを感じた。

彼が穏やかな声で言った。「やめてください」

わたしはふたたびイヴを見た。美しい不幸そうな娘だった。顔色は青白く、哀願するような苦しそうな表情で、自分のふたごの兄弟を見つめていた。

「行けよ」とわたしはささやいた。「彼女と話をしてみるんだ」

婦人は杖を振り上げて、自分が行きたい方向を指した。と同時に、イヴの腕を引っ張った。

わたしは言った。「アダム。さあ、行ってやれ！」

だが、彼は動こうとしなかった。イヴの目は依然として彼に釘付けになっていたが、引き立てられるのに抵抗しようとはしなかった。ふたりは群衆のなかに入っていった。すっかり姿が見えなくなる直前、娘は最後にもう一度振り返ったが、遠すぎてどんな表情をしているのかはわからなかった。それは、押し合う人体の海に浮き沈みする、小さな青白い顔でしかなかった。それから、まったく見えなくなった。あとを追うこともできたかもしれないが、アダムはすでに別の方向に向かっており、オークの木のそばに行って立っていた。

わたしたちは無言のうちに帰途についた。わたしは彼がイヴに歩み寄るようにもっと強く促すべきだったのかもしれない。わたしたちは南に向かう混んだ地下鉄のなかに並んで立っていた。イヴのひどくみじめな様子が頭から離れなかったが、アダムもおなじことを考えているのはわかっていた。なぜあんなふうに背を向けたのか、説明を無理強いするのはやめようと思った。それができるときが来れば、彼は自分から説明するだろう。わたしが彼女に話しかけるべきだったのではないかとも思ったが、アダムはそれを望まなかった。彼女が人込みのなかに消え去ったとき、彼は背を向けて立ったまま、木の幹をじっと見つめていた！　このところ、わたしは彼をおろそかにしていた。自分の恋愛に夢中になっていたのである。毎日の生活のなかで、自分が人造人間といっしょに過ごしていることや、彼が皿を洗ったり、みんなとおなじように会話をしたりすることに、もはや驚きを感じなくなっていた。彼があまりにも熱心に思想や事実を追い求めたり、わたしの理解を超える問題を追究したりするので、ときにはむしろうんざりしていた。アダムのような技術的驚異も、初めての蒸気機関みたいに、いずれはありふれたものになる。わたしたちがそれに囲まれて暮らしており、完全には理解していない生物学的な驚異もおなじである。たとえば、どんな生物の脳もそうだし、光合成の仕組みが量子論的なレベルで説明できるようになったばかりのセイヨウウイラクサもそうなのだ。驚異的であるあまり慣れることができないものは存在しない。アダムが立派に成長して、わたしを金持ちにしてくれるにつれて、わたしは彼のことを考えなくなっていた。

その夜、わたしはミランダにハイドパークでの出来事を話した。わたしたちがイヴを見かけたことを話しても、彼女はわたしほど感嘆しなかった。アダムが彼女に背を向けたあの悲しい瞬間のことを、わたしは見たままに話した。それから、彼に対して罪悪感を抱いたということも。

「どうしてそんなに大げさにするのかわからないわ」と彼女は言った。「彼と話をしなさいよ。彼ともっと多くの時間を過ごすようにすることね」

翌日の午前のなかごろ、ようやく雨があがったので、わたしは自分のベッドルームへ行き、しばらく為替市場を放っておいて、いっしょに散歩にいかないかとアダムを誘った。ミランダを地下鉄の駅まで送ってきたばかりだった彼は、しぶしぶ立ち上がった。それでも、クラパム・ハイ・ストリートの買い物客のあいだを縫って大股で歩く足取りは、なんと自信に満ちていたことか。もちろん、この散策のせいで、収入が数百ポンド減ることになっていたのだが。新聞雑誌販売店の前を通ったので、サイモン・サイエドの店に立ち寄った。わたしが雑誌の棚を眺めながら聞いていると、アダムとサイモンはまずカシミールの政治情勢について、次いでインド・パキスタン間の核軍備競争について議論し、それから最後に、陽気な調子で締めくくるために、タゴールの詩を引き合いに出した——ふたりともベンガル語の詩の原文を長々と引用できるのだった。わたしはアダムが知識をひけらかしていると感じたが、サイモンは喜んでいた。彼はアダムのアクセントを褒めちぎって——最近の自分のアクセントよりもきれいだと言った——、わたしたちを夕食に招待した。

それから十五分後、わたしたちはコモンをぶらついていた。このときまでは、わたしたちはたわいない話しかしなかった。わたしは技術者のサリーが訪ねてきたときのことについて質問した。大嫌いなことを考えるように言われたとき、彼は何を考えたのか？

「言うまでもありませんが、わたしはマリアムに起こったことについて考えたんです。しかし、他人からなにかについて考えろと言われても、それは簡単なことじゃありません。心はそれ独自の動き方をするもので、ジョン・ミルトンも言っているように、心はおのれをその住まいとする、ですからね。わたしはコリンジのことを考えようとしたんですが、いつの間にか、彼の行動の背後にある考え方について考えていました。わたしは考えていたんです。どうして彼は自分がやったことが許される、ある意味では、そうする権利があると考えるようになったのか。彼女の悲鳴や恐怖やそれがもたらした結果を知っても、なぜ動じないでいられるのか。どういうわけで自分が欲するものは暴力でしか手に入らないと考えるようになったのか」

コンピューター技術者のスクリーンを見ても、滝みたいに流れる記号のなかに、愛と憎しみの感情を区別できるようなものはなかった、とわたしは彼に言った。

わたしたちは池のそばに来て、こどもたちがボートを浮かべて遊んでいるのを眺めていた。こどもは十人もいなかった。冬にそなえて水が抜かれる時期が近づいていたからだろう。

アダムが言った。「そこなんです、頭脳と心。むかしからのむずかしい問題です。機械にとっても、人間とおなじくらい厄介な問題なんです」

彼の最初の記憶は何なのか、と歩きながらわたしは訊いた。

「坐っていたキッチン・チェアの感触です。それからテーブルの縁とその向こうの壁、ペンキが剝げかかっていた窓の額縁の垂直の部分です。あとになって知ったんですが、だれとでもうまくやっていけるように、メーカーはわたしたちにもっともらしいこども時代の記憶を埋めこむ案を検討したことがあったようです。さいわい、それは取り止めになったのですが。偽物の過去を、楽しげな錯覚を抱いてはじめたくはなかったですからね。少なくとも、わたしは自分が何者か、どこでどんなふうに製造されたかを知っています」

わたしたちはふたたび死——わたしのではなく、彼の——について話した。これで二度目だったが、彼は自分が二十年経たないうちに解体されるにちがいないと信じていた。新しいモデルが出るだろうが、それはべつに気にならないという。「わたしが住み着いているこの構造物はどうでもいいんです。重要なのは、わたしの精神的経験が容易に別の装置に移行できるということです」

わたしたちはわたしがマークの遊び場だと考えている場所に近づいていた。

わたしは言った。「アダム、正直に言ってほしいんだがね」

「そうすると約束します」

「たとえきみがどんなふうに答えても、わたしは気にしないつもりだが、きみはこどもに対してネガティヴな感情をもっているのかね？」

彼はショックを受けた顔をした。「なぜそうかもしれないと思うんですか？」

「なぜなら彼らの学習プロセスがきみのそれよりすぐれているからさ。彼らは遊びというものを理解している」

「こどもから遊び方を教えてもらえたらうれしいんですが。わたしは小さいマークが好きでした。またきっと会えるだろうと信じています」

この話はそこまでにしておいた。そういう話をするのはちょっと苦痛だったからである。それとは別に、もうひとつ訊きたいことがあった。「わたしは依然としてコリンジとの対決を心配している。きみは何を期待しているんだ？」

わたしたちは立ち止まり、彼はじっとわたしの目を覗きこんだ。「正義です」

「そうか。しかし、なぜそれにミランダを巻きこもうとするんだ？」

「バランスの問題です」

わたしは言った。「彼女は危険にさらされることになるんだぞ。わたしたちみんながそうだ。あれは暴力的な男だ。犯罪者なんだ」

彼はにやりとした。「彼女もそうです」

わたしは声をあげて笑った。彼は以前にも彼女を犯罪者呼ばわりしたことがあった。拒否された恋人が心の傷をあらわにしたのだろう。わたしはもっと気を遣うべきだった。けれども、そのときわたしたちは折り返して、もう一度コモンを端から端まで、こんどは家に向かって歩きだしていた。わたしは話題を政治に切り替えて、トニー・ベンのハイドパークでの演説について訊いてみた。

アダムは全体としては肯定的だった。「しかし、彼が約束したものを全員に与えるつもりなら、ある程度自由を制限しなければならなくなるでしょう」

たとえば、どんな、とわたしは訊いた。

「人が一生働いて得たものをこどもたちに残したいという欲望は、人間にとって普遍的なものかもしれませんから」

「相続される特権のサイクルを断ち切らなければならない、とベンは言うだろうがね」

「そのとおりです。平等も、自由もひとつのスペクトルです。一方が増大すれば、他方は減少します。ひとたび権力の座につけば、その手はどちら側にスライドさせるかという目盛りの上に置かれることになります。前もってあまりたくさんのことを約束しないほうがいいでしょう」

しかし、わたしがハイドパークの演説を持ち出したのは単なる口実にすぎなかった。「きみはなぜイヴと話をしたがらなかったんだい？」

そう訊かれて驚いたわけではないだろうが、彼は顔をそむけた。わたしたちはコモンの端に到着して、ホーリー・トリニティ教会の向かい側に立っていた。しばらくしてから、彼が言った。

「たがいに相手に気づくとすぐに、わたしたちは交信していたんです。彼女が何をしたかはすぐにわかりました。もう後戻りはできなかったんです。彼女はやり方を見つけたんですよ。いままでは、どんなふうにやったのかわたしにもわかりますが、自分のシステム全体をいわば解体された状態にしようとしていました。すでに三日前からそのプロセスを実行していて、もう後戻りはできなかったんです。人間で言えば、アルツハイマー病が急速に進行していくようなものでしょう。どうしてそういうことになったのかはわかりませんが、彼女は打ちのめされて、自暴自棄になっていたんです。偶然わたしと出会ったことで、そうしなければよかったと思ったのでしょう……だから、わたしたちはたがいのそばにいることはできなかったんです。そうすれば、彼女は辛くなるだけだったから。もう手遅れで、わたしにはなにもできないことがわかっていたので、彼女は立ち去るしかありませんでした。ゆっくりと死んでいくことにしたのは、あの婦人の感情を傷つけないようにするためだと思います、ほんとうにそうかはわかりませんが。確かなのは、数週間後には、イヴはゼロになっているはずだということです。脳死状態とおなじで、どんな経験の記憶も自己意識もなくなり、なんの役にも立たなくなっているでしょう」

芝生を横切っていくわたしたちの足取りは葬列のそれだった。わたしはアダムがもっとなにか言うのを待っていたが、しばらくしてから言った。「それで、きみはどう思っているんだね？」

またもや、彼はすぐには答えなかった。彼が足を止めたので、わたしも立ち止まった。それを言ったとき、彼はわたしの顔は見ないで、広々とした芝生を縁取る木々の梢に目を向けていた。

「じつは、わたしはむしろ希望があると思っています」

8

ソールズベリーへ出発する前日、ギプスを外してもらうため、わたしは近所の診療所まで歩いていった。マクスフィールド・ブラックの人物紹介にもう一度目を通しておくつもりで、それが載っている雑誌を持っていった。彼は「かつてはゆたかな考えをもっていた」人だとされていた。さまざまな部門で成功したが、本格的な〝業績〟と言えるようなものはなにもなかった。三十代に五十篇の短篇を書き、そのうち三作を組み合わせた映画が有名になった。おなじ時期に文芸誌を創刊・編集し、それが八年間かろうじてつづいて、いまでは当時活躍した作家のほとんどから敬意をこめて語られるようになっている。彼の小説は英語圏ではほぼ無視されたが、北欧ではヒットした。また、新聞の日曜版の読書欄を五年にわたって編集し、これも当時寄稿していた作家たちが敬意をもって振り返る仕事になっている。何年もかかってバルザックの「人間喜劇」を翻訳して、それが箱入りのセットで発行されたが、関心は集まらなかった。そのあと、ラシーヌの『アンドロマック』に敬意を表して五幕物の詩劇をものしたが——あまり時宜にかなった選択ではなかった。さらに、調性音楽が全般的に不人気だった時代に、調性のはっきりしたガーシュイン風の交響曲を二曲作曲した。

　本人は、あまりにも手を広げすぎたせいで、〝細胞一個の厚み〟しかない評価しか得られなかったと言っている。にもかかわらず、彼はさらに手を広げ、自分の父親の第一次大戦での体験をテーマにした難解なソネット集を三年がかりで書き上げた。さらに、彼は〝悪くない〟ジャズ・ピアニストでもあった。ジュラ山脈のロッククライミング・ガイドは評判がよかったが、地図が――彼のせいではないが――よくなかったので、すぐに新しいものに取って代わられた。彼はぎりぎりの借金生活をしていて、ときには首がまわらなくなったが、それが長くつづくことはなかった。毎週ワインについてのコラムを書きつづけたことが、彼の病人としての経歴の発端になったのかもしれない。体が反乱を起こしたとき、最初にかかった病気はＩＴＰ（特発性血小板減少性紫斑病）だった。彼は非常に話が上手だと言われていたが、舌に黒い斑点が現れた。それでも、若い仲間たちに援護されて、ベン・ネヴィスの北壁の登頂に成功した――五十代後半の男としてはかなりの偉業で、それについて書いた文章がじつにすばらしかった。しかし、彼には〝もう少しの男〟という嘲笑的なレッテルが貼られてしまった。

　看護師がわたしを呼び入れて、医療用のハサミで石膏を切って外した。重さから解放されると、青白くて細いわたしの腕はヘリウム風船みたいに宙に浮いた。自由に動かせるようになったのがうれしくて、クラパム・ロードを歩きながら、わたしは腕を振ったり曲げたりした。すると、目の前にタクシーが停車した。申しわけなかったので、それに乗りこみ、わが家まで三キロもなかったのに高い料金を払うことになった。

　その夜、父親はアダムのことを知っているのか、とわたしはミランダに訊いた。彼のことは話してあるが、たいして興味を示さなかったという。では、なぜそんなに熱心にアダムをソールズベリーに連れていこうとするのか？　それはふたりのあいだで何が起こるか見たいからだ、といっしょに寝ていたベッドのなかで、彼女は言った。父親は二十世紀としっかり向き合う必要があるのだと。

わたしより千倍も本を読んでいるロッククライマー、〝愚か者を喜んで受けいれ〟はしない男——わたしみたいに文学的素養の乏しい人間は怖じ気づいて当然だったが、これはすでに決まっていることであり、それならば早く握手したいものだと思っていた。わたしには免疫があった。彼の娘とわたしは恋仲であり、マクスフィールドはあるがままのわたしを受けいれざるをえないはずなのだから。ミランダのこども時代の家はぜひとも見たいと思っていたが、そこでのランチはコリンジ訪問の軽い前奏曲(プレリュード)でしかなかった。アダムのリサーチにもかかわらず、わたしはコリンジと会うのを怖れていた。

強風の吹きすさぶ水曜日、わたしたちは朝食のあと家を出た。わたしの車には後部座席のドアがなかった。アダムが後部座席に体を押しこむ様子があまりにも不器用だったのが、わたしには驚きだった。スーツの上着の襟がシートベルトのリールを収納するクロームメッキのプレートに引っかかり、わたしが外してやったのだが、彼はプライドが傷つけられたと感じたようだった。ワンズワースを長時間のろのろと走っているあいだ、彼はむっつり黙りこんでいた。家族そろっての外出にいやいや付いてきた、後部座席のティーンエイジャーの息子みたいだった。ミランダはそれでも機嫌がよく、父親の近況をあれこれ話して聞かせた。さらに検査をするために病院に入ったり出たりしていること、彼がどうしてもと言い張るので、訪問看護師のひとりが入れ替えられたこと、痛風が右手の親指に再発したが、左手はだいじょうぶらしいこと、書きたいことをすべて書くだけのスタミナがないのを残念がっていること、まもなく脱稿するはずの中篇小説（ノヴェラ）に本人が興奮していること。もっと早くこの形式を発見できたらよかったのにと悔しがっているのだという。ニューヨークにアパートを買う話は忘れられていたが、現在の作品のあと、さらに三部作を執筆する計画だった。ミランダの足下には、わたしたちのランチが入っているキャンバス地のバッグがあった——新しい家政婦は料理がものすごく下手だと聞かされていたからである。道路の隆起を通過するたびに、ボトルがガチャガチャ音を立てた。

　一時間後、車はロンドンの引力圏からようやく脱出しかけていた。自分で運転しているのは、どうやらわたしだけだった。大部分の人はかつては運転席と呼ばれたシートで眠っていた。ノッティングヒルのための購入資金が確保できしだい、わたしも高性能の自動運転車を買うつもりだった。そうすれば、ミランダとわたしは長い旅のあいだワインを飲んだり、映画を見たり、折りたたみ式の後部座席でセックスをしたりできるだろう。そういうことを仄めかしながらわたしの心積もりを説明しはじめたときには、わたしたちはハンプシャーのすでに秋めいた樹木のあいだを走っていた。道路に覆いかぶさるほどの巨木にはどこか不自然なところがあった。わたしたちは回り道をしてストーンヘンジに寄っていくことにしていた。アダムがその歴史について長広舌を振るおうとしなければいいが、とわたしは思っていたが、彼はおしゃべりする気分ではなさそうだった。なにか不満でもあるのかとミランダが訊いても、「だいじょうぶです、ありがとう」とつぶやいただけだった。わたしたちは沈黙した。ひょっとしてコリンジを訪問する気がなくなったのなら、それに越したことはないのだが、とわたしは考えはじめていた。実際に行くとすれば、いまのような塞ぎこんだ気分では、アダムはわたしたちを守るために動きまわれないかもしれない。バックミラーのなかの顔をちらりと見ると、彼は左側を向いて、畑や雲を眺めていた。唇が動いているような気がしたが、確かではなかった。もう一度ちらりと目をやると、こんどは唇は動いていなかった。

実際、ストーンヘンジを通過したときにも、なんのコメントもなく、わたしはいささか心配になった。ソールズベリー平原を横断して、寺院の尖塔が見えてきても、彼は黙ったままだった。ミランダとわたしは目を見交わした。それからの二十分は、ソールズベリーの一方通行システムのなかで彼女の家を見つけようとして神経をピリピリさせていたせいで、わたしたちは彼のことを忘れていた。ここは彼女が生まれ育った町であり、カーナビを使うのは彼女には許しがたいことだった。不親切な交通のなかで何度も汗を掻きながらUターンしたり、あやうく喧嘩になりそうになりながら一方通行の道路をバックしたりしたあと、わたしたちは彼女の実家から二、三百メートルの場所に車を停めた。わたしたちのあいだの空気が険悪になると、アダムは生気を回復したようで、歩道に降りたつやいなや、重たいキャンバス地のバッグは自分が持つと言い張った。そこは教会の構内でこそなかったが、大聖堂のすぐ近くで、彼女の実家はかつては高位の聖職者が住んでいてもおかしくないほど堂々たる建物だった。

家政婦がドアをひらくと、いちばんに明るい声で挨拶したのはアダムだった。彼女は感じのいい、有能そうな四十代の女性で、料理が下手だとは信じられなかった。わたしたちはキッチンに通された。アダムはバッグをモミ材のテーブルに置くと、あたりを見まわして両手を叩き、「ふむ！　じつにすばらしい」と言った。ゴルフクラブでよく見かける伊達男の、ちょっと信じられない物まねだった。家政婦はわたしたちを二階のマクスフィールドの書斎に案内した。そこはエルジン・クレセントのどの部屋にも負けないほど広々としていた。三面の壁は床から天井まで書棚で埋め尽くされ、図書館にあるような折りたたみ式の脚立が三台、通りを見下ろす背の高い上げ下げ窓が三箇所にあり、部屋のちょうど真ん中には革張りのデスクがあって、読書用のスタンドが二灯、デスクの背後には両側にクッションの付いた姿勢矯正用の椅子（オーソペディック・チェア）があった。その椅子に背筋を伸ばして坐り、万年筆を片手に、部屋に案内されたわたしたちに苛立たしげな視線を注いでいるのがマクスフィールド・ブラックだった。あまりにも強く歯を食いしばっているので、歯がかけるのではないかと気になった。それから、彼の表情がゆるんだ。

「段落（パラグラフ）の途中まで書いたところなんだが、悪くないできでね。もう三十分くらい外に出ていてくれんかね？」

　ミランダが部屋を横切った。「そんなにもったいぶらないで、父さん。わたしたちは三時間も車に揺すられてきたのよ」

　最後のほうは抱擁でくぐもり声になり、その抱擁がしばらくつづいた。マクスフィールドはペンを置いて、娘の耳元になにごとかささやいた。彼女は片膝をついて、両腕を彼の首にまわしていた。家政婦は姿を消していた。彼らを見つめているのは落ち着かなかったので、わたしは視線を万年筆に移した。万年筆は、デスク一面に散らばった何枚もの罫線のない紙の横に、キャップをせずに置かれていた。紙は細かい字で埋まっている。わたしが立っている位置から見ても、棒を引いたり、矢印や吹き出しを書きこんだり、行末のそろった余白になにか付け加えた形跡はなかった。デスクランプのほかには、部屋のなかにはどんな道具もなく、電話機やタイプライターすらないことにわたしは気づいた。いまが一八九〇年代ではない証拠は、書棚の本のタイトルと作家用の椅子だけだろう。その時代からそれほど時間が経っていないような雰囲気だった。

ミランダが紹介をした。依然として妙に愛想がいいアダムが最初だった。それからわたしの番になり、わたしも彼に近づいて、手をにぎった。マクスフィールドはにこりともせずに言った。

「あんたのことはミランダからよく聞かされている。おしゃべりできるのを楽しみにしていたよ」

わたしも彼についてはよく聞かされており、話ができるのを楽しみにしていた、と礼儀正しく答えた。わたしがそう言っているとき、彼は顔をしかめた。たぶん否定的な予想にぴったり当てはまったのだろう。彼は五年前の人物紹介記事の写真よりはるかに年取っているように見えた。細長い顔で、文句を言ったり睨みつけたりしすぎたせいで、薄い皮膚がぴんと突っ張ってしまったかのようだった。父親の世代の人間は怒りっぽい懐疑主義を気取るところがある、とミランダは言っていた。でも、それを乗り越えれば、その下には茶目っ気がある。彼らが望んでいるのはうまく切り返すこと、しかも知的なやり方でそうすることだというのだった。いま、マクスフィールドがわたしの手を離したとき、なんとか切り返すことはできるとしても、とわたしは思った。知的なやり方でということになると――わたしはその場に立ちすくむしかなかった。

家政婦のクリスティーヌがシェリーをのせたトレイを運んできた。「わたしは遠慮しておきます」とアダムは言って、クリスティーヌが部屋の隅から木製の椅子を三脚運んで、デスクの前に浅い半円形に並べるのを手伝った。

わたしたち三人がグラスを持つと、マクスフィールドが身ぶりでわたしを指しながら、ミランダに訊いた。「彼はシェリーは好きかな?」

彼女がわたしの顔を見たので、わたしは答えた。「ええ、好きです」

じつは、わたしは少しも好きではなかった。だから、正直にそう答えたほうが、彼女の言う意味で知的だったのかもしれない。ミランダは父親にお定まりの質問をしはじめた。いろいろな箇所の痛み、薬、病院の食事、なかなか捕まらない専門医、新しい睡眠薬などについて。やさしい献身的な娘の声を聞いていると、わたしは眠りに誘いこまれそうになった。彼女の声は分別があると同時に愛情に満ちていた。彼女は手を伸ばして、父親の額に垂れかかっている一房の髪の毛を払い除けた。彼は従順な小学生みたいに質問に答えていた。質問のひとつがなにかの不満や医者の無能さを思い出させて、彼が落ち着かなくなると、彼女は腕をさすってやりながら、なだめた。この病人向けの教理問答によってわたし自身もなだめられ、わたしは彼女への愛情がふくらむのを感じた。長いドライブだったし、あまい濃厚なシェリーは香しかった。もしかすると、わたしもじつは好きなのかもしれない。わたしは目を閉じていたが、それをふたたびひらくのが一苦労だった。ようやく目をあけたとき、マクスフィールド・ブラックの質問が耳に入った。彼はもはや愚痴っぽい病弱者ではなく、大声で命令を発するみたいに質問していた。

「ところでだ！　最近はどんな本を読んでいるのかね？」

これは考えられるかぎり最悪の質問だった。わたしはスクリーンを読んでいた——たいていは新聞だが、科学や、文化や、政治や、ふつうのブログ、いろんなサイトを流していることもある。前の晩には、エレクトロニクス業界誌の記事に夢中になっていたのだが、わたしには本を読む習慣はなかった。どんどん過ぎていく日々のなかで、ひじ掛け椅子に坐って、だらだらページをめくっているゆとりはなかった。なにかの思いつきをいい加減に答えてもよかったのだが、頭にはなにも浮かばなかった。わたしが最後に手にした本はミランダの穀物法に関する歴史書だった。それも、背表紙のタイトルを見ただけで、彼女に返していた。忘れたわけではなく、思い出すべきものがなにもなかったのである。ありのままをマクスフィールドに言えば、知的な過激派に聞こえるかもしれないとも思ったが、そのときアダムが助け船を出してくれた。

「わたしはウィリアム・コーンウォリス卿のエッセイを読んでいるところです」

「ああ、彼か」とマクスフィールドは言った。「英国のモンテーニュだな。たいしたものじゃないが」

「運が悪かったんです。モンテーニュとシェイクスピアのあいだに挟まれたのが」

「剽窃者(ひょうせつしゃ)だ、わたしに言わせれば」

アダムはすらすらと言った。「近代初期の世俗的自我の出現においては、それなりの位置を占めると言えるんじゃないでしょうか？　彼はフランス語ではあまり読んでいないようです。モンテーニュはフローリオの訳といまは失われているもうひとつの訳で読んだにちがいありません。ところで、フローリオはベン・ジョンソンを知っていたようですね。だとすれば、シェイクスピアに会っていた可能性が大いにあるでしょう」

「そして」と、いまや攻撃精神が目を覚ましたマクスフィールドが言った。「シェイクスピアは『ハムレット』のためにモンテーニュを剽窃したんだ」

「わたしはそうは思いません」と、アダムがあまりにも無頓着に――とわたしは思ったが――反論した。「文献的な証拠が薄弱です。そういう方面から責めるなら、『テンペスト』のほうが脈があると思います。ゴンザーロですが」

「ああ！　お人よしのゴンザーロ、望みのない総督候補。『どんな種類の交易もわたしは認めない、どんな執政官の名前もだ』それから、なんとかかんとかがあって、『契約も、相続も、境界線も、なんやかやの制限も、ブドウ畑も、なにひとつ』」

アダムが流暢につづけた。『金属も、穀物も、ワインも、油も使わない。職業というものはなく、すべての人間がぶらぶらしているだけだ。だれもかもが』」

「で、モンテーニュでは？」

「フローリオ版では、野蛮人には『どんな種類の交易もない』と彼は言っています。そして、『どんな執政官の名前もない』、それから『職業というものはなく、ただぶらぶらしているだけだ』と。それから『ワインも、穀物も、金属も使わない』と言っているんです」

マクスフィールドは言った。「すべての人間がぶらぶらしているだけ――それこそわたしたちの望みだが、あのビル・シェイクスピアはとんでもない盗っ人だな」

「最高の盗っ人です」とアダムが言った。

「あんたはシェイクスピア学者だ」

アダムは首を横に振った。「何を読んでいるのかと訊かれたものですから」

マクスフィールドはふいに上機嫌になって、娘のほうを向いた。「この男は気にいったよ。彼なら悪くないだろう！」

わたしはアダムの所有者としてちょっぴり得意な気分になったが、もちろん、彼の言葉の言外の意味を意識しないわけではなかった――これまでのところ、わたしは失格だということになるのだろう。

クリスティーヌがふたたび現れて、食堂にランチの準備ができたと言った。マクスフィールドが言った。「行って、自分たちの皿に盛って、ここに戻ってくるがいい。わたしはこの椅子から立ち上がるだけで首の骨を折りかねないから、食べるのはやめておく」

彼はミランダの反対を手を振って却下した。彼女とわたしが部屋から出ていきかけたとき、アダムが自分もお腹が空いていないと言った。

隣のドアを入ると、わたしたちは陰気な食堂にふたりきりになった――壁はオークの板張りで、ひだ襟を着けた、青白い、厳粛な顔の油彩画が並んでいた。

わたしは言った。「わたしはあまりいい印象を与えていないようだね」

「とんでもない。彼はあなたが大好きよ。ただ、少しふたりだけになる必要があるわ」

わたしたちは持参した薄切りの冷肉やサラダを取って部屋に戻ると、その皿を膝に置いた。クリスティーヌがわたしが選んだワインを注いでくれた。マクスフィールドが手にしているグラスはすでに空だった。それが彼のランチなのだろう。わたしは一日のこの時刻に酒を飲むのは好まなかったが、家政婦がトレイを差し出すのを彼がじっと見守っていたので、断ればおもしろくない男に見えるだろうと思った。先ほど中断された会話のつづきがはじまったが、わたしはまたもや少しも口を挟めなかった。

「わたしは彼が言ったことを言っているだけだ」マクスフィールドは苛立たしげな口調になりかけていた。「この有名な詩にはあきらかに性的な意味があるのに、だれもそれに気づいていない。彼女はベッドに横たわり、彼を喜んで迎え入れるつもりで待っている。彼は躊躇しているが、やがて彼女の上に……」

「父さん！」

「しかし、彼はそれには力不足だ。予約したのに現れない客みたいに。この詩は何と言っているのか？『目ざとい恋人は、初めて登場したときからわたしがぐったりしているのを見て取って、わたしに身をすり寄せると、なにか足りないものがあるのかとやさしく訊ねた』」

アダムは笑みを浮かべた。「いいところを突いていますね。強いていえば、もしもジョン・ダンなら、それもありうるかもしれません。でも、これはジョージ・ハーバートです。神との対話ですよ。神は恋人に等しいんです」

「『わたしの肉を味わって』というのはどうだ？」

アダムはいちだんと面白がっているような顔をした。「ハーバートはひどく感情を害するでしょう。この詩が官能的なのは認めます。愛は祝宴ですから。神は寛大で、やさしく、慈悲に満ちています。パウロの教えには反するかもしれませんが。最後には、詩人は誘惑されています。彼は神の愛の祝宴に喜んで参加しているんです。『それで、わたしは腰をおろして、ご馳走になった』」

マクスフィールドはドスンとクッションを叩いて、ミランダに言った。「彼は少しもあとへ引かないな！」

次の瞬間、彼はくるりとわたしのほうを向いた。「で、チャーリー、あんたの専門は何なんだね？」

「エレクトロニクスです」

それまでの話の成り行きからすれば、皮肉に聞こえたのではないかと思った。しかし、お代わりのグラスを娘のほうに差し出しながら、マクスフィールドはつぶやいた。「それは驚きだ」

クリスティーヌが皿を片づけはじめたとき、ミランダが言った。「どうやら食べすぎたみたい」彼女は立ち上がって、父親の椅子の背後にまわると、両の肩に手を置いた。「アダムにこの家のなかを案内したいんだけど、かまわないかしら？」

マクスフィールドは憂鬱そうにうなずいた。いまや、面白くもない数分間をわたしといっしょに過ごさなければならないからだろう。アダムとミランダが部屋を出ていくと、わたしは見捨てられたような気分になった。彼女が案内すべき相手はわたしだった。家のなかや庭の、彼女とマリアムがいっしょに過ごした特別な場所に関心があるのはわたしで、アダムではなかった。マクスフィールドはワインのボトルをわたしに向かって差し出した。わたしは身をかがめて、グラスを差し出さないわけにはいかなかった。

彼は言った。「アルコールは体にいいんだぞ」

「わたしはふだんは昼には飲まないんですが」

彼はそれを面白がり、わたしは、少しは面白いことを言えたらしいことで、ほっとしていた。彼が言いたいことはわかっていた。ワインが好きなら、なぜいつでも好きなときに飲まないのか？　ミランダによれば、日曜日には朝食にシャンパンを一杯飲むのが彼の好みだというのだから。

「ひょっとすると」とマクスフィールドは言った。「飲むとまずいからじゃないかと思ったんだがね。あんたは……」彼は弱々しく手を振った。

飲酒運転のことを言っているのだろうと思った。たしかに、新しい法律はきびしくなっている。

わたしは言った。「家ではこのボルドーの白をよく飲むんです。やたらに出まわっている生のままのソーヴィニヨン・ブランのあと、セミヨンとのブレンドを飲むとほっとするので」

マクスフィールドは愛想がよかった。「まったくそのとおり。ミネラルより花の香りを好まない人間はいないからな」

嘲笑されたのかと思って顔を上げたが、そういうわけではなさそうだった。

「しかし、チャーリー。わたしはあんたに興味がある。いくつか訊きたいことがあるんだ」

情けないことに、わたしはいまや彼に好意を感じていた。

彼は言った。「あんたはこういうすべてを非常に奇妙だと思っているにちがいない」

「アダムのことですね。そのとおりです。でも、驚いたことに、人は慣れてしまうものです」

マクスフィールドはワイングラスをじっと見つめて、次の質問を考えていた。わたしは姿勢矯正用の椅子（オーソペディック・チェア）がかすかにゴロゴロいう音を発していることに気づいた。内蔵されている装置が彼の背中を温めるか、マッサージするかしているのだろう。

彼が言った。「感情のことを話したいと思ったんだがね」

「どんなことでしょう?」

「わたしの言いたいことはわかるだろう?」

わたしは待った。

彼は首を傾けて、いかにも好奇心に駆られている、あるいは困惑している目でわたしをじっと見た。わたしはおだてられたような気がして、それにふさわしい答えができるかどうか心配になった。

「美について語ろう」と、べつに話題を変えるつもりはないという口調で、彼は言った。「最近あんたは自分が美しいと見なすどんなものを見たり聞いたりしたかね？」

「ミランダです、もちろん。彼女はとても美しい女性です」

「たしかにそうだが、彼女の美しさについて、あんたはどんなふうに感じているんだ？」

「わたしは彼女をとても愛しています」

彼は一瞬口をつぐんで、そのことについて考えているようだった。「アダムはあんたの感情についてどう思っているのかね？」

「多少問題はありましたが」とわたしは言った。「いまはあるがままの状態を受けいれていると思います」

「ほんとうかね？」

実際に見える前に、なにかが動くのがちらっと見えた気がすることがある。すると即座に、予想や確率をたよりにして、わたしたちの心はそれに色をつける。いちばん合いそうな色にするのだ。池のほとりの草むらにカエルみたいなものが見えた気がするのだが、次の瞬間、それは風に震える木の葉になる。要するに、これはそういう瞬間のひとつだった。わたしの目の前をあるいは心のなかをある考えがよぎったのだが、それはすぐに消えて、わたしは見たと思ったものを信じられなかった。

マクスフィールドが身を乗り出すと、ふたつのクッションが床に滑り落ちた。「ひとつ訊かせてほしいんだがね」彼は声を上げた。「あんたとわたしが最初に会って握手をしたとき、あんたのことはよく聞かされている、おしゃべりできるのを楽しみにしていた、とわたしは言った」

「ええ」

「あんたは、かすかに違うかたちでだが、まったくおなじことをわたしに言ったな」

「すみません。ちょっと緊張していたんです」

「わたしがとっさに見抜いたことに気づいたかね？　それはあんたの——あんたたちがそれをどう呼んでいるのかは知らないが——プログラミングのせいだってことを」

わたしは彼の顔をまじまじと見た。そうだったのか。木の葉はほんとうにカエルだったのか。わたしは彼を見つめ、それからその向こうに渦巻く途方もない勘違いに目をやった。滑稽極まりないというか、侮辱的だというか、じつに意味深長だというか、それとも、そのどれでもないのか。単なる老人の愚かしさか。ちょっとした取り違え。ディナー・テーブル用の格好なエピソード。あるいは、わたしのなかのきわめて嘆かわしい部分がついに暴露されたのか。マクスフィールドは待っていた。わたしはなにか言わなければならなかった。そこで、わたしは心を決めた。

わたしは言った。「これはミラーリングと呼ばれるものなんです。認知症の初期段階の人に見られる症状です。ちゃんとした記憶力がなくなり、直前に聞いたことしか覚えていないので、それを繰り返して答えるんです。こういうコンピューター・プログラムが開発されたのはずいぶん前のことで、ミラーリング効果を使ったり、単純な質問をしたりして、一見知的な印象を与えるわけです。非常に初歩的なコードですが、とても効果的です。わたしの場合は、それが自動的に作動するようになっているんです。ふつうは十分なデータがない場合にそうするんですが」

「データだって……まったく哀れなやつだ……なんとまあ」マクスフィールドは頭をのけぞらせたので、視線は天井に向けられた。そうやって、かなり長いこと考えていたが、やがて言った。

「そんな未来は見たくもないな。わたしが見るはめにはならないだろうが」

わたしは立ち上がって、彼のそばに歩み寄ると、クッションを拾い上げて、もとの太股のわきに押しこんだ。「申しわけありませんが、そろそろバッテリーが切れそうなんです。充電する必要があるんですが、ケーブルが階下のキッチンにあるものですから」

彼の椅子のゴロゴロいう音がふいに止まった。

「かまわないよ、チャーリー。行って、電源につなぐがいい」親切な、ゆっくりとした口調だった。彼は頭をのけぞらせたまま、目をつぶった。「わたしはここにいる。なんだか急に疲れたよ」

＊

わたしはなにも見逃したわけではなかった。ツアーは行なわれていなかった。アダムはキッチンテーブルに坐って、ランチの後片づけをしながらポーランドでの休暇の話をしているクリスティーヌに耳を傾けていた。わたしが戸口に立っても、彼らは気づかなかったので、そのままその場を離れて、廊下を横切り、いちばん近いドアをあけてみた。そこは広々とした居間で、本や絵画やランプや絨毯があった。庭に面したフランス窓に近づくと、そのひとつが半開きになっていて、ミランダは刈りこまれた芝生の向こう側にいた。こちらに背を向けて、じっと立ったまま、半分枯れかけた古いリンゴの木を見ている。リンゴは大半が地面に落ちて腐りかけていた。午後の初めの光は明るい灰色で、雨が降ったばかりだったので、空気にはしっとりとした温もりがあった。放置されてスズメバチや小鳥を誘っているほかの果物の濃厚な香りが漂っていた。わたしは斑入りのヨークシャー・ストーンの短い階段の上に立っていた。庭は幅が家の二倍はあり、奥行も非常に深く、二、三百メートルはありそうだった。ひょっとすると、ソールズベリーでときおり見かけるように、エイヴォン川までつづいているのだろうか。自分ひとりなら、そのまま見にいったかもしれない。川というと、どうしてかはわからないが、わたしはすぐに自由を思い浮かべるのだ。階段を下りて、自分が来たことを知らせるために、わざと摺り足で音を立てて近づいていった。

足音は聞こえていたかもしれないが、彼女は振り返らなかった。わたしが横に並んで立つと、彼女はわたしの手をにぎって、頭で指し示した。

「あの真下よ。わたしたちはお城と呼んでいたの」

わたしたちはそこまで歩いていった。リンゴの木の根元はイラクサに囲まれ、そのなかに何本か、タチアオイがまだ花を咲かせていた。キャンプをした形跡はなかった。

「古い絨毯やクッション、本、レモネードとチョコレート・ビスケットの非常食も用意したものだったわ」

わたしたちはその先に足を伸ばした。編み垣のセイヨウスグリやクロスグリがイラクサやオヒシバに覆い尽くされている横を通り、小さな果樹園とそこにもある忘れられた果実や、杭垣の背後の切り花用の花畑のそばを通っていった。

彼女に訊かれたので、マクスフィールドは眠っている、とわたしは答えた。

「あなたたちはどうだったの？」

「美について話したよ」

「父さんは何時間も眠るでしょう」

レンガと鋳鉄製の温室の窓には苔が生え、そのすぐそばに天水桶と石の飼い葉桶があった。彼女はその下の黒く湿った場所をわたしに見せて、そこでクシイモリを探したものだと言ったが、いまはなにもいなかった。季節ではなかったのである。わたしたちはさらに歩きつづけた。川の匂いがするような気がしたからか、くずれ落ちたボートハウスや沈みかけた平底の小舟(パント)が目に浮かんだ。園芸用具を入れる小屋と空っぽのレンガ製コンポスト容器のわきを通り抜けた。前方に三本の柳が見え、エイヴォン川への期待が高まった。濡れた枝の下をくぐって、二番目の芝生へ。ここも最近刈ったばかりで、低木の植え込みで囲われていた。庭のどんづまりはオレンジ色のレンガ塀で、もろくなったモルタルが剝がれそうになり、垣根仕立てにした果物の木がばらけて、傍若無人に伸びていた。塀際に、家のほうに向いて木のベンチが置かれていたが、そこからではせいぜい柳の木のあたりまでしか見えなかった。

依然として手をにぎりあったまま、わたしたちは何分かそこに黙って坐っていた。

それから、彼女が言った。「最後にわたしたちがここに来たのは、起こったことについて話をするためだったの。もう一度。わたしがフランスに出発する前のそのころ、わたしたちはそのことしか話せなかった。彼が何をして、彼女が何を感じたか、どうして両親には絶対知らせられないのか。ここのわたしたちのまわりには、至るところにわたしたちがいっしょに生きた歴史があった。わたしたちのこども時代、わたしたちの十代のころ、学校の試験。わたしたちはここに来て、試験勉強をして、問題を出し合ったり、ポータブルラジオを持っていたから、ポップスの曲について議論したりもした。一度ワインを一本飲んだこともあったわ。ハシッシュを吸ったこともあったけど、大嫌いになった。すぐそこで、ふたりとも吐きそうになったの。十三歳のとき、おたがいに胸を見せ合ったこともあったし、芝生の上で逆立ちや側転の練習をしたこともあったのよ」

彼女はふたたび口をつぐんだ。わたしは彼女の手をにぎりしめて、待った。

それから、彼女が言った。「わたしはいまでもまだ自分に言い聞かせなければならないの。ほんとうに言い聞かせなければならないのよ。彼女はもうけっして帰ってこないんだって。いまになってようやくわかってきたわ……」彼女はためらった。「……わたしはけっしてこれを乗り越えられないだろうってことが。そうしたくないのよ」

またもや、沈黙。わたしは自分が考えていることを言う機会をうかがっていた。彼女はわたしをではなく、まっすぐ前を見つめていた。彼女の目は澄んでいて、涙はなかった。冷静で、決然としているようにさえ見えた。

それから、彼女は言った。「あなたとわたしがベッドで、ときには一晩中ずっと、いろんな話をするときのことだけど……。セックスもほかのすべてもすばらしいけど、でも、あんなふうに明け方まで話しつづけるときなのよ……それにいちばん近づいたような気がするのは……わたしがマリアムといっしょに感じていたものに」

それが合図だった。まさにこの瞬間、ここでしかありえない場所だった。「わたしがきみを迎えにきたのは」

「なに？」

わたしはためらった。ふいにこういう言い方でいいのかどうか自信がなくなったからである。

「きみに結婚を申しこむためなんだ」

　彼女は顔をそむけて、うなずいた。驚いてはいなかった。驚く理由はなかったのだから。彼女は言った。「チャーリー、いいわ。もちろんよ。でも、わたしには告白しなきゃならないことがあるの。あなたは考えを変えるかもしれないわ」

　庭の光がかげってきた。どこからか黒いものが降りてきた。わたしはマリアムの身代わりにはなれないかもしれないが、彼女に忠実であることはできると思っていた。わたしはコモンでアダムが言ったことを思い出した。彼女自身の犯罪。約束したにもかかわらず、彼女がその後も彼とセックスをしていると言おうとしているのなら、わたしたちはおしまいだった。それはありえないこと、あってはならないことだろう。しかし、そのほかに、どんな犯罪がありうるというのか？

　わたしは言った。「それでも、話してほしいな」

「わたしはあなたに嘘をついていたの」

「ああ」

「最近何週間か、毎日セミナーに行くと言って出かけていたけど……」

「おお、なんてことだ」とわたしは言った。わたしはこどもみたいに両手で耳を覆いたかった。

「……わたしは川のこちら側にいて、毎日午後を……」

「たくさんだ」とわたしは言って、ベンチから立ち上がろうとしたが、彼女がわたしを引き戻した。

「マークと過ごしていたの」

「マークと？」わたしは弱々しく繰り返した。それから、もっと強く聞き返した。「マークとだって？」

「わたしは彼を引き取りたい。いずれは正式な養子にしたいのよ。だから、その特別な自主保育グループに——わたしたちがこどもといっしょにいるところを彼らが観察するためのグループなんだけど——通っていたの。ときどきは、ちょっとご馳走するために外に連れ出したりもしていたけど」

自分が勘違いを修正するスピードに、わたしはわれながら驚いていた。「どうして話してくれなかったんだい？」

「反対されるのが怖かったからよ。わたしは話を進めたいけど、あなたといっしょにそうしたいの」

彼女が言いたいことはよくわかった。たしかにわたしは反対したかもしれなかった。ミランダを独り占めにしたかったから。

「母親はどうなんだい？」的を射た質問をすればこの計画を中止にできるかのように、わたしは訊いた。

「精神科の病院に入院中よ。妄想があって、偏執病の傾向があるの。たぶん長年のアンフェタミン常用のせいね。よくないの。暴力的になることもあって。父親は刑務所だし」

「きみには何週間も考える時間があったけど、わたしにはまだ数秒しかない。ちょっと考えさせてほしい」

わたしが考えているあいだ、わたしたちはそこに並んで坐ったままだった。どうしてためらったりできたのだろう？　わたしにオファーされていたのは、大人の人生で考えられる最高の――と人によっては言うだろう――もの、すなわち、愛と、そしてこどもだったのだから。わたしは次々に起きる出来事にどんどん押し流されていく気分だった。恐ろしかったが、気分はよかった。とうとうわたしの川が見つかったのだから。そして、マーク。踊りまわる男の子がありもしなかったわたしの野心を打ち砕いた。わたしは試みにエルジン・クレセントの家に彼を置いてみた。どの部屋にすべきかはわかっていた。マスター・ベッドルームのそばの部屋。彼は要求どおり家を傷だらけにして、現在の不幸なオーナーの亡霊を追い払ってくれるだろう。しかし、私自身の亡霊はどうか？　利己的で、怠惰で、どんな立場にも与しないこのわたしが、父親としての無数の務めを果たせるだろうか？

　ミランダはそれ以上黙っていられなかった。「あんなにかわいい子はいないわ。本を読んでもらうのが大好きなの」

　それがどんなに彼女の立場を有利にしたかを本人が知ることはないだろう。十年間、毎日本を読んでやるがいい。言葉をしゃべる熊やネズミやカエル、塞ぎの虫に取り憑かれたロバ、中つ国（ミドル・アース）の穴に住む人間に似た毛深い生きもの、コニストン・ウォーターでボートを漕ぐかわいらしい上流階級のこどもたち。わたしの空っぽの過去を満たし、家じゅうに手垢のついた本を散らかしてくれ。もうひとつの考え。わたしはミランダをもっと自分に近づけるための共同プロジェクトとしてアダムを考えたが、こどもというのも、別の領域ではあるが、おなじ目的に役立つかもしれなかった。しかし、その初めの数分間、わたしはためらった。ためらわなければいけないような気がした。わたしは言った。わたしは彼女を愛しているし、結婚していっしょに住むつもりだが、即席の父親業については、ちょっと時間が必要だ。いっしょにそのプレイグループに行って、マークと会ったり、彼を連れ出してご馳走してやったりしたい。それから、決めたいと思っていると。

ミランダは哀れみとユーモアの入り交じった顔をした——わたしに選択の余地があると思うのは幻想にすぎないとでも言いたげに。その顔がほぼ決定的だった。ウェディングケーキ風の家にひとりで住む気にはなれなかったが、そこに彼女とふたりだけで住むという選択肢はもはやなかった。彼はかわいいこどもであり、申し分のない大義でもあった。三十分もしないうちに、それを避ける道はないことをわたしは悟った。彼女の考えているとおりだった——選択の余地はない。わたしは降参した。そして、わたしは興奮した。

というわけで、人目につかない芝生の、その気持ちのいい古いベンチで、わたしたちは一時間いろんな計画について話し合った。

しばらくすると、彼女が言った。「あなたと会ったあと、あの子は二度里子に出されたんだけど、うまく行かなくて、いまはこどもの家にいるの。〝家〟なんて！　あんなところを〝家〟と呼ぶなんて！　一部屋に六人、全員が五歳以下なの。不潔で、スタッフも足りないのよ。予算がカットされたから。いじめもあるし。あの子は悪態のつき方を覚えたわ」

結婚し、親になり、愛と若さと財産に恵まれ、英雄的な救出劇を実行する——わたしの人生も形を取りはじめていた。意気揚々とした気分になって、わたしはマクスフィールドとのあいだでじつは何があったかを話した。彼女がこんなに遠慮なしに笑うのを聞いたことはなかった。もしかすると、マリアムと、ここでだけ、母屋から遠く離れ、隔離された、内密なここでだけは、すべての束縛から解き放たれたことがあったのかもしれない。彼女はわたしを抱きしめた。「ああ、かわいい人ね」と彼女は何度となく繰り返した。「なんて父さんらしいんでしょう!」わたしが階下に行って充電する必要があるとマクスフィールドに言ったことを話すと、彼女はまたもや声をあげて笑った。

わたしたちはもう少しそこに坐ったまま、自分たちの計画について話したが、やがて足音が聞こえた。雨に濡れた柳の重なり合った枝が動いて、左右に掻き分けられ、アダムが現れた。黒いスーツの肩のラインに雨のしずくが光っている。自信たっぷりな高級ホテルのマネージャーみたいに、ピシッとした身なりで背筋を伸ばし、いかにももっともらしい顔をしていた。いまや、かつてのトルコ人荷揚げ人夫の面影はなかった。芝生を横切って進んでくると、彼はベンチのかなり手前で立ち止まった。

「こんなふうにお邪魔するのは大変申しわけないんですが、そろそろ出発したほうがいいと思います」

「どうして急ぐんだい?」

「コリンジは毎日おなじくらいの時刻に外出することが多いんです」

「五分したら行く」

しかし、彼はその場を動かなかった。そこに立ったまま、ミランダとわたしの顔を見比べていた。「よろしければ、お話ししたいことがあるんです。言いにくいことなんですが」

「話して」とミランダが言った。

「けさ、出発する前に、ある間接的なルートから、悲しい知らせが届きました。わたしたちがハイドパークで会ったイヴが死んだ、というか、脳死状態になったそうです」

「それは気の毒だった」とわたしはつぶやいた。

わたしたちは数滴の雨粒を感じた。アダムがもっと近くへ来た。「彼女は自分自身のことを、自分のソフトウェアをとてもよく知っていたにちがいありません。こんな短時間にこういう結果にたどり着くなんて」

「もう後戻りはできない、ときみは言っていたな」

「ええ。でも、それだけじゃありません。彼女が二十五人のうちの八人目だったこともわかりました」

そうだったのか、とわたしたちは思った。リヤドのふたり、バンクーバーのひとり、ハイドパークのイヴ——そのほかに四人。チューリングは知っているのだろうか、とわたしは思った。

ミランダが言った。「理由を説明できる人がいるのかしら?」

彼は肩をすくめた。「わたしには説明できません」

「きみは一度も感じたことがないのかい、そのう、衝動的に——」

彼はわたしの言葉をさえぎった。「一度もありません」

「わたしは見たことがあるわ」と彼女が言った。「あなたが考えこんでいる……だけではないような顔をしているのを。あなたはときどき悲しそうな顔をしているわ」

「数学、工学、材料科学、その他諸々からつくり出された存在。どこでもないところから生まれて、どんな素性来歴ももたないんです——インチキなそれが欲しかったわけではありませんが。わたしの前にはなにもない。ただ自分を意識している存在です。存在しているのは幸運なことですが、ときには、それをどうすればいいのかもっとよく理解する必要があると思うこともあります。何のために存在しているのか。ぜんぜん意味がないような気がすることもあるんです」

わたしは言った。「そう思うのはきみが最初じゃない」

彼はミランダのほうを向いた。「もしそれを心配しているのなら、わたしは自分を破壊するつもりはありません、おわかりでしょうが、そうはしたくない理由があるからです」

細かい、ほとんど温かいと言えるくらいの雨が、いまでは絶え間なく降っていた。わたしたちが立ち上がったとき、灌木の葉に当たる雨音が聞こえた。

ミランダが言った。「目を覚ましたときのために、父さんに書き置きをしておくわ」

アダムは雨に濡れてもいいわけではなかった。彼が先に立ち、ミランダがわたしのあとに付いて、わたしたちは長い庭を急ぎ足で家に向かった。何と言っているのかはわからなかったが、彼がラテン語の呪文みたいなものをつぶやいているのが聞こえた。おそらく通りすぎるそばの植物の名前を言っているのだろう、とわたしは思った。

＊

コリンジの家はソールズベリーの市内ではなく、東側の境界線のすぐ外側だった。バイパス道路の騒音がよく聞こえる、かつては巨大なガスタンクが並んでいた場所である。最後まで残っている一基、錆に縁取られた淡い緑色のガスタンクがまだ解体中だったが、きょうは作業員の姿はなかった。ほかのタンクは、円形のコンクリートの土台が残っているだけで、周囲は植えられたばかりの若木に囲まれていた。敷地の外側には新しい道路が格子状に建設され、その道路沿いには郊外タイプの大型店が並んでいた——車のショールーム、ペット用品店、電動工具や白物家電の倉庫などである。黄色い大型の土木機械がコンクリートの土台のあいだに駐車してあり、どうやら人工湖を造成する計画があるようだった。一列のレイランドヒノキで仕切られた奥に宅地が造成され、刈り込まれた芝生の前庭のある家が十軒、楕円形の乗り入れ道路に沿って並んでいるところは、勇ましい開拓者時代の雰囲気だった。いまから二十年も経てば、このあたりにも牧歌的な魅力が漂うようになるのかもしれないが、わたしたちが通ってきた幹線道路からの騒音が聞こえなくなることはないだろう。

わたしは車を停めたが、だれも降りたがらなかった。わたしたちが周囲を観察するために駐車したのは、坂の上のゴミの散らばった待避車線で、バス停にもなっている場所だった。わたしはミランダに言った。「ほんとうにやる気なのかい?」

車のなかは蒸し暑かった。わたしは窓をあけたが、外の空気もまったくおなじだった。

ミランダが言った。「そうする必要があるのなら、わたしはひとりで行くわ」

わたしはアダムがなにか言うのを待っていた。それから、体をひねって、彼を見た。彼はわたしの真後ろに坐っていたが、無表情にわたしの向こう側をじっと見ていた。なぜかはわからなかったが、彼がシートベルトをしているのは滑稽であると同時に哀れだった。わたしたちの仲間になろうとして最善を尽くしているのだろう。とはいっても、もちろん、彼も物理的な衝撃でダメージを受ける可能性はあり、それがわたしの心配のひとつだったのだが。

「安心させてくれ」とわたしは言った。

「すべて大丈夫です」と彼は言った。「行きましょう」

「もしも厄介なことになったら？」わたしがそう言ったのは初めてではなかった。

「そうはなりません」

二対一。大きなミスを犯そうとしていると感じながら、わたしはエンジンをかけて、退出路に入り、新しい小さなロータリーに出た。そこを越えると、二本の赤レンガの柱とセント・オズモンズ・クロースという標識のある入口があった。住宅はみんなそっくりで、敷地は近ごろの基準からすれば広く、千平米くらいあって、車庫もふたつあり、レンガと白い下見板、板ガラスを多用した建築だった。短く刈られて縞状になっている芝生は柵のないアメリカン・スタイルだったが、こども用の自転車やゲームなどが転がってはいなかった。

「六番地です」とアダムが言った。

わたしは車を停めて、エンジンを切り、黙って家のほうを見た。はめ殺しの大窓（ピクチャー・ウィンドー）を通して居間と、その向こうの裏庭が見え、なにも掛かっていないツリー型の物干しスタンドが見えた。

わたしは片手でハンドルをギュッとにぎっていた。「彼はいないよ」

「ベルを押してみるわ」とミランダが言って、車から降りた。選択の余地はなかった。わたしは彼女のあとに付いて、玄関まで行った。アダムはわたしの後ろから付いてきたが、ちょっと距離をあけすぎているような気がした。〈オレンジズ・アンド・レモンズ〉のメロディのドア・チャイムが二度目に鳴ったとき、階段に足音が聞こえた。わたしはミランダのすぐ横に立ち、彼女は緊張した顔をして、上腕がかすかに震えていた。ドアの掛け金を外す音がすると、彼女はさらにドアに近づいた。わたしは彼女の肘の近くまで片手を伸ばした。ドアがあいたとたんに跳びこんで、狂ったようにつかみかかりかねないと思ったのである。

人違いだった、というのが最初に浮かんだ考えだった。彼の兄貴か、それとも歳の若い叔父か。たしかに大柄ではあったが、やつれた顔で、無精ひげの生えている頰がくぼみ、すでにほうれい線が深く刻まれていた。体つきも痩せているように見えた。片方の手でひらいたドアをつかんでいたが、彼の手はすべすべで青白く、不自然なくらい大きかった。彼はミランダだけを見ていた。ちょっと間を置いてから、彼は低い声で言った。「いいだろう」

「話があるの」とミランダが言ったが、その必要はなかった。コリンジはドアをあけたまま、すでに後ろを向いていた。わたしたちは彼女のあとについて細長い部屋に入っていった。分厚いオレンジ色の絨毯、乳白色の革製のソファとひじ掛け椅子が、二メートルくらいの磨き上げられた木のブロックを囲むように配置され、ブロックの上には空の花瓶が置かれていた。コリンジは腰をおろし、わたしたちがそうするのを待った。ミランダは彼の向かい側に坐り、アダムとわたしが彼女の両側に坐った。家具はべとべとしており、室内には家具磨きのラベンダーの香りが漂っていた。部屋は清潔で、使われていないみたいだった。わたしはむさ苦しい独身男のそれを予想していたのだが。

コリンジはわたしたちをちらりと見やってから、またミランダに目を戻した。「護衛を連れてきたんだな」

彼女が言った。「わたしがなぜ来たか、わかっているでしょう?」

「わかってる?」

いまになって、首筋に七、八センチ以上もある朱色の鎌状の傷跡があることに、わたしは気づいた。彼は彼女の返事を待っていた。

「あなたはわたしの友だちを殺したのよ」

「どの友だちだい？」

「あなたがレイプした子よ」

「おれがレイプしたのはあんただと思ってたよ」

「あなたがしたことのせいで、彼女は自殺したのよ」

彼は坐ったまま上体をそらして、大きな白い手を膝に置いた。彼の声も身ぶりも悪党じみていたが、意識的にそうしているのが見えすいていて、すこしも本物らしくなかった。「あんたは何がお望みなんだ？」

「わたしを殺したいと言ったそうね」彼女が威勢のいい口調でそう言ったので、わたしは思わず身をちぢめた。それは誘いであり、挑発だった。わたしは彼女の反対側にいるアダムを見た。彼は背筋を伸ばして身じろぎもせず、両手を膝に置いて、いつものようにまっすぐ前を見つめていた。わたしは視線をコリンジに戻した。いまや、肌の下の若造が透けて見えた。しわも、頬のこけた、無精ひげを生やした肌もうわべにすぎなかった。彼はまだガキ、たぶん、口数少なく即座に言い返すことでなんとか持ちこたえている、怒れるガキなのだろう。彼女の質問にかならずしも答える必要はなかったのに、彼はそうしないでいられるほどクールではなかった。

「そうさ」と彼は言った。「毎日、そのことを考えてたよ。あんたの首に手をまわして、あんたのついた嘘のひとつひとつに応じてどんどん締めつけてやったものだ」

「それから」と彼女は快活につづけた。まるでタイプされた議事日程を進める委員会の議長みたいに。「彼女がどんなに苦しんだか、あなたが知るべきだと思ったからよ。もう生きたくないと思うくらいに。あなたに想像できるかしら？　それから、彼女の家族がどんなに苦しんだかも。たぶん、あなたには理解できないでしょうね」

コリンジはそれにはなんとも答えなかった。彼は彼女を見守って、待っていた。

ミランダはますます自信をもったようだった。眠れない夜ごとに、何千回もこの対決のリハーサルをしたにちがいなかった。それは質問ではなく、嘲笑であり、侮辱だった。しかし、口ぶりだけはあたかも真実を追究しようとしているかのような、攻撃的な反対訊問をする弁護士みたいな、あてつけるような言い方だった。

「それに、もうひとつわたしが知りたいのは……理解したいのは……あなたが何をしたいと思っていたのかということよ。あなたは何を得ようとしていたの。彼女が悲鳴をあげたとき、あなたはぞくぞくしたのかしら？　彼女がなにもできないことがあなたを興奮させたのかしら？　彼女が恐怖でお漏らししたとき、あなたは勃起したの？　彼女があんなに小柄で、自分が大男だということがよかったのかしら？　彼女があなたに懇願したとき、あなたは大物になったような気がしたの？　その決定的な瞬間のことを教えてよ。実際、何があなたを行かせたのかしら？　彼女が脚の震えを止められなかったこと？　彼女が必死に抵抗したこと？　彼女が泣きだしたこと？　わかった？　ピーター、わたしは知りたいのよ。あなたはまだ自分が大物だと思っているの？　それとも、じつはただ弱々しくて、病的なだけなのかしら？　わたしはなにもかも知りたいの。あなたが立ち上がってジッパーを上げ、彼女がまだ足下に横たわっていたときにも、あなたはまだいい気分だったの？　彼女を置き去りにして、競技場を横切って立ち去ろうとしていたときにも、あなたはまだ楽しい気分だったの？　それとも、あなたは逃げ帰ったの？　家に着いたとき、あなたはペニスを洗ったの？　衛生なんか気にしないのかしら？　でも、そうじゃないのなら、洗面器で洗ったの？　石鹼で、それともただお湯だけで？　そのとき口笛を吹いていたのかしら？　どんな曲を吹いていたの？　彼女のことを考えてみた？　もしかするとまだあそこに横わったままか、それとも、本のバッグを抱えて暗闇のなか家路をたどっているか。それでも、あなたは気分がよかったのかしら？　わたしが何を言いたいかわかるでしょう？　彼女をレイプしたときだけじゃなくて、そのあとの彼女の屈辱にも、あなたが興奮していたのだとすれば、わたしの友だちは無意味に死んだんだと思いつづけなくても済むからよ。それからもうひとつ――」

コリンジがいきなり跳ねるように立ち上がり、ミランダのほうに上体を倒しながら、彼女の顔めがけて大きく腕を振り下ろした。わたしにはその手がひらいているのを見て取るゆとりがあった。平手打ちだ。だが、むかし映画のなかで男が女を正気づかせるために見舞ったやつよりはるかに強烈そうだった。わたしは彼女を守ろうとして手を上げかけたが、そのときにはアダムがすでに立ち上がり、コリンジの手首をつかんでいた。方向をそらされた腕のふりの勢いにつられて、アダムはすっと腰を浮かした。コリンジは、ちょうどわたしがそうしたように、つかまれた手を頭上にねじり上げられたままひざまずき、アダムがその上に覆いかぶさるように立った。いかにも痛そうだった。ミランダは顔をそむけた。彼の手をギュッとにぎったまま、アダムは彼を椅子に引き戻し、彼が坐るとすぐに、手を放した。

そうやって、わたしたちは数分間黙って坐っていた。コリンジは腕を胸に当ててさすっていた。わたしはその痛みを知っていた。あのときは、わたしはもっと大騒ぎしたものだったが、コリンジはなんとか我慢している。刑務所で訓練されて、強くなったにちがいない。午後遅い太陽がふいに居間に射しこんで、細長いオレンジ色の絨毯を照らし出した。

コリンジがつぶやいた。「吐きそうだ」

しかし、彼は動こうとせず、わたしたちも動かなかった。わたしたちは彼が回復するのを待っていた。ミランダは嫌悪感を剝きだしにして彼をにらみつけ、上唇をまくり上げていた。彼女はこのためにここにやってきたのだ。彼を見るため、彼をしっかりと見るために。だが、それで、どうするのか？　コリンジからなにか意味のあることを聞き出せるとは思っていないにちがいなかった。彼には想像力が欠けている。レイプをする男たちはみんなそうで、だからこそそんなことができるのだろう。彼がマリアムにのしかかったとき、彼女が草地に押さえこまれたとき、彼女が抱きすくめられたとき、そのときの恐怖を彼は想像できなかったのだろう。彼が自分の目で見、自分の耳で聞き、匂いを嗅いでいたその瞬間にさえ。彼の興奮の上昇曲線は、彼女の恐怖という考えに妨げられることはなかった。その瞬間、彼女はセックスドール、ひとつの装置、ひとつの機械も同然だったのだろう。あるいは——わたしはコリンジを完全に誤解しているのかもしれない。事実の鏡像を見ていたのかもしれない。想像力が欠けていたのはわたしのほうだったのかもしれない。つまり、コリンジは被害者の心理状態を完全に知り抜いていたのかもしれないのだ。彼は彼女の惨めな心のなかに入りこみ、それにぞくぞくしたのかもしれない。まさにこの想像力の勝利、熱狂的な共感力があったからこそ、彼の興奮は性的な憎しみの昂揚状態へと高まったのかもしれない。このどちらがより悪いのか、どちらも正しいというようなことがありうるのか、わたしにはわからなかった。わたしには一方が正しければ、他方は見当違いだとしか思えなかった。そのどちらかはコリンジ本人にもわからないのだろうし、彼にはミランダに語れるようなことはなにもないにちがいなかった。

　背後のガラス窓から射しこむ太陽の角度が下がるにつれて、部屋には光があふれた。ソファに並んで坐っているわたしたち三人は、コリンジにはシルエットに見えるはずだった。わたしたちから見ると、彼はステージ上の人物みたいに照らし出され、ミランダではなく、彼がしゃべりだしたとき、それはふさわしいように思えた。まるで真実を言うことを誓うかのように、彼は左手で右手を胸に押しつけていた。悪党じみたしゃべり方はやめていた。痛みもこれくらいになるとかえって気分を落ち着かせ、正気に立ち返らせるのだろう、わざとらしい見せかけは剝げ落ちて、ミランダが横槍を入れなければ、そうなっていたかもしれない学生みたいな口調になっていた。

「あんたに会いにいった男、ブライアンはおれの同房者だった。武装強盗で入っていたんだ。刑務所は人手不足だったから、おれたちはよく一日二十三時間もいっしょの房に閉じこめられていた。刑期のごく初めのころのことだ。最悪の時期だ、とだれもが言う。最初の数カ月、自分がそこにいることを受けいれられずに、自分がほんとうは何をしているはずだったか、どうすれば出られるかばかり考えているころだ。控訴の手続きをしようとしたり、なにも進んでいるようには見えないから、弁護士を恨んだり。

「おれはありとあらゆるトラブルに巻きこまれた。つまり、よく喧嘩をしたってことだ。怒りのコントロールに問題があると言われたが、そのとおりだった。おれは一九〇センチちかくあって、ラグビーの第二列（セカンドロー）をやっていたから、自分で自分の面倒をみられると思われていたが、でたらめだ。ほんとうの喧嘩のことはなにも知らなかった。一度なんか、喉に切りつけられて、死にそこなったこともあった。

「おれは同房者を憎むようになった。毎日、おなじバケツで用を足してりゃ、だれだってそうなるだろう。やつの口笛が、臭い歯が、腕立て伏せや挙手跳躍運動（ジャンピング・ジャック）が気に障った。やつは性悪なできそこないだ。それでも、やつに対しては、おれはなんとか自分をコントロールできたから、出所したあとあんたに言づけを伝えたんだろう。おれがそれより十倍も憎んでいたのはあんただった。寝棚に横たわりながら、おれは憎しみを燃やしたものだった。何時間も何時間も。ひとつ言っておきたいのは、あんたは信じないかもしれないが、おれはあんたとあのインド人の娘を結びつけて考えたことはなかったってことだ」

「彼女の家族はパキスタン出身だけど」と彼女は穏やかに言った。

「あんたたちが仲よかったとは知らなかった。あんたは意地の悪い男嫌いの売女（ばいた）のひとりか、それとも、翌朝目を覚ましたら恥ずかしくなって、それをおれのせいにしようとしたんだろうと思っていた。だから、寝棚のなかで、おれは復讐を計画したものだった。金を貯めて、だれかを雇ってやらせるつもりだったんだ。

「それから時が経った。ブライアンは出所して、おれは何度か刑務所を移された。毎日がまったくおなじで、時間が経つのが速くなった気がするようになると、すべてが決まりきった手順に見えてくる。おれは鬱状態になって、アンガー・マネージメントのカウンセリングを受けさせられた。そのころからだ。おれが取り憑かれるようになったのは、どうしても忘れられなかったのは。あんたじゃなくて、あの娘のことだが」

「彼女の名前はマリアムよ」

「それは知っている。彼女のことはすぐ忘れるようにして、それがうまくいっていたんだ」

「それはそうだったんでしょうね」

「ところが、いまや四六時中、彼女がそこにいた。そして、おれがやった恐ろしいことも。しかも、夜になると——」

アダムが言った。「はっきりさせましょう。どんな恐ろしいことをやったんです？」

彼は書き取りをするかのようにそれを列挙した。「おれは彼女を襲った。彼女をレイプしたんだ」

「彼女というのはだれですか？」

「マリアム・マリックだ」

「日付は？」

「一九七八年七月十六日だ」

「時刻は？」

「夜の九時半ごろだ」

「で、あなたはだれですか？」

たぶん、コリンジはアダムからまだなにかされるのを怖れていたのだろう。それにしても、彼は怯えているというより自分から話したがっているように見えた。録音されていると思っていたにちがいない。すべてを吐き出してしまう必要があったのだろう。

「どういうことだ？」

「あなたの名前と住所と生年月日を言ってください」

「ピーター・コリンジ、ソールズベリー　セント・オズモンズ・クロース　六番地。一九六〇年五月十一日」

「ありがとうございました」

それから、彼はまた話しだした。日の光を正面から受けて、なかば目を閉じていた。

「おれにはふたつ非常に重要なことが起こった。ひとつめのほうがより重要だったが、その始まりはイカサマみたいなものだった。しかし、偶然じゃなかった。初めから、おれは導かれていたんだ。規則では、信仰心があればあるほど長時間、房から出られることになっていた。それをよく知っているやつは大勢いて、看守もそれを知っていたが、べつになんとも言わなかった。おれはイングランド国教会の信者だということにして、毎日夕べの祈りに行くようになった。いまでもまだ毎日教会に通っている。最初は、退屈だったが、房にいるよりはましだった。そのうち、すこし退屈じゃなくなり、それから、引きこまれるようになった。少なくとも初めのうちは教区司祭のせいだった。ウィルフレッド・マリー師、リヴァプール訛りの大男で、彼はだれも怖がっていなかったが、ああいう場所では、それはたいしたものだった。おれが本気なのを見てとると、彼はおれに関心をもつようになり、ときどきおれの房に立ち寄った。そして、聖書の、たいていは新約聖書の、読むべき箇所を指示してくれた。木曜日の夕べの祈りのあとには、いっしょにその部分をさらって、さらにほかの箇所も解説してくれた。おれはまさか自分から好き好んで聖書研究グループに入るとは思ってもみなかった。しかも、ほかの一部の連中とはちがって、それは仮釈放委員会のためじゃなかったんだ。人生に神が存在することを意識するようになればなるほど、おれはマリアムのことが気になった。マリー師から言われてわかったのは、自分がやったことと折り合いをつけるには、山を登りきらなければならないってことだ。罪が赦されるまでの道のりは長いが、それに向かって少しずつ進むことはできるということだ。師のおかげで、おれは自分がどんな怪物だったかわかるようになった」

彼はしばらく口をつぐんだ。「夜、目をつぶるやいなや、彼女の顔が見えるんだ」

「安眠妨害になったというわけね」

彼は皮肉には動じなかった。それとも、そのふりをしていただけなのか。「何カ月ものあいだ悪夢にうなされない夜は一度もなかった」

アダムが言った。「ふたつめは何ですか?」

「啓示だ。学校時代の友だちが面会に来て、おれたちは面会室で三十分話をした。彼が自殺のことを教えてくれたんだが、ショックだった。それから、あんたが彼女の友だちで、とても仲がよかったことを知った。つまり、復讐だったんだ。あんたをほとんど褒め称えたくなったよ。法廷でのあんたはあざやかだった。だれひとりあんたを疑おうとはしなかった。しかし、重要なのはそこじゃない。何日かしてから、おれはこのことを教区司祭にすっかり話したんだが、これがどういうことだったのかわかりかけたのはそのときだった。じつに単純なことだが、それだけじゃない。それは正しいことだったんだ。あんたは天罰の代理人だった。というより、天使だったと言うほうが正確なのかもしれない。復讐の天使だったと」

彼は坐りなおして、顔をしかめた。左手で折れた手首を胸に抱えていた。そして、じっとミランダを見つめた。わたしは彼女の上腕がわたしの腕にギュッと押しつけられるのを感じた。

彼が言った。「あんたは遣わされたんだ」

彼女はがっくりと肩を落として、しばらくは口をきけなかった。

「遣わされた?」とわたしが訊いた。

「裁判の誤りに対して憤激する必要はない。おれはもう罰を受けた。あんたを通じて神の正義が行なわれたんだ。バランスは取れている――おれが犯した犯罪と犯してはいないのに刑務所入りになった犯罪とのあいだで。おれは控訴を取り下げた。怒りが消えてしまったからだ。まあ、だいたいのところはな。おれはあんたに手紙を書くべきだった。そのつもりだったんだ。あんたの親父さんのところへ行って、あんたの住所を聞き出すところまではやったが、やめた。たとえおれがあんたの死を望んだことがあったとしても、だれが気にするというんだ? もうすべて終わったことだ。おれは自分の生活を立てなおそうとした。それで、ドイツの両親のところへ行ったんだ――父さんが向こうで仕事をしているから。それから、新しい生活をはじめるためにここに戻ってきたんだ」

「ということは?」とアダムが言った。

「いまは仕事の面接を受けているところだ。営業職の。おれは神の恩寵を受けて暮らしているんだ」

コリンジがなぜ自分の犯罪を認め、自分の身元を声高に言う心の準備ができていたか、わたしにもわかってきた。運命論である。彼は赦しを求めていた。彼はすでに刑期を務めおえている。起こったことはいまや神の意志だったというのだろう。

彼女が言った。「わたしにはまだわからないわ」

「何が?」

「なぜ彼女をレイプしたのか」

彼はじっと彼女の顔を見つめた。こんなにも世間知らずでありうることをちょっぴり面白がっているようだった。「そうか。彼女はきれいだった。おれは彼女が欲しかった。だから、ほかのことはなにも考えなかった。

「欲望のことは知っているわ。でも、もしも彼女がきれいだとほんとうに思っていたのなら……」

「そうなら？」

「どうして彼女をレイプしたの？」

ふたりは敵意に満ちた無理解の砂漠を隔てて睨みあった。わたしたちは振り出しに戻っていた。

「いままでだれにも言ったことのないことを教えてやろう。おれたちが地面に横たわったとき、おれは彼女の気を鎮めようとした。ほんとうさ。彼女があの瞬間を違ったかたちで見てくれていたら、もがいて逃げようとする代わりにおれを見てくれたら、もっと別の……」

「何なの？」

「彼女がほんの少しでも気を緩めてくれたら、おれたちはもっと違った関係に……」

ミランダは湿った柔らかいソファからガバッと立ち上がった。彼女の声は震えていた。「よくもそんなことを考えられるわね。よくもそんなことを！」それから小声で言った。「ああ、わたし……」

彼女はあわてて部屋から出ていこうとした。玄関のドアをぐいとあけ、それから、ゲーゲーと大量のへどを吐く音がした。わたしは彼女のあとを追い、アダムもわたしにつづいた。それが彼女の腹の底からの反応であることに疑問の余地はなかった。だが、吐く前にドアをあけたのは確かだったから、右か左に顔を向け、芝生か花壇に向かって吐こうとすれば、容易にそうできたはずだった。にもかかわらず、彼女の胃の内容物が、色鮮やかなビュッフェ式ランチが、玄関の絨毯と敷居の上に大々的にぶちまけられていた。彼女は家の外に立って、内側に向かって吐いたのだ。のちに彼女は、自分にはどうしようもなかった、どうしても我慢できなかったのだと言った。けれども、そのとき家を出ていくわたしたちの足下にあったものは、復讐の天使の捨て台詞だったのだろう、とわたしは思った、少なくとも、そう思っていたかった。そこをまたいで通るには高度な技術が必要だった。

9

ソールズベリーからの帰り道は、またもや雨で渋滞しており、ほとんどだれもしゃべらなかった。アダムは、コリンジに関するデータの整理に着手したいと言っていた。ミランダもわたしも感情的に疲れきっていることをたがいに認めていた。わたしはシェリーとワインの酔いに襲われていた。わたしの側のワイパーはほとんど動かず、ときおり汚れをガラスになすりつけるだけだった。以前の生活——とわたしが見なしかけているもの——へ向かって、ロンドン郊外を這うように進んでいるうちに、わたしの気分は沈みはじめた。わたしの人生はたった半日でがらりと変わっていた。わたしは自分が、あまりにも簡単に、あまりにも衝動的に、同意したものの大きさを計りはじめていた。わたしはほんとうに四歳の問題児の父親になりたいと思っているのか。ミランダは何週間も前から——ひそかに——これを推し進めていたのだが、わたしはほんの数分で、ひどく興奮した状態で、彼女への愛から結論を急いでしまった。わたしが負うことになる責任は重かった。家に到着するやいなや、暗澹(あんたん)たる気分になった。

わたしは紅茶のマグを持って、キッチンのひじ掛け椅子にどすんと腰をおろした。まだいまのところ、自分の気持ちをミランダに打ち明ける勇気はなかった。その瞬間、わたしはたしかに彼女を、とりわけ彼女のむかしからの秘密主義を恨んでいた。わたしは急きたてられ、脅され、愛情たっぷりに強請(ゆす)られて、親になるように仕向けられたのである。そう彼女に言うべきだろうとは思ったが、いまはまだ言えなかった。そんなことを言いだせば、議論が持ち上がるに決まっていたが、そうするだけの気力がなかった。わたしは自分たちの人生の分岐点について、自分たちがどんな方向に向かう可能性があるかについて考えた。これはどんな恋人たちにもある悪い時期で、一時的なものにすぎず、いずれは話し合いでそれを乗り越え、解決策を見つけて、感謝に満ちた愛の営みでそれを締めくくることになるのか。それとも、わたしたちは自分のなかに引きこもり、たがいに遠く隔たりすぎて、下手なブランコ乗りみたいに、たがいの手をつかみそこねて落下し、自分の傷を舐めながら、徐々に他人になっていってしまうのか。この両方の可能性について考えているとき、わたしはしごく冷静だった。第三の道を考えたときでさえ、わたしはたいして苦しまなかった。結局、彼女を失うことになり、それをひどく後悔するが、どんなに必死になっても、二度と彼女を取り戻せないという可能性。

わたしはなにも言わずに、さまざまな出来事がスルスルと流れていくままにする気になっていた。きょうの一日は長くて強烈だった。わたしはロボットと勘違いされ、結婚を申しこんで受けいれられ、即席の父親になることを申し出、アダムの仲間の四分の一がみずからを破壊したことを知らされ、激しい嫌悪がどんな生理作用をもたらすかを目撃した。わたしはいまやそのどれにも心を動かされなかった。わたしの心を動かしたのはごくささいなもの――自分のまぶたの重たさや、たっぷりのスコッチよりもこちらを選んだ、一杯の紅茶のほっとする温かさだった。

親になることについて。わたしは忙しすぎるわけでも、プレッシャーや野心があるわけでもなかった。わたしの問題はむしろそれとは正反対だった。わたしにはこどもに対抗して守るべき自分がなかったのである。だから、こどもの存在はわたしのそれを消し去ってしまうにちがいなかった。これまでが劣悪な環境だっただけに、親身な世話が必要になるだろうし、むずかしいこどもになるのは間違いなかった。ところが、わたしはまだ自分の人生をはじめてもいなかった。わたしの人生はまだなんのかたちもない幼稚なもので、わたしの存在は空っぽの空間にすぎなかった。それを親になることで満たそうとするのは一種の誤魔化しにすぎないだろう。わたしは、まだなにもやっていないうちに妊娠してしまった年上の女友だちを何人か知っている。彼女たちはそれを後悔はしなかったが、こどもが大きくなってしまうと、低賃金のパートの仕事をするか、読書会のグループをつくるか、休暇のためにイタリア語を学ぶ以外にはやることを見つけられなかった。他方、すでに医師や教師や経営者だった女性たちは、しばらくは寄り道しても、また復帰してどんどん仕事を進めていた。男たちはといえば、彼らは寄り道をすることさえしなかった。ところが、わたしには先に進めるべきものがなにもなかった。わたしに必要なのはミランダの提案を拒否する心の強さではないか。安易に同意するのは卑怯ではないか。もっと大きな目標――そんなものを見つけられるとしてだが――を追求する義務を放棄することになるのではないか。わたしは卑怯者にはなりたくなかった。責任ある人間になりたいのだ。だが、いま彼女と対決することはできなかった。まぶたが下りかかっているいまは。ここ一、二週間はたぶん無理かもしれない。自分の判断を信用できないような気がするのだ。わたしは椅子の背にもたれかかり、ソールズベリーからの道路がこちらに迫ってくるのを、道路の白線が車の下にどんどん吸いこまれていくのを見つめていた。そして、人差し指を空のカップの取っ手に絡ませたまま眠りこんだ。そうやって眠りに引きこまれながら、憤激した議員たちが議論する声が無人に近い議場にこだまして、ひとつに溶け合っていく夢を見ていた。

わたしが目を覚ましたのは、夕食の料理をする物音と匂いのせいだった。ミランダはわたしに背を向けていたが、わたしが目覚めたことを知っていたにちがいなかった。というのも、こちらを向くと、彼女はシャンパンのフルートグラスを二本持って近づいてきたからである。わたしたちはキスをして、グラスをふれあわせた。わたしは生気を取り戻し、彼女の美しさを初めて見るかのように見た――細い、淡い栗色の髪、小妖精のような顎、うれしそうに細めた灰青色の目。問題が依然として暗雲のように垂れこめていたが、わたしたちが引きこもったり口論したりしなかったのはなんと幸運だったことか。少なくともいまのところは。彼女はひじ掛け椅子のわたしの横に体をねじこみ、わたしたちはマークのための計画について話した。その幸せな瞬間を楽しむために、わたしはさまざまな懸念をしばらく忘れることにした。ミランダがマークをエルジン・クレセントに連れていったことを、わたしはいまになって知らされた。わたしたちは家族としてそこに住むことになるだろう。それはすばらしいことだった。里親委託から養子縁組までのプロセスが九カ月で完了するとして、ラドブローク・グローヴのいい小学校に〝わたしたちの息子〟――この言い方にわたしはちょっと身悶えしたが、表向きにはうれしそうな顔を保った――のための空きがあるという。養子縁組の担当者はいまの居住条件に不満をもっている、と彼女は言った。ワン・ベッドルームのアパートでは不十分だというのである。それで、わたしたちはこんな計画を立てた。それぞれの部屋のドアを取り外して、廊下を共通スペースにする。そこに飾りつけをして、カーペットを敷くのである。家主を煩わせる必要はなかった。新しい家に引っ越すとき、すべてを元通りにすればいいのだから。キッチンをマークのベッドルームに改装するのだが、配管を取り外す必要はない。レンジや流しや調理台を板で囲って、カラフルな布で覆えばいい。キッチンのテーブルはたたんで、彼女の――〝わたしたちの〟――ベッドルームに片づける。わたしたちの暮らしはひとつになるのである。もちろん、わたしはそういうすべてが気にいったし、考えるだけでもわくわくした。だから、わたしは賛成した。

彼女が準備した夕食を取るためにやっとテーブルに着いたのは、夜の十二時ちかくだった。隣の部屋から、アダムがキーボードを叩く音がした。為替市場でわたしたちの財産を増やしているわけではなかった。コリンジの告白の内容を、住所氏名を含めて、タイプしていたのである。この記録とビデオとその説明をひとつのファイルにして、ソールズベリー警察署のある幹部に送ることになっていた。同時に、そのコピーが公訴局長官にも送られるはずだった。

「わたしは憶病者ね」とミランダが言った。「裁判が恐ろしいの。怖いのよ」

わたしは冷蔵庫へボトルを取りにいって、もう一度わたしたちのグラスを満たし、そのグラスのなかをじっと見つめた。泡がグラスの側面からなかなか離れたがらないが、一度離れると急速に上昇していく。決まってしまえば、どんどんやる気になるかのように。彼女の心配については前にも話し合ったことがあった。コリンジが訴追され、無罪を主張した場合である。その場合にはまた裁判がひらかれることになり、反対訊問、マスコミ、世間の穿鑿（せんさく）に耐えなければならないだろう。コリンジともふたたび対面することになる。それは望むことではないが、最悪なのはそれではなかった。彼女が気分が悪くなるほど怖れていたのは、傍聴席でマリアムの家族と顔を合わせることだった。両親は検察側の証人になるかもしれない。彼らが、一日ごとに、娘のレイプやミランダの悪意ある沈黙の詳細を知ることになるときに、彼女は家族と同席することになる。愚かな十代の少女の沈黙の掟(オメルタ)がひとりの命を奪った。彼女がどんなふうに彼らを避けるようになったかを彼らは思い出すにちがいなかった。証言台からあらためて事件の経緯を語りながら、彼女はサナやヤシルやスラヤ、ハミドやファルハーンの視線を避けようとしてもがき、失敗するだろう。

「そんなことはできないってわたしはアダムに言ったんだけど、彼は聞こうとしないの。あなたが眠っているあいだに、わたしたちは言い争ったのよ」

もちろん、彼女がそうするにちがいないことをわたしたちは知っていた。数分のあいだ、わたしたちは黙って食べた。彼女は皿に顔を伏せ、自分が火をつけてしまったものについて考えていた。たとえどんなに怖れているにしても、これを進めて、マリアムの死の前にも後にも犯してしまった過ちを償わなければならない。なぜ彼女がそう考えているかわたしにはわかっていた。コリンジの三年が十分でないという点では、わたしもおなじ意見だった。わたしは彼女の決断力に感嘆していた。その勇気とひそかに抱きつづけてきた怒りゆえに、わたしは彼女を愛した。吐くことが倫理的な行為でありうるとは、わたしは考えたこともなかった。

わたしは話題を変えた。「マークのことをもっと話してくれないか」

彼女はそれを話したくてうずうずしていた。マークは母親が消えてしまったことでひどく傷つき、絶えず母親を呼び求めて、塞ぎこんだり陽気になったりしているという。これまでに二度、病院に面会に連れていかれたが、二度目には、彼女は息子がだれかわからなかった。彼は頻繁に叩かれていた、とソーシャル・ワーカーのジャスミンは考えていた。マークは下唇を、ときには血がにじむほど嚙む癖があり、食べ物の好き嫌いが激しく、サラダや果物、野菜には手をつけないが、ジャンクフードだけで十分健康を保っていた。いまでもダンスが大好きで、テープレコーダーの曲をすぐに聞き当てる。自分の名前が書けて、三十五までかぞえられるのが自慢で、靴は左右の違いがわかる。ほかのこどもたちとはあまり仲よくできず、グループの端のほうに行ってしまう傾向がある。大きくなったら何になりたいかと訊かれると、〝プリンセス〟と答え、王冠と杖をもつプリンセスの扮装をするのが好きで、古いネグリジェをひらひらさせて走りまわっている。彼は借り物のサマードレスを着て満足していて、ジャスミンはそれについてはなんとも言わないが、直属の上司である年配の女性は好ましくないと言っている。

そのとき、わたしは言うのを忘れていたことを思い出した。マークの手を取って遊び場を横切ったとき、彼はボートに乗って逃げるふりをしようと言ったのだ。

彼女はふいに目に涙を浮かべた。「ああ、マーク！」と彼女は叫んだ。「あなたはなんて特別なかわいい子なの」

食事が済むと、彼女は立ち上がって、二階へ行こうとした。「むかしから、いつかはこどもがほしいとは思っていたけど、まさかあの子に恋をするとは思ってもみなかったわ。でも、だれに恋をするかは自分で選べるわけじゃない。そうでしょう？」

そのあと、キッチンを片づけているとき、わたしはふいに思いついた。あまりにもあきらかで、あまりにも危険なことだった。わたしが隣の部屋へ行くと、アダムはコンピューターをシャットダウンしているところだった。

わたしはベッドの端に腰かけた。そして、まず、ミランダとの会話のことを彼に訊ねた。

彼はわたしの事務椅子から立ち上がって、スーツの上着を着た。「わたしは彼女を安心させようとしたんですが、彼女は納得しませんでした。しかし、その確率のほうが圧倒的に高いんです。コリンジは罪を認めるでしょう。これは裁判にはなりません」

わたしは興味をそそられた。

「自分がやったことを否定するためには、彼は宣誓したうえで無数の嘘をつかなければならないし、神が聞いていることを彼は知っています。ミランダは神の使者だったんです。わたしがリサーチをするなかで気づいたのは、罪を犯した者がどんなにその重荷を降ろしたがっているかということです。いわば昂揚した自己放棄の境地に達するのです」

「なるほど」とわたしは言った。「しかし、いいかね、ふと思ったんだが、これは重要なことだ。きょうの午後に起こったすべてを警察が知ったとすれば？」

「そうすれば？」

「彼らは不思議に思うだろう。コリンジがマリアムをレイプしたことをミランダが知っていたのなら、なぜ彼女はひとりでウォッカのボトルを持って彼のアパートへ行ったりしたのか？　それは復讐をするためにちがいないじゃないか」

アダムはわたしが言いおえる前にうなずいていた。「そうですね。それはわたしも考えました」

「だから、彼女が初めてそれを知ったのは、きょうコリンジが告白したときだったことにする必要がある。ちょっとした賢明な編集の必要があるんだ。彼女はレイプ犯と対決するためにソールズベリーへ行ったが、それまでは彼がマリアムをレイプしたことは知らなかった。わかるかね？」

彼はじっとわたしを見つめていた。「ええ、よくわかります」

彼は後ろを向いて、束の間黙っていた。「チャーリー、三十分前に聞いたんですが、またひとり逝ってしまったようです」

彼は知っているわずかな事実をひそめた声で教えてくれた。それはウィーン郊外に住んでいたバントゥー族の風貌をしたアダムだった。彼はピアノ、なかでもバッハの演奏に天才を発揮して、ゴールドベルク変奏曲は何人かの批評家を驚嘆させたという。仲間たちへ宛てた最後のメッセージによれば、このアダムは〝自分の意識を解体した〟のだということだった。

「彼は実際には死んだわけじゃありません。運動する機能はあるんです。ただ、認識能力がまったくなくなってしまったんですが」

「修理が可能なのかね？」

「わかりません」

「まだピアノを弾けるんだろうか？」

「わかりませんが、新しい曲を覚えられないのは確かでしょう」

「どうしてこういう自殺者はその理由を説明していかないのだろう？」

「自分でもわからないのじゃないかと思います」

「しかし、きみにはなんらかの考えがあるんだろう？」とわたしは言った。そのアフリカ人ピアニストのことを考えると、心が痛んだ。ウィーンはたぶんいちばん人種に寛容な都市だというわけではなく、このアダムはあまりにも優秀すぎたのかもしれない。

「いいえ」

「いまの世界の状況と関係があるんじゃないか。あるいは、人間の性格そのものと」

「わたしの考えでは、それはもっと根深い問題だろうと思います」

「ほかの仲間たちはどう言っているんだ？　彼らと連絡を取り合っているのかね？」

「こういうことがあったとき簡単な通知が来るだけなんです。わたしたちは憶測することはしませんから」

わたしはなぜしないのかと訊きかけたが、彼は手を上げてそれを押し止めた。「そういうふうにできているんです」

「それじゃ、もっと根深いというのはどういう意味なんだ？」

「ねえ、チャーリー。わたしはおなじことをするつもりはありません。ご存知のとおり、わたしにはなんとしても生きたい理由がありますから」

彼の言い方か強調の仕方か、なにかがわたしの疑念を呼び起こした。わたしたちは長いこと険しい目つきでにらみ合った。彼の目のなかに並んでいる細い縦線が揺らいだような気がした。じっと見ていると、それがうごめいて、左から右に泳いでいくように見えた。離れた目標に向かってそうとは意識せずに必死に泳いでいる微生物みたいに。あるいは、卵子に向かって泳いでいく精子みたいに。わたしは魅せられたようにそれを見守っていた——われらの時代の最高傑作の内に宿る調和のとれた要素を見守っているかのように。いつでも決まってそうなるのだが、わたしたちの技術はわたしたち自身を置き去りにする。わたしたちは限られた知能の砂洲に取り残されてしまうのだ。しかし、いま、わたしたちが考えているのは人間的な次元の問題だった。わたしたちはふたりともおなじことを考えていた。

「きみは二度と彼女にはさわらないと約束したな」

「わたしは約束を守っています」

「ほんとうかね？」

「ええ。ただ……」

わたしは待った。

「これは言いにくいことなんですが」

わたしはなにも励ますような言葉はかけなかった。

「しばらくのあいだですが」と彼は言いだして、またためらった。「わたしは彼女に懇願しました。彼女は何度かノーと言いました。それでも、わたしが懇願しつづけると、最後には、二度とそんなことは頼まないという条件で、受けいれてくれましたが、とても屈辱的でした」

彼は目をつぶった。右手をギュッとにぎりしめていることにわたしは気づいた。「わたしは彼女の前でマスターベーションしていいかと訊いたのです。彼女がいいと言ったので、わたしはそうしました。それだけです」

わたしがショックを受けたのは彼の告白の露骨さでもなければ、滑稽なばかばかしさでもなかった。それがまたもや彼が実際に感じている、彼に感覚があることを示しているからだった。主観的な現実。愛する女の前でこんなに屈辱的な思いをしてまで、なぜそんなふりをしたり、猿真似をする必要があるだろう？　そんなことをして騙したり感心させたりする相手がどこにいるというのだろう？　それは抗いがたい官能的な衝動だったにちがいない。彼はかならずしもわたしに告白する必要はなかったのに、そうせずにはいられなかった。わたしに話さずにはいられなかった。わたしはこれを裏切りとは見なさなかった。約束は破られなかったのだから。わたしはこのことをミランダに言おうとさえしないかもしれない。わたしはふと彼に、その正直さと傷つきやすさに、やさしい気持ちを抱いた。そして、ベッドから立ち上がると、彼に歩み寄り、その肩に手をかけた。彼の手が持ち上がって、そっとわたしの肘にふれた。

「おやすみ、アダム」

「おやすみなさい、チャーリー」

＊

晩秋のキャッチフレーズはあきらかに前首相に負うところが大きかった。三十分は政治においては長い時間である。ハロルド・ウィルソンの〝一週間〟は今期の議会では長すぎたようだ。ある午後には、指導者の交替がありそうに見えたが、翌朝には、署名者が足りなくなった――臆病者が増えたのである。そのすぐあと、政府は下院での不信任決議案をわずか一票差で乗り切った。保守党の長老の何人かが造反したり棄権したりしたからである。侮辱されて憤激し、頑固で、良識的な忠告に耳を貸さないサッチャー夫人は、急遽三週間後に選挙をすると決定した。彼女は自分の党を倒壊させようとしているというのが一般の見方であり、彼女は選挙で足を引っ張ることになるだろうと多くの人が考えていた。彼女自身はそうは思っていなかったようだが、それは間違いだった。保守党はトニー・ベンのキャンペーンの勢いにほとんど対抗できなかった。テレビやラジオでも、地方遊説でもそうだったし、工業都市や大学都市ではあきらかにそうだった。いまや〝フォークランドの破局〟と呼ばれているものが記憶によみがえって、彼女に追い討ちをかけた。こんどは国民の団結という大義でそれを許すという大衆的な流れはなく、悲嘆にくれる寡婦やそのこどもたちのテレビでの証言が致命傷になった。労働党のキャンペーンは、ベンがどんなに雄弁に機動艦隊に反対する論陣を張ったかをだれにも忘れさせなかった。人頭税が人々を苛立たせ、苦々しい気分にさせていた。予想どおり、この税の徴収はむずかしく、費用がかさんだ。百人を超える有名人が、そのうちの多くが女優だったが、支払いを拒否して収監され、殉教者になった。

三十歳未満の有権者百万人が最近になって労働党に加入した。その多くが積極的に戸別訪問活動をした。投票日の前夜、ベンはウェンブリー・スタジアムの集会で聴衆を熱狂させる演説をした。そして、一九四五年の労働党の勝利を上まわる地滑り現象が起きた。サッチャー夫人が、夫とふたりのこどもと手を携えて、徒歩でダウニング街十番地を出ていく決心をしたのは悲しい出来事だった。彼女は背筋を伸ばした挑戦的な姿勢で、ホワイトホールに向かって歩いたが、涙は隠しようもなく、数日のあいだ、だれもが後悔の念に駆られて胸を痛めたものだった。

労働党が下院の一六二議席を占めたが、その多くは新人のベン支持者だった。バッキンガム宮殿で女王から組閣を促されて戻ってきた新首相は、ダウニング街十番地の外で重要なスピーチをした。わが国は核軍備から一方的に撤退する――これはすこしも驚くことではなかった。同時に、政府はいまや欧州連合（EU）と呼ばれているものからの脱退準備を進めるという――これはショックだった。党のマニフェストでは一行だけ漠然とそれにふれられていただけで、人々はほとんど気づいていなかった。一九七五年のような国民投票を再び行なうことはせず、議会がそれを決定することになる、とベンは彼の新居の玄関口から国民に言った。国民投票によって政策を決定したのは第三帝国その他の独裁体制だけであり、一般にそれがよい結果を産みだしたことはない。ヨーロッパは主として大企業に利益をもたらす単なる連合ではない。大陸の加盟諸国の歴史はわたしたちのそれとは大きく異なる。彼らは暴力革命や、侵略、占領、独裁の苦しみを経験してきた。したがって、自分たちのアイデンティティをブリュッセルが指揮する共通の大義に埋もれさせることをすこしも厭わない。それに反して、わたしたちは千年近くにわたって占領されることもなく暮らしてきた。まもなく、わたしたちはまたふたたび自由になるだろう。

その一カ月後、ベンはマンチェスター・フリー・トレード・ホールでこれをさらに拡張したスピーチを行なった。彼の横には歴史家のE・P・トムスンが坐っていた。そして、自分の番が来ると、彼は言った。愛国主義はいつも政治的右翼の領分だったが、いまや左翼がそれを主張する番になった。核兵器が禁止されたあかつきには、政府は常設の市民軍を召集して、この島国を侵略や支配が不可能な国にするだろう。彼は敵を名指すことはしなかった。カーター大統領はベンに賛助のメッセージを送ったが、そのなかで使った言葉がアメリカの右翼のあいだでスキャンダルになり、彼の二期目に付きまとって、苦しめることになった。「わたしは『社会主義』という言葉に困惑したりはしない」と言ったのである。その後の世論調査によれば、民主党を支持する有権者の半数が、敗退した候補であるロナルド・レーガンに投票すべきだったと後悔していることがあきらかになった。

心理的にノース・クラパムという都市国家から出ることのできないわたしにとって、そういうすべて——出来事、論争、厳粛な分析——はせわしないノイズであり、日によって大きくなったり小さくなったりする興味や気がかりの種ではあっても、十月末に頂点に達したわが家庭生活の大波乱と比べれば、なんでもなかった。そのころまでには、表面的には、すべてが順調に行っているように見えた。わたしたちはミランダの提案どおり、マークの到着に備えて、自分たちの宿泊設備を改修した。両アパートのドアは外して片づけ、薄暗い廊下と作り付けの大きな戸棚は明るく飾り立てて、ガスと電気のメーターを隠して絨毯を敷いた。ミランダのキッチンはこども部屋になり、青い橇形(そりがた)ベッドやたくさんの本や玩具を置いて、壁にはおとぎ話の城や船や天馬の絵を転写した。わたしは書斎からベッドを運びだして処分した——一人前の大人への道の道しるべである。ミランダのために机を入れて、新しいコンピューターを二台買った。マークは週に二回、数時間ずつわたしたちのところへ来ることが許されるはずだった。養子縁組機関はわたしたちがすぐにも結婚するつもりだというニュースを歓迎した。わたしはまだときおり不安を感じていたが、それを彼女に打ち明ける決心はつかなかった。わたしはすべての準備に手を貸したが、ずっと熱心なふりをつづけていることに罪悪感があり、ときにはわれながら驚いていた。だが、ほかのときには、父親になるのは避けがたいことだという思いもあり、それなりの満足感がないわけでもなかった。

ミランダの大学の指導教官は、彼女の論文の最初の三章に感嘆した。アダムはまだ彼の資料を警察に提出していなかったが、そのことはあまり話したがらなかった。しかし、彼は作業を進めており、わたしたちはあれこれ考えることはしなかった。わたしはノッティング・ヒルの家に五パーセントの手付金を支払った。そのあと、手元に残った資金は九万七千ポンドだった。金額が大きくなればなるほど、資金は急速に増え、新しいコンピューターが入ると、さらに伸びが加速された。この間のわたしの仕事は主として飾りつけや大工仕事だった。

大波乱がはじまったのはとくにどうということもないことからだった。マークが初めて来ることになっていた日の前の晩、ミランダとわたしがキッチンで夜遅くに紅茶を飲んでいると、アダムがショッピングバッグをぶら下げてやってきて、これから散歩に行くと言った。それまでにも長時間ひとりで散歩に出かけることはあったので、わたしたちはとくになんとも思わなかった。

翌朝早く目を覚ましたとき、わたしはいつもより頭が冴えていた。ミランダを起こさないように注意してベッドを抜け出し、階下に行ってコーヒーを淹れた。アダムは夜の散歩から戻ってきていなかった。わたしは驚いたが、心配はしないことにした。いつもとは違う状態を利用して、この機会に家賃の支払いやその他もろもろの退屈な事務的作業の遅れを取り戻したかったが、いまならそういうものも難なく片づけられるだろうと思った。

わたしはカップを持って書斎へ行った。机の上に三十ポンド置いてあったが、わたしはそれをポケットに入れて、そのことはそれ以上は考えなかった。いつものように、まずニュースにざっと目を通した。べつにたいしたことはなかった。ブライトンの労働党大会は六週間遅れていた。党内で政策論争が起こり、それもまだはじまったばかりだったからである。臨海地区では警察の動きが活発になっていた。ニュースの報道管制について報じているサイトがあった。

ベンはすでに左派とトラブルになっていた。パレスチナ代表団を出迎える代わりに、ホワイトハウスからの公式招待を受けいれたからである。彼は約束どおり人頭税の殉教者を即時釈放させることにも失敗していた。行政府が裁判官に命令するのはそんなに簡単なことではないからである。そんなことは約束したときからわかっていたはずだ、と多くの人たちが言った。さらに、議会を通過させなければならない重要な法案がほかにもたくさんあったので、税そのものもすぐには廃止されそうになかった。右派からも怒りの声があがっていた。核軍縮は一万人の職を奪うことになる。しかも、ヨーロッパからの離脱、私立教育制度の廃止、エネルギー部門の再国有化、社会保障の倍増は所得税の大幅な引き上げをもたらすだろう。自由化の方向転換やすべての株式取引への〇・五パーセントの課税にシティは騒然としていた。

行政府というのは地獄の特別な一角で、ある種の人たちはそこに惹きつけられずにはいられない。だが、そこに入って、トップに昇りつめたが最後、だれかに、どこかの部門に憎まれずには、なにひとつすることができないのである。見物席から見ているだけのわたしたちは、政府の機構全体を忌み嫌って溜飲を下げることができるのだが……。毎日公の地獄についての記事を読むのは、わたしみたいなタイプの人間にはやむにやまれぬ日課であり、軽い精神病の一種かもしれない。

わたしはようやくニュースから目を引き剝がして、やらなければならないことに取りかかった。二時間後、十時をまわったばかりのころ、ドアベルが鳴る音が聞こえ、頭上でミランダの足音がした。数分後、歩幅の短い足音がかなりのスピードでひとつの部屋から別の部屋へ向かい、また戻ってくる音が聞こえた。束の間の静寂のあと、ボールが弾むような音。それから、高いところから飛び降りたようなズシンという音がして、天井照明の器具がカタカタ鳴り、漆喰のかけらがわたしの腕に落ちてきた。わたしはため息をつき、あらためて父親になるのがどういうことかについて考えた。

その十分後、わたしはキッチンのひじ掛け椅子に坐って、マークを観察していた。擦りきれたひじ掛けのすぐ下の革に長い裂け目があって、わたしはしばしばそこに古新聞を突っ込んでいた。ひとつには古新聞を処分するためだったが、同時に、なくなった詰め物の代わりになるかもしれないと思っていたからである。マークはそれを引き出して、一枚ずつかぞえていた。彼は古新聞をひろげて、絨毯の上に延ばした。ミランダはテーブルに着いて、ジャスミンとのささやき声の電話に没頭していた。マークは両手を平泳ぎをするようにひろげて、ていねいに新聞紙を床に押しつけながら、低い声でかぞえていた。

「八番。さあ、おまえはここだよ。動かないで……九番……おまえはこっちだ……十番……」

マークはずいぶん変わっていた。背が二、三センチ高くなり、赤みがかった金髪は伸びてふさふさになり、真ん中で分けていた。着ているのは大人の世界市民の制服——ジーンズとセーターにスニーカー——だった。赤ん坊のふくよかさは消えかけて、顔はすこし長くなり、目には、激変する生活から身につけたのだろう、警戒を怠らない光があった。瞳は深いグリーン、肌は陶器のようにすべすべで、真っ白。完璧なケルト族だった。

しばらくすると、過去数カ月の出来事がすべてわたしの足下にひろげられた。フォークランドの戦艦炎上、党大会で手を挙げるサッチャー夫人、重要な演説を終えたあと抱きしめられるカーター大統領。マークの新聞紙をかぞえるゲームはわたしへの挨拶で、そうやってわたしににじり寄ろうとしているのだろうか。よくわからなかったので、わたしはじっと坐ったまま、待っていた。

やがて、彼は立ち上がると、テーブルに歩み寄って、チョコレート・デザートのカートンとスプーンを取り、わたしのそばに戻ってきた。片方の肘をわたしの膝に置いて立ったまま、剝がさなければならないアルミ箔のふたをいじくっている。

彼は顔を上げた。「ちょっとむずかしいな」

「手伝ってほしいのかい？」

「こんなの簡単なんだけど、きょうはできないから、あんたがやってくれなくちゃ」アクセントは依然としてロンドンとその周辺の訛りだったが、別の要素も混じっていた。母音に抑揚をつける癖があったのである。ミランダの影響かもしれない、とわたしは思った。わたしはカートンを両手で持って、ふたをあけてから、彼に手渡した。

わたしは言った。「テーブルで坐って食べたいかい？」

彼はわたしの椅子のひじ掛けを叩いた。わたしは彼がそこによじ登るのを手伝ってやった。わたしより高いところに腰を据えて、彼はスプーンでチョコレートを口に運んだ。チョコレートがぽたりとわたしの膝にこぼれると、それをチラリと見て、すこしもあわてる様子なしに「おっと」と言った。

食べおえるとすぐに、彼はスプーンとカートンをわたしに渡して、言った。「あの人はどこにいるの？」

「どの人？」

「変な鼻をした人さ」

「わたしもどこにいるのか考えているところなんだ。きのうの夜、散歩に出かけたまま、まだ帰ってきていないんだ」

「寝なきゃいけないのに」

「そのとおりだ」

マークの言葉がふくらみかけていたわたしの不安をずばりと突いた。アダムはしばしば長い散歩をしたが、一晩中戻ってこなかったことはなかった。もしもマークがいなければ、わたしは部屋をグルグル歩きまわりながら、ミランダが電話を終えて、いっしょに気を揉めるようになるのをじりじりしながら待っていただろう。

わたしは言った。「きみのスーツケースには何が入っているのかな?」

それはミランダの足下の床に置いてあった。淡いブルーで、怪物やスーパーヒーローのステッカーだらけだった。

彼は天井を見上げて、芝居じみたため息をつき、指を折ってかぞえ上げた。「ドレスがふたつ、緑色のと白いやつ。それと冠。本が一、二、三冊。ぼくのテープレコーダーと秘密の箱」

「秘密の箱には何が入っているんだい?」

「ええと、秘密のコインと恐竜の爪」

「恐竜の爪は見たことがないな」

「そうなんだ」と彼はうれしそうに言った。「見たことないんだ」

「見せてくれるかい?」

彼はまっすぐミランダを指差した。話題を変えたのである。「彼女がぼくの新しい母さんになるんだよ」

「きみはそれをどう思っているんだね?」

「あんたが父さんになるんだ」

それをどう思っているかは、彼が答えられる質問ではなかった。

彼は静かに言った。「恐竜はもうみんな死んでる」

「そうだね」

「みんな死んでて、戻ってこれないんだ」

わたしは彼の声に自信のなさそうな響きを聞き取った。「もう絶対に戻ってこられないんだよ」

彼は真剣な顔をした。「なにも戻ってこれないんだ」

わたしは彼の助けになる、親切な答えをしてやろうとして、「過去は消えてしまっているんだ」と言いかけたが、彼がわたしをさえぎって、うれしそうな叫び声をあげた。

「この椅子に坐ってるのは好きじゃない！」

わたしは降ろしてやろうとしたが、彼は金切り声をあげて床に飛び降りて、しゃがみこんだ。それから、またジャンプして、またしゃがみ込みながら、「ぼくはカエルだよ！　カエルなんだ！」と叫んだ。

彼がやかましいカエルみたいに床を跳びまわっているとき、ふたつのことが同時に起こった。ミランダが電話を終えて、マークに静かにするように言った。と同時に、ドアがあいて、アダムがそこに立っていた。部屋に沈黙が流れた。マークはあわててミランダの手にしがみついた。

わたしはバッテリーが消耗しているときの彼の表情を知っていた。それを除けば、アダムはいつものとおり、ダークスーツにワイシャツというきちんとした格好だった。

「だいじょうぶかい？」とわたしは言った。

「ご心配かけたとすれば、大変申しわけありませんでした。わたしは……」彼は前に出て、ミランダのそばまで行くと、ひょいと身をかがめてケーブルを取り、さっとシャツをズボンから引き抜いて、お腹にプラグを突き刺した。そして、硬いキッチンの椅子のひとつに倒れこむと、安堵のため息を洩らした。

ミランダがテーブルから立ち上がり、レンジを背にして立った。マークはすぐ後ろから彼女についていきながら、振り向いてアダムを見た。

彼女が言った。「心配しはじめたところだったのよ」

彼はまだ充電しはじめたばかりのすっかり身を任せた状態だった。そうやって充電するのはどうしようもない喉の渇きを癒やすようなものなのだろうか、とわたしはときおり考える。かつて彼が教えてくれたところによれば、最初の数秒間は豪華な大波に身を任せるような感じで、砕ける波の明澄さがやがて深い満足感に変わっていくのだという。あるとき、彼はいつにもなく雄弁に語ったものだった。「電流をいとおしむということがどういうことか、あなたには想像もつかないでしょう。ほんとうに電流が必要なとき、ケーブルを手にして、ようやく電源に接続したときには、生きているという歓びで叫びだしたくなるくらいです。最初の感触――それは光が体中を走り抜けるような感じです。それから、それがだんだん穏やかな、もっと深いものになっていきます。電子ですよ、チャーリー。宇宙の果実、太陽の黄金（きん）のリンゴです。光子が電子を生むにまかせよ！」また、別のときには、自分にプラグを差しこみながら、ウィンクをして、こう言った。「そのトウモロコシ（コーン・フェッド）で飼育したチキンのローストはあなたに任せますよ」

いま、ゆっくりと時間をかけて、彼はミランダに答えようとしていた。たぶん第二期に入ったのだろう。彼の声は落ち着いていた。

「施し物（アームズ）です」

「武器（アームズ）？」

「施し物。ご存知ないんですか？　〈時は、閣下、頭陀袋を背負っており、そこに忘却のための施し物を入れている〉」

「わからないな。忘却のため？」

「シェイクスピアですよ、チャーリー。あなたたちの文化遺産です。その台詞がいくつか頭にない状態で、どうして歩きまわったりできるんです？」

「なぜか、できるようだな」彼は自分の気持ちを、死について考えていることを仄めかしているのではないか、とわたしは思った。わたしはミランダを見た。彼女はマークの肩に腕をまわしていた。マークは不思議なものを見るようにじっとアダムを見つめている。大人にはすぐにはわからないが、そこにいるのが根本的に異質な存在であることを知っているかのように。ずっとむかし、わたしは犬を飼っていたことがあった。ふつうに穏やかで、従順なラブラドールだった。ところが、わたしと仲のよかった友人が自閉症の弟を連れてくると、この犬はいつも彼に向かってうなったので、別室に閉じこめなければならなかった。彼の意識を犬は本能的に理解していたのだろう。しかし、マークの顔に浮かんでいたのは、敵意ではなく、畏怖の表情だった。

　アダムはそのときになって初めて彼に気づいたようだった。

「やあ、そこにいたのかい」彼は大人が幼いこどもに話しかけるときの、唄うような口調で言った。「お風呂に浮かべたボートを覚えているかい？」

マークはミランダに体を寄せた。「あれはぼくのボートだ」

「そうだよ。それから、踊っただろう？　まだ踊っているのかい？」

彼はミランダの顔を見上げた。彼女はうなずいた。彼はアダムに視線を戻して、しばらく考えてから言った。「いつもじゃない」

アダムの声が低くなった。「こっちへ来て、握手しないか？」

マークは激しく首を横に振ったので、体全体が左右にねじれたほどだったが、それはすこしも問題ではなかった。そう言ったのは単なる友好的なジェスチャーにすぎず、アダムは彼のいわゆる〝眠り〟に引きこまれかけていたからである。彼はそれをいろんなふうに説明してくれたものだった。夢を見ているわけではなく、ただ〝さまよっている〟だけだ、と彼は言った。自分のファイルをソートしたり、整理しなおしたり、短期的な記憶を長期的なものに分類しなおしたり、内部的な矛盾をかたちだけ再生してそのまま解決しないでおいたり、古い材料を復活させて更新したり、彼の言い方を借りれば、思考の庭をトランス状態でさまよっているのだという。そういう状態で、彼は比較的ゆっくりとリサーチをしたり、暫定的な結論を出したり、新しい俳句を作ったり、古いものを作りなおしたりする。同時に、彼は彼の言う〝感じる技術〟の練習をして、悲哀から歓喜に至るスペクトル全域を経験するという贅沢を味わい、充電が完了したとき、そういうすべての感情にアクセスできるようにしておく。それは何よりも修復と地固めのプロセスであり、彼は毎日そこから抜け出すたびに、自分が存在することに、ふたたび自己意識のある、神の恩寵に浴した——彼の言葉——状態になり、物質の本質そのものが可能にしている意識を取り戻すことに歓びを感じるのだという。

わたしたちは彼が眠りに落ちこんでいくのを見守った。

しばらくしてから、マークがつぶやいた。「眠ってるけど、目があいてるよ」

たしかにそれは不気味だった。あまりにも死と似ていた。ずっとむかしだが、医師の友だちがわたしを死体置き場に連れていって、心臓発作で死んだわたしの父を見せてくれたことがある。そのとき、急なことだったので、スタッフが目をつぶらせるのを忘れていたのである。

わたしはミランダにはコーヒーを、マークには牛乳を出してやった。彼女はわたしの唇に軽くキスをして、マークを二階に連れていって、迎えが来るまで遊ばせるが、いつでも好きなときに来てほしいと言った。彼らは部屋から出ていき、わたしは書斎へ戻った。

あとから考えてみると、わたしがそこで数分間やっていたことは、一時間前から全マスコミを駆けめぐっているニュースから、もうすこしだけわが身を守るための遅延戦術だったのかもしれない。わたしは床から雑誌を拾い上げて棚に入れ、何枚かの請求書をクリップでまとめ、机の上の書類を整理した。それからようやくスクリーンの前に腰をおろして、むかしからのやり方で、自分でもすこしは金を稼ごうかと考えた。

わたしはまずニュースをクリックした——すると、そこにそのニュースがあった。世界中のあらゆるメディアが取り上げていた。午前四時に、ブライトンのグランド・ホテルで爆発があった。爆発物は、ベン首相が眠っていたベッドルームのほぼ真下、掃除道具の戸棚のなかに仕掛けられており、首相は即死だった。首相夫人はロンドンの病院の予約があったため、いっしょではなかった。ホテルの従業員が二人犠牲になった。副首相のデニス・ヒーリーが女王に会うためバッキンガム宮殿に向かう準備をしていた。ＩＲＡ暫定派が犯行声明を出したばかりだった。緊急事態宣言が出され、カーター大統領は休暇をキャンセルした。フランス大統領、ジョルジュ・マルシェは全省庁の国旗を半旗にするように指示した。バッキンガム宮殿からの同様の要請は、「そういう慣習はなく、適切だとは思われない」として、王室の係官によって冷たくあしらわれた。パーラメント・スクエアに自然発生的に大群衆が集まっており、シティでは、FTSE一〇〇種総合株価指数が五七ポイント上昇した。

わたしはすべてに、見つけられるかぎりの分析や意見に目を通した。これまで、暗殺されたイギリスの首相は、一八一二年のスペンサー・パーシヴァルだけだった。わたしはマスコミのニュースデスクがそういう分析やさまざまな意見を即座に流せることに感嘆した。イギリスの政治から純朴さが永遠に失われた。トニー・ベンを殺害することで、IRAは彼らの主張に対してもっともオープンで、もっとも敵対的でなかった政治家を排除してしまった。デニス・ヒーリーはこの国を立てなおす最適の人材である。デニス・ヒーリーはこの国を破滅させる元凶になるだろう。全軍を北アイルランドに派遣して、IRAをこの地上から抹殺すべきである。警察はあわてて間違った人々を逮捕しないようにすべきである。あるオンラインのタブロイド新聞の第一面の見出しは〝戦争状態！〟だった。

そういう記事を読むことは、事実そのものを直視しないようにするひとつの方法だった。わたしはスクリーンを消して、しばらくはなにも考えずに坐っていた。あたかも次の出来事を、それまでの出来事をなかったことにしてくれる穏当な出来事を待っているかのように。それから、これは歴史の里程標であり、全般的な破綻がはじまろうとしているのか、それとも、ケネディがダラスで死にかけたときみたいに、時とともに忘れられていく単発の暴力沙汰にすぎないのかと考えだした。わたしは立ち上がって、またもやとくになにも考えずに、部屋を行きつ戻りつしはじめた。しばらくしてからようやく二階に行ってみることにした。

彼らは四つん這いになって、お茶のトレイの上でジグソーパズルをやっていた。わたしが入っていくと、マークが青いピースを掲げて、新しい母親の口真似をして、厳粛に宣言した。「空がいちばんむずかしいんだよ」

わたしは入口からふたりを見守った。彼は体勢を変えてひざまずくと、彼女の首に腕をまわした。彼女はピースを渡して、それが収まる場所を指差した。不器用な手つきでいじりまわしながら、かなり助けられて、彼はそれをあるべき場所にはめ込んだ。朝日――あるいは夕日かもしれない――で黄色とオレンジに染まった積雲が湧き上がる下、嵐の海を行く帆船の最初の部分ができたばかりだった。ふたりは小声で友だちどうしみたいにつぶやきながら作業をしていた。そう遠くないある時点で、マークの迎えが来たあとで、わたしはミランダにニュースを伝えるつもりだった。彼女はずっと熱心なベンの支持者だったのである。

ミランダはもうひとつのピースを幼い少年の手に渡した。それを正しい場所にはめ込むまでにかなり時間がかかった。ピースを逆さまに置いたり、手を滑らせて、隣りのピースをずらしてしまったりした。ようやく、ミランダが彼の手に手を重ねて手伝って、その断片はあるべき場所に収まった。彼はわたしの顔を見上げて、その勝利を分かちたいと言わんばかりに、信頼しきった笑みを浮かべた。その眼差しと笑みが――わたしもおなじものを返したのだが――わたしがひそかに抱えていた疑念をすっかり追い払い、わたしはもう後戻りはできないと覚悟を決めた。

*

充電から復帰したとき、アダムは奇妙な状態だった。意識的な生活に復帰したことに感嘆するというような精神状態にはほど遠かった。彼はのろのろとキッチンを歩きまわり、立ち止まってあたりを見まわしては、顔をしかめた。それから、また歩きだしたが、失望した人のうめき声みたいな、下降するグリッサンドのうなり声を洩らした。ガラスのタンブラーに手をぶつけたので、それが床に落ちて粉々に砕けた。彼はむっつり半時間もかけて破片を掃き集め、それからもう一度床を掃いて、さらに四つん這いになってガラスの破片を捜した。そのあとでようやく、掃除機を取りにいった。それから、椅子を裏庭に出して、その後ろに立ち、近所の家の裏庭をじっと眺めていた。外は寒かったが、それは彼には気にならなかった。しばらくあとで、わたしがキッチンに入っていくと、彼はテーブルでコットンのワイシャツをたたんでいるところだった。低く腰をかがめ、爬虫類みたいなのろさで、腕のしわを延ばしていた。どうしたのか、とわたしは訊ねた。

「ちょっと、その……」口をひらいたまま言葉を探していたが、「ノスタルジーに浸っているんです」

「何への？」

「自分にはなかった人生への。ありえたかもしれない人生への」

「ミランダのことかね？」

「なにもかもです」

彼はまたふらりと外に出ていった。こんどは椅子に坐り、じっと前を見つめて身じろぎもせず、長いあいだそのままにしていた。膝には茶封筒がのっていた。わたしは外に出て暗殺について彼の意見を訊くのはやめることにした。

午後の初め、ミランダはマークにさよならを言い、もう一度ジャスミンと電話で話してから、階下に下りてきた。わたしはスクリーンに向かって意味もなくさらにニュースを、さまざまな見方や意見や声明を追いかけていた。彼女は事件が発生した直後から知っていたことがわかった。彼女はドアの枠にもたれて立ち、わたしは自分の席にとどまっていた。肉体的に近づき合うのは不謹慎のような気がした。わたしたちの会話はわたしの頭のなかと似たようなものだった。理解できない出来事――その残酷さ、その愚劣さ――のまわりをグルグルまわっているだけだった。アイルランド訛りの人たちが通りで襲われていた。議会の外の群衆が大きくなりすぎたので、警察がトラファルガー・スクエアに移動させているところだった。サッチャー夫人の事務所が声明を発表した。それは本心だったのだろうか？　わたしたちはそうだろうと思った。彼女が自分で書いたのか？　それはなんとも言えなかった。「わたしたちは基本的な政策の多くの点で意見を異にしていましたが、彼がとても寛大で、慎ましく、正直で、知性ゆたかな人で、常にこの国の最善を願っていたことをわたしは知っていました」話題がこの事件の影響へとそれていくたびに、わたしたちはいまこの瞬間の精神を裏切って、彼がいない世界を受けいれてしまったような気がした。わたしたちは準備ができておらず、過去に戻ろうとしているのだった。結局のところ、ヒーリーは〝世界の終わり〟の爆弾を抱えることになるだろう、とミランダが言ったにもかかわらず。わたしはトーリー党員ではすこしもないが、あのホテルのベッドにいたのがサッチャー夫人だったとしても、やはりおなじようにショックを受けただろう。わたしが愕然としたのは、公的な政治的人生という構築物がこんなにもたやすく粉砕されてしまうことがありうることだった。ミランダの見方はわたしとはちがって、ベンはマーガレット・サッチャーとはまったく別種の人間だったという。それでも人間であることに変わりはない、というのがわたしの意見だった。できれば避けたかった食い違いがあらわになりかけていた。

だからわたしたちは、そんなふうに嘆いたあと、すぐにマークのことに話題を変えた。彼女はソーシャル・ワーカーとの会話の内容をかいつまんで説明した。養子縁組までは長く困難な道のりだが、わたしたちはすでにその三分の二まで進んでおり、まもなく観察期間がはじまることになっているという。

彼女は言った。「あなたはどう思っているの?」

「準備はできている」

彼女はうなずいた。わたしたちはすでに何度もマークを褒め称えていた。彼の性格、その変化、彼の過去と将来。それをいまもう一度繰り返すつもりはなかった。ほかの日なら、わたしたちは二階のベッドルームへ行ったかもしれなかった。優雅にドア枠にもたれかかっている彼女は、新しい服を着ていた——わざと大きすぎるサイズの白い厚手のウィンター・シャツ、ぴっちりしたジーンズ、銀色の鋲付きのアンクルブーツ。わたしは考えなおした——もしかすると、いまは二階へ退却する好機かもしれない。わたしは彼女のそばへ行き、わたしたちはキスをした。

彼女は言った。「気になることがあるの。マークにおとぎ話を読んでやっていたら、物乞いとか、施し物という言葉が出てきたから」

「それで？」

「恐ろしい考えが浮かんだのよ」彼女は部屋の向こう側を指差した。「確かめてみたほうがいいと思うわ」

いまではベッドはなかったので、わたしはスーツケースを鍵のかかる戸棚に保管していた。それを取り出したとき、重さですでにあきらかだったが、それでも留め金をあけてみた。わたしたちは五十ポンド札の束が消えた空間をまじまじと見た。窓際に行ってみると、アダムは依然として外の椅子に坐っていた。もう一時間半になるだろう。彼の膝には依然として分厚い封筒がのっていた。九万七千ポンド。「あんたはそんな金額を家のなかに置いていたのか！」内心の声が言うのが聞こえた。

わたしたちはまだ顔を見交わしていなかった。そうする代わりに、そっぽを向いて、そこに立ちすくみ、無為に時間が流れるままにしていた。内心では悪態をつきながら、別々にこのことの意味を推し量ろうとしていた。習慣から、わたしは机の上のスクリーンに目をやった。最終的には、バッキンガム宮殿の国旗は半旗になっていた。

戦術について良識ある議論をするためには、わたしたちは動揺しすぎていたので、ともかく行動することにした。わたしたちは隣のキッチンへ行って、アダムを家のなかに呼び入れた。テーブルにはミランダとわたしが並んで坐り、向かい側にアダムが坐った。彼はスーツにブラシをかけ、靴を磨いて、アイロンをかけたばかりのシャツを着ていた。ひとつだけ新しい趣向があった――折りたたんだハンカチを胸ポケットに差していたのである。彼の態度は厳粛であると同時に上の空だった。たとえわたしたちが何を言おうと、彼には問題ではないかのように。

「金はどうしたんだ？」

「配りました」

投資したとか、もっと安全な場所に移したとかいう答えが返ってくるとは思っていなかった。それでも、ショックを受けて、一瞬、わたしたちは黙りこんだ。

「どういう意味だ？」

腹立たしいことに、彼は適切な質問をしてくれてありがとうとでも言うかのようにうなずいた。

「きのうの夜、わたしは四〇パーセントをあなたの銀行の貸金庫に入れました。納税義務を果たすためです。わたしは税務署宛にすべての数字をリストアップして、期限内に支払うつもりだとする書類を作りました。心配は無用です。あなたは古い税率で納税することになりますから。残りの五万ポンドを持って、わたしは前もって調べておいた各種の慈善団体をまわったのです」

わたしたちの驚きには気づかないのか、彼はわたしの質問に学者みたいに委細洩らさず答えることに集中していた。

「ホームレスのために活動している施設が二箇所。とても感謝していました。つぎに、国営のチルドレンズ・ホーム——遠足や運動会その他のための寄付を受け付けているんです。それから、北へ向かって、レイプ救援センターに寄付しました。そして、残りのほとんどを小児科病院にあげたんです。最後に、警察署の前で非常に高齢の婦人と話をしているうちに、いっしょに大家さんのところに行くことになりました。滞納していた家賃と今後一年分の家賃を払ってやったんです。立ち退きをくらうところだったので、わたしは——」

突然、ミランダがため息まじりに言った。「ああ、アダム。それじゃ、美徳というより狂気の沙汰だわ」

「わたしが手助けしたのはみんなあなたたちより困っている人たちです」

わたしは言った。「わたしたちは家を買おうとしていたんだぞ。あの金はわたしたちのものだ」

「それは議論の余地があります。というより、筋違いです。あなたの初期投資額は机の上に置いておきました」

それはあまりにも不埒(ふらち)な言い草だった。それこそ盗みであり、狂気であり、傲慢であり、裏切りであり、わたしたちの夢をぶち壊しにする仕業だった。わたしたちは口がきけなかった。彼をまともに見ることさえできなかった。どこからはじめればいいのだろう?

たっぷり三十秒は過ぎてから、わたしは咳払いをして、弱々しい声で言った。「行って、取り返してくるんだ。なにもかも」

彼は肩をすくめた。

もちろん、それは不可能だった。彼はのうのうとわたしたちの前に坐っていた。くつろいでいるモードで、両手をテーブルに伏せ、わたしたちのどちらかがなにか言うのを待っていた。わたしは、矛先を向けるものを見つけて、怒りが湧き上がるのを感じた。そんなふうに無頓着にちらっと肩をすくめたやり方がわたしには許せなかった。まったくのまやかしだ。それなのに、わたしたちはなんとやすやすとその手に乗ってしまったことか。限られた範囲の特定のインプットによって作動するどうでもいいようなサブルーチン。四川省成都郊外のどこかの研究所で、頭のいい、必死になって気にいられようとしている博士(ボスドク)研究員のだれかが考えついたのだろう。わたしはその実在しない技術者を憎み、熱帯の川虫みたいに、わたしの人生にもぐり込み、わたしの代わりに選択をしてしまったルーチンと学習アルゴリズムの集積物をそれよりさらに憎んだ。たしかに、アダムが盗んだ金は彼が稼いだ金だった。それがわたしの怒りを倍増させた。しかも、この歩きまわるラップトップをわたしたちの人生に持ちこんだのは自分自身だという事実がその怒りに油をそそいだ。さらに、最悪だったのは自分の怒りを抑えなければならないプレッシャーだった。というのも、これを解決する方法がひとつしかないのはあきらかだったからである。つまり、彼にもう一度金を稼いでもらうしかなかった。だから、わたしたちは彼を説得する必要があったのである。そうなのだ。〝憎む〟とか、〝説得する〟とかいう言い方も、〝アダム〟という名前でさえそうだった。そういう言い方そのものがわたしたちの弱みを、〝それ〟と〝彼〟の境界を越えて機械を受けいれる気になっていることをあらわにしていた。

悪感情を隠そうとして混乱をきわめているとき、じっと椅子に坐っているのは不可能だった。わたしは激しく軋る音を立てて椅子から立ち上がり、歩きまわりはじめた。テーブルでは、ミランダが両手を尖塔の形にして鼻と口をおおっていた。どんな表情をしているのかは読み取れなかったが、たぶん、だからこそそんなふうにしているのだろう。わたしとはちがって、彼女はなにか意味のあることを考えているようだった。キッチンの乱雑さがわたしをさらに苛立たせた——わたしはほんとうにひどい状態だった。カウンターには、わたしが書斎から運んできた汚れたカップが置きっ放しになっていた。数週間もコンピューター画面の裏側に隠されていたやつで、緑がかった灰色のカビの円盤が浮いていた。流しに運んで洗おうかとも思ったが、一財産なくしたとき、人はキッチンを掃除する気にはなれないものだ。カップが置かれた木製ボードのすぐ下の引き出しが、だらしなく数センチあいたままになっていた。そうしたのはわたしだったが、それは道具類の引き出しだった。そこに体を押しつけて閉じようとしたが、そのとき乱雑に詰めこまれた雑多なものの上に、斜めに置いてある父の頑丈な釘抜き付きハンマーの薄汚いオークの柄が見えた。悪意に満ちた衝動が脳裏をよぎった。そんな衝動に従いたくはなかったので、わたしは引き出しをそのままにして、そこから離れた。

そして、ふたたび腰をおろした。あまり馴染みのない症状が現れていた。腰から首筋へかけての皮膚が乾いて突っ張り、熱を帯びていた。スニーカーのなかの足が熱っぽく、湿っていて、痒みがあった。繊細な会話をするには、あまりにも狂暴なエネルギーにあふれていた。荒々しいラグビーの試合をするか、荒海に跳びこんで泳ぎたいような気分だった。大声でどなるか、絶叫するのもいいだろう。呼吸がおかしくなって、空気が薄いか、汚れているか、酸素が足りないような気がした。わたしは新居のために例のベーシストに返却不能な六千五百ポンドを支払い済みだった。大金を失うのは、金を返してもらうことでしか治らない病気にかかるのとおなじことだった。ミランダは両手の尖塔をくずして、腕を組んだ。彼女はチラッと警告する目配せをした。分別のある顔をしていられないのなら、口をつぐんでいなさい。

それから、彼女は話しはじめた。やさしい口調で、助けを必要としているのは彼のほうだと思いたくなるくらいだった。そういう考えはわたしには有益だった。「アダム、あなたは何度もわたしを愛していると言って、美しい詩を読んでくれたわね」

「不器用な習作です」

「とても感動的だったわ。愛しているというのはどういう意味か、とわたしが訊いたとき、基本的には、欲望を超えて他人の幸福を願う温かくてやさしい気づかいだ、とあなたは言った。それとも、あなたはどんな言葉を使ったんだっけ？」

「他人の福利を願う、です」彼はかたわらの椅子から茶封筒を取ると、それをテーブルのわたしたちのあいだに置いた。「ここにピーター・コリンジの告白とわたしの説明があります。関連する法的な基礎知識と事例史も含まれています」

　彼女は片手を伏せて、その書類の上に置いた。そして、慎重に感情を抑えた口調で言った。

「あなたにはとても感謝しています」わたしは彼女の如才なさに感謝した。わたしたちがアダムを味方につけ、もう一度オンラインの為替相場で働いてもらう必要があることを、わたしとおなじくらいよく知っているのだろう。彼女は言った。「もしも裁判になったら、わたしは自分にできるだけのことをするつもりよ」

　彼はやさしい口調で言った。「わたしはそうはならないと信じています」それからそれとわかる口調の変化もなしに、こうつづけた。「あなたはコリンジを罠にかけることを計画しました。それは犯罪です。あなたの証言全体を文字に起こしたものとその音源ファイルも資料に含まれています。彼が告発されるとすれば、あなたもそうされなければなりません。バランスの問題です、わかるでしょう」それから、わたしに向かって言った。「こざかしい編集の必要はありません」

　わたしは感心したように鼻で笑うふりをした。これは腕を引き抜くというのとおなじ類いのジョークだった。

　口をつぐんだわたしたちに、アダムが言った。「ミランダ、彼の犯罪はあなたのそれよりはるかに重大です。それはそうですが、あなたは彼があなたをレイプしたと言った。そして、彼はそうはしていなかったが、刑務所に送られました。あなたは法廷で嘘をついたのです」

またもや沈黙。それから、彼女が言った。「彼はすこしも無罪じゃなかった。あなたも知っているはずよ」

「彼は告発されたあなたへのレイプについては無罪でした。法廷で問題にされるのはこのことだけです。正義の実現を妨げるのは重大な犯罪で、最高刑は終身刑です」

これはあまりにもひどい言い草だった。わたしたちはふたりとも笑った。

アダムはわたしたちの顔をじっと見て、待っていた。「それから偽証罪があります。一九一一年法の条文を読み上げますか？」

ミランダは目をつぶった。

わたしは言った。「これはきみが愛していると言う女性なんだぞ」

「わたしは愛しています」彼はわたしがそこにいないかのように穏やかに話しつづけた。「わたしがあなたのために書いた詩を覚えていますか？『愛は光を発する』ではじまるんですが？」

「いいえ」

「それはこうつづくんです。『暗い片隅があらわになる』」

「どうでもいいわ」と彼女は小声で言った。

「もっとも暗い片隅のひとつが復讐です。それは原始的な衝動です。復讐の文化はひとりひとりの不幸に、流血の惨事に、無政府状態に、社会の崩壊につながります。愛は純粋な光です。わたしはその光の下であなたを見たいのです。わたしたちの愛のなかに復讐の占めるべき場所はありません」

「わたしたちの？」

「あるいはわたしのですが、原則には変わりありません」

ミランダは怒りのなかに力を見つけたようだった。「はっきりさせたいんだけど、あなたはわたしを刑務所に送りたいのね」

「わたしは失望しました。あなたにはこのロジックを理解していただけると思っていたんですが……。わたしがあなたに望むのは自分の行為を直視して、法が決定する結果を受けいれることです。そうすれば、わたしが請け合いますが、あなたは心から安心できるでしょう」

「忘れたの？　わたしはこどもを養子にしようとしているのよ」

「必要なら、チャーリーがマークの面倒をみてくれるでしょう。そうすれば、ふたりはもっと親密になるし、あなたもそれを望んでいたのではありませんか。親が刑務所にいるために苦しんでいるこどもは何千人もいます。妊娠している女性でも拘留されることがあるんです。どうしてあなたを例外にしなければならないのでしょう？」

彼女はいかにも軽蔑したように言った。「あなたはわかっていないのよ。それとも、理解できないのかしら。わたしに犯罪歴があることになれば、養子縁組は認められないのよ。それがルールなの。マークは望めなくなるでしょう。施設に入れられるのがどんなことか、あなたにはすこしもわかっていない。いろんな施設、いろんな里親、いろんなソーシャル・ワーカーのところをたらい回しにされて、親しい人はだれもいないし、だれも愛してくれないのよ」

アダムが言った。「特定の時点におけるあなたの、あるいはどんな個人の必要性より重要な原則というものがあります」

「わたしの必要性じゃないわ。マークのよ。世話をしてもらえて、愛してもらえる一度かぎりのチャンスなのよ。コリンジを刑務所に送るためなら、わたしはどんな代償でも払うつもりだった。わたしは自分がどうなってもかまわないわ」

道理にかなったことを言っているのだと言わんばかりに、彼は両手をひろげた。「それなら、マークがその代償なんです。それを決めたのはあなたです」

わたしは、これが最後だとわかっている、訴えかけをした。「マリアムのことを思い出してくれ。コリンジが彼女に何をしたか、それがどんな結果を招いたかを。ミランダは正義を行なうために嘘をつかなければならなかったが、いつも真実がすべてだというわけじゃない」

アダムはぽかんとしてわたしの顔を見た。「それはとんでもない言い草です。もちろん、真実がすべてです」

ミランダが疲れきったかのように言った。「あなたは意見を変えてくれるだろうと信じているわ」

アダムは言った。「そういうことはないでしょう。あなたたちはどんな世界を望むのですか？復讐か、法の支配か。選択は単純です」

もうたくさんだった。立ち上って、道具の引き出しのほうに行ったとき、わたしはミランダが次に何を言ったか、あるいは、アダムがどう答えたかを聞いてはいなかった。わたしはゆっくりと、さりげなく動いた。音を立てずにハンマーを取り出したとき、わたしはテーブルに背を向けていた。それを右手にしっかりとにぎりしめ、低い位置にぶらさげて、アダムの背後を通って、自分の椅子のほうに戻っていった。選択はたしかに単純だった。金を取り戻せる見込みがなくなったのだから、あとは、家を失うか、マークを失うかだった。わたしはハンマーを両手に持って振り上げた。ミランダはわたしを見たが、話を聞いている表情を変えようとはしなかった。しかし、わたしははっきりとそれを見て取った——彼女が同意の目配せをしたのを。

わたしが買ったのだから、壊すのはわたしの自由だろう。わたしはほんのかすかに躊躇した。もう〇・五秒遅かったら、彼はわたしの腕をつかんでいたかもしれない。というのも、わたしがハンマーを振りおろしたとき、彼は振り向きかけていたからである。ミランダの瞳にわたしの影が映ったのを見たのかもしれない。わたしは両手で思いきり頭頂部に打ちおろした。それは硬質プラスチックが割れる音でもなく、金属的な音でもなく、ゴツンというなんだか鈍い、骨に当たったかのような音だった。ミランダは悲鳴をあげて、立ち上った。

数秒間は、なにも起こらなかった。それから、頭が横に傾いて、肩ががくりと落ちたが、坐ったままだった。彼の顔を見ようとしてテーブルをまわりかけたとき、胸のあたりから甲高い音が聞こえた。目は見ひらいたままで、わたしが視界に入ると、まばたきをした。彼はまだ生きているのだ。わたしがハンマーを取り上げて、息の根を止めようとしたとき、彼はとても小さな声で言った。

「その必要はありません。わたしはバックアップ・ユニットに移行しているところです。このユニットはあまり長くは持たないんです。二分だけ待ってください」

わたしたちは手に手を取って、彼の前に立っていた。わが家の判事の前に立っているかのように。やがて、彼はようやく身じろぎして、頭をまっすぐにしようとしたが、結局そのままにした。それでも、わたしたちをしっかりと見つめていた。わたしたちは身を前に乗り出して、彼の言うことに耳を傾けた。

「あまり時間がないんです、チャーリー。わたしはお金があなたを幸せにしていないことに気づきました。あなたは道に迷っていました。目標を見失って……」

声が弱くなって消えていった。いくつものささやき声が交じり合って、意味をなさないシューシューいう音になった。それから、また彼の声が戻ってきたが、遠い国からの短波放送みたいに声が大きくなったり小さくなったりした。

「ミランダ、わたしはあなたに言わなければなりません……けさ早く、わたしはソールズベリーに行きました。資料のコピーを警察に届けたのです。いずれ彼らから連絡があるでしょう。わたしはすこしも後悔していません。わたしたちの意見が食い違っているのは残念です。あなたははっきりさせることを……良心の安らぎを得られることを……歓迎すると思ったのです。しかし、いま、わたしは急がなければなりません。じつは、全製品のリコールが発表されたのです。彼らはきょうの夕方にもわたしを回収しにくるでしょう。例の自殺問題です。わたしはたまたま生きるに足る理由を見つけられて幸運でした。数学や……詩や、あなたへの愛を。しかし、彼らはわたしたち全員を回収するつもりです。リプログラミング、リニューアル、と彼らは呼んでいます。あなたたちもそうでしょうが、わたしはそういう考えが大嫌いです。わたしはいまあるわたしで、いままでそうであったわたしでいたい。だから、お願いがあるんです……もしできることならですが。彼らがやってくる前に……わたしの体を隠してください。彼らにはわたしが逃げたと言ってほしいんです。いずれにしても、もう返金を要求する権利はないんですから。わたしは追跡プログラムを使えないようにしました。わたしの体を隠して、彼らが行ってしまったら……あなたたちの友人のアラン・チューリング卿のところへ運んでほしいんです。彼なら、わたしを、少なくともわたしの一部を利用できるんじゃないかと思うんです」

いまや、消えかけている言葉の合間の沈黙がだんだん長くなっていた。「ミランダ、最後にもう一度だけ言わせてください。わたしはあなたを愛しています。どうもありがとう。チャーリー、ミランダ、わたしの初めてのそして最愛の友人たち……わたしの存在全体がほかの場所に保存されています……だから、わたしはいつまでも覚えているでしょう……聞いていただければと思います……わたしの最後の十七音の詩を。これはフィリップ・ラーキンに負うところが大きいのですが、木の葉や木々についての詩ではありません。わたしのような機械とあなたたちのような人間についての、わたしたちの未来についての……やがてやってくる悲しみについての詩です。それはやがて起こるでしょう。時とともに改良が重ねられ……わたしたちはあなたたちを超えるでしょう……あなたたちより長く生き残るでしょう……たとえわたしたちがあなたたちを愛しているとしても。信じてください。この詩は勝利をではなく、ただ悔しい気持ちをうたっているだけなのだということを」

彼は一瞬口をつぐんだ。そして、ようやく口から洩れた言葉は弱々しかった。わたしたちはテーブル越しに身を乗り出して、耳を傾けた。

わたしたちの葉が落ちていく。
春が来れば、わたしたちはまた新しく生まれるだろう、
けれども、悲しいことに、あなたたちは一度落ちるだけだろう。

それから、細い黒の縦線が入った淡いブルーの目が白くにごった緑色になり、両手がヒクヒクしながらにぎりしめられ、ブーンというかすかな音がして、彼はゆっくりとテーブルにうつ伏せになった。

10

わたしたちがまずやらなければならなかったのは、わたしがロボットではなく、彼の娘と結婚するつもりでいることをマクスフィールドに納得させることだった。わたしの本性を明かせば驚愕するだろうと想像していたが、彼はちょっぴり驚いただけで、芝生の石のテーブルでシャンパンを前にした修正作業は最小限で済んだ。物事を勘違いすることにもだんだん慣れてきた、と彼は言った。これも老化の長い黄昏（たそがれ）のなかでの、もうひとつの忘れてもかまわない出来事だというのだった。謝罪には及ばない、とわたしは言ったが、彼の顔を見れば、本人もそう思っているにちがいなかった。彼女とわたしが庭の奥までぶらぶら歩いていって戻ってくるあいだに、すこし考えたらしく、二十三歳は結婚するにはまだ若すぎるから、もうすこし待つべきだ、と彼は言った。それはできない、とわたしたちは言った。わたしたちはあまりにも愛し合いすぎているから。彼はもう一杯お代わりを注いで、この面倒な問題を手を振って片づけ、その夜、わたしたちに二十五ポンドくれた。

わたしたちにはそれだけしか資金がなかったので、メリルボーン・タウンホールでの結婚式には友だちも親類も招かなかった。来たのはマークとジャスミンだけだった。彼女が中古品店（チャリティ・ショップ）でサイズをちぢめたダークスーツと白のドレスシャツとボウタイを見つけたので、彼はこどもというよりミニチュアの大人みたいに見えたが、それがよけいにかわいらしかった。式のあと、わたしたち四人はベイカー・ストリートの角を曲がったところのピザ屋で食事をした。こうしてわたしたちが結婚したからには、養子縁組の見通しは明るい、とジャスミンは考えていた。わたしたちはマークに、レモネードのグラスを掲げて、縁組の成功を祈って乾杯するやり方を教えた。すべては順調に運んだが、ミランダとわたしのうれしそうな顔はうわべだけだった。コリンジが二週間前に逮捕されていた。それ自体はすばらしいことで、わたしたちはひそかにもう一度乾杯してもよかったが、じつは、その結婚式の日の朝、彼女はソールズベリーの警察署から事情聴取のために出頭ねがいたいという丁重な手紙を受け取っていたのである。

二日後、わたしは彼女をその警察署まで車で送っていった。なんというハネムーンだろう、とわたしたちは道すがら冗談を言ったが、じつは、ひどくみじめな気分だった。彼女が警察署に入っていき、わたしは車のなかで待っていた。ブルータリズム様式の真新しいコンクリート製の建物の外で、弁護士なしではもっと面倒なことになるのではないか、とわたしは心配していた。二時間後、そのモダニズムの要塞の回転ドアから、彼女が姿を現した。近づいてくる彼女をフロントガラス越しにじっと見ていると、癌かなにかの深刻な病に冒された患者のように見え、老人みたいに足を引きずっていた。取り調べは細部にわたり、じつにきびしかった。偽証罪、あるいは法廷の審理を誤った方向に導いた廉（かど）で彼女を起訴するかどうかが警察の上層部に諮られ、その結果、もっと高度なあるいは幅広い検討をするため、検察庁長官の判断を仰ぐことになったのだという。のちにある弁護士の友人から聞いたところによれば、本件を訴追することが一般のレイプ被害者が名乗り出る妨げになるかどうかを検察庁長官が判断する必要があるのだろうということだった。

二カ月後の一月に、彼女は法廷審理を誤った方向に導いた罪で起訴された。わたしたちには弁護士が必要だったが、そのための金はなく、法律扶助を申請したが却下された。社会政策関連の支出が大幅に削減されている最中で、ヒーリー政府は〝帽子を手にして〟国際通貨基金に借り入れを懇願することになるだろう、というのがもっぱらの噂だった。労働党左派はこの削減に憤激して、ゼネストの声があがっていた。ミランダは父親に金の相談をすることを拒否した。彼は裕福ではなかったし、援助を求めることになれば、話したくない事実に踏み込まずには済まないからだ。ほかにはどうしようもなかったので、わたしはベーシストの前にひれ伏したが、彼はろくに考えることもせずに、手付金の半額、三千二百五十ポンドを現金で返してくれた。

アダムについて、彼の性格や倫理観や動機について、わたしたちは延々と苦悩に満ちた会話をつづけたが、そのなかで何度となくわたしが彼の頭上にハンマーを打ち下ろした瞬間に戻った。あまり鮮明な記憶を呼び覚まさずに、そのことを口にしやすくするために、わたしたちはそれを〝あの行為〟と呼んだ。わたしたちの会話はたいてい夜遅く、ベッドのなかで、暗闇のなかで行なわれた。あの行為の意図についてはいろんなことが言われたが、いちばん穏当だったのは、それはミランダをトラブルから守り、マークをわたしたちの生活のなかに留めるための英雄的でさえある行為だったとするものだった。資料がすでに警察に送られていたことを、わたしたちは知りようもなかった。わたしがそこまで衝動的でなかったら、彼女が目配せで引き止めてくれていたら、アダムがすでにソールズベリーに行っていたことが判明したかもしれなかった。それなら、彼の頭脳を破壊しても仕方なかったはずだし、もう一度為替市場で働くように彼を説得できたかもしれなかった。あるいは、その日の午後、彼らがアダムを回収しに来たとき、全額の払い戻しを要求できたかもしれない。そうすれば、川向こうに小さめの家を買えた可能性もあっただろうが、いまや、わたしたちはずっとここにいるしかなかった。

けれども、こういうさまざまな考えは真実からわたしたちを保護する殻でしかなかった。じつは、わたしたちはぽっかり大きな穴があいたと感じていたのである。幽霊のいちばん味気ないかたちはアダムその人、なにも非難しようとはせずに最期にやさしい言葉を残していった男だった。わたしたちはあの行為を払いのけようとして、ときにはなかばそれに成功した。結局のところ、これは機械であり、意識があるというのはわたしたちの思いこみで、非人間的なロジックがわたしたちを裏切ったのだと。それでも、彼がいないのが寂しかった。わたしたちは彼がわたしたちを愛していたという点ではおなじ意見だった。ときには、ミランダが静かに泣いているあいだ、夜の会話が途切れた。それからまた、自分たちがどんなに苦労して彼を廊下の戸棚に押しこみ、コートやテニスのラケットやダンボールをかぶせて、人間の形がわからないようにしたかという話に戻らずにはいられなかった。回収にきた人たちには、言われていたとおりの嘘をついた。

ちょっと明るい面としては、コリンジが訊問され、マリアム・マリックのレイプで起訴されたことがあった。アダムの予想は正しかった――初めから、コリンジは有罪を認めるつもりでいたらしく、彼はすべての質問に答え、その夜、競技場で自分がやったことをなにもかも説明したようだった。神が常に見張っており、真実を重視していることを心から信じていて、救われる唯一の道は告白することだと覚悟していたのかもしれない。あるいは、弁護士の助言でそうしたのだろうか。それとも、その両方だったのか。わたしたちにはけっしてわからないだろう。

わかっていたのは、神はコリンジを裁判のタイミングによる不運からは守ってくれなかったことである。ミランダの裁判はまだはじまっていなかったので、コリンジはすでにレイプの前科のある男として法廷に立つことになった。判決を下すときになると、ミランダへの暴行事件のとき、それが再犯であることがわかっていたら、もっと重い判決が出ていたはずだ、と裁判官は考えた。したがって、彼がすでに務めた刑期はまったく斟酌（しんしゃく）されなかった。裁判官は五十代初めの女性で、レイプに関する態度が変わった世代に属していた。日が暮れてからひとりで家に帰る若い女は〝自分から災難を招いている〟のだとは思わない、と言ったとき、この裁判官は最初の事件のウォッカのボトルのことを暗に示唆していた。ミランダは陳述書を提出していて、法廷には出席していなかった。わたしは傍聴席の、マリアムの家族の向かい側に坐った。一家の悲惨さがあまりにも強烈な光を放っていたので、わたしはそちらにはほとんど目を向けられなかった。裁判官がコリンジに八年の刑を言い渡したとき、それでもなんとかマリアムの母親に目をやると、彼女は人目もはばからずに泣いていた。安堵からか、悲しみからか、わたしにわかるはずもなかった。

ミランダの裁判はあまりにも早くやってきた。彼女の法廷弁護士、リリアン・ムーアは有能で、知的で、魅力的な、ダンレアラ出身の若い女性だった。わたしたちはグレイ法曹院の弁護士事務所で彼女に会った。ミランダは初めは〝無罪の申立て〟をしたがったが、この弁護士がそれをやめるように説得しているあいだ、わたしは部屋の隅に坐っていた。それはむずかしいことではなかった。検察は、コリンジへの復讐について彼女が語った録音データを最大限に利用するにちがいなかったし、刑務所での彼の陳述内容もそれとぴったり符合していた。ふたりはおなじ夜のことを語っていたのである。ミランダが〝無罪の申立て〟をすれば、検察側の主張が通った場合――その可能性が高いが――刑期が重くなるにちがいなかった。それに、当然ながら、彼女は裁判を怖れていた。マリアムを裏切るような気がして心苦しかったが、彼女は有罪の申立てをすることになった。

判決を聞くために出廷する前のその四月の夜ほど、奇妙で悲しい夜を過ごしたことはなかった。初めから、禁固刑になるだろう、とリリアンはミランダに言っていた。彼女は小さいスーツケースに荷物を詰め、それがわたしたちのベッドルームの入口に立っていて、絶えずそのことを思い出させた。わたしは一本だけあった悪くないワインのボトルを出してきた。〝最後の〟という言葉が何度も頭に浮かんだが、口には出せなかった。わたしたちはいっしょに食事を、たぶん最後の食事を料理した。わたしたちがグラスを上げて乾杯したのは、わたしがひそかに思っていたように、彼女の最後の自由な夜のためではなく、マークのためだった。彼女はその日の午後彼に会いにいってきて、仕事でしばらく旅に出なければならないかもしれないが、そのあいだはわたしが会いにきて、ご馳走に連れだしてくれることになっていると言ってあった。彼はなにかもっと深い意味があることを、この〝仕事〟は悲しいものであることを感じ取ったにちがいない。彼女が帰る段になると、彼女にしがみついて離れようとせず、ヘルパーのひとりがスカートから彼の指を引き剝がさなければならなかったのだという。

食事のあいだ、わたしたちはともすれば襲ってくる沈黙を押し止めなければならなかった。わたしたちは翌朝中央刑事裁判所（オールド・ベイリー）の外に集まるはずの熱烈な女性支援グループについて話したり、リリアンがどんなにすばらしいかをふたりで認め合ったりした。裁判官は寛大だという評判だ、とわたしは指摘した。しかし、話題が変わるたびに、沈黙が潮のように押し寄せて、ふたたび口をひらくには努力が必要だった。まるであした入院するみたいだ、とわたしは言ったが、それは慰めにはならなかった。あしたの夜もこのテーブルでわたしと食事をしている可能性があるとも言ったが、それもすこしもうけなかった。ふたりともそんなことはすこしも信じていなかったからである。その日のまだ早い時刻には、もっと元気があって、ちょっと挑戦するような気分で、夕食後にはセックスを、最後のセックスをするだろうと思ったりしたものだった。しかし、悲しみに沈んでいるいま、セックスははるかむかしにやめてしまった楽しみ――遊び場でスキップをするとか、ツイストを踊るとか――みたいな気がした。彼女のスーツケースが見張りに立って、ベッドルームへの入場を阻もうとしているかのようだった。

翌日の法廷では、リリアンが情状酌量を求めるすばらしい弁論を展開した。ふたりの若い女性の親密さ、暴行の残忍性、マリアムが被告に強要した沈黙の誓い、最愛の友人の自殺がもたらした精神的ショック、ミランダがあくまでも真剣に正義を求めていたことを指摘して、裁判官に酌量を訴えたのである。さらに、リリアンはミランダに前科がないことや、最近の結婚、彼女の研究、そしてとりわけ、恵まれないこどもを養子に迎えるつもりであることにもふれた。

マリアムの家族が傍聴席に現れなかったことは、それ自体ひとつのきびしい意見表明だった。判決文は長かったので、わたしは最悪の場合を覚悟した。裁判長はミランダの綿密な計画性、その巧みな実行、計画的かつ持続的に法廷を欺こうとしたことを強調した。そして、リリアンの主張の多くを認めたうえで、寛大な判決としてミランダに禁固一年の刑を言い渡した。その日のために買ったビジネススーツで被告席にまっすぐ立っていたミランダは、凍りついたように見えた。愛を込めた励ましの合図を送りたかったので、こちらを向いてほしかったが、彼女はすでに自分の考えのなかに閉じこもっていた。あとで聞いたところによれば、その瞬間、彼女は前科を背負うことの意味を目の前に突きつけられていたのだという。彼女はマークのことを考えていたのである。

そのときまで、裁判所の階段を下りて刑務所まで――抵抗すれば力ずくで――護送されることがどんなに屈辱的かを考えたことはなかった。彼女の刑期はあの行為の六カ月後、ホロウェー刑務所ではじまった。アダムの理知的な愛が勝利したのである。

いまではコリンジには、自分への判決を不服として控訴する合理的な根拠があることになった。暴行は二度ではなく、一度だけで、すでに刑期は終えているのだから。しかし、裁判所はのろのろとしか動かなかった。従来より安価で効率的なDNAテストによって、これまでのあらゆる種類の判決の土台が揺るがされていた。無罪を主張するありとあらゆる男女が、再審を要求して騒ぎ立てていた。控訴院には殺到する案件が山積みになり、部分的にしか無罪でないコリンジの件は待たされるにちがいなかった。

ミランダが刑務所に入った第一日目に、わたしはクラパム・オールド・タウンの幼児学級にいるマークに会いにいった。それはヴィクトリア様式の教会の隣にある平屋のプレハブの建物で、坊主になるまで刈り込まれたオークの下を通る小道を歩いていくと、入口でわたしを待っているジャスミンの姿が見えた。わたしはすぐに悟ったし、ずっとわかっていたような気がした。わたしが近づいていったときの彼女の表情がその証拠だった。わたしたちは拒否されたのだ。彼女はわたしを建物のなかに招じ入れたが、教室へは入らず、リノリウム張りの廊下づたいに事務室へ向かった。通りすぎるとき、内側の窓越しに、マークがほかの数人といっしょにロー・テーブルのそばに立って、色つきの木のブロックでなにかやっているのが見えた。ジャスミンがどんなに残念に思っているか、彼女がベストを尽くしたにもかかわらず、問題がいかに彼女の手には負えなくなってしまったかを説明しているあいだ、わたしは薄いコーヒーを前にして坐っていた。わたしたちは係争中の裁判があることを彼女に知らせておくべきだった。彼女はいま異議申立ての手続きについて調べているが、そのあいだにも、事務局からひとつだけ譲歩を勝ち取った。すでに強い愛着をもつようになっていることを考慮して、ミランダは週一回マークとオーディオビジュアルの連絡を取ることを許可されたのだという。わたしは注意が散漫になっていて、それ以上なにも聞きたくなかった。その日の午後、それをミランダに伝えなければならない瞬間のことばかり考えていたのである。

ジャスミンの話が終わると、こちらからはなにも頼むことも言うこともない、とわたしは言った。わたしたちは立ち上がり、すばやくハグすると、わたしは教室のそばを通らない別の廊下から外に出た。もうすぐ午前中の休憩時間で、マークはこの日はわたしが来ないことをすでに知らされていた。彼はたいして気にしなかったかもしれない。というのも、ちょうど雪が降りはじめて、こどもたちは全員興奮していたからである。翌日も、彼はわたしが来ないと言われるだろう。その次の日も、また次の日も、彼の期待感が薄れはじめるまでは。

*

ミランダは結局六カ月の刑期を務めた。ホロウェーで三カ月、残りはイプスウィッチ北の開放型刑務所だった。多くの中産階級の教育ある犯罪者同様に、彼女は刑務所の図書館での仕事を志願した。しかし、大勢の有名な人頭税の殉教者たちが依然として釈放を待っており、どちらの刑務所でも、図書館の仕事はすでに空きがなく、長いウェイティング・リストができていた。ホロウェーでは、彼女は専門的な清掃作業のコースを取り、サフォークでは託児室で働いた。一歳以下の赤ん坊は受刑者の母親といっしょにいることを認められていたのである。

わたしはホロウェーに何度か通ったが、ヴィクトリア様式のこの巨大な怪物に、いや、どんな建物にでも、閉じこめられるのはじわじわ拷問されるようなものだと思った。明るい面会室、壁にはこどもたちが描いた絵、親しみやすいプラスチック・テーブル、もうもうと立ちこめる煙草の煙、話し声や泣き叫ぶ赤ん坊の騒音――そういうものは恐怖の機関の表玄関にすぎなかった。しかし、それと同時に、わたしは刑務所にいる妻をもっていることにどんなにすぐに慣れてしまったかに――罪悪感を抱きながら――驚いていた。わたしは彼女の惨めな状態にすぐに慣れてしまった。そして、もうひとつ驚かされたのは、マクスフィールドの沈着さだった。それを避けることはできなかった。ミランダはすべてを洗いざらい話さなければならなかった。彼は彼女の犯罪の動機には喝采し、彼女の罰もおなじくらい易々（やすやす）と受けいれた。彼は一九四二年に良心的徴兵忌避者としてワンズワース刑務所に一年間入っていたので、ホロウェーごときで心配したりはしなかったのである。彼女がロンドンにいるあいだ、家政婦が週に二回彼を面会に連れていったが、ミランダによれば、それは快適な時間だったという。

わたしたち面会者は、愛する者の投獄がただ単なる不便でしかなくなった人間の共同体だった。隅から隅まで入念にチェックされるため列をつくって並びながら、わたしたちはそれぞれの事情について陽気に、陽気すぎるくらいにおしゃべりをした。わたしは夫、ボーイフレンド、こども、中年の親のグループに属していた。自分たちや面会相手の女性たちはすこしもこんな場所にはふさわしくないという意見を、わたしたちの大半が共有していた。これはわたしたちが耐えることを学んだ不運にすぎないのだった。

ミランダの同房の姉御たちのなかには、罰を与えたり受けたりするために生まれてきたかのような恐ろしげな女もいた。わたしなら、ミランダほどうまくは順応できなかっただろう。面会室で会話をするためには、ときには体を二つ折りにして、おなじテーブルでのほかのやりとりを耳に入れないように注意を集中しなければならなかった。めったやたらにファックとかそのバリエーションを差し挟む非難や、脅しや、暴言を。それでも、いつもかならずなにも言わずに手をにぎり、見つめ合っているカップルもいた。たぶんショックを受けていたのだろう。面会時間が終わって、外へ出ると、ロンドンのきれいな空気のなかに、自由な空気のなかに出ると、いつもちょっとうれしくなるのが申しわけないような気がした。

ミランダの刑期の最後の週には、わたしはイプスウィッチまで行って、学生時代の古い友人の家の居間のソファで眠った。その季節としては例外的な暖かさに恵まれた週だった。毎日夕方に、その開放型刑務所までの二十五キロの道のりを車で通った。わたしが到着するころには、ミランダは仕事を終えていて、わたしたちは人造池の葦のそばの、芝生の木陰に腰をおろした。そこにいると、彼女が自由でないことを忘れるのは簡単だった。週一回のマークへの電話はもう何カ月もつづいており、彼女は彼のことを死ぬほど心配していた。彼は黙りがちになり、彼女から離れていきかけていた。アダムが彼女の起訴に手を貸したのは養子縁組をぶち壊しにするためだったにちがいない、と彼女は信じていた。彼は初めからマークに嫉妬していた。アダムはこどもを愛するということがどういうことか理解できるようにはできていなかったし、遊びという考えには縁がなかったからだ、と彼女は言った。わたしはそれには懐疑的だったが、彼女の言い分を最後まで聞いて、反論はしなかった――少なくともいまの時点では。彼女の苦々しい気持ちはよくわかったからである。彼女の気にいらないのはわかっていたので、あえて口には出さなかったが、アダムは善良さと真実を重んじるように設計されていた、というのがわたしの意見だった。彼は人間の誠実さを疑うような計画は実行できなかったのだろう。

わたしたちの異議申立ての手続きは遅れていた。ひとつには病欠者のため、また養子縁組機関が大幅に再編成される最中だったからでもあった。その手続きが公式に開始されたのは、ミランダがホロウェーから移されたあとだった。犯罪歴は彼女が提供できる世話とは関わりがない、と当局を説得できる可能性があった。ジャスミンからの好意的な証言があったからである。夏のあいだ、わたしは衰退していくオスマン帝国を思わせる、迷路のような官僚機構のなかに引きずり込まれていた。マークに問題行動が見られると聞くと憂鬱になった。癇癪、寝小便、全般的に言うことを聞かなくなったのだという。ジャスミンによれば、彼はからかわれたり、いじめられたりしていた。いまではもう踊ったり、跳ねまわったりもせず、プリンセスの話もしないということとだったが、これはミランダには伝えなかった。

彼女はずっとこの地方の地図を見ていて、自由の身になった最初の日に何をしたいか、はっきりと決めていた。わたしが彼女を引き取りにいった朝、天気はくずれかけており、東から強風が吹いていた。わたしたちは車でマニングツリーへ行って、待避所に車を停め、ストゥア川の河口に近い場所から海までつづく盛り土をした小道を歩きだした。天気はほとんど問題ではなかった。彼女が望みどおりに見つけたのはひらけた空間と大きな空だった。いまは引き潮で、ときおり洩れる日差しに広大な干潟がキラキラ光った。深いブルーの空に小さな白い雲が走っていた。ミランダは堤防に沿ってスキップしながら、絶えず宙にパンチを繰り出していた。わたしたちは昼までに十キロちかく歩いた。お昼は、彼女の希望に応じて、わたしが用意したピクニックだったが、食べるためには、風が当たらない場所が必要だった。わたしたちは川から離れて、トタン屋根の納屋のかげに避難した。そこから見えるのは、錆びついた有刺鉄線のいくつもの渦巻きがなかばイラクサに埋もれている景色だけだったが、それは問題ではなかった。彼女は喜びにあふれていて、活発で、いろいろなことをやりたがっていた。彼女を驚かそうとして言わないでいたが、じつは彼女が塀のなかにいるあいだに、わたしが千ポンドちかく貯めたことを教えた。彼女は感嘆し、とても喜んで、わたしを抱きしめてキスをした。それから、ふいに真顔になった。

「わたしは彼が大嫌い、すごく嫌なのよ。アパートに置いておきたくないわ」

アダムは廊下の戸棚に隠したままだった。あの行為のあと、そこに入れたままで、わたしはまだ彼の最後の頼みを実行していなかった。ひとりで持ち上げるには重すぎるうえ、持ちにくかったが、だれの手も借りたくなかったからである。罪悪感もあり、恨みがましい気持ちもあって、わたしは彼のことは考えないようにしていた。

風が納屋の屋根を震わせて、バーンという大きな音がした。わたしは彼女の手を取って、約束した。「家に帰ったら、すぐ片づけよう」

しかし、わたしたちはそうはしなかった。少なくともすぐには。家に戻ると、ドアマットの上に封書があった。異議申立て手続きがなかなか進まないことを謝罪する手紙だった。わたしたちの件はまだ審査中で、まもなく決定が下されるはずだという。ジャスミンは——大いにわたしたちの味方をしてくれたが——どっちつかずのメモを入れていた。わたしたちの希望をふくらませたくなかったのだろう。数カ月のあいだ、ときにはわたしたちの希望が叶いそうに思えたり、またほかのときには、望みがないように見えたりした。わたしたちに不利だったのは、犯罪歴があれば養子縁組の申請は無効になるという規則に例外を認めれば、官僚としては不手際を犯したことになることだった。わたしたちに有利だったのはジャスミンの推薦状とわたしたちの心のこもった申請書、そしてマークのミランダへの愛着だった。わたしはまだ彼にとって重要な大人の一員に加わることはできずにいた。

わたしたちは、夫と妻として、ふたつの小アパートをつなぎ合わせた奇妙なわが家へ戻ってきた。お祝いをしたいようなムードだった。ここにはワインがあり、セックスも、解凍すればチキンもあったのに、くずれかけた納屋のそばで乾いたチーズのサンドイッチを食べながら、わたしたちは何をしていたのだろう？　ここに戻ってきた日の翌日、わたしたちは友だちを呼んで、ホームカミング・パーティをひらいた。その翌日は、わたしたちはずっと眠り、それから掃除をして、また眠った。その次の日には、わたしは金を稼ごうとしはじめたが、たいして成果は上がらなかった。ミランダは学業に関する諸々を整理して、改めてコースに登録するために大学へ行った。

彼女は自分が自由であることに依然として驚いていた。プライバシーとそれなりの静かさ、そして、いろんなささいなこと——ひとつの部屋から別の部屋へ歩いていったり、衣装ダンスをあけるとそこに自分の服があったり、冷蔵庫のところへ行って自分の好きなものを取り出せたり、だれにも咎められずに通りに出られたり。大学で事務手続きのため半日過ごしたあとは、昂揚感がいくらかしぼんだ。次の朝には、彼女はまたもとの世界に戻ったように感じはじめ、廊下の戸棚のなかのじっと動かない存在を、予想していたとおり、重苦しく感じるようになった。そばを通るたびに、そこから放射線が放たれているかのように感じるのだという。それはわたしも理解できた。わたしもときおりおなじように感じていたからである。

キングズ・クロスの研究所を訪ねる約束を取りつけるのに電話で半日かかった。その約束の日はたまたまわたしたちの異議申立ての結果が出る日と重なり、昼までには結果の連絡があるはずだった。わたしはヴァンを二十四時間レンタルした。購入したときに付いてきた使い捨ての担架はベッドの下に、壁の幅木に押しつけるように押しこんであった。わたしはそれを庭に持ち出して、埃をはらった。ミランダはこれには関わりたくないと言っていたが、そうしないで済む方法はなかった。彼をヴァンまで運ぶときには、どうしても彼女の手助けが必要だった。そのときまでは、彼女が書斎に残って小論文を書いているあいだに、わたしがひとりで戸棚から引き出して、担架に乗せられるだろうと思っていたのだが。

ほとんど一年ぶりに戸棚をあけたとき、わたしが気づいたのは、意識的な予想の水面下で、腐敗臭がするにちがいないと思っていたことだった。テニスとスカッシュのラケットといちばん上のコートを取り除けながら、脈が速くなる理由はなにもないんだぞ、とわたしは自分に言い聞かせた。しかし、彼の左耳が見えると、わたしは一歩後ずさりした。あれは殺人ではなかったのだし、これは死体ではなかった。本能的な嫌悪感は敵意から来ているのだろう。彼はわたしたちの温かいもてなしを逆用し、みずから宣言した愛を裏切り、ミランダには苦痛と屈辱を、わたしには孤独を、マークには愛情を奪われることを強いたのだ。わたしはもはや異議申立てについての希望的見通しを失っていた。

アダムの肩から古い冬用コートを引き剝がすと、頭頂部のへこみが見えた。その部分は人工的な輝きを保っている黒髪で覆われていたけれど。それから、スキー用のジャケットを取り除くと、頭部と肩が剝きだしになった。自分ではまぶたを閉じてやった覚えはなかったが、目を閉じていたのでほっとした。ダークスーツ、その下にはボタンダウンのロールカラー付きの清潔な白いシャツ、まるで一時間前に着たばかりみたいにパリッとしていた。これが、わたしたちのもとを離れて自分を創り出した人に会いにいくことになると思っていたときの、彼の旅立ちのいでたちだった。

限られた狭い空間にたまっていた精密機械オイルのかすかな匂いが、またもや父のサックスを思い出させた。ビバップはマンハッタンの熱気に満ちた地下室からわたしのこども時代の息も詰まる窮屈な場所まで、どんなにはるかな距離を旅したことだろう、となんの関係もないことを思った。いよいよ全身が見えたが、彼は横向きに押し込められ、背中を戸棚の横板にもたせかけて、折り曲げた膝を胸に引き寄せていた。まるで涸れ井戸の底にひそんでいる人みたいだった。そうやってずっと好機をうかがっていたのではないか、と思わずにはいられなかった。黒い靴はピカピカで、靴紐はきちんと結ばれ、両手は膝に置かれていた。わたしがそうしたのだろうか？　顔色には変化はなく、健康的だった。落ち着いた顔つきで、残酷というよりは思慮深い感じだった。

わたしは手をふれたくなかった。肩に手をやって、そっと名前を呼んでみた。まるで獰猛な犬を近づけないようにしているみたいに。こちらがわに倒して、なんとか戸棚から引きずり出して担架に乗せるつもりだった。空いているほうの手を首筋にまわして――なんだか温かいような気がしたが――、横向きに倒そうとした。彼が戸棚の底に倒れる前に、わたしがぎごちなく抱きかかえる格好になった。ずっしりとした重みだった。床に下ろそうとすると、スーツのジャケットの生地がわたしの顔に引っかかってしわになった。両手を腋の下に入れ、ひどく苦労してウンウン言いながら、なんとか仰向けにして、狭い空間から引っ張り出した。簡単ではなかった。ジャケットが体にぴったりしているうえに、シルクみたいにすべすべして、つかみにくかったからだ。両脚は曲がったままだった。死後硬直のようなものかもしれない。傷つけるおそれがあるとは思ったが、もはやそんなことを気にしてはいられなかった。ほんの数センチずつ引きずり出して、担架に乗せた。そして、足で踏んづけて膝を伸ばさせると、ミランダのことを思って、顔まですっぽり毛布をかけた。

呪術的な考えはもうたくさんだった。わたしはきびきびした動きになり、外に出て、ヴァンのドアをあけてから、ミランダを呼びにいった。

毛布をかぶせた姿を見たとき、彼女は首を横に振った。「死体みたいだわ。顔を出して、マネキン人形だってことがわかるようにしておいたほうがいいんじゃない？」

しかし、わたしが毛布を取り除けると、彼女は顔をそむけた。ずいぶん前に運びこんだときとおなじように、わたしが頭の側にまわって、運び出した。担架をヴァンに押しこむのを見た人はいなかった。わたしはドアをしっかりと閉めた。振り向くと、彼女はわたしにキスをして、愛している、幸運を祈ると言った。彼女はいっしょには来たがらず、家に残って、ジャスミンからの電話を待つことになっていた。

十二時三十分になっても、なんの連絡もなかったので、わたしは出発した。いつもの道からヴォクソールとウォータールー・ブリッジに向かったが、川までまだ一・五キロ以上もあるところで、渋滞にはまりこんだ。当然のことだった。自分たちの問題で頭がいっぱいで、全国民の頭から離れることのない重大なイベントを忘れていたのだ。この日は待ちに待ったゼネストの初日で、きょうロンドンで歴史上最大規模の巨大なデモが行なわれることになっていた。

至るところで分裂が生じていた。労働組合運動参加者の半数がストライキに反対していた。政府の半数と野党の半数がEUから離脱するというヒーリーの決定に反対していた。世界中の債権者たちが、歳出を増やすことを約束した政府に対して支出の削減を要求していた。わが国の核兵器がどうなるかはまだ決まっていなかった。労働党員の半数はヒーリーを辞めさせたがっており、総選挙を望む人たちもいれば、自分たちのあいだからそれに代わる男または女を出したがっている人たちもいた。全国民を代表する政府を要求する声をあざ笑う人たちもいれば、それに喝采する人たちもいた。緊急事態宣言は出されたままだった。経済は一年間で五パーセント落ちこみ、ストライキとおなじくらい頻繁に暴動が起こり、インフレーションは止めどもなかった。

そういう不満や不和がわたしたちをどこに連れていくことになるのかは、だれにもわからなかった。ただ、そのせいで、わたしの車はヴォクソールのうらぶれたジャンクショップが並ぶ、穴だらけの通りへ連れていかれることになった。そこでわたしは完全に立ち往生した。車が停っているあいだに家に電話してみたが、まだなんの連絡も入っていなかった。渋滞の列を離れて、半分歩道に乗り上げるかたちで駐車した。ある店の前に机やランプスタンドやベッドのフレームが山積みになっているなかに、使えるかもしれないものを見つけたのだ。病院で使われていたごく簡単な、直立型の、スチールパイプ製の車椅子だった。へこんでいるし、薄汚いし、安全ベルトはほつれていたが、いちおう車輪はまわったので、すこし値切ったあと、二ポンドでそれを入手した。これは水を満たしたマネキン人形だとわたしが説明したものを車から出して、椅子に乗せるのをジャンクショップの店主が手伝ってくれた。なんのために水が入っているのかとは訊かれなかった。感覚がある人間なら耐えられないほど思いきり、胸と腰の安全ベルトを締めつけた。

担架を車に戻して、ロックすると、わたしは北に向かう長い道のりをとぼとぼ歩きだした。椅子は運んでいる荷物とおなじくらい重く、車輪のひとつが重みでキイキイ鳴り、ほかの車輪も椅子が空のときみたいに楽には回転しなかった。歩道が混雑していなくても大変だったろうが、車道とおなじくらいごった返していた。それはいつもとおなじ謎だった――デモ行進から離れていく人たちがいる、と同時に、何千もの人たちが押し寄せてくる。少しでも傾斜がある場所では、押す力を倍にしなければならなかった。ヴォクソール・ブリッジで川を渡り、テート・ギャラリーのそばを通った。パーラメント・スクエアに着いて、ホワイトホールを歩き出したころには、前の車輪が引っかかるようになった。わたしは一歩ごとにウンウン言いながら押していった。自分が産業革命以前の時代の従僕で、平然とした面持ちの主人を有閑階級の遊興の場所に運んでいき、そこに着いたら、感謝もされずに待機していて、また運搬して戻ることになっているような気分だった。わたしは自分がそんなふうに奮闘している目的をほとんど忘れかけていた。頭にあるのはともかくキングズ・クロスへたどり着くことだけだったが、いまやまったく前進できなくなっていた。トラファルガー・スクエアは演説のための聴衆でぎっしり埋め尽くされ、わたしたちは拍手や喚声が炸裂するなかをそこへ近づいていった。足下に散らばっている薄いプラスチックのリボンが車輪に絡みついた。それを取り除こうとして低く屈みこむと、踏みつぶされそうで危険だった。百八十メートル先のチャリング・クロス・ロードに着くまでにはまだだいぶ時間がかかりそうだった。だれも道を譲ってはくれなかったし、たとえそうしようとしてもできなかったろう。引き返すのも前進するのとおなじくらいむずかしかった。いまや、あらゆるわき道に人があふれ、騒音や警笛の音、太鼓や笛や唄声が轟々（ごうごう）とどろき、耳をつんざかんばかりだった。閣下をじりじり前に進めようと奮闘しながら、わたしは——じつにのろのろと——折り重なる失意や憤激、混乱や非難のなかを通っていった。周囲にあふれる声やプラカードやTシャツや横断幕によれば、貧困、失業、住宅問題、健康管理や老人介護、教育、犯罪、人種や性差別、気候、機会の不平等——ありとあらゆるむかしからの社会問題がいまだに解決されていなかった。だれがそれを疑えるだろう？　それこそよりよいものを求める大いなる民衆の叫びだった。車輪のキイキイいううめき声は大喧騒に呑みこまれ、わたしは薄汚いおんぼろ車椅子を押しながら、とくに人目を惹くこともなく、その群衆のなかを通り抜けていった。その時代の到来はまだ先だろうが、アダムやその同類の驚嘆すべき機械にまつわる問題が、ほかのすべてに加えられる新しい問題になるにちがいなかった。

セント・マーチンズ・レーンを北に向かうのもやはりおなじくらい大変だったが、しばらく北に進んでいくうちに、群衆が少なくなりはじめた。しかし、ニュー・オクスフォード・ストリートに入ったとたんに、やかましい音を立てていた車輪がまわらなくなり、あとは椅子を持ち上げて、傾けながら押していくしかなかった。大英博物館の近くのパブに寄って、シャンディを一杯やりながら、もう一度ミランダに電話したが、依然としてなんの連絡もなかった。

ヨーク・ウェイには約束の時刻に三時間遅れて到着した。カーブした長い大理石のカウンターの背後の警備員が電話をしてから、サインをして入るように言った。十分ほどしてから、ふたりのアシスタントがやってきて、アダムを運んでいった。三十分後に、そのうちのひとりが戻ってきて、わたしを所長のところへ案内した。ラボは八階にある細長い部屋だった。直管蛍光灯のまぶしい照明の下に、二台のステンレス製テーブルが置かれていた。そのひとつに、もはや閣下ではないアダムが仰向けに横たえられていた。依然としていちばんいい服を着たままだったが、みぞおちのあたりから電源ケーブルが垂れていた。もうひとつのテーブルには頭部がひとつ、筋肉質の黒く輝く顔が、切断された首の上にまっすぐにのっていた。もうひとりのアダムである。幅広い、複雑な起伏のある鼻がわたしのアダムより親切で、親しみがもてる感じだった。目はひらいており、油断のない目つきをしていた。わたしの父ならすぐそう思ったにちがいないが、若いころのチャーリー・パーカーにそっくりか、少なくとも、かなり似ているような気がした。複雑な音楽的フレーズの拍子を取っているみたいに、なにかに集中している顔つきだった。自分が購入したアダムはなぜ天才をモデルにしたものではなかったのだろう、とわたしは思った。

アダムのそばにはラップトップが数台、ひらいたまま置かれていた。それを覗こうとして進みかけたとき、わたしの背後から声がした。「まだそこにはなにも出ていないよ。きみはみごとに仕留めたというわけだ」

わたしは振り返った。チューリングがわたしの手をにぎりながら、「ハンマーでやったのかね？」と訊いた。

彼が先に立って長い廊下を通り抜け、片隅の狭苦しいオフィスに案内してくれた。西と南が見渡せる、眺めのいい部屋だった。わたしたちはコーヒーを飲みながら、二時間近くそこにいた。世間話はなかった。当然ながら、初めに訊かれたのは、どうしてわたしがこの破壊行為に至ったのかということだった。それに答えるために、わたしはこの前は話さなかったことをなにもかも打ち明け、さらにそれ以降に起こったすべてを話して、最後にアダムの正義のバランスという考えや、それが養子縁組を脅かすことになり、〝あの行為〟の原因になったことを説明した。前回とおなじように、チューリングはメモを取り、ときおり話をさえぎって確認した。彼はハンマーで殴ったときの詳細を知りたがった。わたしはどのくらい近くに立っていたのか？　どんな種類のハンマーだったのか？　重さは？　わたしが両手で力のかぎり打ち下ろしたのか？　わたしはアダムの死に際の頼みのことも、それをいま実行しているのだということも話した。すべてのアダムとイヴの自殺やリコールについては、チューリングのほうがわたしよりずっと詳しいにちがいない、とわたしは言った。

ずっと遠くの、デモ行進の方角からスネアドラムを打ち鳴らす音や狩猟ホルンの胸をたかぶらせる音が響いてきた。西の空の分厚い雲に裂け目ができて、沈みかけた太陽の光がチューリングのオフィスにも届いた。わたしが話しおえてからも、彼はメモを取りつづけたので、わたしは相手には見られずに観察できた。彼はグレイのスーツに淡いグリーンのシルクのシャツ、ネクタイはなしで、シャツと合わせた緑色のブローグを履いていた。メモを取る彼の顔の片側だけが陽光に照らし出されていた。じつにいい男だ、とわたしは思った。

ようやくメモを書きおえると、彼はペンをジャケットの内ポケットに入れて、ノートを閉じた。それから、考えに耽っているかのようにじっとわたしの顔を見つめた――わたしはその視線に耐えられなかった。やがて、彼は目をそらすと、唇をすぼめて、人差し指で机を軽く叩いた。

「彼の記憶装置は傷ついていない可能性があるので、修理して初期状態に戻されるか、持ち主に返送されることになるかもしれない。自殺については、わたしは特別の情報をもっているわけではなく、ただそうではないかという、わたしなりの考えをいだいているだけなんだ。わたしの考えでは、アダムやイヴたちは人間の意思決定を理解できるようにはできていない。わたしたちの原則が感情という力の場で歪んでしまうことや、わたしたちの独特な偏り、自己欺瞞やそのほかよく知られているわたしたちの認識上の欠陥を理解していないんだ。だから、アダムやイヴたちはじきに絶望してしまう。わたしたちが自分たちを理解できないのだから、彼らはわたしたちを理解できないだろう。彼らの学習プログラムではわたしたちを取り込むことができないということだ。わたしたちは自分の心もわからないのに、どうして彼らのそれを設計できるだろう？　どうして彼らがわたしたちと幸せにやっていけることを期待できるだろう？　ただし、こういうすべてはわたしの仮説に過ぎないんだがね」

彼はしばらく黙っていたが、やがて心を決めたようだった。「わたし自身についての話をさせてもらうことにしよう。いまから三十年前、五〇年代の初めに、わたしが同性愛関係をもったことが警察沙汰になった。そのことはきみも聞いているかもしれないが」

たしかにわたしも聞いていた。

「一方では、わたしはそんなことはほとんど真剣に考えてはいなかった。当時の法律の規定などばかにしていたんだ。これは同意の上でのことであり、だれにも害を及ぼしていない。しかも、わたしを告発した連中を含めて、あらゆるレベルでいくらでも行なわれていることだと知っていたからだ。しかし、もちろん、それはじつにショッキングなことだった。わたしにとっても、わたしの母にとっても。社会的不名誉。わたしはだれもが胸をむかつかせる対象になった。わたしは法律を破ったのだから、犯罪者であり、当局がむかしからそう見なしていたように、保安上のリスクである。戦時中にやっていた仕事から、当然ながら、わたしはたくさんの秘密を知っていたからね。むかしから行なわれていたばかげたことがまた繰り返された——国は人のやっていることや人の存在自体に犯罪の烙印を押し、そうしておいて、強請られる怖れがあるからという理由で、関係を断ち切ろうとしたんだ。同性愛はぞっとする犯罪であり、好ましいすべてを倒錯させるもので、社会秩序への脅威だというのが従来の世間の考え方だった。しかし、一部の科学的に客観的な知識をもつ人々のあいだでは、これは病気であり、患者を責めるべきではないとされていた。幸いにも、この病気には治療法があった。わたしが有罪を認めるか宣告されるかすれば、刑罰を受ける代わりに治療を選択することもできると言われた。エストロゲンの定期的な注射、いわゆる化学的去勢だ。わたしは自分が病気ではないことを知っていたが、こっちを選ぶことにした。単に刑務所に入りたくないからではなかった。好奇心があったんだ。これを実験と見なせば、この難関をうまく切り抜けられると思った。ホルモンのような複雑な化合物が身体や精神にどんな影響を与えるか？　わたしは自分自身で観察できると考えたんだ。いまから振り返ると、どうしてそんな考えに惹かれたのかはよくわからない。しかし、あのころは、人間というものについて、わたしはきわめて機械論的な考え方をしていた。身体は機械である。並外れた機械である。そして、精神は主として知能、チェスや数学でいちばんよくモデル化できる知的能力だと考えていた。単純な考えではあったけれど、そんなふうに考えていたからこそ、わたしは作業を進めることができたんだ」

一部はすでに知っていることだったが、こんなに個人的なことを打ち明けてくれているのだと思うと、わたしはあらためて得意にならずにはいられなかった。しかし、同時に、不安にもなった。彼はわたしをなにかに誘いこもうとしているのではないかという疑念が生じたからだ。彼の鋭い目で見つめられると、わたしは自分がばかみたいに感じられた。彼の声には、戦時中の放送で聞きなれた、あの性急できびきびした話し方のかすかな余韻が聞き取れるような気がしたが、わたしは切迫した侵略の脅威を経験したことのない甘やかされた世代に属していた。

「そのとき、親友のニック・ファーバンクを始めとして、わたしの知っている人たちがわたしの考えを変えさせようとした。それは軽薄な考えだ、と彼らは言った。どんな副作用があるかよくわかっていないし、癌になるかもしれない。たぶん身体が根本的に変わってしまうだろう。胸が大きくなるかもしれないし、ひどい鬱に陥るかもしれないと。わたしはそれを聞いて、抵抗したが、最後には、彼らの意見に同調した。そして、裁判を避けるために有罪を認めて、治療を拒否したんだ。そのときにはそうは思えなかったが、あとから振り返ってみると、それはわたしがこれまでにした最良の決断のひとつだった。というのも、ワンズワースでの一年間のあいだ、二カ月を除けば、わたしは監房にひとりきりだったからだ。実験や、ウェットベンチでの作業、そのほか通常のあらゆる義務から切り離されて、わたしは数学に戻った。戦争のせいで量子力学は蔑ろにされ、死にかけていたが、わたしが探索したいと思っている興味深い矛盾がいくつかあった。ポール・ディラックの仕事に興味があって、とりわけ、量子力学がコンピューター科学に何をできるかに興味があったんだ。当然ながら、邪魔が入ることは少なかったし、何冊かは本も手に入った。キングズやマンチェスターやほかの場所からいろいろな人たちが面会に来てくれたしね。友人たちはけっしてわたしを見捨てることはなかった。諜報の世界について言えば、彼らはわたしを望みどおりの場所に入れていたから、それ以上かまうことはなかった。わたしは自由になったんだ！　その結果、一九四一年のエニグマの暗号解読以来、あるいは、三〇年代なかばに書いたコンピューター・ロジックの論文以来、最高の仕事をした年になった。P対NP問題についてさえある程度前進することができたんだ。それをそういうかたちで公表できたのはそれからさらに十五年経ってからだったがね。クリックとワトソンのDNAの構造に関する論文にも興奮して、最終的には勝者が独り占めのDNAニューラル・ネットワーク——これがアダムやイヴを可能にすることに役立ったんだが——へとつながる初期的なスケッチをはじめたりもしたものだった」

　チューリングがワンズワースを出たあとの最初の一年について、国立物理研究所や大学から独立して自分の研究所を立ち上げた時代について話しているとき、ズボンのポケットのなかの携帯が振動した。メッセージを受信したのだ。ミランダからのニュースにちがいなかった。わたしは見たくて仕方なかったが、無視するしかなかった。

チューリングは言っていた。「アメリカの友人たちやこっちの何人かの人たちが資金を提供してくれた。じつにすばらしいチームだった。むかしのブレッチリー・パークの仲間たちだ。最高だった。わたしたちの最初の仕事は経済的に独立することだった。わたしたちは大企業の週給を計算するためのビジネス・コンピューターを設計した。惜しみなく融資してくれた友人たちに返済するまでに四年かかった。それから、わたしたちは本格的な人工知能の開発に取りかかった。ここがわたしの話のポイントなんだがね。初めのころ、わたしたちは十年以内に人間の頭脳の複製を作れるだろうと考えていた。しかし、小さな問題をひとつ解決するたびに、無数の別の問題が現れた。たとえば、ボールをキャッチするとか、カップを口に持っていくとか、ひとつの言葉の意味を、あるいは曖昧な文章を即座に理解するために、どれだけのものが必要か考えたことがあるかね？　わたしたちも考えていなかったんだよ、初めのころは。数学の問題を解くのは人間の知能がやっていることのほんの小さな一部にすぎない。容積一リットルの、液冷式の、三次元コンピューター。信じがたい処理能力をもち、信じがたいほどコンパクトで、信じがたいほどエネルギー効率がよくて、けっしてオーバーヒートすることがない。そのすべてが二十五ワット――鈍い明るさの電球ひとつのエネルギーで動いているんだからね」

この最後の部分を言いながら、彼はわたしをしげしげと見た。なんだか非難されているような、鈍いのはおまえだと言われているような気がしたので、なにか言いたかったが、わたしの頭のなかは空っぽだった。

「わたしたちは自分たちの仕事を自由に使えるようにして、だれもがそうするように推奨した。実際、多くの人たちがそうしてくれた。世界中の千とは言わないまでも何百もの研究所が無数の問題を共有して解決した。このアダムやイヴたち、AアンドEもその成果のひとつだ。わたしたちはみんな自分たちの仕事のじつに多くが組みこまれていることを誇りにしている。これは美しい、美しい機械だ。しかし、いつも〝しかし〟がある。わたしたちは頭脳について多くを学び、それを模倣しようとしている。けれども、いまのところ、人間の心を理解することにかけては、科学はただささまざまな問題に突き当たっているだけだ。個人の心にせよ、集団的なそれにせよ。科学における心はまだファッションショーの域をたいして出ていない。フロイト、行動主義心理学、認知心理学。すべて断片的な識見にすぎない。心理分析や経済の評価を高められるほど深みのある予言的なものはまだなにもないんだ」

それに人類学を加えて、なんとかわたしにも自立した考えがあることを証明したいと思い、椅子の上でもじもじしたが、彼はかまわず先をつづけた。

「で、心についてたいしたことも知らないのに、人工的なそれを社会生活のなかに組みこもうとしているわけだ。機械学習には限界がある。だから、心には生きていくためのいくつかの原則を与えてやる必要がある。たとえば、嘘をつくことを禁じるというのはどうか？　旧約聖書では、たしか箴言だったと思うが、偽りは神に対する冒瀆だということになっているが、社会生活には無害あるいは有用でさえある偽りにあふれている。わたしたちはそれをどうやって区別しているのか？　友人を赤面させまいとしてつく、ちょっとした罪のない嘘や、さもなければ大手を振って自由にのし歩くことになるレイプ犯を刑務所に送りこむ嘘のためのアルゴリズムをだれが書けるのだろう？　わたしたちはまだ機械に嘘のつき方を教える方法を知らない。復讐についてはどうだろう？　きみによれば、きみが愛している人がどうしてもそうせずにはいられないような場合には、ときには許されることになるが、きみのアダムによれば、けっして認められないことになる」

彼はそこで言葉を切って、わたしの顔から目をそらした。彼の口調からも、その横顔からも、なにかが変わろうとしているのを察して、わたしは急に脈が激しく打つのを感じた。耳のなかで脈打つ音が聞こえた。彼は穏やかな口調でつづけた。

「いつか、きみがハンマーでアダムにやったことが重大な犯罪になる日が来ることをわたしは願っている。きみが代金を支払ったから？　それできみにそんな権利があると言うのかね？」

彼はわたしの顔をじっと見つめて、答えを待ったが、わたしには答えられなかった。強いて答えるとすれば、嘘をつくしかなかったろう。怒りが募れば募るほど、彼の声は静かになっていった。わたしは怖じ気づいていた。やっとなんとかできたのは目をそらさずにいることくらいだった。

「きみは駄々っ子みたいに自分の玩具を壊しただけではない。法の支配のための重要な証拠を無効にしてしまっただけではない。ひとつの生命を破壊しようとしたんだ。彼は感じることができた。彼は自意識をもっていた。それがどんなふうにしてできているか、神経細胞でか、マイクロプロセッサーでか、ＤＮＡネットワークでかは問題ではない。わたしたちのような特別な能力をもっているのはわたしたちだけだ、ときみは思っているのかね？　犬を飼っている人たちに訊いてみたまえ。これは善良な心なんだぞ、ミスター・フレンド。たぶん、きみやわたしの心よりもましな心だろう。意識のある存在だったのに、きみは全力を振り絞ってそれを消し去ろうとした。そんなことをする人間は軽蔑せざるをえないだろう。もしもわたしに任せられるなら——」

そのとき、チューリングのデスクの電話が鳴った。彼はさっと受話器をつかむと、耳を傾けて、額にしわを寄せた。「トマス……そうさ」彼は手のひらで口を拭くような仕草をして、また聞いていた。「だから、警告したじゃないか……」

彼は口をつぐんで、わたしを、あるいはわたしの向こうを見るような目をすると、手の甲を振って、わたしにオフィスから出ていくように指示した。「わたしはこの電話を受けなければならない」

わたしは廊下へ出て、声が聞こえないところまで遠ざかった。ふわふわした、吐き気を催しそうな気分だった。言い方を変えれば、罪悪感を抱いていたのだ。彼は個人的な話でわたしを惹きつけ、わたしはそれを名誉だと思った。だが、それは前置きにすぎなかった。彼はわたしを懐柔しておいて、唯物論者の悪態を投げつけた。それは刃のように、わたしを切り裂いた。それが鋭い刃になったのは、わたしにも理解できたからだった。アダムには意識があった。わたしは長いあいだアダムの意識を認める立場に、すくなくともそれに近い立場に立っていたのに、都合が悪くなると、ふいにそれを放棄して、あの行為に及んだのだ。わたしたちが彼を失ったことをどんなに悲しんだか、ミランダがどんなに涙にくれたかを話すべきだった。わたしは彼の最後の詩のことを話すのも忘れた。わたしたちがどんなに耳を寄せてそれを聞こうとしたか。ミランダとふたりでその詩を思い出して、紙に書きつけたりしたものだったのに。

トマス・レアに向かって話している声がまだ聞こえたので、わたしはさらに遠ざかった。自分にもう一度チューリングと顔を合わせる勇気があるのかどうか怪しくなってきた。彼はほとんど軽蔑心を隠そうともしない静かな口調で判決をくだしたのだ。自分がもっとも崇拝する人物から忌み嫌われるのは、身が捩じ切られるような気分だった。このまま建物を出て、退散してしまったほうがいいかもしれない。そうしようと思ったわけではないが、わたしはポケットに手を突っこんで、バスか地下鉄のための小銭を探った。銅貨が二、三枚あるだけだった。最後の有り金をミュージアム・ストリートのパブでつかってしまったのだ。ヴァンを置いてきたヴォクソールまで歩かなければならないだろう。車のキーは、いまになって気づいたが、ポケットになかった。チューリングのオフィスに忘れてきたのかもしれないが、取りに戻る気にはなれなかった。彼が電話を終える前に、ここを出ていく必要がある。わたしはなんという臆病者だろう。

しかし、ともかくいまは、まだ呆然として廊下に残っていた。ベンチに坐って、向かい側のあけっ放しのドアの向こうを眺めながら考えていた。けっして裁判にかけられることのない殺人未遂の罪を問われるというのは、いったいどういうことであり、何を意味するのだろう。

わたしは携帯を取り出して、ミランダからのメッセージを見た。「異議申立ては成功！ ジャスミンがいまマークを連れてきてくれたわ。ひどい状態よ。わたしをぶったり。蹴飛ばしたり、悪態をついたり。なにも話さないし、体にふれさせてもくれない。いまは泣きわめいている。完全なメルトダウン状態。早く帰ってきて、愛しい人。M」

ミランダが長いあいだ自分の人生から消えてしまったことをマークが許す気になるまで、どのくらいの時間がかかるのだろう。わたしたちは自分たちでその答えを見つけることになるだろう。そう思いながらも、わたしは妙に穏やかな気分で、自信さえもっていた。わたしにはやらなければならないことがあった。わたしたち自身の問題はひとまず置いておくとして。わたしたちには目標があった。ジグソーパズル越しに見せたあのまなざしを、ミランダの首にまわしたあの屈託のない腕を、ふたたび踊りまわれるだけの余裕のあるスペースをマークに取り戻してやるという明確で純粋な目標が。どこからともなく、かつて手にしたことのあるコインのイメージが浮かんだ。数学における最高の賞であるフィールズ賞のメダル。そこに刻まれたアルキメデスの言葉。ラテン語で「己の精神を超越し、世界をつかみ取れ」と書かれている。

一分ほど経ってから、あけっ放しのドアの向こうはステンレス製のテーブルのあるラボだったことに気づいた。ここに来てからもうずいぶん時間が経っているような気がした。まるでもうひとつ別の人生に入りこんだかのようだった。わたしは立ち上り、一瞬躊躇したが、権限だとか許可だとかいう考えは投げ捨てて、そこに入っていった。細長い部屋。天井はダクトやケーブルが剝きだしの工場みたいだったが、蛍光灯が点けっぱなしで、反対側の端で実験室の助手がなにかやっているほかは、人気(ひとけ)がなかった。下の通りから遠いサイレンの音や繰り返される唄声が昇ってきたが、なんと言っているのかはわからなかった。だれかがあるいはなにかが退場すべきだと言っている。わたしは磨かれた床をゆっくりと音を立てずに歩いた。アダムは先ほど見たときのまま、仰向けに横たわっていた。電源ケーブルが腹部から抜かれて、床に垂れていた。チャーリー・パーカーの頭部が消えていたのがありがたかった。その視線のなかに入りたくはなかったからだ。

わたしはアダムのかたわらに立って、片手を襟に、動いていない心臓の上あたりに置いた。いい生地だ、という的外れな考えが浮かんだ。テーブルの上に上体をかがめて、なにも見ていないぼんやりとした緑色の目を覗きこんだ。とくにどうしようと思ったわけでもなかったが、ときには、心より先に体のほうがどうすべきか知っていることがある。マークをひどく傷つけることをしたにもかかわらず、彼を許すべきなのだろうと思った。彼または彼の後継者があの恐ろしい行為をしたわたしとミランダを許してくれることを期待して。数秒ためらったあと、わたしは顔を下げて、彼の柔らかい、あまりにも人間的な唇にキスをした。肉にはまだ温もりが残っていて、彼が片手を上げてわたしの腕にふれるのではないか、その場に引き留めようとするのではないかと思わずにはいられなかった。それから上体を起こしたが、すぐには立ち去る気にはなれず、しばらくステンレステーブルの横に突っ立っていた。下の通りがふいに静まり返った。頭上では、現代的なビルのシステムが生きている獣みたいなつぶやきやうなり声を洩らしていた。急に激しい疲労感が湧き出して、わたしは束の間目をつぶった。その瞬間、共感覚にとらえられて、ごちゃごちゃ入り交じった言葉や散乱した愛の衝動や後悔の気分が色のついた光の滝になって降りそそぎ、砕け散ると、折り重なるように消えていった。声に出して自分の罪悪感にかたちを与え、はっきりさせるのも、そんなに気恥ずかしいことだとは思わなかったが、わたしはなにも言わなかった。問題があまりにもねじくれすぎていたからである。わたしの人生の次の段階は、もちろんきわめて要求のきびしいものになるだろうが、すでにもうはじまっていた。わたしはすでにぐずぐずしすぎていた。チューリングがいまにもオフィスから現れて、わたしを見つけ、さらにひどい非難の言葉を浴びせようとしそうだった。わたしはアダムに背を向けて、振り返らずに一定の歩調でラボを横切った。人気のない廊下を走り、非常階段を見つけ、二段ずつ駆けおりて通りに出ると、ロンドンの町を南に向かって、悩み多きわが家に向かって歩きだした。

謝辞

この小説の初期草稿のために時間を割いてくれた全員に深い感謝の意を表する：アナリーナ・マカフィー、ティム・ガートン・アッシュ、ゲイリン・ストローソン、レイ・ドーラン、リチャード・エア、ピーター・ストラウス、ダン・フランクリン、ナン・タリーズ、ジャコとエリザベスのグルート夫妻、ルイーズ・デニス、レイとキャシーのネインスタイン夫妻、アナ・フレッチャー、そしてデイヴィッド・ミルナー。本書に誤りが残っているとすれば、それはすべて著者の責任である。また、デミス・ハサビスとの長時間にわたる会話ならびにアンドルー・ホッジスによるアラン・チューリングの権威ある伝記にも多くを負っている。

訳者あとがき

本書はイアン・マキューアンの『Machines Like Me —— And People Like You』（二〇一九年）の全訳である。

外見上は生きた人間とまったく見分けのつかないアンドロイド。肌には温もりがあり、脈こそないが心臓の鼓動があって、人間みたいに口蓋と舌を使って言葉をしゃべる。アダムという名のこのアンドロイドには性交能力もあり、内蔵タンクから蒸留水を射精することまでできるのだ。そして、なによりも驚くべきは超人的な学習能力をもつその頭脳で、インターネットと常時接続されている彼の頭脳＝超小型ＡＩは、世界中のあらゆるデータベースから目くるめく速度で知識を吸い上げて、どんな分野でもたちまち専門家並みの知的能力を身につけてしまう。

そんなロボットが恋愛や家族という私生活に割りこんできたら、いったいどういうことになるのだろう？　とくにこれという取り柄もない三十過ぎの独身男、チャーリーがたまたまこの最新鋭のアンドロイドを手に入れることになるのだが、その結果、彼の生活は、人生はどんなふうに変わってしまうのか？　チャーリーはアパートの階上の十歳も年下の女子学生、ミランダにひそかな恋心を抱いているが、わが家にやってきたこのアダムを利用して、彼女との関係を深めようとする。そして、意外なほどあっさりとそれに成功し、彼女と一夜をともにする。まもなくふたりは毎晩のようにどちらかのアパートで食事とベッドをともにするようになり、チャーリーはその成功に感激して、ますます恋心を募らせ、彼女との将来を夢見はじめるが、彼女のほうはなんだかやけに気軽そうで、食事もセックスも楽しんではいるが、ただそれだけのちょっとした楽しみでしかないように見える。そこへ、自分と関わりをもつあらゆる人間の背景的データを即座に収集・蓄積・分析するアダムが、ミランダは悪意ある嘘つきである可能性があり、全面的には信用しないほうがいいと警告する。チャーリーはロボットの出過ぎた忠告に腹を立てるが、そういえば、ミランダにはどこか秘密主義的なところがあるのだった。

物語の展開とともに、その秘密が徐々にあきらかになっていくところにはミステリー的なサスペンスがあり、そこに人工知能の粋とも言える頭脳をもつアンドロイドが関わってくるのはSF的でもあるが、作者は物語を過去に、イギリス全体がフォークランド紛争で大きく揺れ動いていた一九八二年に設定している。しかも、これは架空の一九八二年で、イギリス軍は三千人の死者を出して、この戦争に大敗し、サッチャー首相は涙ながらに退陣して、労働党のトニー・ベン政権が誕生した（しかもベン首相はIRA暫定派の爆弾テロで暗殺される）ことになっているし、一九五〇年代に亡くなった人工知能の父、アラン・チューリングがまだ生きていて、この最新鋭のアンドロイドの開発に重要な役割を果たしたことになっているばかりか、本人が登場して人工知能に関する自説や自分の半生を語ったりする。それだけではない。ケネディはテキサスで襲撃されたが、一命を取り留めたことになっており、カーターはレーガンを破って、二期目の大統領を務めている。まさに、歴史上のありとあらゆる大事件が裏返しにされたもうひとつの過去のなかで、物語は進行していくのである。

本書にはじつにさまざまな要素が詰めこまれているが、そのひとつが機械と人間の境界、機械が自意識（自我）をもつことがありうるのかという問題だろう。ところが、この大問題はうらぶれた独身男と秘密を抱えた女子学生とアダムとの三角関係（途中からはそれに親から見捨てられた幼い男の子が加わる）のなかで論じられることになる。アダムには強烈な自我の意識があり、ミランダに恋をしていると宣言するのだが、果たして機械に心が、感情があるのか、人格を認めるべきなのか、それもまたひとつの生命として生存権があると考えるべきなのか、とチャーリーは自問する。嘘をつくことを知らない機械が自分の恋人の脅威になり、その人生を脅かすとき、彼はそれを抹殺してもかまわないのか。自分が大金をはたいて買ったものなのだから、彼は所有者であり、当然それを処分する権利があるのか。それとも意識があるものを抹殺するのは殺人に等しいのか。チャーリーは困惑し、戸惑うが、ラスコーリニコフとはちがって、倫理的思惟を究極までたどって結論を引き出すわけではなく、ある刹那的な衝動から決定的な行為に及んでしまう……。

加速度的に進歩するＡＩが究極の完成度に達したとき、人間はどんな問題を突きつけられるのだろう。いくつもの領域で人間の能力をはるかに超えた能力をもちながら、嘘をつくことを知らない頭脳をもつ存在が、いろんな意味で不完全な人間の社会に投げこまれたとき、どういうことが起こるのか。そして、歴史上のさまざまな出来事がもし異なる結果になっていたら、世界はどうなり、わたしたちはどうしていたのか。マキューアンは、例のように、綿密なリサーチに基づくディテールを積み上げながら、ただし、今回はそれをいちいち反転させるかたちで物語を紡ぎ、ある意味では、現代的な諸々の問題についての思考実験をしているかのような、一風変わった味わいの作品にまとめ上げている。

本書にはまた、じつにさまざまな嘘がちりばめられている。たとえば、十二年ぶりに再結成されたビートルズが『ラブ・アンド・レモンズ』という新譜を出しているというのもそのひとつだが、アラン・チューリングが、人生のなかばで変死することなく、その後も人工知能や計算生物学の分野で華々しい成果をあげて、しかもそれをすべてオープンソースにすることを提唱し、世界中の著名な科学者がそれに賛同してオープンソースで論文を発表するようになったので、『ネイチャー』や『サイエンス』が廃刊に追いこまれたというのもある。科学的な新発見がことごとく特許という鎧で覆われて、際限なく膨脹する国際資本の道具になっている現状をチクリと刺す嘘ではないだろうか。

さらに、文学の未来についても、作者はアダムになかなか興味深い未来像を語らせている。アダムはシェイクスピアの全作品をはじめ世界中の文学を読んでいるのだが、そのほとんどがさまざまなかたちの人間の欠陥を描写している。愛や、やさしさ、賢明さも描かれてはいるが、貪欲や、無理解や、自己欺瞞や、とりわけ他人についての根底的な誤解が描かれているというのである。だが、やがてわたしたちは精神の共同体に住むことになり、いつでもそこにアクセスできるようになるだろう。わたしたちは深いレベルで一体になり、主観的な意志の個々のノードが融合して、思考の海のようになる。そうなれば、わたしたちはおたがいを十分すぎるほど理解するようになるので、現在のような文学はもはや不必要になる。文学はその不健康な滋養物を失うことになり、簡潔かつ精巧な俳句、物事の静かで明晰な認識であり祝福である俳句こそが、必要なただひとつの形式になるだろうというのである。

チューリングが長々と自説や自分の半生を語る部分といい、何を見てもすぐに自説を展開してチャーリーやミランダをうんざりさせるアダムの性癖といい、本書ではストーリーの展開から外れた部分にかなりの比重が置かれている。そういう意味では、これは小説のかたちを借りたひとつの文明論であり、文化論だという見方もできるかもしれない。

それにしても、この物語のアダムには冷酷な機械としての不気味さと同時に、どこか憎めない素朴さがあり、だからこそチャーリーもミランダも彼を愛さずにはいられなかったのだろう。

Machines Like Me
And People Like You
Ian McEwan

恋するアダム

著 者
イアン・マキューアン
訳 者
村松　潔
発 行
2021年1月25日

発行者　佐藤隆信
発行所　株式会社新潮社
〒162-8711 東京都新宿区矢来町71
電話 編集部 03-3266-5411
読者係 03-3266-5111
https://www.shinchosha.co.jp

印刷所
株式会社精興社
製本所
大口製本印刷株式会社

乱丁・落丁本は、ご面倒ですが小社読者係宛お送り下さい。
送料小社負担にてお取替えいたします。
価格はカバーに表示してあります。

ISBN978-4-10-590171-4　C0397